岳陵◎著

智战纸老虎

韧

5

海天出版社
HAITIAN PUBLISHING HOUSE
·深圳·

图书在版编目（CIP）数据

韧. 5, 智战纸老虎 / 岳陵著. — 深圳 : 海天出版社，2021.9

ISBN 978-7-5507-3193-6

Ⅰ．①韧… Ⅱ．①岳… Ⅲ．①长篇小说－中国－当代 Ⅳ．①I247.5

中国版本图书馆CIP数据核字(2021)第101503号

韧5 智战纸老虎
REN5 ZHIZHAN ZHILAOHU

出 品 人	聂雄前
策划编辑	韩海彬
责任编辑	朱丽伟
责任校对	万妮霞
责任技编	郑　欢
装帧设计	今亮後聲 HOPESOUND 2580590616@qq.com　王秋萍

出版发行	海天出版社
地　　址	深圳市彩田南路海天综合大厦（518033）
网　　址	www.htph.com.cn
订购电话	0755-83460239（邮购、团购）
设计制作	无极文化
印　　刷	深圳市华信图文印务有限公司
开　　本	787mm×1092mm　1/16
印　　张	19
字　　数	280千
版　　次	2021年9月第1版
印　　次	2021年9月第1次
定　　价	48.00元

《韧4 无知者无畏》内容回顾

　　正当大家庆贺墨脱手机脱销时，拉萨办突然传来消息，双工器告急，全网整改刻不容缓。一波未平一波又起，也门项目突发状况，即使太太即将临盆，尹贤良依然义无反顾地踏上了也门项目攻坚之旅。与此同时，全球行业竞争加剧，通信业的冬天不期而至。为了生存，燎原唯有突破技术壁垒，坚持自主研发。历时两年，真金不怕火炼的燎原人终于啃下了基站之巅多载波，悲壮打响泰国多载波第一枪。正所谓置之死地而后生，多载波的成功让公司高层看到了自主研发的希望，应标印度乡村通，挑战算法全自制拉开了序幕……

目录

问题。"曹瑞祥得意地说。"对哦,以前码片是连续的,你怎么都是隔开的?"师建宏问盛伯龄。"我觉得屏幕看起来挺对称的,连续的光中间一块。"盛伯龄说。"没搞错吧你?还对称都出来了。赶紧恢复到连续配,交付立马OK。"曹瑞祥冲着盛伯龄说。"要保证交付的,不是给你好玩的。"师建宏冲着盛伯龄说。"怎么样,没问题了吧?再把这两组柜子测了,肯定不会有问题的。"曹瑞祥测完一组柜子后说道。"好,再把这两组柜子测了。"师建宏说。半个小时后,曹瑞祥轻松地说:"怎么样,发货没问题了吧?""嗯,还是曹总牛啊。"师建宏开心地说。

2005年7月11日,周一,刚上班,肖云飞的固话响了。"喂,我是肖云飞。"肖云飞拿起固话说。"章树桐。"章树桐在电话里说。"哎,章树桐,厦门爽不爽啊?"肖云飞说。"你的大甲岛的篝火晚会,想必是爽得不行吧,放烟火了没?"章树桐略带讽刺地说。"放啦,为什么不放呢。"肖云飞听出言外之意后回道。"哎呀,你爽了,我可没那么爽。"章树桐说。"怎么,厦门玩得不开心?不至于吧。"肖云飞说。"厦门玩得很开心。"章树桐说。"那为什么不爽呀?"肖云飞说。"事都过去了,货也交上了,没事啦。"肖云飞又说。"你们是没事啦,你要知道我们人手本来就紧,好不容易招来一个,被你们搞得,又提出要走。啊,肖云飞,你说我能爽吗?"章树桐说。

"等等,话说清楚,你的人要走,怎么说是被我们搞的。这话得说清楚喽,章树桐你打这电话的目的是来兴师问罪的。"肖云飞急忙说。"哪敢向您肖总兴师问罪啊,也别太仗势欺负我们嘛。"章树桐说。"章树桐,你越说越过分了,我仗谁的势欺负你们啦?这话得说清楚,不说清楚我找你们老大投诉你。"肖云飞说。"行啊,你去投诉啊,大不了我也走,这下你就彻彻底底地开足了心,有种你现在就到我们老大那儿投诉我。"章树桐在电话里突然强硬地说。"别别别,章树桐,我道歉,我现的状况。"看了吧，没问题。"盛伯龄冲着曹瑞祥说。"开测。"曹瑞祥一挥手说。"我一步步地操作，你看着有什么不对的赶紧说。"盛伯龄谨慎地说。"好，我看着，你操作慢点，咱不急啊。"曹瑞祥说。"没问题吧？"盛伯龄边敲着键盘边让曹瑞祥确认。"嗯，没问题。"曹瑞祥肯定地说。"好。"盛伯龄敲着回车键。"没问题吧？"盛伯龄又敲了一行指令让曹瑞祥确认。"OK。"曹瑞祥说。

操作了一阵之后。"OK，操作完了，看灯吧。"盛伯龄操作完后说。"大概要15分钟，这5个柜子，通常是在10分钟左右出问题。"盛伯龄说。等待了近10分钟后。"呀，呀呀，真的唉，哟，这又不行了。"曹瑞祥看着闪烁的红灯又说："没啥问题啊，你们这套装备都验证过，之前没问题啊。""不过还是有个好，每次都会烧，是不是？"曹瑞祥冲着盛伯龄说。"都烧还好啊。"盛伯龄说。"当然啦，有时烧，有时不烧，想让它烧的时候它不烧，你就没法定位，干着急。"曹瑞祥说。"好啊，现在都烧，赶紧定位啊。我这等着出货呢，别光耍嘴皮子啦。"师建宏在一旁急着说。"没耍嘴皮子，这不在搞嘛，想不通啊，不该有问题啊。"曹瑞祥说。"这样，先吃饭，吃完饭赶紧搞。"师建宏看了看表说。

生产食堂。"盛伯龄，你再好好想想，这次与先前你和章树桐一起的时候，操作上有什么不同？否则，没道理啊。"曹瑞祥边吃边说。"盛伯龄，你再好好想想。"师建宏也说。"要说不一样，因为这是正式整机测试，码片的配置要重新配。章树桐在的时候，之前的他老早就设好了，不用设，直接用。这套是新的嘛，之前没配。配好了以后就不用再配了。"盛伯龄说。曹瑞祥边听边赶紧地吃着，说："快吃，知道啥原因了。"3个人赶紧吃完饭来到整机测试现场，曹瑞祥搬来综测仪，从机顶口衰减器输出把射频线接到仪器上，说："开机。"盛伯龄操作着随后说："OK。""好，起来了。"曹瑞祥看着仪表说。"师建宏，看，让我猜个正着，码片设置有

1. 罪魁祸首

产线整机生产的地方。"曹瑞祥来了，快看看吧，一个柜子，总有一两个功放要烧。"师建宏说。"章树桐呢？"曹瑞祥问。"部门活动，去厦门了。"盛伯龄说。"留你这么个新员工顶着。去厦门，今天走的话也没法玩啊。"曹瑞祥说。"人家昨晚就走了。"师建宏说。"其实不瞒你说，今天我们是去大甲岛玩。"曹瑞祥说。"那你……？"师建宏说。"肖云飞让我留下支持你们，本想没啥事就没过来，你看，最后还是过来了。"曹瑞祥说。"哎呀，你来好啊，快看看怎么回事，以前都好好的，倒真要出货了，烧功放。"师建宏说。"有什么不一样吗？"曹瑞祥问。"我没觉得有什么不一样，按照操作指导书走的，你看。"盛伯龄指着操作台说。"测了几个柜子？"曹瑞祥问。"15个，5个一批，5个一批，从昨晚到现在。"盛伯龄说。"每个柜子都有烧吗？"曹瑞祥又问。"就是都有烧啊，搞得我现在一个柜子都没出来成品，周一出货别真黄了。"师建宏说。"每个柜子都有，都有说明至少烧一个。一个柜子最多的烧几个功放？有3个全烧的吗？"曹瑞祥问。"没有，最多2个。15个柜，有8个是只烧一个的。"盛伯龄说。"剩下7个是烧2个的。零号位烧得多，还是……？"曹瑞祥问。"槽位不确定，都有。"盛伯龄说。"这样，就这3组柜子，拼凑一组完整的，再走一遍我看看。"曹瑞祥说。"行啊。"说着盛伯龄拔出好模块补充到要测的机柜里。"先去后台看一下，是不是都OK？"曹瑞祥说。"嗯。"说着盛伯龄一个扇区一个扇区地检查模块

力拼国3G, 我的中国心

在就向你道歉，刚才的话有点过，我道歉，有话好好说。好好说行吗？"一听情况不妙肖云飞赶紧地说。"是我没好好说吗？"章树桐说。"是我没好好说。我没好好说。是你那位叫盛伯龄的员工要辞职啊？"肖云飞问。"是啊，众口一致都说他是罪魁祸首。还没转正呢，你说现在这种情况，他自己肯定认为转正不了，只能走啊。"章树桐说。"我觉得你们也不能有个错，就一棒子打死。"肖云飞说。"最关键的是，人家并不认为自己做错了什么。"章树桐说。"他居然是这样认为的？"肖云飞说。"我也认为盛伯龄没做错什么。"章树桐说。"还是兴师问罪来了嘛，没感觉错。"肖云飞说。"您肖总确实感觉得很对。这块并没有定义，我配的时候主要受你们研发的影响，也没多想。可人家刚来不久，没有受到研发的影响。说的没错啊，间隔着配，从屏幕上看是很对称啊。我也不知道他错在哪儿，你的系统软件里又没有限制这种配置。"章树桐说。"对啊，为什么不能间隔着配呢？"肖云飞回话说。"所以，人家觉得冤枉啊，领导让他想办法测出问题，保证出货质量，结果出问题交不上货了，又被怪罪。盛伯龄提了个问题很尖锐。"章树桐说。"什么问题？"肖云飞说。"盛伯龄问我，如果交货不急，出了这种事，他好不容易整出个必烧功放的法子，是不是就该是功臣了？"章树桐问。

此话一出，肖云飞半天没说话。"喂，肖云飞，在听吗？"章树桐在电话里问。"在听，在听。"肖云飞回道。"在听，他说的有没有道理，我是没法回答。"章树桐在电话里说。"别绕弯子，你肯定有你的想法，而且你打电话就是为了这事。"肖云飞单刀直入地说。"说实话，我认为他是功臣。当我从他那儿知道，烧功放必现，而且每个柜子必烧的时候，我是兴奋的。张总让我们做的，我们做到了。而且，当时我也认为，肖总也跟我一样，一定拉着弟兄们奋力地去解决。"章树桐说，此时的肖云飞沉默着没吭声。"只可惜啊。"章树桐又补了一句。"只可惜啥？没什么可惜的。这事怪我，光想着交付，又在大甲岛搞活动。曹瑞祥说搞定了，我也没多问。听他说什么新员工瞎搞，我更是想当然了，毕竟曹瑞祥的话我是很信的。更何况能交付了，就没多想。"肖云飞停了停又说。"虽然只听到你的一面之词，但我也是懂的，没有理由说盛伯龄瞎搞，因为，你没说他不能这么搞，甚至我都怀疑曹瑞祥他们是不是事先知道有这么个坑，否则，为什么这么快就越过这个坑了呢？赵长城、夏润泽他们整天说要搞出问题来，结果呢？让个没转正的新员工这么不经意地整出必现来。对，盛伯龄绝对是功臣，整出问题来实属不易，更为可贵的是，烧功放能整出必现来，想想，这对开发的定位是多么多么的重要啊。"肖云飞激动地说。

"您肖总也认为盛伯龄是功臣？"章树桐问。"当然，不管曹瑞祥、赵长城他们会怎么说，盛伯龄能把烧功放整出必现来，绝对是大功一件，应该得到表扬，这样，你把盛伯龄的事写个邮件给我，以我的名义对他进行表扬，我来发。他就灰姑娘变白雪公主了。"肖云飞说。"应当是白马王子，好，我马上写了发给您。多谢肖总啊，刚才说话有点不客气，大人不计小人过啊，挂了。"章树桐说完挂了电话。"真要表扬啊，那曹瑞祥怎么办？"一旁的马庆生问肖云飞。"怎么办？凉拌。我越想越不对劲，准是曹瑞祥这小子知道这里面的小九九，你想，处理得如此果断，迅雷不及掩耳之势，太不正常了，太不正常了。"肖云飞说。"老奸巨猾，难怪夏润泽他们做不出啥问题呢。"马庆生说。

中午食堂，肖云飞正吃着饭，手机响了。"啊，张总有事啊？"肖云飞问。"表扬信也不抄送我，还是人家老大转给我的。"张立彪在电话里说。"想想这种小事就不惊动您老人家了。"肖云飞说。"小事？这可不是小事，人家拿这个向我邀功了。同时，又将了我一军。"张立彪说。"怎么？"肖云飞问。"人家说得很直白，既然认可那小伙子的做法，那咱的产品都是有问题的。有问题的产品就这么不管不顾地发出去，到时候真出了事，我肯定完蛋啊。所以，一个都不许发。"张立彪说。"那……"肖云飞欲言又止。"那什么？听好了肖云飞，我命令你，一个都不许发。没出库的停止出库，没装箱的停止装箱，装了箱的拆出来，上了船的，听好了，上了船的给我从船上撤下来，如果发出了，赶紧填单走流程，作为有问题的产品召回。不知道我讲明白了没有？"张立彪说。"就是现在不能给客户，到了客户那儿也要召回。"肖云飞说。

"理解得透彻，赶紧，赶紧啊，关键是落实，越快损失越小。"张立彪说。"那发货的事咋办？肯定完不成一线对货期的要求。"肖云飞说。"我去想办法跟他们解释，大不了空运。肖云飞，你要知道，那小伙子整的可是必现啊，多可怕。别跟我说实际不太可能出现像这种码的配置，这事我清楚，你是不能限制的，这要是被局方知道了，那可就是大麻烦了，不遵守协议啊，这个屎盆子扣到你我的头上，承受不起啊。"张立彪语重心长地说。"对你来说，肖云飞，要坚决地、义无反顾地把问题彻底解决了，打出自制多载波的一片天地来。"张立彪说。"知道了，张总。"肖云飞说。"知道就好，赶紧落实。"说完张立彪挂断了电话。

和张立彪通完电话，肖云飞又给师建宏打电话。"师建宏，我是肖云飞，这样，自制多载波印度的发货暂停，已经出货的，听好，是张总的命令啊，上了船的从船上撤下来，如果已经发走了，赶紧走流程召回。总之，不能到客户手上，一个都不能，听明白啦？"肖云飞说。"哎，怎么一下有这么大的变化？已经有上船的了，要搞下来，公司是要花钱的。你觉得值得这样做吗？"师建宏很不情愿地说。"这事你操太多心了，钱的事该谁出谁出，不是问题。值不值得你得亲自问张总，我就是执行命令。"肖云飞说。

"张总说服一线喽，我是无所谓。"师建宏说。"这肯定张总他搞定啊。大不了空运，这是张总说的。"肖云飞说。"那还赚什么钱啊。"师建宏说。"我们不操这份心。现在赶紧要做的两件事，你，把货如数追回来，费用产品线可以出。我们研发力出一孔解决烧功放问题。有什么疑问？"肖云飞说。"就是把船上的搞回来嘛，哎呀，又是一片叽哇乱叫了，好，就这样。"说完师建宏挂了电话。"师建宏没啥，发发邮件，动动嘴皮子；研发，又要扒层皮。"马庆生在一旁说。"你们一个个还有脸吃。"肖云飞放下手机冲着曹瑞祥、赵长城他们怒吼着。"曹瑞祥，你是不是早就知道？"肖云飞又说。"知道什么？"曹瑞祥说。"知道什么？装什么装。下午一上班，作战室见。"肖云飞说完大口大口吃起饭来。

下午，柳超智正在西山试制线主持三合一双工器的试制，突然手机响了。"喂，查曼丽啊，什么事？"柳超智问。"巨峰没人给你打电话吧？"查曼丽在电话里问。"没有啊。"柳超智说。"刚和巨峰通了个电话，他们知道你在西山主持。"查曼丽说。"业界都是通的，知道很正常，原本说好要去的，结果没去。"柳超智说。"他们问你了是吧？"查曼丽问。"上周问的，当时没定，我就在西山这样天天上班呢。"柳超智说。"还是那样，他们问你，你要少说。"查曼丽说。"这我知道。他们没提让我过去的事吧？"柳超智又说。"怎么没提，我只是说有什么技术问题可以直接给你打电话，技术上你可以多指导他们。而且，在西山出现的问题也可以知会巨峰，两家都行多好。"查曼丽说。"可以啊。"柳超智说。"怎么样？说说。"查曼丽问。

"正在调用模具做的。"柳超智说。"这么快就上模具啦。"查曼丽兴奋地在电话里说。"西山自己有开模的能力，所以就不像别的厂家开模是件大事。"柳超智说。"倒也是，小菜。"查曼丽说。"你估计差不多要多久？"查曼丽又问。"差不多月底吧。"柳超智说。"巨峰也说是7月底。"查曼丽说。"这个三合一他们知道量大，所以都拼命搞。这下好了，你渔翁得利了。"柳超智说。"这边还是担心份额。"柳超智又说。"想不通，都跟薛总讲得很明白了，价格有优势，肯定是大头。更何况又不是光这一种双工器，巨峰可以做别的，都能吃饱。"查曼丽说。"就这样吧，他们叫我有事了。"说完柳超智挂了电话。

2. 打出一片天

周三晚上快八点，测试实验室。"两天过去了，毫无进展，叫盛伯龄来帮着搞啊，他的手有灵气。"肖云飞冲着大家说。"叫了，他来了，也没烧。"夏润泽说。"嗯，这么神秘，也不完全是码子配置的问题喽。"肖云飞说。"应该跟整个环境有关。"曹瑞祥说。"你们说说，要是真为这事儿走了，盛伯龄可就真成窦娥了。"肖云飞说。"搞不出来……"夏润泽正说着，肖云飞立马打断了说："别老想着在实验室舒服啦，到生产线真实环境去搞。"

看大家不情愿的样子，肖云飞又说："明早，我在生产现场等你们。这事搞不定，我还能干啥？陪你们一起搞。""好好好，明天都去产线，把该带的都带去。不要考虑从产线借仪表，全都自己带啊。"曹瑞祥说。"定位是你们开发的事，我们还有别的工作。仪表可以借给你们。"赵长城说。"可以，就是你们的事。"肖云飞冲着曹瑞祥、邓学佳说。"行啊，尽量用我们自己的仪表，不行再借你们的。"曹瑞祥说。"借张总的话，力出一孔，打出自制多载波的一片天。"肖云飞充满激情地说。"大家要知耻后勇。"马庆生说。"就你会说话。"曹瑞祥冲着马庆生说。

"张总做得对，说得更对。我想张总的用意很明确，就是想趁这么个机会，把自制多载波真正做完善了，为以后大卖做准备。尤其是为制造芯片做准备，否则，一大堆Bug，芯片也就没法用了。"邓学佳说。"是啊，不计较一时之利，空运就空运，但……"肖云飞环顾了下大家接着说，"别空运都来不及，我相信不会的，曹瑞祥，对吧？""哎呀，不说那么多了，明天产线安营扎寨。"曹瑞祥说。

第二天周四，开发一帮人安营扎寨在整机测试现场定位问题，晚上七点，肖云飞召集大家开现场会。"说说，今天有什么成果？"肖云飞说。"我修了3个功放。"廖默然说。"邓学佳？"肖云飞又问。"前前后后烧了3个功放。"邓学佳说。"曹瑞祥，你有什么总结的，对今天的定位？"肖云飞说。"依我看，没啥好说的，就是实验室不烧，到了盛伯龄的生产整机环境必烧。也不知道盛伯龄搞的什么东西？"达荣生插话道。"我没搞什么呀，今天可都是你们操作的，我只是在旁边看。"盛伯龄说。"盛伯龄，你这名字刚被达荣生叫得，猛一听像念英文somebody。"肖云飞欢喜地拍着盛伯龄说。"还真是，就叫你somebody吧，somebody。"马庆生在一旁调侃着说。"somebody，达荣生刚才的话是拉不出屎来怪茅坑，更加证明somebody的伟大。"肖云飞说。"别别，肖总，我把你们害成这样，我真是对不起，真的，我都不好意思。"盛伯龄说。"没啥不好意思，你水平高，我们工作没做好。"曹瑞祥拍着盛伯龄说。

"真是这样，我刚说的绝对是真心话。somebody的这个系统，就是真实环境，BSC带基站。我们实验室的，不算。"曹瑞祥又说。"好啊，在somebody的系统上搞定，才算真正的搞定。"肖云飞说。"这是今天第一个结论。"曹瑞祥补充道。"这个结论不错啊，统一了认识，确定了方向。但具体呢？如何准确定位？手段？"肖云飞说。"对了，今天烧的3个功放，整个过程有什么记录下来的吗？比如，烧前的频谱，烧瞬间的频谱，和烧完了的频谱都是什么样的？有记录吗？"肖云飞追着问。"正常的频谱知道，以前有存图。"杭岩说。"废话。"曹瑞祥说。"没接仪表看啊。"杭岩说。

"你这一天，就傻呆呆地看着，是看着灯还是看着后台啊？"肖云飞嘲讽地问。"都有看。"达荣生说。"哟，烧了，过一会儿，哟哟哟，又烧了，那边，功放告警了，又告警了。灯、告警都是你们做的。别的不敢恭维，但功放over了，肯定是能准确告警的，灯也肯定会变红的。这样的一天，你们觉得有意义吗？不会到生产是来放风的吧？"肖云飞说。"你看这才第一天嘛，没经验。不说那么多，想想采用什么手段来抓现象，再透过现象看看能不能分析出点东西来。"邓学佳说。"首先频谱要跟上。"肖云飞说。"对啊，我就说光看后台，看个灯，什么也不监测，能定什么位？"廖默然说。

"行哎，明天跟嘛。"曹瑞祥说。"因为烧功放是瞬间的事，要高档的实时的频谱仪，看得才真实。"肖云飞说。"那就要三台，你不知道哪个扇区烧。"杭岩说。"我们有几台高档的频谱仪？"肖云飞问。"有倒是有四台，拿三台，家里就剩一台了，活还干不干？"曹瑞祥说。"他们可以用别的频谱仪啊，哪能有好的就不用差的啊。"肖云飞说。"开发两台，测试两台，开发都拿过来没问题。测试的，你得跟赵长城打招呼。"曹瑞祥说。"没问题。"肖云飞干脆地说。"另外，再借三部数码相机，对着三台频谱仪录像，省得靠人盯。"肖云飞又说。"能借那么多吗？"邓学佳说。"不行找生产，再找找东方牡丹，没问题的。"肖云飞回道。"跟你们说，当时在拉萨，我和赵长城用的就是这一招，管用。"肖云飞又说。

周五一早，赵长城和夏润泽搬着高档频谱仪来到整机测试的现场。三台仪表一字排开，充分体现了大家的决心。"都差不多了吧，达荣生，开测。"肖云飞看看系统监测搭建好了说道。"我看了一下，似乎二号扇区烧的概率大一些，今儿我就盯二号扇区了。"肖云飞就地一坐说。"哎，邓学佳，没见那两个做逻辑的。"肖云飞边监视边说。"让他们在家查问题呢，两条腿走路啊。"邓学佳说。"查出什么没有？不会又忘了硬限幅了吧？"肖云飞问。"哪能重复犯错误呢。"邓学佳说。"嗯，别说，我们公司的开发最擅长的就是一个错重复着犯，不长记性。"肖云飞说。"先让他们查，我们在这看看能不能抓到一些现象，从而反推逻辑上可能的问题。"邓学佳说。"廖默然，你好像说过，有时给你的信号过大，曹瑞祥，是怎么回事？"肖云飞又问。"为了保证给功放的信号足够线性，TRX[①]输出回推比较大。"曹瑞祥说。"回推的比较大？"肖云飞重复着。"没事的，不会让他出这么高电平的，我这儿控制着呢。"达荣生说。"要是没控制好呢？"廖默然说。"不太可能。"达荣生说。"为什么？"肖云飞问。"我出电平是依据后台的指令，逐步逐步缓慢加的，这你廖默然知道啊，缺点就是功率起来得慢一点。保险啊，以前上得快烧过功放的。"达荣生说。"相信相信，这里是可靠的，廖默然。"肖云飞说。"你功放是大爷，都怕惹着你。看，惹着了吧，就成今天这样了。真惹不起你。"邓学佳对廖默然说。"哎，都这么久了，烧了吗？"肖云飞突然问大家。"零号、壹号都没烧。"李和平说。"嗯，somebody怎么回事？"肖云飞问。"别，肖总，叫名，叫名。"盛伯龄说。"你做什么啦？"肖云飞又问盛伯龄。"没有啊，我都没操作，是他操作的。"盛伯龄拍着达荣生说。

　　"这都快中午啦，怎么架势拉开了又不烧了？"肖云飞站了起来说。"这3个都是廖默然修好了拿过来的。"杭岩说。"把效率降低了，不容易烧啦？"肖云飞冲着廖默然说。"谁说的，效率不低，达荣生查一下，

---

① TRX：收发信机单元，简称载频。

功放效率能查出来的。"廖默然说。"好，我来查啊。"说着达荣生查看着后台。"不低啊。"曹瑞祥看了后说。"再说，昨天烧的3个，有2个也是修过的。"廖默然说。"再往下都是修过的功放，生产就给你这么多，换的管子都是研发领的。"马庆生说。"嗯，跟修没修过没关系。"肖云飞说。"本来就没关系，都是您胡乱猜的。"曹瑞祥说。"胡乱猜，我是在刺激大家的思维，让大家开动脑子，找出问题来。"肖云飞说。"盛伯龄，昨晚我们开会，没见你人影，是不是做了啥？"肖云飞又问。"这几天没休息好，昨晚早点回去睡了。"盛伯龄说。"那为什么呀？"肖云飞自语着。"看，产线工人都吃饭了。吃饭吃饭，吃完饭再来，反正有相机呢。"马庆生冲着大伙说。"走，吃饭。"肖云飞说着扭头就走。"跑起来，吃饭。"曹瑞祥冲着达荣生说。达荣生操作后台跑起来后，大家都去食堂吃饭了。

下午，午休完的肖云飞又来到整机测试现场。"怎么啦？烧啦？"看着零号扇区槽位空着，肖云飞问。"你不是盼着它烧嘛。"曹瑞祥说。"廖默然拿去修啦？"肖云飞又问。"拿去修了。"邓学佳说。"对，看录像怎么烧的。"肖云飞说。"忘了重新设置了，没录上。"邓学佳说。"以为不会烧呢，一上午都没烧。"杭岩说。"又白烧一个。"肖云飞说。"不确定哪个槽位，不确定什么时候。"马庆生说。"什么都不是一帆风顺的，但有问题终究是有问题。无论假象怎么迷惑，最终还是会露出点什么的，我坚信这一点。"肖云飞突然来了精神说。"去看看修好了没有。"马庆生冲着杭岩说。"好，我去看看。对了，在哪儿修啊？"杭岩问。"哎呀，我和你一起去吧。"马庆生说着跟杭岩一同去了修功放的地方。"看，细节没处理好，又白烧一个，都得关注啊，弟兄们。现象看没看到是完全不一样的，绝对影响你的思维。"肖云飞说。"后台操作，同时相机也要设置好。大家要牢记，这一点很重要。"肖云飞又说。"知道了，知道了。"曹瑞祥说。"真的很重要。"肖云飞又说。"知——道——啦——"曹瑞祥不耐烦地拉长了调子说。

3. 人赃俱获

"今天的运气不错，烧了2个，也录下来了。"周六下午四点左右，肖云飞说。"就是我们盯着的零号没烧，真邪了门。"曹瑞祥说。"是啊，看录像感觉还是不够触动，没亲眼看到烧功放的整个过程不甘心啊。"肖云飞想了想又说，"廖默然，下班前再修出3个功放来。""明天还想来啊？"廖默然问。"你修完3个功放就行了，明天你就不用来了。"肖云飞回道。肖云飞看了看邓学佳说："你明天来一下吧，算陪陪我。""行唉，看看有没有运气亲眼看见整个烧功放的过程。"邓学佳说。"我也来吧，反正住附近。"达荣生说。"那好，欢迎。"肖云飞冲着达荣生说。"那我就不来了。"曹瑞祥说。"歇着吧，我和邓学佳就行了。"肖云飞说。"好，修功放去。"廖默然说着和李和平一起提着坏功放走了。"哎呀，今天几号啦？"肖云飞随意地说着。"今天啊，16号。"杭岩回道。"今天周六，16号，这么巧。"肖云飞说。"16号，16号，哎呀，啥时候能搞定啊？"肖云飞仰天长叹道。

"行了，我明天还是来吧。"曹瑞祥见状说。"哎，我没这意思噢，我们俩就行了。"肖云飞说。"行啦，来，明天来，来了就踏实了。"曹瑞祥说。"你来当然举双手欢迎啊。"肖云飞开心地说。"人多力量大，多一个人就多一分力量。"邓学佳说。"我就不陪你们了。"马庆生说。"来，让查曼丽做点好吃的拿来。"肖云飞说。"想吃什么？羊肉泡馍？"马庆生说。"切糕。"肖云飞说。"切糕做不了，就羊肉泡馍吧。"马庆生说。"开玩笑的，还当真了。好好在家歇着，说不定下周你要派上用场。"肖云飞又说。"行吧，有你们仨，我来也是多余，想起来了，切糕有。查曼丽有新疆的朋友在深圳做切糕生意，让他送点来。"马庆生说。"好，有就送来。哎，忙得忘了问，查曼丽搞定三合一双工器的价格没？"肖云飞又问。"靠柳超智。"马庆生抬头望着曹瑞祥说。

"怎么？"肖云飞冲着曹瑞祥问。"西山科技支持他们把工时降下来。"曹瑞祥说。"深圳的那家是吧？"肖云飞问。"对，就是深圳的那家。"曹瑞祥说。"怎么样？"肖云飞又问。"应该差不多，西山科技很积极，问题不大。"曹瑞祥说。"好啊，切糕，切糕。"肖云飞又兴奋地冲着马庆生说。"好，明天给你们带切糕。"马庆生说。"扩散谱，怎么好好的一下就摊成一片？"肖云飞念叨起来。"你说那烧功放的录像啊？"马庆生问。"嗯，好好的发射谱，一下摊成扩散谱，这么奇怪，想通没？"肖云飞问曹瑞祥。"没想通。"曹瑞祥说。"所以，很想亲眼看见一个全过程。"邓学佳说。"今晚又睡不好了。"肖云飞说。"不至于，不至于。"马庆生说。

周日，4个人在生产整机测试定位烧功放。"邓学佳，我们还是要从原理上来分析，为什么一个好端端的发射谱，瞬间摊成一片，变成扩散谱？"肖云飞说。"在想，不过目前还没捋出头绪来。"邓学佳说。"频谱仪就是个傅里叶变换。"曹瑞祥说。"我在学傅里叶变换的时候，其实学得挺好。但不能真正理解。"达荣生说。"没道理啊，学得好，不理解能学好？"肖云飞问。"真实的信号肯定是时域的信号，某时对应某个电平，这是肯定的，谁也不会怀疑，只是让这个叫傅里叶的人这么一搞，可以用不同的频率组合来构成这个时域信号。那我就想问了，要是再出个叶里高的人，不是用正弦函数，而是发明一种什么来着……"达荣生边想着边说。"什么来着？"曹瑞祥附和着。

"达生函数。"肖云飞说。"别别别，反正是一种新函数，不用正弦函数，那这个世界是不是要变样了？"达荣生说。"好，继续你的幻想。"邓学佳说。"什么叫幻想？凭什么非是傅里叶的正弦，就不能是叶里高的啊，是吧？"达荣生说。"达生函数。"肖云飞说。"行，就叫达生函数，为什么就不能是？"达荣生说。"好，你就搞个达生仪吧，把这又贵又重的频谱仪给废掉。"曹瑞祥说。"别说，没准我真能搞出来呢。"达荣生又说。"好，有志者事竟成。"肖云飞冲着达荣生说。"烧了吗？"肖云飞一眼扫过来。"没。"邓学佳说。"达荣生，多折腾，频繁测。"肖云飞示意达荣生。"行，搞个批处理，整。"达荣生说。"对了，盛伯龄这个就是频繁测的。"达荣生又说。"哎呀，好事多磨啊。"肖云飞无奈地说着，接起马庆生打来的电话。

"怎么，就把哥几个撂这儿啦？心就这么狠？"肖云飞说。"刚起来，一会儿去看看你们。"马庆生在电话里头说。"还是来看看我们这些迷茫的人吧。来时别忘带切糕，午饭就指望它了。"肖云飞说。"一会儿就来，先挂了。"说完马庆生挂了电话。"叶里高，达生仪，相机设置好了吗？"肖云飞无聊地说。"固定流程，不会漏的。"达荣生说。"想啥啥不来，这又不烧了。"肖云飞又说。"他们俩有什么进展？搞出点什么了吗？"曹瑞祥问邓学佳。"在优化。"邓学佳说。"优化，怎么优化？依据是什么？"曹瑞祥问。"什么依据？"邓学佳说。"你依据是什么都不清楚，如何优化？别没事瞎搞啊。确切地说目前不知道怎么搞，所以也谈不上什么优化。别没事瞎折腾啊。"曹瑞祥说。"总得整点事做呀。"邓学佳说。"曹瑞祥说得对，明白机理再做。否则，没准对的又搞错了。"肖云飞说。"想想，这烧功放的事，一定要从机理弄明白，否则太被动了。"曹瑞祥又说。"搞啊，所以，我现在只能干这个，这事搞不定，咱这自制多载波，公司敢再去推吗？什么都不想啦，一门心思解决烧功放。"肖云飞说。

"哎，你们别光说机理，得要有方法和手段啊。达荣生，你不是说学得好嘛，就这样一个发散的谱，你能不能抽象出某个数学模型？要开动脑筋啊。"肖云飞说。"让他们俩用MATLAB①仿一仿，看看会出啥结果。"曹瑞祥对邓学佳说。"我把这两张图发给他们，让他们仿一仿。"邓学佳说。

"这就对了嘛，别干耗着，咱耗不起啊，弟兄们。"肖云飞又说。"马庆生这小子，等他的切糕，恐怕是指望不上了，先吃饭吧。"曹瑞祥看了看表说。"谁说指望不上，看，来了。"邓学佳指着远处说，曹瑞祥转身。"曹操啊。"曹瑞祥望着马庆生说。"怎么又跟曹操扯上了？"肖云飞说。"说曹操，曹操到嘛，这都不明白。"曹瑞祥说。"哟，不光是切糕啊，这里面是……？"肖云飞指着马庆生拎的东西问。"猜猜。"马庆生说。"猜什么猜。"邓学佳一把从马庆生手里夺过来，打开来看。"饺子！"邓学佳兴奋地说。"查曼丽给做的。"马庆生说。"还去吃啥饭，我吃这就行啦。"肖云飞顺手捡出个饺子往嘴里扔："嗯，好吃不过饺子。""唉唉唉唉唉，快看！"达荣生看着频谱仪喊着。

肖云飞蹲下身全神贯注地盯着屏幕。"哟，哟，完了。"肖云飞看着屏幕说。"再看这边。"邓学佳喊着，肖云飞顺势爬着移到壹号扇区的频谱仪。"哟，哟，哟，完了。"肖云飞边看边说。"马庆生，你是不是在搞鬼啊？我们整半天，你一来，连烧俩。合着你是小兵张嘎端炮楼来着，还一下端俩。"肖云飞调侃着说。"我哪有那么神奇？"马庆生说。"哎，邓学佳，你看，现在又是正常的发射谱了。"肖云飞说。"谁说正常，增益差了

---

① MATLAB：美国MathWorks公司出品的商业数学软件。

一、二、三，增益差了三格呢。"邓学佳看着频谱仪说。"看，这两个频谱都恢复正常了，只是管子烧了，增益降了很多。不过就这样，挨着近，能打电话的。"肖云飞又说。"今天算是开了眼了，第一次这么看。"曹瑞祥说。"看看回放。"肖云飞冲着达荣生说。"吃饺子、切糕，别光顾看着。"马庆生在一旁说。

"你们几个，产线上是不能吃东西的，赶紧到那边办公区去吃。"车间的人说着走了，边走边说："研发的就是不守规矩。""怪我，产线是不让吃东西，走，咱上里边去吃。"马庆生说着，带着几个人来到办公区边吃边讨论着刚才的现象。"声音轻一点，你们不睡午觉，别影响别人。"从旁边传来声音说。"今天礼拜天，这还有人呢？"达荣生低声问。"生产是不分周六、周日的。"马庆生低声回道。"一天都不休啊？"邓学佳低声问。"人休机器不休，轮班。"马庆生说。"明白，快吃，吃完了赶紧出去讨论。"肖云飞低声说。吃完饺子和切糕，几个人又回到整机测试的地方。

"曹瑞祥，去把买来的高档示波器给我搬来。"肖云飞说。"明天再说吧。"曹瑞祥说。"等不了明天，搬不搬？不搬，我去搬。"肖云飞冲着曹瑞祥说。"只有两台，缺一台。"曹瑞祥说。"先把两台扛过来，剩一台，明儿去光网给我借。"肖云飞说。"快去啦，趁热打铁，才能成钢。"肖云飞又说。"怎么一下又要示波器了？频谱不跟了？"达荣生问。"你呀，还自吹学得好，我看不及格。"肖云飞冲着达荣生说。"我也没想明白，怎么一下子你就非要示波器？频谱就不用看啦？"曹瑞祥问。"邓学佳，你是不是也有疑问？"肖云飞问邓学佳。"我还在想。"邓学佳说。"其实呢，我们做什么都要从基本的原理出发，只有把原理理解透了，才能有正确的方法去有效定位和解决问题。"肖云飞说。"能说得具体点不？"马庆生问。"示波器啊，还不够具体。"肖云飞回道。见大家还在迷茫，肖云飞又说：

"FT=1就是最基本的原理。""什么什么？"曹瑞祥忙问。"频率乘以时间周期是一个定值常数，就是1。"肖云飞解释道。"不说了，走，抬示波器去。"邓学佳冲着曹瑞祥说。"别急，还要带分路器来，谱域同时看，一边是F，一边是T。"肖云飞形象地说。"一半是海水，一半是蓝天。"达荣生调侃说。"亲眼看见，发射谱瞬间摊成扩散谱，F和T相乘是个定值，那么发散谱对应的时域只能是尖脉冲。高端的那支管子顶不住这个尖锐的脉冲，就像心脏被细细的钢针刺穿一样。高端的示波器一定要抓到这个尖脉冲，拔掉这根毒刺。"肖云飞生动地说。

　　"没错，我刚才在想，也是觉得应该有个毛刺，可能是我们逻辑里面时隙问题导致的。"邓学佳说。"哎，印象中，高低温有时会出现时隙问题，这可是常温。常温也会有时隙问题？"马庆生问。"高低温有，是因为温度变化，走到极端，任何器件都是有温度特性的。"邓学佳说。"就是说你们的逻辑有问题喽。"马庆生说。"应该是。"邓学佳说。"这是老干部遇到新问题。"曹瑞祥似乎醒过味来说。"邓学佳，逻辑里要做这么个东西，能够把你说的毛刺自己就给测出来。"曹瑞祥接着说。"这是后话，首要问题是要抓到这个毛刺。只有大家亲眼看见了，功放烧了，频谱摊了，同时毛刺在这个高端的示波器上被抓到，人赃俱获了，大家才会有信心、有决心消除毛刺。"邓学佳侃侃而谈。"看来都想通了，赶紧去抬高端的示波器，别抬错了，随便一台不好使。"肖云飞说。"别忘了分路器。"马庆生说。"知道。"曹瑞祥边走边回道。"你们俩也一起去帮着抬，一个人抬有点费劲。"肖云飞冲着达荣生、马庆生说。"行，我们去，你留着看东西。"马庆生说着和达荣生也走了。看着两人远去的背影，肖云飞陷入了沉思。"真的有毛刺吗？真的能抓到毛刺吗？抓不到怎么办？"肖云飞心里想着。"频率的定义就是时间周期的倒数，也就是FT=1。频率和时间，就是人们为了好分析，才整出个频率来。钟摆，一秒钟摆一下，就是一赫兹。FT=1没有错。"肖云飞心想。"FT=1没错，那扩散谱必定对应尖脉冲也是没错的。"肖云飞又想。"就剩下全力以赴抓毛刺喽。"

肖云飞继续想着。"怎么办？""什么怎么办？""抓不到毛刺怎么办？""不可能。""为什么不可能？""关键是之前没有抓到毛刺的先例，仅仅都是纸上谈兵。邓学佳他们又没真正抓到过毛刺，仅仅是分析认为。今天礼拜天，7月17日，再过一周就是7月24日，17加7，24号没错。要是24号还没抓到毛刺怎么办？哎呀，脑子有点乱。有可能下周一周都抓不到哦。嗯，确实有可能啊，怎么办呢？""没办法，只能想办法抓到毛刺。看看示波器的操作，示波器不像频谱仪那么容易用。很多事要靠技巧的，要示波器的高手才行啊。邓学佳，这里只有邓学佳是用示波器的高手。"肖云飞心里一直想着各种可能性。"还有没有别的路？让廖默然提高功放能力？那是盾，更一眼望不到边，还是要拔刺，邓学佳这边潜力比较大，关键是根本。"肖云飞继续想着。"要不要孤注一掷？有没有规避的方法？泰国的招肯定不能用了，为什么？功耗限死了。真不行，不行，不能这么想，要孤注一掷抓毛刺。置之死地而后生，必须是，否则……"

肖云飞正想着，曹瑞祥他们抬着两台高档的示波器来了。"这么久？"肖云飞见了说。"分路器找了半天。"马庆生说。大家把测试系统搭建起来。"相机对着谁？"达荣生问。"肯定是示波器啦。"肖云飞说。"那频谱仪就不跟啦？"曹瑞祥问。"有3个录像了，应该可以说明问题了。"肖云飞说。"好，就盯着示波器录。"邓学佳兴致高昂地说。肖云飞看了看表说："快五点半了，我看今天就到这儿，大家早点回去休息。这一周没有休了，还有一周呢。""这刚搭好，看看嘛。"邓学佳迫不及待地说。"邓学佳，你听我说。咱要集中精力，下周全力以赴抓到你说的毛刺。听我的，没那么容易就抓到的，要做好充分的思想准备。而且，晚上回家好好想想，下周具体如何抓毛刺？"肖云飞说。"有道理，邓学佳，心急吃不了热豆腐，回去冷静冷静，再想想。"曹瑞祥说。"握紧拳头，才能有力出击，撤。"肖云飞最后说。

4. 孤注一掷抓毛刺

周一，18日的上午，加上从光网借的高档示波器，三台频谱仪，三台示波器，阵势浩大。"频域时域同时看，还是第一次。还有比这更系统全面的定位手段吗？"曹瑞祥说。"一般也玩不起，看看这得多少钱啊。"肖云飞指着眼前说。"开测。"邓学佳信心满满地对达荣生说。"昨天回家想得怎么样？"肖云飞冲着邓学佳说。"这边抓着毛刺，但这种方法太劳民伤财了。还是要从根本上发现实际问题，从而消除产生毛刺的隐患。"邓学佳说。"能做到吗？要是这样，也不用我们这么硬搞了。"肖云飞说。"他们现在是想这么做，做成啥样还不一定呢，咱们这儿，虽然笨，但实在。"曹瑞祥说。"抓到了，也只能说明有毛刺，怎么产生的不还是要逻辑来解决。"邓学佳说。"那这样好了，咱们兵分两路，也都别窝在这儿。你去搞根本，你搞好了，也省得我们这么兴师动众的。"肖云飞对邓学佳说。"我没这个意思，我也很想抓到这个毛刺，看我的分析对还是不对。"邓学佳说。"那边他们自己能搞吗？"肖云飞又问邓学佳。"这边抓到毛刺了，证明了我的分析是正确的，我就回去和他们一起搞。"邓学佳信心满满地说。"你要这么个心态的话，那我可要给你泼冷水了。"肖云飞说。"不说这么多了，注意看。"邓学佳看着示波器说。

"看，好像有点要出毛刺了，应该会很快抓到。"邓学佳说。"但愿。"曹瑞祥说。

3天过去了，一个功放都没烧，邓学佳显得不耐烦了。"要不明天我和他们查逻辑的问题？"晚上邓学佳说。"行吧，我和曹瑞祥盯着。"肖云飞说。"那好，明天我回实验室查问题。"邓学佳说。"哎，他们两个有什么进展没有？"肖云飞问。"不知道，明天和他们一起看看呗。"邓学佳说。

"你说，怎么又不烧了？3天都不烧了，这不捉弄人嘛。"邓学佳心有不甘地说。"我是有这个思想准备的，说要给你泼凉水嘛。"肖云飞说。"也许就是你那句话说的。"邓学佳冲着肖云飞说。"你的分析没错。而且我也坚信一定能抓到毛刺。"肖云飞说。"哪来这么大的信心？"曹瑞祥说。"FT=1是不会错的，所以，必有毛刺，只是目前我们没抓到而已。"肖云飞自信地说。"这样，明天你们把马庆生叫来，他用示波器的水平也挺高的。"邓学佳说。

周四一早，邓学佳带着马庆生来到生产整机测试现场，一五一十地交代着。"就这样，我先回，有事打电话。"说完邓学佳走了。"哼，对我们还不放心。"曹瑞祥说。"人家那是用心，我理解，好啊，马庆生，看你的啦。"肖云飞在一旁说。"我毕竟不是做他这个东西的，理解不到位。用示波器是没问题，这高档的仪表也熟。"马庆生边说边操作着，肖云飞也全神贯注地看着。

看了好一会儿，肖云飞说："曹瑞祥，你有没有觉得今天的波形跟前几天有点不一样？""有吗？马庆生，你动了什么？"曹瑞祥问。"我在调整示波器的设置，让仪表处在更加合理的位置上。"马庆生说。"嗯，不对，感觉要出事。"肖云飞急忙掏出手机给邓学佳打电话。"邓学佳，赶紧过来，感觉有点不对，相信我，赶紧过来。"肖云飞说。"怎么？好，我马上过来。"邓学佳挂了电话狂奔到产线。"我看怎么不对？"邓学佳激动地说。"刚才觉着和前几天不大一样，这会儿好像又平静了。"肖云飞说。

"想让我过来就明说呗，这种领导，学会骗人了。"邓学佳说。

"不能这么说，不能这么说，刚才真……哎，看，哟哟，哟哟哟，哟哟哟哟哟。"肖云飞正说。"看频谱，哎哎哎，哎……"曹瑞祥看着频谱仪喊着。"哇，太刺激了，第一次见着这么猛的尖峰，太猛，简直就是钢针刺进功放管，这毛刺，也太猛了，难怪管子受不了。"肖云飞说。"把录像发给我。"邓学佳说着掉头就走。"怎么？"肖云飞看着飞驰而去的邓学佳说。

"见真的了，知道怎么做了，就趁热打铁地赶紧去做。达荣生到一楼把录像导出来发给邓学佳。"曹瑞祥说。"我差点成窦娥。"肖云飞说。"这么点事，窦娥都出来了，至于吗？"马庆生嘲笑着说。"别歇着，修好再抓。"肖云飞说。"不一定就一种形态，多抓几种样本，有利于邓学佳他们解决问题。"肖云飞又说。"从一般的规律讲，他们不整三次，搞不定，一次不太可能。所以，我们抓毛刺不能停。"肖云飞继续说。

"看他那兴奋的样子，第一把难成。"曹瑞祥说。"现在只能说是入门了。"肖云飞说。"入不入门不好说，看邓学佳他们的结果。"曹瑞祥说。"我觉得怎么着应是算入门了，理论与实践相吻合。"肖云飞说。"你说算就算呗。"曹瑞祥说。"什么叫我说算就算？实际原理对上了。"肖云飞说。"好，你牛，大理论家。"曹瑞祥调侃着说。"别说，我这几天一直在想着怎么否定我分析的这套东西。"肖云飞说。"结果呢？"曹瑞祥问。

"反过来，倒过去，还是觉得自己的分析有道理。"肖云飞说。"知道为什么考试时很难自己纠错了吗？当局者迷啊。"曹瑞祥说。"关键我没迷啊，我是对的。"肖云飞得意地说。"我怎么这么牛。"肖云飞又说。

连抓了几天毛刺，又抓到两次，礼拜天大伙都歇了，邓学佳他们依然忙着出验证版本。周一的晚上，也就是25日，邓学佳来到生产现场。"晚上差不多版本能出来，应该差不多。"邓学佳说。"怎么验证呢？"肖云飞问。"就是来跟大家商量啊。"邓学佳说。"你说嘛,想怎么搞?"曹瑞祥冲着邓学佳说。"直接上整机测试,像出事的正规测试一样。"邓学佳说。"好啊。"肖云飞说。"不知道师建宏愿不愿意?"邓学佳说。"为什么他不愿意?"肖云飞反问。"他要重新领模块啊,怎么着也得测上15到20个柜子吧。"邓学佳说。"多少也得搞啊,在哪跌的,就得在哪爬起来,这么整最能说明问题。如果行了,就能进行正常的生产发货了。"肖云飞说。

"这不行吧?"马庆生说。"怎么不行?"肖云飞说。"怕还有问题是吧?接着搞啊,现在明确不是硬件的问题,生产能测得过,先发呗。接下来赵长城他们赶紧跟上,有了问题再改。站装好了都不怕,只要在正式运营前解决了,就是升个级,怕啥?"肖云飞说。"那师建宏那边?"邓学佳问。"我搞定,这个时候谁敢叫板?"肖云飞狠狠地说。"测试怎么说?"曹瑞祥问。"测试一起测的,你问赵长城嘛。"邓学佳说。"行,先试,先试,走临时技改,单板升级,还要再单独上模块装备吧,最早也得周三。"肖云飞说。"时间充裕一点,定周四吧。"邓学佳说。"好,就周四,30个柜子,5个一组,6组,一天搞定。"肖云飞说。

"这回我算是看到希望了,当然,估计还会有些问题,再改。"肖云飞又说。"对了,廖默然,把你的弟兄多叫两个,量大,万一修不过来,你们顶上,省得师建宏不爽。"肖云飞接着说。"有什么不爽的?"廖默然说。"哎呀,就这两天,临时性的。这样我好堵他的嘴嘛。"肖云飞冲着廖默然说。"想想这么多模块要领出来,用我们的临时版本。完了,都还要退回去的,只有肖云飞能让师建宏这么搞。"马庆生说。"这不情况特殊嘛,不是万不得已,我也不想这样啊,师建宏会理解的。"肖云飞说。"管子还要再领。"廖默然说。"领呗。"肖云飞说。"领多少?"廖默然又问。"领多少还要问我?"肖云飞说。"领得太多了。"

廖默然为难地说。"别小气巴拉的，干大事的人，几个管子都舍不得。"肖云飞说。"研发的库房都让我们领完啦，再领就得去生产库房了。"廖默然说。"生产库房就生产库房呗。"肖云飞说。"计划要同意才行。"廖默然说。"哎，就这么点事，领个管子，你看你颠过来倒过去地说，至于嘛。"肖云飞不耐烦地说。"他是想让师建宏他们领，研发费用现在在卡。"马庆生说。

"这我就难说服师建宏了，你懂吗？"肖云飞冲着廖默然说。"噢，你研发怕超费用，制造每个月的损耗费用可是定的。别忘了，以前经常让我们帮他们领，以减轻他们的费用呢。别想这种美事了。"肖云飞又说。"那，真的已经领了很多了，这管子可是很贵啊，超费用怎么办？"廖默然说。"超就超呗，大不了再向公司额外申请。"肖云飞说。"那好，有您这句话，我心里就踏实了。每次领，库房的人都大喊大叫，嫌我们领得太多。"廖默然说。"看见没，邓学佳？这是典型的'城门失火，殃及池鱼'。"肖云飞说。"真不好意思。"邓学佳冲着廖默然说。

5. 拔刺是关键

周四，28日，一帮人都在产线盯着。当整机第六组测试完成后，大伙如释重负。晚上，总结会依然在产线开。"看来拔刺是关键，这次是从理论到实际，缺一不可啊。"肖云飞说。"本想着你们要搞三版才行呢，没想到一版搞定。"曹瑞祥说。"还是邓学佳牛啊，这回真全靠你了。"马庆生正说着，达荣生走了过来。看达荣生似乎有事，肖云飞警觉地问："没什么事吧？"达荣生环顾大家，说："不好说。""什么不好说？说，啥事？"邓学佳急着问。"刚才在那边把今天测的数据以及告警都看了一遍，发现一个奇怪的现象。"达荣生说。

"什么奇怪的现象？"曹瑞祥问。"有一个功放，就是最后一组，最后一个下电的柜子，在下电的过程中烧了。"达荣生说。"下电烧功放？怎么可能？"曹瑞祥说。此时，邓学佳没吭声。过了一会儿，邓学佳慢慢地说："你确认功放烧了吗？""确认啦，开机验证，确实烧了。所以才来晚了。"达荣生说。"走，看看去。"邓学佳说着冲向整机测试场地。"应该是下电过程中，逻辑处理的时序乱了，产生的毛刺把高效功放管给击穿了。"一帮人仔细查看后，曹瑞祥说。"还得再查查，掉电还能烧功放？"邓学佳若有所思地摇着头说。"要知道，我们是没有路的，这路全得靠我们自己走。现在我算理解张总为什么要下定决心让我们解决烧功放的问题了。"肖云飞说。"嗯，张总确是高人，不计较一时的得与失，看得更长远。"马庆生说。"要不怎么是领导呢。"廖默然说。

"现在很难判断，只能回去慢慢查。"说着邓学佳给赵长城打电话，"赵长城，帮我做个事。""又怎么啦？"赵长城问。"生产上发现下电的过程中，烧了个功放。"邓学佳说。"下电？"赵长城问。"是的，是在整机下电的过程中，烧了一个功放。"邓学佳说。"以前，早期上电容易烧，怎么，你搞了啥？先查查你干了啥。"赵长城不解地说。"同步嘛，你让夏润泽多做下电的操作，抓毛刺。我这边同时查逻辑，看有什么问题。"邓学佳说。"没仪表怎么搞？"赵长城说。邓学佳想了想，转头对肖云飞说："你看，能不能调一台仪表给赵长城，让他测下电的问题。""我看可以，肖云飞，大方向定了，细化的事回去搞吧。"曹瑞祥说。"你们看喽，不过我要明确噢，先恢复整机生产，把货先发了。"肖云飞说。"你也太……"马庆生说。"怎么啦。现在应该思路很清晰啊，主要问题应该是解决了。这一点你们认可不认可？"肖云飞问大家。

"先让邓学佳自己说。"马庆生说。"为啥要我说？大家看。"邓学佳说。"我不同意，等把下电的问题搞明白了再说。"曹瑞祥说。"我也是这个意思。"马庆生附和着。"哪个意思？要明确。"肖云飞说。"我不同意，明确了吧。"马庆生说。"还是看邓学佳的意见。"廖默然说。"我没意见。"邓学佳说。"什么意思？是没有意见给大家，还是现在发货你没意见？"肖云飞问邓学佳。"哎呀，不跟你们扯，我现在是要解决掉电烧功放的事。"邓学佳说。"意思是你弃权？"肖云飞问。"算是吧，对，弃权，我不发表意见。"邓学佳说。"你做的东西，你不发表意见，这也太不负责任了吧。"马庆生冲着邓学佳说。"我弃权啊，也是一种态度。人大代表投票有赞同、反对和弃权，对，我的态度是弃权。"邓学佳说。

"哎呀，马庆生，你不就是想逼邓学佳和你们一样反对发货吗？弃权，对，邓学佳做得很恰当。"肖云飞说。"恰当？真有你的。"马庆生说。"哎呀，邓学佳的弃权表明，他是支持肖云飞的，这都看不出来。"曹瑞祥冲着马庆生说。"我知道，我就是要逼他亲口说出来，还是不想负责任。"马庆生说。"不跟你们扯了，我走了。"说完，邓学佳扬长而去。走着走着，邓学佳突然转身大声说道："难道反对就是负责任吗？告诉你，最最不负责任的，就是那些整天投反对票的人。什么都不做，自然什么问题也都不会发生，也就只能喝西北风。"说完邓学佳走了。

"行了，这事你们都给我闭嘴，师建宏他们问起你们来，就说以我说的为准。听见没？"肖云飞冲着大伙说。"你是老大你说了算，我们不掺和。"马庆生说，曹瑞祥、廖默然都没吭声。"该掺和的要掺和，不该掺和的最好别掺和。"肖云飞说。"能做到不烧功放吗？他们一时半会儿定位不出问题来怎么办？下电问题解决了，最近温循倒没怎么烧。"肖云飞正要往下说。"好了，好了，你说了算，你说了算。"曹瑞祥说。"不是我说了算，啥事要见好就收，30个柜子，90个模块，下电烧一个，日子就不过了？你们两口子吵个嘴一时气话说离婚，就离啦？"肖云飞说。"哎，说点好的行不行。"马庆生说。"逗你玩呢，这么不经逗。"肖云飞冲着马庆生说。"说这不吉利。"马庆生说。

8月1日，周一刚上班，作战室。"明天开始恢复整机测试生产，正常发货。邓学佳，你们要去保障，听见没？一有问题马上通知我，好吧。"肖云飞说。"必须的。"邓学佳说。"下电的顺序听说做了些优化，但愿OK。"肖云飞又说。"查出些问题，顺手改了，接到下电的指令，有序退出。"邓学佳说。"还是没想明白，掉电就什么都没了，怎么搞？"廖默然问。"掉电是个过程，都有电容的嘛，你感觉不出来，测能测得出，从有到无，是有一段时间的。"曹瑞祥说。"有道理。"廖默然说。"赵长城，赶紧去生产领新版本的模块来做温循。"肖云飞又说。"不用，和生产说好了，我们派人盯着他们产线做温循。"赵长城说。"哟，这次师建宏很配合嘛。"肖云飞说。"你以为你做了决定大家真就不担心了。"马庆生说。"也好，小心驶得万年船。"肖云飞说。

"是师建宏主动找我的，就来之前。"赵长城说。"好啊，个个对我不放心啊。"肖云飞说。"没说你做错，没说你做错。"赵长城忙解释说。"我当然知道我没做错，90个有一个。大不了，廖默然你们派人去印度修去。"肖云飞得意地说。"小炉匠精神又来了，能不能换点新鲜的？"曹瑞祥说。"不能。"肖云飞昂起头说。"张总规定的期限，8月初发货，还是可以不空运的。这是张总和一线达成的协议。"肖云飞接着又说。"都知道。"大家齐声说。"啊，张总跟你们都说啦。"肖云飞说。"邓学佳、赵长城，接下来全看你们的了。散会。"肖云飞最后说。"哎呀，曹瑞祥你等等。"肖云飞忙说。"什么事？"曹瑞祥问。"三合一双工器咋样啦？"肖云飞问。"这几天哪有心思关心这事。"曹瑞祥说。"柳超智在吗？"肖云飞问。"在。"曹瑞祥说。"走，问问情况。"说着，肖云飞和曹瑞祥来到柳超智的座位处。

"怎么啦？什么事什么事？"柳超智见两位老大来到自己座位前。"怎么样啦，三合一？"肖云飞急着问。"要我做的，做到啦。剩下是查曼丽的事，我就不清楚了。"柳超智从座位上站起来说。"那价格应该能满足查曼丽的诉求。"曹瑞祥说。"问一下。"肖云飞示意曹瑞祥。"给查曼丽打电话。"曹瑞祥冲着柳超智说。"好。"说着柳超智拿起固话打起来。"喂，查曼丽，肖云飞找你。"柳超智顺手把话筒递给了肖云飞。"你问就是喽。"肖云飞边说边接过话筒。"查曼丽，柳超智按你的要求做到了，您那边怎么说？"肖云飞说。"再等等，看巨峰的情况。"查曼丽在电话里说。"巨峰没达到吗？"肖云飞问。"再等两天吧。"查曼丽说。"要不要派柳超智去？"肖云飞问。"巨峰没提。"查曼丽说。"怎么，要保密啊？"肖云飞说。"那不知道，可能有点晚，已经全是人家自己的思路，现在想往里插，我想比较难。等他们这轮过了，看他们怎么说吧。"查曼丽说。"要几天？"肖云飞说。"本周有结果，到时看结果再说吧，就这样。"说完，查曼丽挂了电话。

"8月中，9月，10月，11月，12月，来得及。"肖云飞说。"关键看成本。"曹瑞祥说。"那边，一千一百瓦怎么样啦？"肖云飞又问。"一千一百瓦，还行吧。"曹瑞祥应付着说。"多了解一下，看看有什么问题。"肖云飞说。"电感，共模电感，功率太大，以前的不能用，需要重新定制。"曹瑞祥说。"定制呗，怎么，有问题啊？"肖云飞问。"没，没问题。"曹瑞祥说。"IMS①别的没啥，主要是这个一千一百瓦

---

① IMS：Integrate Multi-Sector的简称，集成多扇区。

电源。你说就定制个共模电感，应该没那么简单，好好了解一下，别大意。"肖云飞提醒着说。

6. 谁为产品质量负责?

周五下午刚上班没多久，肖云飞的座机响了。"喂，什么事？"马庆生一看，是查曼丽的电话。"找肖云飞。"查曼丽说。"找你的。"马庆生示意肖云飞拿自己跟前的话筒。肖云飞拿起手边的话筒问："怎么，三合一有结果啦？""是啊，给领导汇报一下。"查曼丽在电话里说。"怎么样？"肖云飞问。"还行吧，所以给您汇报一下。"查曼丽说。"达到预期啦？"肖云飞又说。"分阶梯价，前500个，要弥补开发的成本，后面再做，是达成我们的预期的。只是不知道您是否认可这个结果？"查曼丽说。"前500个贵点是吧？"肖云飞说。"实话，难点就在这儿，他们提要1000个呢，最后妥协成500个。"查曼丽说。"满意，很满意。感谢啊。下来我让马庆生测算一下IMS的成本，真达成了，一定写感谢信，还有奖金。"肖云飞说。"奖金就算了，感谢信给我们上上下下的领导都抄一遍。"查曼丽说。"感谢信、奖金都要。"肖云飞正说着，手机响了。"哎，就这样吧，谢了啊。"肖云飞挂了固话，掏出手机接听着。

"喂，什么会？"肖云飞问。"肖云飞，我是师建宏。"师建宏在会议电话里说。"啥会啊？"肖云飞问。"你跟肖总说。"师建宏说。"肖总，我是生产质量的费鲁生，是这样，印度发货模块温循烧了一个功放，我们主管说要暂停发货，问题解决了才能发。"费鲁生说。"听到了吧，肖云飞？他们把印度的发货都冻结了，无法出库，今天下午的四点到六点，就要来车提货了，所以叫你上来。你是代表产品线。"师建宏说。

"为什么要冻结发货？经过产品线同意了吗？你就自说自话，耽误了货期你负责。"肖云飞问。"领导要我做的，我们要保证产品质量。"费鲁生说。"你们要保证产品质量，产品质量的第一责任人是产品线，这是EPD明确定义的，这一点都不懂？"肖云飞在电话里大声地说。

"您别跟我发这么大的火，我是执行我的领导的命令。"费鲁生说。"你们领导是谁？"肖云飞问。"曾汉强。"师建宏说。"要不你把曾汉强call上来？"肖云飞在电话那头说。"好，我把我们领导call上来。"说着，费鲁生转线曾汉强。"好，上来了。曾工，我是费鲁生。"费鲁生说。"啊，怎么啦？"曾汉强说。"这样，就是印度发货的事。产品线不同意冻结发货。"费鲁生说。"产品线不同意，你有没有搞错啊？华老板可是让我们保证公司产品质量，他们不同意，解决烧功放了再说，不能发。"曾汉强说。"谁说的？你说了不算，我说了算。"肖云飞不客气地说。"你是谁？"曾汉强说。"肖云飞，告诉你曾汉强，发不发货你说了不算，产品线，我说了算，这是规矩。你也是老员工了，这一点都不懂？"肖云飞说。"就是不能发，华老板来产品线交代我们要替公司把好质量关。"曾汉强说。"搞清楚，产品线是产品质量的第一责任人，什么时候轮到你曾汉强？"肖云飞说。"坚决不能发，我要为公司的产品质量负责。"曾汉强寸步不让地说。

"天大的笑话，你，曾汉强要为公司负责，撒泡尿照照去吧，你为公司质量负责。告诉你，公司幸亏定义产品线是产品质量的第一责任人，华老板很清楚，真指望你们，公司早垮了。"肖云飞停了停，又说，"哎，曾汉强，你不是口口声声说华老板要你把质量关吗？这样，今儿我把话撂这儿，除非你让华老板发邮件，口头传不算。你有本事就让华老板发邮件说这批印度的货不能发。否则，曾汉强，你给我听好了，师建宏你也听着啊。如果今天下午四点来提货，货被你小子曾汉强挡着不让提，师建宏啊，首先，市场的一切后果，由你们自己承担，我要告诉你，这可是华老板、金总亲自抓的项目。"肖云飞正说着，师建宏插道："这些都跟他说了，死活不肯。""理儿都说透了，不肯是吧。曾汉强你听好了，我一定，一定，动用产品线的力量，让你在燎原待不下去。燎原不需要这种不负责任的所谓管质量的领导。市场的一切后果你来承担。"肖云飞怒吼着。

"录下来没有，费鲁生？"曾汉强问费鲁生。"都录了。"费鲁生说。"肖云飞，我要提醒你，你刚才说的话全都录下了，我会把这个录音交到公司去，看看产品线的人是怎样不顾产品质量，硬逼着制造质量人员放水的。"曾汉强威胁肖云飞说。"录下来了是吧，师建宏，太好了，省得我再费口舌了。这样，师建宏，把今天我们几个开会的情况一五一十地全程记录下来，写得清清楚楚的，作为纪要发出去。抄送给华今朝、金海明、公司所有领导，你们制造的，核心是，产品线是产品质量的第一责任人，综合考虑风险可控，同意印度发货。其次，制造质量负责人曾汉强，打着华今朝老板的名义，与产品线作对，不同意发货，由此产生的一切后果全由曾汉强负责。另外，再加一条，鉴于曾汉强这种打着质量的旗号，不顾产品线死活的表现，移动产品线强烈要求公司开除曾汉强。纪要附上通话记录，马上写，师建宏。"肖云飞正说着，只听有人掉话了。

"曾汉强下去了。"师建宏说。"下去了，怕啦，居然敢拿录音来威胁我，简直是……！"肖云飞说。"肖总，肖总，消消气。我们曾总主要被上次搞怕了，担心出了货又要被拉回。"费鲁生说。"那就好好说嘛，师建宏，这次如果再像上次那样，费用全由产品线承担。放心了吧，费鲁生。纪要里白纸黑字地写上，我是不会赖账的，行了吧，赶紧解冻，发货，快。"

肖云飞说。"听产品线的吧，费用的事写清楚就行啦，赶紧的，完了，散会。"师建宏说。

挂了手机，一回头，看见一帮人在身后。"都听见啦？"肖云飞冲着大家说。"东西做得烂，人家对你就没信心，货都不让你出，怕货出去了，出了事，赖上人家。"肖云飞又说。"对了，邓学佳你怎么在这儿？赶紧去温循定位啊，要快，你们以为我不担心啊，我那是强撑着，其实要说曾汉强做得也没错，要是时间允许，我也不同意发。"肖云飞说。"快去啊。"肖云飞看着邓学佳说。"已经拿回来了，故障模块。"邓学佳说。"为什么不在生产现场定位？"肖云飞问。"人家还是要继续做的嘛，我们在那儿定位，占了人家的环境，你说人家是做还是不做？"邓学佳说。"温循在哪儿做都是一样的。"赵长城说。"一样的？给自己脸上贴金是吧。还好意思，问你，你的温循为啥没做出烧功放来？"肖云飞冲着赵长城问。"设置不一样。"赵长城辩解道。"为啥设置不一样？"肖云飞追着问。"我们是印度实用频点。其实没那么悬的，印度实用频点不会有事的，你的发货决定是英明正确的。"赵长城说。"能光想着印度吗？我们芯片怎么办？难道只能用印度频点？那个芯片能有啥用？"肖云飞追着问。"把柴文娜给我叫来。"肖云飞随即说。

"唉唉，不用叫，我在借电脑处理个流程，处理完了，有何贵干，肖总？"柴文娜从别人电脑旁站起来说。"好啊，你们倒是凑齐了找骂啊，行，觉悟有提高。"肖云飞说。"你那嗓门，说的哪些个话。"柴文娜说。"频点你就允许他们随便设啊？"肖云飞冲着柴文娜说。"我又不懂，他们也是经过评审的，个个说得头头是道的。"柴文娜说。"不要狡辩，你这是找理由。以前，关于频点的设置争论过，我还专门交代你要关注。"肖云飞对柴文娜说。"你要这么说，我认。但你也把关不严啊，你怎么到现在才知道呢？以前怎么没关心呢？我承认他们忽悠我，我耳根子软，想想时间这么紧，难度这么大，先保印度不出事也是对的。"柴文娜说。"好，行行行。芯片，咱还要做芯片呢。"肖云飞说。"邓学佳，以后你休想再忽悠我。"柴文娜恶狠狠地说。"没人忽悠你。"邓学佳说。"赶紧去定位。"肖云飞冲着邓学佳说。"正在搭环境。"邓学佳说。"哎，刚才赵长城的话大家别当真啊，那是糖衣炮弹，会迷惑我们的双眼，消磨我们的斗志。反正货已发了，就要往死里搞，家里不怕烧啊。"肖云飞最后说。

"随着自制多载波印度的成功发货，市场呈现出井喷式增长。所以，我强烈请求张总在这次的产品线月度例会重点讨论发货保障的事。"8月的最后一天产品线例会上，楼晓明说。"是啊，是啊，研发很给力，但后端的保障跟不上，也不行。产能……"张立彪正说着，师建宏插话说："张总，产能不是问题，这一点请您尽管放心。只要物料齐套，我们老大说了，有多少做多少。""你看，产能没有问题，但接着又搞个只要物料齐套这么个附加条件。你们供应链，我只要3个字：没问题。不要给我提什么条件，你们都给我把话带回去，让你们的领导别跟我说那些个没用的，交不上货的时候。哎，就3个字，没问题。"张立彪说。"物料，物料，我担心的是物料，产能我是不担心的。"张立彪又说。

"查曼丽！"肖云飞冲着查曼丽说。"巧妇难为无米之炊啊，没物料，只能干瞪眼。"张立彪又说。"哎哟，张总，我们都在全力以赴地搞，主要瓶颈FPGA①，专门去美国谈，我们老大明天就去美国。"查曼丽说。"原来还可以从其他产品线调剂，但现在不行了，量太大。"楼晓明说。"双工器呢？"肖云飞又问。"搞个西山，问题不大。"查曼丽说。"功率管呢？"张立彪又问。"功率管是准备得早，FPGA主要是后面算法自制了突然冒出

---

① FPGA：现场可编程逻辑门阵列。

的需求。其实，张总，您应该有数，问题不大。"查曼丽说。"别，我没数，我凭什么有数？"张立彪说。"张总，不要这么说嘛，我们也是在努力，没闲着。"查曼丽说。"努力不努力我管不了，反正我只要3个字，没问题。"张立彪说。

"这样，张总，我们领导要求，产品线牵头，成立个交付保障组。你看产品线谁来当这个组长？"楼晓明说。"肖云飞啊，你呢？"张立彪说。"我当副组长，具体组织工作。"楼晓明说。"把查曼丽也搞成副组长。"张立彪说。"我们干活就行了，副组长就算了。"查曼丽说。

"唉，怎么能算了呢，你那么重要。就这样，组长肖云飞，副组长楼晓明、查曼丽，其他相关领域名单你们搞一下，最好正式任命，明天就签发，才是上午嘛，来得及。"张立彪说。"我们努力明天发出来。"楼晓明说。"听好喽，交付完成得好，产品线重奖，十万。"张立彪又说，此话一出全场欢声一片。

"跟着张总就是有钱花。"楼晓明激动地说。"条件，不能因为交付不上而丢单。"张立彪接着补充道。"张总，您这个不好把控啊。"楼晓明说。"怎么不好把控？好把控得很。客户要求交货的时间，你答应了，并且按时交上了就行啦。"张立彪说。"要是客户今天说要，明天就得到货怎么办？"楼晓明说。"跟您这么说吧，你们计划只允许说YES，不允许说NO。"张立彪说。"那我也不能说NO。"楼晓明说。"对，反正你不能说NO。"张立彪又说。"那我完成不了，我的领导肯定把我给砍了。"楼晓明说。"你找肖云飞啊。让产品线替你想办法啊，和一线沟通啊。别忘了他是组长啊。"张立彪说。"那我明白了，有困难找组长，说NO的事让组长来。"楼晓明说。"明白了吧，好，就这样。"张立彪最后说。

下午，作战室。"就这么大批量地发了，心里还是有点毛。"肖云飞说。"你们定位得怎么样？也没个明确的说法。"马庆生问邓学佳。"现在比较零星，说实话比较难定位出就是什么。"邓学佳说。"不是毛刺吗？"曹瑞祥问。"应该还是毛刺，我们在全面检视。通过一些手段来发现哪里可能会有问题。"邓学佳说。"好了，你们搞吧，解决烧功放也是个长期工作，赵长城，版本要把好关，别搞乱了。柴文娜，版本管理要严格执行，听见没？"肖云飞说。"知道了。我和赵长城一起来把这个关。"柴文娜说。"你们试验验证的版本有没有很好地管理起来？我很担心大家太随意给搞乱了。"肖云飞又说。"不会的，软件做得是很规范的。不按规矩，考评直接降级。"王厚林说。"大家要明白啊，我们要外松内紧，知道吧？"肖云飞说。"明白！"大家齐声回道。"痛并快乐着！"肖云飞最后说。

7. 把2G/3G做成一个模块

"这一晃一年就仅剩最后一周了，真巧唉，牡丹，26号、27号、28号、29号、30号，正好周一、周二、周三、周四、周五。"肖云飞在食堂边吃着午饭边说。"昨天圣诞，带孩子去了欢乐谷，你说现在这圣诞，就是给孩子准备的，简直就是孩子们的节日。"东方牡丹说。"可不是嘛，我们那孩子愣要他爸扮成圣诞老人，闹死了。"柴文娜说。"对了，IMS过点没问题吧，马庆生？"肖云飞问。"应该没问题吧。"马庆生说。"从目前测算的看，能做到一点三九。"马庆生又说。"真的假的？"肖云飞说。"你可以去问产品线管财经的，他们肯定能给你一个准确的数据。"马庆生说。"很有底气嘛。"肖云飞又说。"上午刚和他们开过会。"马庆生说。"你这都做到不到一点四了，那再往下不就能达到一点二啦？"肖云飞说。"再往下，可能吧。但传统基站成本也在降，只能到时看绝对值了。"马庆生说。"肖云飞，IMS按时过点有点难啊，我先给你打招呼。"柴文娜说。"怎么？"肖云飞问。"问题不大，EMC的事。"马庆生说。

"马庆生，我跟你们说，认证中心和器件中心都是权威机构，代表公司的，想在他们那儿蒙混过关，肖云飞，你们可得小心。尤其是认证中心。"柴文娜说。"怎么，赵长城，你知道怎么回事吗？"肖云飞问。"他知道，哎呀，没啥，放心，别听柴文娜瞎掰，都是公司内部，说得那么玄乎。"马庆生说。"马庆生，情况和以前相比是有所变化的。"赵长城说。"你说的，在我看都一样，没啥变化。"马庆生说。"什么变化？"肖云飞问柴文娜。"公司的论证中心已获国际权威机构认可。"柴文娜说。"换言之，只要经过燎原公司认证中心认证通过的，在国际上都是认可的。"赵长城解释道。"好啊，好事啊，认证通过了，全世界都可以卖了，是这个意思吧？"肖云飞又问。"是的。"赵长城说。"关键是要认证通过。"柴文娜说。"难道……"肖云飞望着马庆生正要往下谈。

"通过了，已经通过。"马庆生赶紧接着说。"通过啦，柴文娜，还有什么问题？"肖云飞问。"哼，我就不说了，你问赵长城吧。"柴文娜说完，肖云飞转脸望着赵长城。"通过认证是肯定的。但通过论证的TVS管①，目前器件还没有完成认证。"赵长城说。"马庆生，赶紧完成认证不就得啦。我以为什么大事呢。"肖云飞说。"对吧，柴文娜，不是什么大事，您多虑了。"马庆生说。"哎，我多不多虑没关系，有本事让人家会签同意，那就真叫我多虑了。"柴文娜说。"能同意签吗？"肖云飞问

---

① TVS管：瞬态二极管。

马庆生。"他们凭什么不给签，认证器件肯定是要有个周期，没必要那么死板。"马庆生说。"你要能拖到明年2月底过点，是没问题。"柴文娜说。"哎，有点过了，我就不信，什么器件要这么长时间，不就一个TVS管嘛。"肖云飞说。

下午，作战室。"钟子健，我说你们也真是，这电源给你们一分解就没什么难度了，唯一电源输入，功率是翻倍的，就这么一个难点，用功率容量大一些的TVS抗雷击不行吗？非要等到不行了再改。你看，影响我过点，怎么办？"肖云飞说。"肖总，说实话室内站雷击导致的浪涌不太可能发生。认证中心那帮人太官僚，根本不关心实际的用途，只看硬杠杠。"钟子健说。"你说认证中心，那我还要说器件中心呢，就不能加快认证啊，2月底，也太长了吧。"肖云飞说。"对唉，能不能加快？"马庆生问钟子健。"人家又不是只给这一个器件做论证。"钟子健说。"其实，他们是不想让我们用这个更大功率容量的TVS管。"赵长城说。"为什么？"肖云飞问。

"显然啦，就你一个IMS用。你们的其他产品也不用，公司更没人用。"钟子健说。"所以，他们开始就听器件中心的。"马庆生说。"结果认证中心又过不了。"肖云飞说。"也不是完全过不了。"赵长城说。"怎么讲，钟子健？"肖云飞问。"打三次，两次能过，一次过不了。不确定，有时就过了，有时就不行。可能TVS管有差异。"钟子健说。"就是余量不足嘛。余量不足就是这样的。"肖云飞说。"我觉得不用这么严格，室内站不会有问题的。"钟子健说。"你说的我也认，但是怎么办呢？"肖云飞说。"动用产品线的力量，先过点。器件通过论证晚点没啥。"钟子健说。"你说得轻巧，器件中心，流程里有它这个角色，它不通过，BOM没法生效。"马庆生说。

"走临时技术更改，BOM中先删了，生产时再添加上去。"钟子健说。"可是这样做，认证中心就不出认证报告。"马庆生说。"为什么？"钟子健说。"它的报告是要附上器件清单的，清单里没TVS管，它怎么出这个报告？"马庆生说。"这不简单嘛，你给它一份有的不就行啦？"钟子健说。"就你聪明，人家只在EPD里下载，别的不认。"马庆生说。"对啊。"肖云飞看着钟子健。"别看我啊，这时产品线得起作用啊。"钟子健冲着肖云飞说。"那你说我该怎么起作用？"肖云飞反问道。"把认证中心搞定。"钟子健说。"不，把器件中心搞定。"肖云飞说。"人家不可能为你这个器件改变计划的，全公司都在他们那儿。"钟子健说。"钟子健，应该还是你不想吧？"肖云飞说。"我有什么不想的。"钟子健说。"器件中心可以委托你们研发搞啊，不就是完成测试用例嘛。"肖云飞说。看着钟子健正要开口，肖云飞又说："行了，别说了，你要是人手不够，赵长城，你出人帮他，就这样，争取这周做完测试。元旦后过点，可以宽限几天，1月5号怎么样？""这样可以啊，钟子健，你提供用例，我们测试帮你搞。"马庆生说。"还有你，你主抓，赵长城还有别的事。"肖云飞冲着马庆生说。"你的意思是让我做呗。"马庆生说。"没错，你这块熟，跟他们电源合作也多，赵长城可以派人协助你。"肖云飞又对马庆生说。"那好，球在你们脚下，马庆生，一会儿把用例发给你。"钟子健轻松地说。"我给你一个人。"赵长城冲着马庆生说。"元旦又休不了了。"马庆生说。"通过了，填外出公干，放你假。"肖云飞说。"这可是你说的。"马庆生说。

2006年的1月9日，三九的第一天，周一。"内地可是冰天雪地的，这儿，哎呀，还是深圳好啊。"马庆生正和肖云飞聊着天，固话响了。"喂，哪位？"肖云飞拿起电话问。"我是洪中国。"洪中国在电话里说。"啊，你好，洪中国，你是……"肖云飞正要问，洪中国回道："我在国内，圣诞后还没回呢。""难怪这时间打过来，什么时候回欧洲？"肖云飞问。

"想过完年再回。"洪中国说。"有事啊？"肖云飞问。"波兰局方提出个奇葩的想法，希望我们燎原把2G/3G做成一个模块，还是ODU①，不是室内站，真够奇葩的吧。应该做不了，是吧，肖云飞？"洪中国说。"麦克他们怎么说？"肖云飞问。"麦克理都没理他们，觉得我们好欺负呗。"洪中国在电话里说。"也别这么说嘛。"肖云飞说。"怎么着，看您这意思是能做喽。"洪中国说。"看波兰客户具体什么要求嘛，光这么说，没有具体的约束条件，有什么不可以的。关键看局方有什么具体的要求。"肖云飞说。"肖总现在是越来越牛啊，来者不拒，什么都能做啊。"洪中国在电话里说。"哎，中午见个面，吃个饭呗。"肖云飞说。"不行，在培训，出不来，这还是利用课间休息时间给你打的。"洪中国说。"中午不休息啊？"肖云飞说。"时间短，没法聊。这样，把需求整理了发给你，挂了。"洪中国说完挂了。

"这种东西还要看需求。"肖云飞边放电话边说。"又有什么新需求？刚冲锋完，正好都闲下来了。需求来得正是时候。"马庆生说。"我也是这么想。虽然有点奇葩，难度大不怕，大家做得更有劲。"肖云飞说。"怎么个奇葩法？"马庆生问。"2G/3G做成一个ODU模块。"肖云飞说。"就是双模，也谈不上奇葩。"马庆生说。"哟哟，一个比一个牛。"肖云飞说。"牛什么？两个叠一起不就是双模了。"马庆生说。"看具体需求吧。"说完肖云飞看起自己的邮件来。

中午，食堂。"现在把农业税取消了，农民不用交税了。"王厚林说。"农民种粮食赚不了什么钱，还要交税，这税就不该交。"马庆生边吃边说。"哎，我才知道农民种地还要交税。"东方牡丹说。"你们城里长大的当然不知道。"肖云飞说。"听马庆生说，又有双模ODU

---

① ODU：射频室外单元。

的需求啦？"曹瑞祥问肖云飞。"哇，马庆生，你这，八字还没一撇呢。"肖云飞说。"不是怕他担心没事做吗？"马庆生说。"哎，邓学佳，赵长城，你们不会没事做吧，烧功放是个长期的工作，还有廖默然，你怎么能没事做呢，功放的效率还差得远呢。"肖云飞说。"说这些有意思吗？现在不都在做着你说的这些事嘛。"曹瑞祥说。"你们呀，好好想着怎样回家过年，过完年再说。又是自制多载波，又是ODU，又是IMS的，还嫌不够啊，好好歇歇，好好歇歇，2005年你们做的单子都像雪片似的，到生产上看看，生产过年就两天，除夕、初一放假，初二就得开始加班。"肖云飞说。

"是啊，都成公司赚钱的工具了，我们呢，再没项目估计要走人了。"倪良策说。"这就瞎说了，怎么可能呢？形势一片大好，必然有客户提出新需求。上午，欧洲的洪中国找我，说是双模ODU有需求。"肖云飞说。"双模啥意思？"达荣生问。"2G/3G做成一个ODU模块。"马庆生说。"搞啊。"倪良策顿时兴奋地说。"估计下午会把具体的需求发过来。搞啊，成本、尺寸、功耗、块头都大，发热又厉害，贼贵，谁要啊。别光兴奋，麦克不肯做。"肖云飞说。"正好，我们做嘛。"邓学佳说。"要是一千八和二千一，双工器倒是省事。"柳超智说。"那要是和低频双模呢？"肖云飞问。"就没那么省事了。"曹瑞祥说。"杭岩，我们的算法还要改进噢，芯片。"肖云飞说。"芯片似乎想操心也操心不上了，上海的已经全面接手了。"曹瑞祥说。"工程样片什么时候出？"肖云飞问。"明年年初吧，最早也得今年年底。"曹瑞祥说。"所以，你们还真不能放松。"肖云飞指着邓学佳说。"你们要是有大变，工程样片还得推迟。"曹瑞祥说。

8.中国自己的3G

第二天上午十点左右，洪中国又给肖云飞打电话。"肖云飞，昨天说的事，看来要来真的了。"洪中国在电话里说。"来真的好啊。"肖云飞说。"你可真行，我可不好。"洪中国说。"是不是领导让你马上回欧洲？"肖云飞问。"是啊，年是过不成了，让我赶紧跟客户把需求弄明白。听说要的都还比较急，不仅仅是波兰，还有东欧其他国家，诉求也不尽相同。"洪中国在电话里说。"都有什么不同？"肖云飞忙问。"什么都有，核心是买我们的3G，想让我们送2G，把麦克、香农的2G站给替了。"洪中国说。"啊，原来是这样。"肖云飞说。"占地盘的好机会，公司下决心了，不说了，有事给你发邮件。"洪中国说完挂了电话。撂下电话，肖云飞冲着马庆生说："让大家去作战室开会。"

不一会儿，大家陆续来到作战室。"双模的事可能是真的了，洪中国这两天就回欧洲，公司下决心要做。"肖云飞说。"其实想想挺没道理的，噢，为了想省钱，买个3G还搭一个2G。"廖默然说。"欧洲客户掌握了中国人的习惯，你到商场去看看，买一送一的广告到处都是。"邓学佳说。"说实话，工作量主要压在功放上，全得重新开发。"廖默然说。"不正好有事做了吗？"李和平说。"噢，你们原来以为都像你们似的，一个中频打天下？真是站着说话不腰疼，一个频段对一个功放，你算算要多少。"廖默然说。"你那功放又不难。"李和平。"再说了，双工器不也一样？"李和平又说。"不一样。"廖默然说。"我们也是不同形态、不同频段都要重新来过的。"柳超智说。"你跟我叫板？你那东西我比你清楚，搞个规格书就完了。"廖默然说。"你们也可以找厂家做啊。"柳超智说。"别瞎扯。公司的大策略定得很清楚了，你的双工器肯定不自己做。功放，则须自己做，别人做，一是成本，二是也不放心呐。"肖云飞说。"廖默然说得没错，功放工作量最大。"肖云飞又说。"也没啥，就是搬搬弄弄。"曹瑞祥说。

"你来，说得轻巧。就说人手，每一种都需要人去调吧，你说搬搬弄弄，看起来没啥，具体还是有差异的，差个0.5你愿意啊？"廖默然说。"不愿意。"肖云飞说。"还有啊，都是0.1、0.1地抠的。关键是要有人花时间去调，定了版还要看小批量，跟线有问题还要及时调整参数，甚至改版。什么一版搞定，功放三版就算不错的了，管子有差异，个体的差异，批次差异都是客观存在的。"廖默然说。"不就是生产上要让工人们调嘛。"马庆生说。"调是肯定要的，弥补个体差异啊，但研发设计得不好，有可能不好调，也有可能调不出来，就需要开发花工夫啊。没那么容易的。"廖默然说。"你们这种思想要不得，公司领导都很重视功放。公司领导重视说明了什么？肯定是有难度才重视的嘛。"肖云飞说。

"你的意思我们都明白，简单，算法简单到要死，就一个破公式，你们啊，杭岩，你可以回家洗洗睡了。"曹瑞祥说。"我也觉得悬，可以回家洗洗睡了，确实也没啥了。"杭岩回道。"别这样好不好？你们是基础。都重要，都重要，看你们把话岔的，回正题。"肖云飞说。"你再怎么说，一种种的功放的工作量是少不了的。"廖默然强调着。"回正题，还是回正题。"肖云飞说。"回啥正题啊，功放工作量就是正题，双模有啥稀罕的，手机都是双模的，而且还是多频段的。"廖默然说。"说得也是，工作量主要是功放，双工器是拿出去做的。"曹瑞祥说。"哎，肖云飞，关键是要多大功率。"廖默然说。"没错，功率，功耗，尺寸。你们就想着双模中频呗，手机都能做了，你们还有什么说的。集成，成本更低。"曹瑞祥冲着邓学佳说。"每个载频的功率是关键噢。"肖云飞重复着说。"你说还需求不一样，是吧？"廖默然又问肖云飞。"嗯，洪中国说东欧不止一个运营商提出需求，而且都不一样。所以，他要赶紧回去跟客户具体落实需求，才能知道要我们做啥。"肖云飞说。"看看噢，我是想了，手机什么双模，多频段。我就从手机这个角度看，随便就是几种。"廖默然说。"说说嘛。"邓学佳说。

"2G/3G是一种，这就有一千八和二千一，二千一和九百有没有可能？"廖默然说。"为什么不可能？"邓学佳说。"有可能是吧，好，双模多频有没有可能？"廖默然问。"好像也有可能哦。"肖云飞说。看着廖默然还要往下说，肖云飞打住他，冲着曹瑞祥说："都别说了，叫大家来，就是要启动这个事。曹瑞祥，首先，你得把可能的组合给我搞个表出来。""把手机搞清楚了，就都清楚了。"廖默然冲着曹瑞祥说。"别啊，你赶紧去搞，很重要的。而且你要归纳总结出我们如何牵引局方，不能种类太多，真做不过来。"肖云飞冲着曹瑞祥说。"太多了，真做不过来。"廖默然说。

"你肯定不能一人就一块板吧？"马庆生冲着廖默然说。"已经至少两块板了。"廖默然回道。"感觉越说功放瓶颈越大呀，还得招人呐。"肖云飞说。"招人是一方面，我们欢迎咱们内部，谁愿意来做功放的，欢迎啊。"廖默然冲着大家说。"我们人还不够用呢，怎么可能？"曹瑞祥说。"问问嘛，说不定有人愿意做功放呢。"廖默然说。"开始挖墙脚啦。"马庆生说。"廖默然，这事咱们下来商量。"肖云飞说。"哎，曹瑞祥，尽快拿出份材料来，我要应付洪中国，不行，咱们商量啊，就这样。"肖云飞说完散会了。

23日，周一上午，张立彪的办公室。"这趟去北京主要是代表公司参加有关信息通信产业'十一五'规划的讨论，听听我们这些通信企业的意见。"张立彪对肖云飞说。"怎么会想起来听我们公司的意见？"肖云飞问。"还不是因为在海外做出点名气了嘛，又是森尼韦尔告我们。部里的相关领导出席国际会议，老外经常提到咱们燎原。"张立彪说。"那又咋样？国内还是没什么戏。"肖云飞不爽地说。"哎，中国自己的3G啊。"张立彪说。"国3G拼不过欧洲的3G。"肖云飞说。"差是差点，但也是国际标准啊。据说中央决心很大，很希望燎原实质性介入。"张立彪说。"哎，跟香农的合资公司欧华不是在搞吗？"肖云飞说。"他们找过你了是吧？"张立彪说。"是啊，请我们参与评审。"肖云飞说。"这正是官方不太满意的地方。"张立彪说。"要以我们为主吗？"肖云飞说。

"你说呢？这次我去，部里的意图非常明显，让我带话给华老板。"张立彪说。"华老板怎么说？"肖云飞问。"我是跟金总说的。"张立彪说。"哎，洪中国把需求搞明白啦？"张立彪又说。、"没那么快。"肖云飞说。"你们要支撑好啊，我们就是要用坦克、飞机、大炮，客户要啥，我们就给啥。麦克他们做不到，最多有个飞机，再加个大炮，再要坦克，就摇头了。没那么多人同步搞，这时，人多的力量就显现出来了。要飞机给做，要大炮也可以，还要坦克，没问题。"张立彪眉飞色舞地说。"那人家要小钢炮呢？"肖云飞调侃地说。"还别说，真有。"张立彪说。"什么？"肖云飞好奇地问。"咱西藏那套系统，四五〇的，有名气，从瑞士传遍了欧洲。人家说要，而且是ODU。"张立彪说。

"没听洪中国说啊。"肖云飞说。"邵利伟找我，坚决要求做。"张立彪说。"只有单载波唉。"肖云飞说。"现在肯定是多载波啦。"张立彪说。"他们怎么要四五〇？"肖云飞不解地问。"他们为啥不要四五〇？东欧，就说波兰，面积挺大的，你看看地图，还有瑞典，一样，地广人稀，森林工业比较发达，伐木工需要四五〇啊。以前是模拟的，现在想换成数字的，效果好啊，尤其还可以有数据业务。想不到吧？"张立彪说。"难度大啊。"肖云飞说。"这我不管，已经答应邵利伟了，估计洪中国很快会找你。"张立彪说。"你名声在外啦。肖云飞，没有搞不定的事，人家邵利伟就这么说，与其说是我答应的，不如说他就没容我说不行。"张立彪又说。"真的很难。"肖云飞说。"我也知道频段低，难做。可我听有人说你肖云飞就喜欢难度大的，说是难度大不怕，大家做得更有劲。"张立彪说。"谁啊，这么说？情况不一样好不好？"肖云飞说。"甭管一样不一样，我告诉你，是邵利伟和波兰局方的高层交流的时候，人家提出来的。而且要立刻给出Yes或No。"张立彪说。"哪有这样的。"肖云飞说。

"别说，这可不是买一送一，人家愿意付钱的哟。"张立彪说。"当然，他们好意思再跟2G、3G混在一起啊，本来就是个独立的系统。"肖云飞说。"没法不答应的，大单，而且这是前提，否则人家不跟你往下谈的。"张立彪说。"那尺寸上要宽限些。"肖云飞说。"这些是细节，我想是好说的。当然你们也不能大得超出人家的想象，还是要有约束。"张立彪说。"这下，2006年又得忙一整年。"肖云飞说。"回到正题，国3G。"张立彪说。"什么意思？你说我们要搞啊？"肖云飞警觉地说。"我和金总商量了一下，虽然华老板没发话，但还是要先动起来。先密切跟踪欧华的进展，以及技术细节，出现的问题，派专人盯紧了。"张立彪说。"派专人跟踪，没问题。"肖云飞说。"赶紧再招人，你去找牡丹，我跟她说了。直觉告诉我，早晚的事。"张立彪说。"行啊。"肖云飞说。

"你想想，2008年北京奥运会，肯定要上国3G。这是不容置疑的，国家不可能白搞个标准而不实用的，绝对不可能。现在国3G还有很多技术问题没解决，上边急啊。"张立彪说。"那么多研究所干啥的嘛，报纸上吹得可厉害了。"肖云飞说。"报上光吹有什么用？到时候可是要真刀真枪的，奥运会啊，影响大，中国人是要面子的。"张立彪说。"死要面子活受罪。"肖云飞说。"就是不能搞成你说的这样啊。所以，还是要多投些人，听见没，肖云飞？"张立彪说。"知道。"肖云飞回道。"我们还是做些贮备，真要的时候，能及时亮出咱手中的宝剑。"张立彪最后说。"行唉，我去找牡丹。"肖云飞说完便离开了。

中午，食堂。"牡丹，招人的事跟你说了，张总也打过招呼了，下面就是你的事了。看看上半年人能到不。"肖云飞边吃边说。"上半年，没问题，对牡丹来说是小菜。"马庆生在一旁说。"你说小菜你来。"东方牡丹说。见马庆生不吭声，东方牡丹接着说："上半年到位，很难的。我觉着你们内部要先自我协调一下，我这边加紧。说实话现在招人不好招，真的，尤其是社招。现如今，内地研究所，尤其搞军工的，都比较好，员工不愿来。""说得也是。"曹瑞祥说。"是吧，我呢，一边加紧校招，应届生你们也要用起来。新项目，应届生正好，一张白纸，任你们有多美就画多美。"东方牡丹说。

"四五〇的需求还没有明确，一会儿室外ODU，一会儿又是室内的，客户拿不定主意。"肖云飞冲着曹瑞祥说。"那我们怎么搞？"曹瑞祥问。"ODU困难大些，先以ODU为主做方案，最大难点是双工器。难啊，连一线都知道难。别说一线了，客户懂的，客户也知道难。"肖云飞说。"困难越大，荣耀也越大。"柳超智说。"哟呵哟呵，还没做呢，就想着荣耀了。"柴文娜说。"可能要比原来的厚一点。"曹瑞祥说。"洪中国就跟我说想做个ODU，客户想放室外就放室外，想放室内就放室内，看看我们的柜子，你们去做方案。"肖云飞对曹瑞祥说。"要是可以，我就力荐ODU。"肖云飞又说。"下来我找项庆林一起看看吧。"曹瑞祥说。

9. 四五〇的双工器难做

2月6日，周一，版本例会。"曹瑞祥，就等你开这个会了。"肖云飞说。"难得回老家过年。"曹瑞祥说。"这个春节被洪中国骚扰得不行，不过总算差不多都确定下来了。"肖云飞说。"那叫啥确定下来，照单全收，全部采纳。"马庆生说。"我们一线的人在人家客户面前吹牛说什么都能做，无论飞机、大炮还是坦克车，就是小钢炮也愿意做。这下可好，客户是毫不客气，你能做就让你做。"马庆生又说。"种类是多了点，2G/3G的高高和2G/3G的低高，又夹带着2G的低高，还有小钢炮四五〇。"肖云飞说。"四五〇最后就按你的方案，要放室内就在旁边放3个柜子，基带共用。"肖云飞说。"客户也肯接受啊？"邓学佳说。"有什么不能接受的，机柜里又是3G又是2G的。"曹瑞祥说。"四五〇的双工器难做，局方表示理解，就这方案，局方爽疯了。"肖云飞说。

"四五〇功放，要重新选管子不？"曹瑞祥问廖默然。"市场小，厂家不肯开发，只能凑合着用现有的。"廖默然说。"效率，四五〇问题更突出。"肖云飞说。"散热齿加长，双工器加厚，别好不容易搞出的功率，都让双工器的插损给吃了。"曹瑞祥说。"还是挺难搞的，巨峰有点怵。"柳超智说。"被西藏搞怕了。"肖云飞说。"可不是嘛，500万哪。"柳超智说。"我看今年是忙得歇不下来了，这么多，而且，都急着要，圣诞前开通，最迟也要10月份发吧，计划还是9月底吧，8个月。不过难度主要在四五〇的双工器，虽然尺寸给到你了，但还是不好做，收发间隔太近。柳超智一定要吸取教训，别在欧洲给我打火，要多想想办法。"肖云飞说。

"还是难呀。"曹瑞祥说。"难难难，别光说好吧，要多想办法。"

肖云飞说。"不是一句多想想办法就能完事的。"曹瑞祥说。"你的意思是我站着说话不腰疼？"肖云飞又说。"那是你自己说的，我可没这么说。"曹瑞祥低声地说。"好，今儿我就好好说说，为什么我也不觉得有多难？廖默然，你也是专家，你听听我说的有没有道理？"肖云飞停了停又开始说，"西藏的经验够了吧，高原低气压，当然西藏都放室内。""西藏有发ODU啊。"马庆生说。"那也是放在室内，桑耶寺就是专门搭了个屋。"肖云飞说。"欧洲室内没啥，又没有高原那么强的紫外光，最多就是冷点。"廖默然说。

"就是没啥嘛。高原低气压，把问题已经暴露无遗了。透过现象看到的本质，也就是细节点，关键问题点就是调谐螺杆与谐振柱的间距。咱就把这1毫米的间距给定死了，反过来设计，行不行？"肖云飞两眼盯着曹瑞祥说。"就是安全距离嘛，是不是1毫米？曹瑞祥，你们通过实验室找平台去做测试，说不定0.8也可以呢。"廖默然说。"总之就这个意思嘛，反过来约束设计。而且最重要的是落实结构设计，不能小于你所规定的间距。靠设计保证，怎么样，柳超智？这样，还会觉得没底吗。"肖云飞又冲着柳超智说。"是这样的，我们就准备这么做。"柳超智说。"不过对于四五〇，还是要看。毕竟频率太低，柳超智，你要明白，恐怕没那么简单，就怕仿不来。"曹瑞祥提醒着说。

"这样，可靠性和尺寸，牺牲尺寸。"肖云飞说。"也不能这么说，这样柳超智就天马行空了。"廖默然说。"你去把关。"肖云飞指着曹瑞祥说。"行行，不会有事的，我们会有底线的。"曹瑞祥说。"有办法对付你们，又不是只有你们能做，要是业界有做得比你们好的，就说明你们水平臭。"肖云飞说。"哎，靠业界来约束，最有效。"廖默然说。"好，明确啊，在方案论证阶段，材料里一定要有业界的对比。而且要有案可稽，不能光凭你们嘴说。"肖云飞又说。"要是很难查到业界的情况呢？"柳超智说。"你问我，那我问谁去？真是的，好不好笑？"肖云飞说。"我看这样吧，目前加装的这个柜子已经给了客户一份材料，长宽高有了尺寸。高度总不能比主机柜高吧，厚度只能跟主机柜一样。唯有宽度，现在这个附柜叫什么？"肖云飞问。

"Slim。"马庆生说。"Slim是啥意思？好像是苗条的意思。"肖云飞说。"就是苗条的意思。"曹瑞祥说。"这就更简单了，啥叫苗条？结构他们不是有造型师吗？让他们用专业的方法来认可你柳超智所要求的宽度，是不是符合苗条这个标准，不就完了嘛。"肖云飞摊开双手说。"我的理解，柳超智，就是让你在现有尺寸上搞定，别听他说了这么一大圈，都是绕你的。"曹瑞祥说。"甭管怎么绕，争取嘛，不行把造型师搞定。"柳超智说。"那就看你的本事了。"肖云飞说。"我可以挖潜挖潜嘛，靠近主柜的这一面可以不要啊。其实这个Slim就是块遮羞布。"柳超智说。"哎，最好有本事像窗帘似的搞个帘子拉上最省事。"马庆生在一旁嘲讽地说。"别贫了，就这样，最好就是靠现有尺寸搞定。"肖云飞最后说。

"今天上午，利用月底小周末的时间，召集大家一起解读研讨一下，两会通过的'十一五'国家通信产业的五年规划和十年目标。"在培训中心金海明说。"1998年的亚洲金融危机，我们国家的出口增长急跌，为了利用外需来弥补当年内需不足，国家推出了退税计划，就是鼓励出口。"金海明说。"光这还不够啊，搞高铁，记得是1999年开始修建第一个高铁项目秦沈高铁，用了4年，2003年通车，随后全国开始大规模建高铁，基建投资拉动GDP啊。"金海明又说。"出口和投资，不仅仅是高铁，还有城市的地铁，高速公路。对了，青藏铁路，有人在下面提到。青藏铁路是2001年6月开工建设的，最近电视里有报道，今年7月1日建党节那天全线正式通车，历时整整5年。"金海明说。"金总，今天研讨高铁吗？"台下有人问。"你们呐，就知道自己通信的那么点事，而且还都没完全整明白，光顾着埋头拉车是很危险的。这一年，移动张立彪他们真是想做啥就能做啥，多载波一下翻了身，你们可以去移动产线看看，真是一片繁荣，忙不过来，单子像雪片一样。"金海明说。"对啊，挺好的，怎么今儿叫我们来老是说什么高铁、地铁的，正题是啥，金总？"台下又有人说。"你小子说我不讲正题是吧？说你们水平臭你们不服，说你们眼界低你们不乐意。难道讲高铁就不是正题？"金海明冲着台下说。"是正题，是正题，我跟你说，大报、小报、电视里，什么四纵四横啦，又什么五纵六横七连线啦，整个大网，说目标是全国县城都要通高铁，吹吧，反正吹牛不上税。"台下的人又说，此时台下的人都在议论。

"大家有点不太相信是吧？可是秦沈高铁是真的，还有正在造的，至于什么时候能达到县城都能通高铁，这饭要一口一口地吃。"金海明说。"不过任何事情都要有规划。建高铁促进人员流动，人员流动就会增加内需。国家现在最愁的是如何提升内需，美国的GDP主要靠内需。国内有经济学家是这么分析的，人员的流动便利化，再加上支付手段的便利化，是提升内需的基本要素。"金海明继续说。"金总，你说的支付手段便利化是什么意思？难道不用现金，两个人不用见面就可以交易？"肖云飞问。"废话，现在不已经实现了吗？你去柜员机就可以打款给对方，不用去银行。"张立彪插话道。"张立彪，你是不是经常用柜员机打款啊？好像很熟嘛。"金海明说。"也没有，打过几次，我弟要买房，打款给他。"张立彪说。

"你觉得方便吗？"金海明问。"方便，挺方便的。"张立彪回道。"你觉得方便是吧，不过经济学家还是认为不方便，而且嫌人们花钱的时间太少。"金海明说。"都是双休了，还嫌少啊。"台下有人说。"买机票，如果你直接打给航空公司买机票，就可以做到在电话里全搞定，不用见面。"台下有人说。"怎么可能？"台下又有人说。"可以的，前阵子我妈来，我就是打深航的电话，成功订了机票。"台下的人说。"真的？说说怎么搞的。"有人问。"报上我妈的姓名、身份证号，时间，从哪儿到哪儿。"这人说。"关键是怎么付账？"肖云飞说。"她会问你信用卡的卡号，还有信用卡背面最后三位数。"这人说。"这就成啦？"肖云飞问。"OK，成啦，不一会儿银行短信就发过来了。"这人说。"民航是可以，但别的还不行吧。而且，虽然可以，但还是挺麻烦的，至少信用卡必须在手上，否则记不住卡号和背面三位数，对吧？所以我们和经济学家在一起开会的时候，他还是认为交易不方便，现金要取，信用卡一定要随身带，而且信用卡窃取密码卡号的案件，在国际上还是比较多，不安全。"金海明说。"国内也厉害啊，服务员当卧底窃取密码，在POS机上做手脚，真的不安全。"张立彪说。"总之经济学家分析得有道理，他跟我半开玩笑地说，我们搞移动通信的，什么时候只要一部手机就能完成交易就好了。"金海明说。

"这恐怕很难吧。"有人说。"我跟他说至少现在还做不到。我虽然当时这么说，但回来我就一直在想，关键是速率嘛。而且这次跟相关专家在北京开会，有一个很重要的信息，就是国家决心很大，不仅希望我们是国3G，而且进一步提出国4G要燎原来主导。"金海明说。"开玩笑了吧？"张立彪说。"唉，不能这么说。现在公司高层，华老板已经不这么简单地看待国内3G、4G的了。你们想象不到，还有更猛的。"金海明又说。"什么？"张立彪问。"国家提出未来5G的国际标准，要我们燎原来主导。"金海明说。"高层咋想的？步子也太超前了吧。"张立彪说。"唉，确实，思想没完全转过来，但上面已经派人来催了，希望我们要有预研的队伍，国家已经有一个专门的规划了。"金海明说。"我已经让方俊凯尽快回来，商量这事。"金海明又说。"真要搞啊？"张立彪瞪大了眼睛说。"是国家真要搞，看我们在国际上搞出名气了，就硬压担子。"金海明说。

　　"4G可能没啥，如果用OFDM①的话，Wi-Fi都已经用了。"金海明又说。"听说，美国家庭都是用Wi-Fi上网，没有网线。"有人在台下说。"所谓4G，我们国家的TD 4G就和Wi-Fi相当，有了国4G家里就可以不用再装Wi-Fi了。"金海明说。"国3G还没上呢，就说国4G了，简直是……"张立彪在一旁摇着头说。"摇什么头啊，你们赶紧搞啊。"金海明说。"怎么搞？只能敲敲边鼓。"张立彪说。"好了，这个下来再说。总之啊，国家态度很明确，大方向要扩大内需，具体就是人员流动和交易便利化。到我们，就是要让手机的速率能上去，达到Wi-Fi的水平，到那时，在手机上想干啥就能干啥了。"金海明说。

　　下午刚上班不久，张立彪办公室。"想想国3G怎么搞？"张立彪对肖云飞说。"今年我们会很忙，东西太多。"肖云飞说。"那也是射频的事，马庆生、王厚林他们应该还好，对吧？"张立彪。"他们事不少，王厚林，版本得出吧。马庆生，网上里里外外的生产。现在发的多了，网上得要有人盯着。处理网上问题，没什么窍门，就得盯紧，及时处理，稍微慢一点，这邮件就满天飞了，又是上纲上线的。"肖云飞说。"欧华那边得要有人去配合，金总的意思是要去北京和他们一起搞。"张立彪说。"你是说让马庆生、王厚林去北京？不可能的，张总。"肖云飞说。"你是不可能让他们到深圳来的。"张立彪说。

　　"实验局的效果做得不好，部里、局方都不满意。"张立彪又说。"这些事，我们都不清楚。似乎他们也不太想让我们知道。"肖云飞说。"当然啦，他们是合资公司的人，你不是。他们也怕你们全能上手，他们干啥？知道你们厉害，全球都搞得定，他们这点事，你们随便就搞定了。"张立彪说。"您知道就好喽，很难搞的。"肖云飞说。"你要全拿过来我们搞，真

---

① OFDM：正交频分复用技术。

的，分分钟的事。"肖云飞又说。"知道，我和金总都明白，金总为这事正犯愁呢。"张立彪说。"难就难在，上面其实只认燎原。不好就认为燎原不出力。"张立彪又说。"要找个机会都拿过来，张总。"肖云飞说。"找啊，得要有机会才行啊。"张立彪说。

"先别说这没影的事。眼前，看看如何深入进去，至少可以去北京了解了解情况啊。"张立彪又说。"以什么理由去呢？"肖云飞反问道。"问我？你去想啊，现在市场这么好，我要去欧洲，尤其西欧，希望能有所突破，还有阿拉伯、东南亚，都要跑一跑。下半年，再去南美，巴西、阿根廷、智利，对了，还有墨西哥。虽然墨西哥算是麦克和森尼韦尔的后院吧，难也得去，光听别人说还是不行。"张立彪又说。"行吧，我想想怎么掺和进去。"肖云飞最后说。

回到座位刚坐下，固话响了。"喂，啊，查曼丽啊，什么事？"肖云飞拿起电话说。"肖总，求助您啊。"查曼丽在电话里说。"怎么了？"肖云飞问。"哎呀，量这么大还要测低气压，厂家产能被严重制约，成本也拦下来了。"查曼丽说。"你想怎么搞？"肖云飞问。"能不能改抽测？"查曼丽说。"质量如何保证？巨峰闹的是吧？西藏500万还嫌少？"肖云飞没好气地说。"肖总，不是这么说的，您的新的ODU四五〇，还没出来呢，预测就暴涨，不仅海外，国内也跟着凑热闹。"查曼丽说。"哟，四五〇再多能有多少？你说说。"肖云飞说。"别人这么说，没啥，您这么大的领导也这么说，可就有点缺乏大局观啊。"查曼丽在电话里又说。

"别，曼丽美女，别这么扣帽子，这样不好，说具体点行不，美女？"肖云飞说。"原来量就很大了，又掺和个四五〇。正谈价呢，厂家提了这么个诉求。"查曼丽说。"巨峰啊？"肖云飞问。"不仅仅是巨峰，其他厂家也提。说实话，影响更大的恰恰不是巨峰，而是新进的厂家。"查曼丽说。"西山？"肖云飞问。"没错。巨峰也吃紧，个个要测，严重制约产能。"查曼丽说。"好，这事我知道了，我下来跟他们商量一下，回头答复您。"肖云飞说。"明天，明天必须给我答复。"说完查曼丽挂了电话。"去把曹瑞祥、柳超智叫来，现在！"肖云飞放下电话对马庆生说，话刚说完，肖云飞的手机响了。"张总，什么事？"肖云飞说。"土耳其2G双工器打火是怎么回事？赶紧给我个说法，一线都炸锅了。"张立彪说完挂了电话。"土耳其怎么回事？"看着走过来的曹瑞祥和柳超智，肖云飞问。

"就知道是这事，我们也是上午上班看到的邮件，正在了解情况，2G双工器打火，一线邮件里这么说的。"曹瑞祥说。"没凭没据的，一线凭什么说就是双工器打火造成的？"肖云飞说。"西藏的案例人家都宣传了，现象差不多。我看了，应该就是打火。"曹瑞祥说。"在没有明确定位前，你们说话要谨慎。一线怎么说咱管不了，你们别乱发邮件。这样统一由马庆生接发邮件，你俩不许给一线发邮件，明白没？"肖云飞说。

"知道，最好这样。"曹瑞祥说。"哎，叫你俩是因为刚才查曼丽给我打电话……"肖云飞正要往下说，被柳超智打住："先给我打的电话，我没同意，这个时候提这个，太不合适了。""都测了低气压，为啥土耳其还打火？"马庆生问。"对喽，曹瑞祥？"肖云飞附和着。"你说。"曹瑞祥对柳超智说。

"已经是抽测了。"柳超智说。"什么时候改的？好啊，你们的胆子可是越来越大了，说，什么时候改的？"肖云飞气愤地说。"所以，四五〇没敢松口。"柳超智说。"先说2G双工器什么时候改抽测低气压的？九百兆双工器是出过问题的。"肖云飞问。"这次打火的是一千八。"曹瑞祥低声说。"一千八？噢，天哪，你们的能耐见长啊。九百还是全测是吧？"肖云飞说。"没有，九百也是抽测。"曹瑞祥说。"这下可就不好说喽。"马庆生在一旁说。"不说吗？能耐见长啊，一千八也打火了，还用说吗？设计问题是铁板钉钉的。驳，驳我。"肖云飞指着曹瑞祥和柳超智说。"我现在真希望你们能驳倒我，驳得我口服心服，驳，驳我啊。"肖云飞怒吼着说。"再怎么驳，土耳其现场双工器打火影响业务是不争的事实。"马庆生看着邮件说。

"一得到消息就让厂家从库里打开了一批，我们在公司库里也打开了一些。腔体间的耦合探针有的与谐振柱靠得太近，0.5毫米都不到，土耳其温差大，就……"曹瑞祥说。"曹瑞祥，你们太让我失望了。前几天谈四五〇的时候，柳超智的意思，你们的设计都是设定好间距来设计的，我心里还挺宽慰，觉得我是瞎操心了。"肖云飞说。"没没没，操心得对，操心得对，怎么能是瞎操心呢。"曹瑞祥赶紧地说。"九百兆是照你说的搞的，没想到一千八出事了。"柳超智说。"行啦，别说了，赶紧让厂家空运到土耳其吧。"曹瑞祥冲着柳超智说。"哎，这事让马庆生来，你们出主意就行了。"肖云飞赶紧地说。"好，我来跟厂家说怎么做吧。"马庆生说。

"你给查曼丽发邮件，就说低气压抽测的事不行。"肖云飞对马庆生说。"嗯。"马庆生应着。看着曹瑞祥、柳超智离去的背影，肖云飞又说："你们家查曼丽也是，这时候提这事。"肖云飞正说着，查曼丽又打来电话。"你有什么事，你回邮件说不行？"查曼丽在固话里说。"哎，查曼丽，怎么了？"肖云飞在电话里问。"我说肖云飞，这事我是找你这位老大的，你让他回合适不合适啊？"查曼丽在电话里说。"怎么不合适？又不是没抄送我。"肖云飞说。"不行，你们产品线不能这样不顾产能地瞎搞。"查曼丽在电话里说。"你说产品线在瞎搞？你知道土耳其出事了吗？"肖云飞说。"知道，厂家跟我说了。告诉你肖云飞，是一千八出的事，跟低气压抽测无关。"查曼丽说。"有关没关是你说的吗？你是专家吗？"肖云飞说。"当然，你们研发是专家，一千八出的事也是你们这些专家搞出来的，拿到业界来说，土耳其一千八双工器打火，跟低气压无关，九百没出事。所以，你不要搅浑水。"查曼丽说。"你在跟谁说话？"肖云飞说。"我们是要保证供货，土耳其的事是研发设计问题，不是生产质量问题，你要不答应，我只好找张总。"查曼丽说。

"行唉，你找张总。"说完，肖云飞生气地挂断了电话。想想不对劲，肖云飞又赶紧拨了回去。"怎么？不是让我找张总了吗？"查曼丽没好气地说。"曼丽美女，消消气，好说，好商量。曹瑞祥这帮臭棋篓子，一千八也能搞出事来，真是把研发的脸丢尽了。"肖云飞在电话里说。"也没啦，一码是一码啦，是设计问题，赶紧改设计，九百不是挺好的嘛。说明关键是设计，检测仅仅是手段，四五〇从设计入手，设计质量有保障，改抽测应该问题不大。要知道，你这四五〇要全测，首先资源就非常紧张了，耗时多，影响交付那是肯定的。都一样，抽测，统一标准，双工器的交付就问题不大。要知道，量太大，麦克他们都没我们大。"查曼丽说。"发财了肖总。"查曼丽又说。"我能发什么财？这样，我再想想，跟他们再商量商量。"肖云飞说。"明天给结果，我等你。"说完，查曼丽挂断了电话。"查曼丽说的没错，根本还是要靠设计来保证质量。"肖云飞搁下电话说。

10. 成本才是硬道理

一晃一年过去了，2007年5月26日，周六上午，公司大礼堂，正在进行公司一年一度的颁奖大会。"过去的一年，移动靠多载波打了翻身仗，一句话：成本才是硬道理。这个张立彪牛气哄哄，飞机、大炮、坦克车，要啥有啥，都能在最快的时间做出来发货。哎，客户要个小钢炮他也做，把个客户乐的，见了我直竖大拇指。更为可喜的是，我来之前听方俊凯说，我们的DPD①算法芯片，工程样片测试达到预期，年底准备开始小批量供货。明年5月份后，敞开大批量供货。不过有喜就有忧啊，最近我比较郁闷，大家也看到国3G招标的结果。"金海明停顿了一下，接着说，"香农的CFO，我和他一起在招标现场。整个招标过程只看财务数据，我们一起是他说了算啊，我在旁边那个急啊。我急也没用，结果大家也都看到了。我就在想，这样的公司，这样做生意法，不倒才见鬼呢。这次标不大，下次大标再这么玩，那就完了。""不过张立彪，我还是要提醒你噢，2G不能松懈，还有很大潜力，国内是，海外也有。"金海明再次强调着。

转眼来到7月2日，周一刚上班，肖云飞的固话响了。"肖云飞，我是邵利伟。"邵利伟在电话那头说。"啊，有事啊？"肖云飞问。"是啊，开始准备国3G的招标。"邵利伟说。"嗯，我能帮上什么忙？"肖云飞问。"你啊，这回恐怕就得指望你们研发了。"邵利伟说。"此话怎讲？"肖云飞问。"上次招标，上头很不满。"邵利伟说。"又赖我们不尽心？"肖云飞说。"可不是嘛。"邵利伟说。"这回希望我们怎么做？"肖云飞问。"首先，希望我们把成本再降一降。"邵利伟说。"哼，尽想好事，哪那么容易说降就降，不做任何工作？"肖云飞说。"说得也是，不过上边有些懂行的也说了，现在做的这种架构，确实成本很难降下来。"邵利伟在电话里说。"什么意思？"肖云飞警觉地问。

"人家就问了，不到一百五十兆，为什么就不能用一个功放，还要两个功放，再带个合路器呢？我听了也觉得他说的有道理。人家也是有懂的，说是TD的3G，每路的功率比FDD要求低，说FDD大功率的一百五十兆

---

① DPD：数字预失真线性化技术。

困难，人家认。可是TDD的功率小很多，一百五十兆应该是可以的。"邵利伟说。"两个通道一个功放，不知道DPD行不行？"肖云飞在电话里说。"肖云飞，组织专家赶紧评估一下，给你一周，下周我要结论。"邵利伟说。"这光凭嘴说行啊？"肖云飞说。"你知道吗，肖云飞？上边希望大份额给到我们燎原，这次，不是欧华哦，我们主导，让欧华扒层皮。还有更狠的，核心城市要全让我们去搞。"邵利伟说。"那人家不都搞上了吗？"肖云飞说。"上边的意思是让我们把他们的都搬了。"邵利伟说。"给钱吗？"肖云飞说。"上边没提，我们估计是免费搬。"邵利伟说。"免费？凭什么？那些厂家可是拿到钱的，我们白干？"肖云飞说。"网不行啊，上边急啊，专门找了老板。"邵利伟说。"老板怎么说？"肖云飞问。"你问到这儿，我不来找你了嘛。"邵利伟说。"要靠你啦，肖全能，否则，用老方案，赔死了。还有，用老方案，现成的，你也没法和欧华撇清。"邵利伟说。

"是啊，要想撇清，只能做新方案，他做不了，就没话说了。"肖云飞说。"哇，肖全能，真是全能啊，你有考虑啊，这下我放心了，下周我就等好了，就这样，挂了。"不由分说，邵利伟说完挂了电话。没过一会儿，肖云飞的手机响了。"肖云飞，你能做？真是无所不能啊，我没敢答应，让邵利伟找你。你办事我放心，就这样。"没容肖云飞说话，张立彪就挂了电话。"怕什么？大不了用老方案。死猪不怕开水烫，光脚的不怕穿鞋的。用老方案真吃亏大了，我想应该能做。"放下手机，肖云飞心里默默地说。

"廖默然，一百五十兆的国3G功放，怎么样，敢不敢搞？"肖云飞来到功放实验室，对廖默然说。"敢啊，领导一句话，搞啊。"廖默然说。"这么爽快。"肖云飞略感意外地说。"主要是TD功放功率比FDD小多了。关键又不在我，两个频段拉得这么开，要看DPD能不能搞定。"

廖默然说。"那是那是。管子有的噢？"肖云飞又问。"要去找厂家了解。"廖默然说。"真要搞吗？"廖默然紧接着问。"应该是要搞。"肖云飞说。"行，我找厂家了解。"廖默然很爽快地说。"感觉没那么难嘛，看廖默然似乎很有把握的样子，而且欲望很强烈。当然，搞研发的自然希望做有挑战的事，从去年到现在，忙是很忙，可真正的新东西是没有的。看廖默然的态度，就知道他多么渴望做有挑战的工作啊。"肖云飞心里想着。

"好啊，你赶紧联系厂家吧。"肖云飞说着离开了功放实验室，又来到多载波实验室，没什么人，只有杭岩在。"忙什么呢？"肖云飞冲着杭岩问。"没忙什么。"杭岩说。"他们人呢？"肖云飞又问。"应该在座位吧，不知道。"杭岩说。"问你个事。"肖云飞说。"什么事？"杭岩说。"一百五十兆的带宽，信号在两头，算法能搞吗？"肖云飞问。"一百五十兆，两头有信号，中间会不会有？"杭岩反问道。"中间肯定不会有任何信号的。"肖云飞回道。"两头信号有多宽？"杭岩又问。"各五兆，怎么样？"肖云飞说。杭岩顺势拿起笔在自己的笔记本上画起来。"没错，就是这样的。"肖云飞看着杭岩画的说。"这好像是国3G的信号，就是这样的。"杭岩说。"你甭管是哪的信号，算法能不能顾得过来两头？"肖云飞说。"一百五十兆，这么宽，太宽了，搞不定。"杭岩摇着头说。"你说的没错，就是国3G的信号，现在想用一个功放覆盖整个一百五十兆的带宽。"肖云飞说。"为什么？现在不是用两个功放分别DPD后再通过合路器合成一路吗？"杭岩说。"是啊，现在欧华就是这么做的，也不光是欧华，做国3G的厂家目前都采用这种方案。"肖云飞说。"是啊。"杭岩说。"一个功放要能做，不是省成本嘛。"肖云飞说。"合路器也省了。"杭岩说。"对啊，成本省大发了。"肖云飞又说。"别说，要是真能实现，确实能降很多的成本。"杭岩说。"想想，你的算法能不能做？"肖云飞冲着杭岩说。"至少现在还不知道怎么去搞。"杭岩说。"想啊，好好想想，说不定就想出招来了呢。"肖云飞说。

中午，食堂。"乔布斯的iPhone，开启了智能手机的时代，火得不行，费城的市长冒雨排队就为得到首发的iPhone。"邓学佳边吃午饭边说。"电视里说凌晨三四点，这个市长就去排队了，花了差不多七八个小时，苹果的粉丝真是铁杆啊，晚几天能死啊。"王厚林说。"一看就不是果粉，用你的诺基亚吧。"东方牡丹冲着王厚林说。"网上看了，iPhone的配置支持2G的GSM，还支持Wi-Fi。"达荣生说。"没支持3G UMTS吗？"曹瑞祥问。"没，第一代不支持3G。"达荣生说。"那叫什么智能手机？"王厚林说。"唉，人家支持Wi-Fi。Wi-Fi在美国很普及的。"达荣生说。"蓝牙也支持。"达荣生又说。"蓝牙一般手机现在都支持。"曹瑞祥说。"有了Wi-Fi的功能，手机就可以上网，在网上购物啊。"达荣生说。"用手机通过Wi-Fi上网、购物，这个iPhone？"肖云飞问。"嗯，已经成为现实了。"达荣生说。"真的假的？"柴文娜惊讶地说。"真的假的，很快内地就会有人有了。"达荣生说。"香港走私过来。"赵长城说。"肯定的，我有同学就准备干这个。"达荣生说。"哎呀，这么快，要这么说，用iPhone，只要家里有Wi-Fi，就可以上淘宝喽？"肖云飞说。"我想应该是吧。"达荣生说。"如果真是这样，iPhone在中国非卖疯了不可。"曹瑞祥说。"看来我们还真有点跟不上时代了，前阵子只是刚想着什么支付便利，这就来啦，是不是有点太快了？"肖云飞说。

"历史车轮滚滚向前，顺者昌，逆者亡。"马庆生说。"我得搞一个去。"麦哲渊说。"你们家香港有亲戚，方便啊。"夏润泽说。"杭岩，让你想的事，想得怎么样啦？"肖云飞突然问道。"刚说的还没来得及细想。"杭岩说。"曹瑞祥、邓学佳，下午我们讨论一下，看着如何实现一个功放覆盖TD3G的两个频段。杭岩、廖默然一起啊。"肖云飞边吃边说。

"什么意思？没听明白。难道我们要另立山头？"曹瑞祥说。"嗅觉很敏锐嘛。"肖云飞说。"真要另立山头啊？"邓学佳问。"下午，一上班，作战室。"肖云飞说完，端起盘子走了。"这下DPD可有事干了。"廖默然冲着邓学佳说。"功放，两个变一个了，你能行？"邓学佳回道。"我能不能行，关键看你们的算法。"廖默然说完也走了。

下午一上班，作战室。"中午没顾上休息，上网了解了一下iPhone，倍感压力。"肖云飞说。"你也太有使命感了吧，心操得有点大啊。"曹瑞祥说。"倒也是啊，别操不该操的心。"肖云飞自语道。"但我觉着，怎么就跟我们有关呢？"肖云飞又说。"要干啥？叫我们来。"曹瑞祥说。"说了呀，TD-SCDMA，一个功放覆盖目前的两个频段。"肖云飞说。"这么宽，有二百多兆吧？"曹瑞祥说。"不到一百五十。"杭岩说。"不到一百五十也够宽的，否则，厂家为什么不用一个功放？肯定因为难做。"曹瑞祥说。"这都是废话，不难做用得着叫大家来商量吗？"肖云飞说。"杭岩，有思路没？"肖云飞又问。"别老是杭岩、杭岩的，功放行不行？首先是功放，功放要是没戏，就别再往下谈了。"曹瑞祥说。"功放，廖默然说可以，对吧廖默然？"肖云飞说。"廖默然，你可要想清楚哦，这一脚踏下去，就难拔出来了。"曹瑞祥说。"既然已经踏下去，就不准备拔出来。"廖默然说。"哟，气挺粗啊。肖云飞的工作做得可以啊。"曹瑞祥说。

"谈不上做工作啊，大家都是有觉悟的。"肖云飞说。"这事张总先找的我。"曹瑞祥说。"你怎么回的？"肖云飞问。"我当时直接给回了，做不了，理由是功放不行。"曹瑞祥说。"其实关键还是你们算法，功放我找厂家了，应该有合适的管子。"廖默然说。"我知道，是拿功放做挡箭牌。"曹瑞祥说。"我是想了的，带宽太宽了，拉得太开，目前方俊凯他们的算法搞不定，邓学佳、杭岩，你们敢说能搞定？"曹瑞祥又说。"一个算法，这么宽，确实搞不定。"邓学佳说。"没错，搞不定。"杭岩也表态说。"所以，肖云飞我就不知道你的胆量从何而来，居然答应能做。"曹瑞祥说。

"还没搞呢，就说搞不定，这样不好吧。问我胆从哪儿来，告诉你们我做事凭直觉。"肖云飞停了停又说，"直觉告诉，能搞得定。"见曹瑞祥又想说啥，肖云飞止住他说："先做，别尽想着搞不定，多搞几个方案，邓学佳、杭岩。踏踏实实地做，多想想办法，路是人走出来的。多载波，麦克不做，它就以为别人不敢做啦。现在，怎么样？当初谁能想到是现在这个局面？估计麦克现在只有后悔的份儿，当然，它现在也奋起直追，赶上来了。""真做出来好处多，真有价值就值得去尝试。"马庆生说。"那好，先做方案呗，杭岩，先搞几个方案仿一下。"邓学佳说。"你们要和俄研所沟通一下，找方俊凯，看看这种带宽拉开的有什么好法子。"肖云飞说。

11.TD的实现方案

7月5日，周四上午快十一点了，肖云飞的固话响了。"喂，哪位？"肖云飞拿起固话问。"邵利伟。"邵利伟在电话那头说。"啊，你好，有事啊？"肖云飞问。"刚找了曹瑞祥，想让他把TD的实现方案大概地写一下，上边那些专家想了解一下。"邵利伟说。"那些专家还这么关心具体实现方案？"肖云飞问。"关心，这种新技术，当然想了解。可是，曹瑞祥说是你答应的，他写不了，让我找你。"邵利伟说。"他是这么说的？"肖云飞问。"是啊，所以找你啦。"邵利伟说。"行，我知道了。对了，什么时候要？"肖云飞问。"下周一吧，下周一下班前。"邵利伟说。"行吧，我来组织。"说完，肖云飞挂断了电话，随即又拨通了邓学佳的电话："邓学佳，到我这儿来一下，现在。"挂断了邓学佳的电话，又拨给廖默然。"廖默然，你来一下，现在。"肖云飞说完撂下电话。

不一会儿，两人过来了。"准备个全频段覆盖新方案的材料，方案没确定，但要写得让不是很懂的人看了像是那么回事，细节写不出没关系，要让人感觉到技术有难度，很深奥，需要保密，不便明说，听见没？"肖云飞冲着两人说。"还真不知怎么做呢，不知该怎么写，真不是不愿写。"邓学佳说。"我这儿没问题。"廖默然说。"这样，邓学佳，你也别急成这样，不逼你，你先按你的想法简单写一个，周六给我，廖默然也一样，都周六给我。我周日加加班，凑份报告应付邵利伟。"肖云飞说。"现在都没想法呢，也不知道该如何简单。"邓学佳说。"哎呀，行，你想咋写就咋写，行了吧，不逼你。这下轻松了吧，周六啊，记住周六给我，拜托二位了。"肖云飞说。"能不能不写？"邓学佳说。"都不逼你，随便写了，想咋写咋写，行不？快去快去。"说着肖云飞赶着两人走。

7月11日，周三上午十点左右，曹瑞祥的固话响了。"喂，哪位？"曹瑞祥拿起电话问。"曹瑞祥，我是邵利伟。"邵利伟在电话里说。"啊邵利伟，怎么，有事吗？"曹瑞祥问。"有点事想请教一下您这位大专家。"邵利伟说。"别，什么事？"曹瑞祥问。"那天找你的那个材料，后来肖云飞给提供了一份。我这两天仔细看了看，有些没太看明白，想求教一下您。"邵利伟在电话里说。"邵利伟，他提供的找他，我可能也不太清楚。"曹瑞祥说。"没事，他我肯定会找的，我只是想听听您的意见。"邵利伟说。"你要说的意见，我现在还真没什么意见可言，对这事。"曹瑞祥说。"您这话的意思是，觉得能做没意见，还是不能做没意见？"邵利伟追问道。"别绕。总之，我目前还想不出什么法子能搞定这事。"曹瑞祥说。"就一点可能都没有吗？"邵利伟问。"哎，肖云飞说能做的，材料都提供了，想必他会有办法的，还是问问他吧。"曹瑞祥推辞着说。"他有想法有什么用，做还是要你们射频团队来做。"邵利伟在电话里说。"说的没错，但他可以撇开我的。"曹瑞祥说。"曹瑞祥，你们这样不太好吧。还是要支持我们一线，我可是牛皮已经吹出去了，所以，还请您这个大专家多费费心。"邵利伟说。"放心，在想在想，只是没有好的思路。"曹瑞祥说。"你们找俄研所的人帮忙一起看看。真的，这事很重要。"邵利伟在电话里说。"放心，会重视的，这两天再想想，有了一些想法后，会找方俊凯他们的。"曹瑞祥说。"还是要齐心协力啊，好，不打搅了。"邵利伟说完，挂了电话。转过头，邵利伟又拨通了肖云飞的电话。

"肖云飞，您的这个材料，我是左看右看，看不出个滋味来，你这整个一个玄学啊。"邵利伟在电话里说。"怎么了吗？想必您是已经绕了一圈了，知道他们目前没什么思路，我也知道啊，所以，我写的是立足能搞定，再结合技术现状反推的。"肖云飞停了停，又说，"你比如说，目前的多载波DPD算法，带宽达不到TD这样宽的频带，这是一个不争的事实。如果我在材料里就这么简单地写用燎原自己的算法，就能搞定这么宽的带宽，显然是不合适的。我知道，上面这些专家会拿这事出去说，尤其是在一些学术场合。哎，我这么一包装，燎原进行了一些特殊的处理。这个特殊对吧，专有的技术，燎原的人怎么能轻易说出来呢？所谓高手之间一点就破的道理，想必是很多人，尤其那些专家所熟知的。""嗯，这么说也可以。关键的问题是，甭管特殊不特殊，最终还是要真能做出来。刚和曹瑞祥沟通，他那个态度，感觉没戏。"邵利伟说。"别急嘛，还有时间。请相信我。"肖云飞说。

"只是……"邵利伟在电话里正要说，被肖云飞打断："放心，瓦西里不是说了嘛，面包会有的，粮食会有的。""好吧，信你。"邵利伟说。"这个时候，你只能信我。"说完，肖云飞挂了电话。随后肖云飞来到功放实验室。"袁一帆，TD的宽带功放，管子来了吗？"肖云飞一进门就问。"样片来了。"朱文学说。"PCB^①下午就到了。"刚进来的廖默然说。"够劲儿，好，先做起来再说。"肖云飞高兴地说。"很快的，晚上调一调，明天就和算法配合着看一下。"廖默然说。"怎么配啊？"肖云飞问。"原来合成方案有样机，用宽带功放替掉窄带功放。"朱文学说。"能行吗？"肖云飞疑惑地问。"行不行，先试。"廖默然说。"算法有人配合吗？"肖云飞问。"有，杭岩。"朱文学说。"他们对你们这么做有什么想法？"肖云飞又问。"我这儿没什么的，原来的窄带功放换成宽带的功放，对算法来说，又没变，就是换了个新功放而已。"廖默然说。

"对，就是换个功放，我想多了。没错，就是换个功放，想多了想多了。不可能这么简单的，不可能这么简单的。"肖云飞自语道。"你们做事很积极啊，现在他们没个思路。哎呀，大话说出去了，没回头路了，怎么办？廖默然，帮我想想招啊。"肖云飞说。"我是先把能做的做了。"廖默然说。"我们在想用模拟预失真试试，看看能有多少改善。"袁一帆说。"好好，从功放自身着手，精神可嘉呀。"肖云飞赞赏地说。"试试呗。"廖默然说。"模拟预失真估计能改善多少？十分贝行不行？"肖云飞问。"怎么可能？"朱文学说。"没那么多，几分贝就算不错了。"袁一帆说。"只有几分贝啊。"肖云飞失望地说。

"说是试试嘛，指望模拟预失真是不现实的。"廖默然说。"好，你们试。"说完，肖云飞失望地往门外走，转眼又来到柳超智的座位处。

---

① PCB：印制电路板。

"忙啥呢？"肖云飞问。"没忙啥。"柳超智说。"这么说闲着啰。"肖云飞说。"有事啊？"柳超智问。"既然没什么事，就给你找点事来做。"肖云飞说。"什么事？"柳超智问。"别看TD两个频段带那么宽，可是中间一大段都是空着的。"肖云飞说。"你想说什么？"柳超智问。"中间这一段搞个带阻行不行？"肖云飞说。"想用滤波器滤杂散啊？"柳超智说。"中间搞个带阻行不行吗？"肖云飞问。"要看带阻有多宽，应该可以。"柳超智说。"我想也是。"说着，肖云飞走了，边走边说，"帮我好好再想想。"

　　下午，肖云飞又急匆匆来到功放实验室，还把达荣生和夏润泽叫了过来。"得把马庆生、王厚林也叫来。"说着肖云飞又给他俩打电话。不一会儿，看着王厚林、马庆生进来，肖云飞说："想了想，得另走一条路。""什么路？"王厚林问。此时，赵长城也来了。"别瞎搞哦，不靠算法能行？"赵长城说。"什么叫瞎搞？靠算法，整天到处说搞不定，就这么干等着？"肖云飞说。见大伙不吭声了，肖云飞又说："还是啊，有些想法，请大家看看可不可行。""把曹瑞祥、邓学佳他们叫来。"马庆生说。"他们来，肯定说不行。"肖云飞说。"还是先听听你讲的有没有道理吧。"廖默然对肖云飞说。"首先，功放他们对这件事很积极。告诉大家，TD的这个宽带功放，今天就有可能调试好。"肖云飞说。"真的假的？"马庆生问廖默然。"袁一帆已经去拿PCB了。"朱文学说。"管子有啊？"夏润泽问。"有，有样片。"朱文学说。"可以啊廖默然。"赵长城说。"行了行了，光有功放有什么用呢，下面要谈的，是接下来的重头戏，如何把杂散搞定？"肖云飞说。"没算法怎么搞？"马庆生说。"那算法说搞不定怎么办？"廖默然反问。"搞不定，压他们搞啊。"马庆生说。

　　"人家在搞，但咱也不能把宝全押在算法身上，万一真就搞不定怎么办？"肖云飞说。"你的意思你有招呗。说嘛，别绕弯子。"马庆生说。

"我呢，没什么高招，只有笨办法。"肖云飞说。"一听就知道老调重弹，开环DPD。"廖默然说。"怎么啦？这时还管得了那么多吗？只要好使就行。"肖云飞说。"关键是好不好使？"王厚林说。"这就要看大家下的功夫有多大了。我算计了一下，你要开环DPD能改善十分贝以上，稳定的，再加上你的模拟预失真几分贝。"肖云飞又说。"那也不够啊。"廖默然说。"说的没错，很专业，但我还有一个撒手锏。"肖云飞说。"什么撒手锏？"王厚林问。"廖默然，你应该能想得出来。"肖云飞说。"根据目前TD带宽的特点。"肖云飞又补充道。"噢，我以为什么撒手锏呢，钻频谱确定的空子，用滤波器硬滤。"廖默然说。"看来廖默然对这件事真是用了心了，这么快就能反应过来。真上心了，廖默然。"肖云飞赞许地说。"真能搞得定啊？"马庆生问。"开环DPD听说业界能做到十几个分贝，广州就有厂家宣称做到了。"赵长城说。

"怎么样？这火车不是推的，泰山也不是垒的，你以为我是不负责任地胡乱答应的？看到了吧，用这个思路，简直就是十个指头拿田螺——十拿十稳。谁敢说搞不定？"肖云飞大声地吼着。"哎，行行行了，你牛，你牛行了吧。"王厚林在一旁说。"快具体说说叫我们来干啥吧。"王厚林又说。"廖默然你说，通常像开环DPD这种思路，只有做功放的会去想，算法的根本就是不屑一顾。"肖云飞说。"但……"赵长城欲言又止。"但什么？说。"肖云飞冲着赵长城说。"这种方法只能针对固定的配置，换个场景就不好使了。"赵长城说。"那先解决眼前，以后的事再说。"王厚林说。"对喽，先把眼前这道坎给跨过了再说。"马庆生说。"这么搞感觉有点low啊。"达荣生说。"有别的招吗？有就可以不low啊，我也觉得low啊，这不没办法嘛。"肖云飞说。"工作量会很大。"朱文学说。"所以，廖默然，你要组织好，听见没。"肖云飞说。"大家多配合啊，尤其测试，赵长城。"廖默然说。"没问题。"赵长城说。"把详细的计划搞一个。"夏润泽说。"朱文学，你搞个计划。"廖默然说。"好。"朱文学应道。

12. 一个通道两个频段

第二天周四上午，张立彪和邵利伟通着电话。"材料我是已经发出去了，上面那些专家很是肯定。"邵利伟在电话里说。"当然啦，他们的建议居然得以实现，还不高兴啊。"张立彪说。"但是……"邵利伟在电话里欲言又止。"但是什么？"张立彪问。"我听说，肖云飞在搞开环DPD又加上模拟预失真，另外，把滤波器都算计上了，好像搞了个什么带阻，就是为了杂散能达标。"邵利伟说。"这么干啦，肯定是肖云飞被逼急了呗，他承诺能搞定，那他去折腾呗。我们只看结果，能搞定，算他本事大。"张立彪说。"张总，可不能这么说，我递上去的材料里可是暗示我们的DPD技术在大带宽上有突破。"邵利伟说。"你可真敢写。"张立彪说。"肖云飞用的特殊处理，我给变通了一下，大带宽上有突破。"邵利伟说。"难怪那些专家那么肯定你的材料，听着够刺激的。"张立彪说。

"怎么办？张总，能不能压压他们？真的整出点突破来，别搞什么开环了，太low了。而且没有技术优势，最最重要的一点是，肖云飞钻了当前配置的空子，正好滤波器，一个大带通，中间搞个带阻，两边带通干掉，中间的带阻干掉，是这样才能保证杂散达标的。"邵利伟在电话里说。"嗯，怎么啦？因地制宜不是挺好的嘛。"张立彪说。"不行啊，张总。我们国家心大得很，不仅要在国内，还要把中国的3G搞到国外去。"邵利伟说。"可能的就是朝鲜吧，听说了。"张立彪说。"不光是朝鲜吧，应该还有别的国家。不管怎么说，张总，你想想，不同的国家频点肯定不会一样的。要是上边那帮专家知道了是这样，张总，你估摸着他们会怎么想，你应该比我更有经验。我是不敢往下想。"邵利伟在电话里说。"这样，我找肖云飞了解一下情况吧。"张立彪说。"反正我是把话都说透了，您是产品线的老大，这事儿只能看您怎么把握了。我肯定不会现在就急着改这个口径，要改口径，也只能换个人去说了。"邵利伟在电话里说。"行了，我知道了，就这样。"说完，张立彪挂了电话。

"哎，方俊凯，你什么时候回俄罗斯？"张立彪随即拨通了方俊凯的电话。"张总啊，还要再过几天，下周吧。怎么，有事啊？"方俊凯问。"国内的TD3G，想省成本，用一个功放覆盖两个频段，这事你是知道的吧？"张立彪说。"嗯，邓学佳找过我，这么难搞定，我安排人在帮着搞仿真，目前看，不行啊。"方俊凯说。"我感觉你们还是真没把这事当回事，我告诉你，这事很重要，你要全力以赴，必须，必须搞定。"张立彪说。"怎么一下变得这么紧急了？那我要搞不定怎么办？"方俊凯说。"哎呀，不会的。已经答应运营商了。我想能搞定的，那么多的大风大浪都闯过来了，何惧这个？就这样，我让肖云飞找你，必须啊，挂了。"张立彪说完挂了电话。"肖云飞，你叫上曹瑞祥，马上到我这儿来。"张立彪又给肖云飞打电话。

不一会儿，肖云飞和曹瑞祥进来了。"来啦，二位。"张立彪看着走进来的两人说。"啥事，张总？"肖云飞问。"刚跟方俊凯打了电话，你们俩去找方俊凯，讨论如何搞定TD宽带算法。"张立彪说。"什么什么？没听明白，方俊凯能搞定算法？"肖云飞问。"我不知道，你们去讨论啊。"张立彪说。"不是肖云飞已经有方案了嘛，怎么……"曹瑞祥问。"肖云飞的那也叫方案？拿得出手吗？无非是耍了个小聪明罢了，换了别的场景怎么办？

干瞪眼啊。"张立彪说。"怎么还有别的场景啊？"曹瑞祥又问。"为什么就没有呢？"张立彪反问。"难道国内还有别的场景？"曹瑞祥说。"国内没有，国外就没有？"张立彪说。"国外？不可能吧？"曹瑞祥说。"可能，怎么不可能？朝鲜不就是嘛，可能还有其他的。总之，不能仅做国内固定场景的，燎原公司不能这么low。公司产品还是要体现竞争力。"张立彪又说。"其实这事我也在想，当时肖云飞说能搞定，我也觉得问题不大，为什么我这样想？是因为，原来的采样定理可是要求两倍的信号带宽的。而真要是这样，很多都没法玩了，结果有了欠采样的概念的出现，我觉得是一样的道理。"张立彪继续说。"欠采样是欠采样，DPD是DPD，还是不一样。"曹瑞祥说。"我觉得张总说的有道理。"肖云飞说。

"好了，你俩别在这边讨论，赶紧组织攻关，拿下TD宽带算法，找方俊凯啊，你们都没很认真地对待这件事，让肖云飞瞎搞。"张立彪最后说。"还非得搞定算法啊。"在回去的路上曹瑞祥说。"我搞那么久，其目的就是想逼你们，给你们压力。"肖云飞说。"这下好了，张总压过来了。"曹瑞祥边走边说。"我看张总的思路挺靠谱的。"肖云飞说。"他那随便一说，靠谱，靠啥谱啊。"曹瑞祥说。

曹瑞祥回来径直走向了多载波实验室。"都在啊。"曹瑞祥一进门就说。"绕了一圈，TD的还是要靠算法解决。"曹瑞祥说。"怎么讲？"邓学佳说。"别小看国产的3G，国家还是有很大的雄心的，不甘心仅仅在国内用，想想也是一个国际标准。"曹瑞祥说。"哪个国家可以用这个TD-SCDMA？"杭岩问。"这不好说，TDD频谱有的，就可以用啊。再说了，从发展趋势看，越往后发展，肯定是TDD占主导，频谱利用率高啊。你们想了没有？肖云飞那个针对特定场景的，照张总的话说，就是耍了个小聪明，上不了台面，还得靠我们。"曹瑞祥又说。"杭岩，最近你都干些啥呀？真以为和自个儿不相干了。说说，有啥想法？"曹瑞祥继续说。"这么宽，根本不可能。"杭岩说。"邓学佳，想必您有什么高招？"曹瑞祥说。"廖默然他们正在做开环方案嘛，先看看他们测试的情况，说不定对我们有帮助呢。"邓学佳说。"他们的对我们有帮助？你也真是。"曹瑞祥不屑地说。"了解一下，总没坏处。你知道他们准备做一个什么测试吗？"邓学佳说。"我知道，我也觉得这个测试比较有意义。"杭岩说。"有什么意义啊？说说具体的。"曹瑞祥说。

"老方案是两个独立的通道，高低都是独立的，功放也是各自的，只有到合路器才合成一路。廖默然他们把新作的宽带功放，往那儿那么一放，老功放不用了，功放的输入合了再往这个宽带的功放里送。"邓学佳说。"嗯，怎么啦？"曹瑞祥说。"正准备做这样一个测试。"邓学佳说。"DPD呢？"曹瑞祥又问。"达荣生正要帮他们改一下。"杭岩说。"怎么个改法？"曹瑞祥又问。"这样，为了测试，DPD反馈只能外接，再加滤波送回自己的通道处理。所以，软件要修改一下。"杭岩说。"噢，我明白了。"曹瑞祥说。"其实，这是在测这个宽带功放的能力。如果这个宽带功放余量足够的话，应该是OK的。"曹瑞祥又说。"没错，是这样的。"邓学佳说。"别，我们可以用我们自己的验证平台搞啊，直接一个通道出两个频段，不用合了。"曹瑞祥说。"没错，杭岩，只要有新的宽带功放，我们自己也能搞，而且更真实。"邓学佳说。"为什么更真实？他们的不真实吗？"杭岩问。"他们是两个独立通道合的，实际显示只会有一个通道出两个频段的载波。"邓学佳说。"嗯，有道理。我们的平台出两个频段的载波，敲敲键盘就搞定了，相当于一百五十兆的两个载波拉开。"杭岩说。"是两组。"邓学佳说。"是是是，两组载波的拉开。"杭岩说。"不知道他们还有没有多的功放？"邓学佳说。"你去问一下廖默然。其实，现在他们再做已经没意义了，有就应该给我们先用。"曹瑞祥说。"这样不好吧？"杭岩说。"有什么不好的，他们做是在白耽误工夫，不是吗？"曹瑞祥说。"应该还有，我去找廖默然。"说着，邓学佳起身出去了。"你准备通道，上功放前要尽量多测两路载波的特性，摸透了再上功放。"曹瑞祥对杭岩说。"单路的参数，双路的参数，都要有，对比着看看有何差异？"曹瑞祥又说。"可以，只能先摸，看数据，摸着石头过河。"杭岩说。"应该有希望。"曹瑞祥最后说。

功放实验室。邓学佳看到大家都在做着准备，悄悄来到廖默然身旁，压低了声音说："功放有多的吗？""有两个，都在测着。"廖默然说。"噢，测着啊。"邓学佳说。"怎么？"廖默然说。"没怎么，要是有多的，想在验证平台上测测。"邓学佳说。"要说多是没有，都在测着，你说在验证平台上测测，想知道做什么用？"廖默然说。"还是想在算法上摸一摸，看看能不能……所以，需要一个宽带的功放。我那个验证平台是可以直接出宽带信号的，键盘一敲就出来了，比你们这儿省事。"邓学佳说。廖默然想了想，说："可以啊，我匀一个给你们用。袁一帆，你带着手里的功放去和邓学佳一起到验证平台上测量。""太谢谢了，袁一帆，功放呢？带上走。"邓学佳兴奋地说着。不一会儿，袁一帆拆下功放，拿着跟邓学佳一起走了。"什么意思？他们怎么又积极起来了？"朱文学问廖默然。"他们积极不好吗？他们要是能搞定，省得我们费劲了。"廖默然说。"倒也是。"朱文学说着，做自己的事了。

晚上快八点了，肖云飞来到多载波实验室。"听说拿了个功放在平台上测了？"肖云飞说。"还没呢，先对宽带的信号进行测试，看看两组间隔这么宽的信号，从TRX端口出是个什么情况。"杭岩。"哎，下午跟方俊凯他们沟通啦？"肖云飞问曹瑞祥。"沟通了。"曹瑞祥回道。"碰出什么火花来了？"肖云飞又问。"其实，我感觉，他这个算法，按照目前的能力，要想处理这么宽的信号……"曹瑞祥摇着头说。"只能着眼于现有算法呗。"肖云飞说。"应该是。"曹瑞祥说。

"看廖默然他们做的，还是对你们有促进吧。"肖云飞说。"现在就是缺思路，他们这么想也很直接，就当两个不相关的信号，你做你的，我做我的。"肖云飞又说。"要是真不相关就好了。"曹瑞祥说。"当然要是功放有足够余量，也能行。"曹瑞祥又说。"那成本受不了，估计一时半会儿也没有合适的管子。"肖云飞又说。"功放还是瓶颈。"邓学佳说。"想了想，张总的话有道理。"曹瑞祥说。"现在觉得有点靠谱了，张总也不是随便说的，欠采样就是这么来的，我觉得是一样的道理。"肖云飞说。"我看下决心，立足现有算法去搞，否则，即使有能解决宽带的算法，一时半会也不可能搞定的。更何况资源一定少不了。"肖云飞又说。"下决心吧，其实你们现在做的就是基于现有算法，邓学佳，你说对不对？"肖云飞冲着邓学佳说。"好吧，现实一点，不再胡思乱想了，杭岩。"邓学佳说。"先测测看吧。"杭岩边做着测试边应着。

13. 目前的削波算法有缺陷

7月13日，周五晚上快八点，肖云飞又来到多载波实验室。"这几天白天都在开会，怎么样？功放架上了吗？"肖云飞问。"还没呢，今天才把小信号的测完。"夏润泽说。"还是要先把宽带小信号摸透一点。"曹瑞祥说。"稳步推进好啊，有什么结论性的东西吗？"肖云飞又问。"几组测下来，两路同时有的话，PAR[①]会变大，你看。"夏润

---

① PAR：峰均比。

泽指着屏幕说。肖云飞凑到屏幕旁仔细地看着说："两路信号同时加，和只有单一信号时比，PAR升高了，应该是这么个理。""没错，符合预期，应该是变差的，不可能两路比一路的峰均比还好。"邓学佳说。

"你们忙一天，就得出这么个结论，还不如直接上功放强呢。我琢磨着，在开会的时候就琢磨，你们应该是先上功放。看来你们挺有耐心啊。"肖云飞说。"能不能现在上一把功放，看看是个啥情况？"肖云飞又赶紧说。"不至于这么急吧，要做准备，明天下午应该能测起来。"曹瑞祥说。"做得很谨慎啊，明天下午，估计会也开完了。明天下午四点，我过来看。"肖云飞说。"不用，快了明天上午就能测起来。"夏润泽说。

7月14日，一上班，肖云飞会也不开就来到多载波实验室。"不开会啦？"廖默然见肖云飞问。"烂会没啥开头，还是这更重要。"肖云飞说。"夏润泽，好了没？"肖云飞急着问。"少安毋躁，少安毋躁，先喝点水去，估计没喝水就冲过来了。"曹瑞祥对肖云飞说。"行，喝口水再来。"肖云飞说着，离开去喝水了。不一会儿，肖云飞端着杯子进来了。"领导违规啊，杯子不能带进实验室。"廖默然说。"忘了忘了忘了。"说完肖云飞又退了出去。"准备好了没，夏润泽？"放回水杯的肖云飞一进来就问。"达荣生，好了没？"夏润泽问。"等等，好，可以了。"达荣生看着电脑说。"别急啊，听我指挥。达荣生，先发一路的。"肖云飞说。"好，低端的信号发了。"达荣生说。"好，起来了。"肖云飞看着频谱仪说。"功率计？噢，在这儿，功率要跑到位，否则没意义。"肖云飞边观察边说。"好，功率到位了，单路，DPD应该没问题。"肖云飞正说着。"好，DPD起作用了，OK。"邓学佳说。

"接下来怎么做？"邓学佳问肖云飞。"先单通道跑一会儿，稳定了再跑另一路信号。"肖云飞说。"一会儿是多少？"达荣生问。"杭岩定。"

肖云飞说。"五分钟够了。"杭岩说。"好,就五分钟,咱们充分民主啊,杭岩。"肖云飞说。"这也算民主。"曹瑞祥嘲笑着说。"差不多了啊。"肖云飞急切地说。"没到五分钟。"杭岩说。"差不多,差不多,加另一路,加呀,达荣生,不行我来。"肖云飞急着说。"行行,我加,加了。"达荣生说。"撑住,撑住,哎呀,不行了。"肖云飞望着频谱仪说。"还是撑了一会儿的噢。"肖云飞说。"也就一百米都没跑到。"曹瑞祥说。"那要看谁跑,刘易斯应该能跑到,有十秒左右吧。"肖云飞说。"有意义吗?"邓学佳说。"接下来怎么搞?"夏润泽问。"别,那一路功率减半再试试。"肖云飞说。"功率减半?有意义吗?"曹瑞祥说。"甭管有没有意义,测一下总行吧。"廖默然说。

"肯定比你们昨天忙一天就得出个两路峰均比变差更有意义。"肖云飞说。"好,那我把后加的一路功率减三分贝。"达荣生正说着。"等等,从头来。"肖云飞说。"哎哟,这不顺手减三分贝,为什么从头来啊?"曹瑞祥直接操作键盘后说。"看见没,就要从头来,这样起不来的。"等了一会儿,肖云飞看到没起效果后说道。"从头再来一下。"邓学佳说。"先加一路,好了,另一路降三分贝再加入。"达荣生冲着邓学佳说。"没错。"邓学佳说。达荣生操作完后,观察了一会儿。"怎么样,低端的这路DPD稳住了。"肖云飞看着频谱仪说。"唉,怎么会是这样?"杭岩说。"你分析啊,直觉告诉我会是这样,但你,至少你和曹瑞祥不认为会是这样。你们会觉得没道理,同样是功率减半了。"肖云飞说。"我也没想通。"邓学佳说。"我认为就应该是这样。除非功放的余量足够大。"廖默然说。"显然是当局者迷啊。"达荣生在一旁说。"就是要碰撞,知道我为什么不开会来这儿了吧。先把这个现象分析清楚再说。"肖云飞说完,扬长而去。走着走着,肖云飞突然转身冲回来又说:"要是能把刚才起不来的搞起来,就是进了一大步。"说完径直走了。

　　"对啊，有答案，能起来。不是说不可知，杭岩，找吧，把根因找到，应该不难吧。"夏润泽说。"你说的不难。"杭岩说。"有答案了还难啊。"廖默然说。"行，我们查。"邓学佳忙说。"就这查明了又能怎么样？"曹瑞祥说。"先查吧。"邓学佳拍了拍曹瑞祥说。"邓学佳，做事不能这样，责任主体是我们，我们是专家，查，意义在哪儿？我们要的是两路同样的功率，DPD都好使。你说现在花精力去搞这半功率的，我想问，为什么不搞全功率的？功下来就是攻下来了，你搞个半功率的，花时间精力不说，就是搞定了又怎样？"曹瑞祥说。

　　"你的意思？"廖默然说。"两路电平一样先上。不行同步降功率，看看降多少两路DPD能跑起来。"曹瑞祥说。"这样？也行。"廖默然说。"其实就是模拟功放的底。"曹瑞祥说。"反过来吧，同步加功率，先看在哪个点上DPD都能跑起来。"邓学佳说。"行，就按你的意思。"曹瑞祥说。"那好，先都降三分贝。"邓学佳示意达荣生。"加了。"达荣生敲完键盘说。"降三分贝应该能挺住。"曹瑞祥注视着频谱仪说。"达荣生，功率没降啊？"杭岩看着功率计说。"这看到的是两路总功率，要是都加满，你看到的就该是再加三分贝的。"夏润泽说。"对对，把这事儿给忘了。"杭岩忙说。"嗯，DPD稳住了，降三分贝是可以的。怎么样，再往上加？"曹瑞祥冲着廖默然说。"加呗。"廖默然说。"0.5、0.5地加。"邓学佳示意达荣生。"好，都加了0.5分贝。"达荣生敲完键盘说。"好，功率上来了。"杭岩看着功率计说。

　　"能不能挺住？可以啊，你的功放。"曹瑞祥冲着廖默然说。"0.5，再加0.5看看。"廖默然说。"好，又加了0.5。"达荣生说。"功率出来了。"杭岩看着功率计说。"能不能挺住？"邓学佳说。"唉，一分贝挺住了。"杭岩说。"再加0.5。"廖默然说。"好，再加0.5，加了。"达荣生敲完键盘说。"这一把要是挺住，也是……"曹瑞祥正说着。"哟哟，不行不行。""哎呀……"大伙一片惋惜声。"没啥可惋惜的,什么都没做呢,差两分贝。"曹瑞祥说。"你说行不行?功放行就行。"曹瑞祥冲着廖默然说。"哎呀,没管子啊。"廖默然说。"怎么能把这两分贝给捞回来?"邓学佳若有所思地说。"杭岩,找一下方俊凯他们吧,把这边测试的情况向他们说明一下,看他们有什么办法能帮上忙的。"曹瑞祥说。"就现在的情况,没法跟他们沟通,没数据。我们这都是表象,达荣生,要照样再走一遍,要监测信号的峰均比,你再看看,总之,监测的信息越多越好。否则,干巴巴的,加了0.5,又加了0.5,再加,不行了,人家能做啥?"杭岩说。"好啊,讨论一下要监测哪些信息。"达荣生说。随后大伙一起讨论了起来。

中午,食堂。"怎么样,他们分析的?"肖云飞边吃边问廖默然。"他们,正准备着和方俊凯他们沟通呢。"廖默然说。"对,多交流,多沟通,多碰撞,这样才有思路。"肖云飞说。"肖云飞,是不是该组织一次活动了?"东方牡丹说。"哎呀,没心思啊,国3G搞的,有可能搞不定啊,哪来的心思玩啊。"肖云飞说。"还有您搞不定的?听方俊凯说,大家都管你叫什么肖全能。"东方牡丹说。"肖全能,真逗。"柴文娜说。"哎哎,别散布悲观情绪啊,谁说搞不定啦。"曹瑞祥说。"这下好,有人接这个名,曹全能,全搞定,谢天谢地总算有人拿接力棒了。"肖云飞顺势说。"那好,有人接力了,是不是该考虑出去玩一玩啦?"东方牡丹又说。"等等吧,不急,现在天太热嘛,不怕白嫩的皮肤被晒黑啊?"曹瑞祥说。"不怕,要那么白干啥?没看那些个白人以晒成古铜色为荣啊。"东方牡丹说。"唉唉,我可怕晒啊。"柴文娜说。"听见没,牡丹?还是怕晒的多,有事没事打个伞,生怕晒黑了,就这也没白到哪儿去。"曹瑞祥说。"曹瑞祥,说什么呢你?"柴文娜怒气冲冲地说。"就是,胡说个啥,还不赶紧道歉。"马庆生冲着曹瑞祥使着眼色说。"我也没说什么呀。"曹瑞祥说。"你们,不跟你们玩了。"说着，柴文娜端起盘子气呼呼地走了。"你干吗？故意的是吧？"肖云飞说。"随便开个玩笑嘛，至于这样吗？"曹瑞祥说。"听我的，下午上班，到她座位上给她道个歉，听见没？牡丹，你说对不对？"肖云飞说。"对对，曹瑞祥，你就去道个歉，你的话确实挺那什么的，让人受不了。"东方牡丹说。"行行，下午上班去道歉。"曹瑞祥说着，端起盘子走了。

下午，多载波实验室。"廖默然，把漏压提到三十伏，看看一分贝压缩点能不能提高个一分贝。"曹瑞祥说。"临时搞搞可以，要是作为解决方案，我要和厂家沟通确认才行。"廖默然说。"先试试。"曹瑞祥说。"试试没问题。"说着，廖默然开始将宽带功放的外接电源调高至三十伏。"夏润泽，再拿万用表测测是不是三十伏，仪表上的怕不准，你们有个高档的万用表，用最好的，别随便拿一个，关键要准。"廖默然说。"那个得回实验室拿。"说着，夏润泽出去拿高档万用表了。"功放升压，再结合上午讨论的需要采集的数据，全面地再走一遍。"曹瑞祥说。"袁一帆，把一分贝压缩点测一下吧。"廖默然说。"等测量完漏压再测。"袁一帆说。"噢，来了，赶紧测一下，看是不是准确的三十伏。"廖默然看着拿着高档万用表进来的夏润泽说。"嗯，差一点点，再调一下，好，正好。"夏润泽边测边调地说。"测一下，袁一帆。"廖默然说。袁一帆接上信号源和功率计，开始加功率。"加，再加，还没到，再加，差不多了。"廖默然说。"三十伏差不多提升了一分贝。"袁一帆看着数据说。"接回去，全面走一遍，看看这一分贝能给我们带来些什么。"曹瑞祥说。"接好了。"袁一帆说。

"达荣生，开始。"邓学佳说。"哇，你直接加到位啦。"杭岩看着功率计说。"那还要怎样？不行再慢慢加呗。"达荣生说。"反正是试，没关系。"曹瑞祥说。"唉，可以。"邓学佳看着频谱仪说。"跑个十分钟，看看稳不稳。"曹瑞祥沉稳地说。

大家全神贯注地注视着频谱仪。"嗯，有数了，看这十分钟挺住的波形。"曹瑞祥说。"现在就差一分贝了。"邓学佳说。"从三分贝到二分贝，什么工作都没做，从二分贝到一分贝，功放升了压，一分贝压缩点提升了一分贝，削不了了。"杭岩摇着头说。"有什么削不了的，先别管指标，削下来，这个时候再交个一分贝，我就试试。如果又削了一分贝，正好补回三分贝，甭管指标行不行，先看DPD能不能稳住，至于指标的事，咱再说。"曹瑞祥说。"目前这种架构，已经削到头了。"邓学佳说。"有什么削不动的，先不考虑指标，削，给我再硬削一分贝下去。"曹瑞祥说。"已经不管指标了，真削不下去了，逻辑架构决定了。"杭岩说。"再削，PAR就往上反弹了。"杭岩又说。"怎么会削不动呢？怪事。"曹瑞祥自语道。"这种削波方式可能需要优化。"邓学佳说。

"有什么具体想法没？"曹瑞祥问。"目前，我们需要确定一个主攻的方向。"邓学佳说。"什么意思？说明白一些。"曹瑞祥说。"明白一点说就是，如果认为目前宽带两路信号，DPD是分别独立搞的，现在搞到只差一分贝，障碍主要就是峰均比。"邓学佳说。"我认为主因就是峰均比，你给我削下去就完事了，一分贝啊。"曹瑞祥说。"不应该是一分贝，应该是两分贝，升压这时不能算的。"廖默然说。"削两分贝？"曹瑞祥又说。"如果真是这样，那逻辑得大改。"邓学佳说。"难道已经知道怎么改啦？"曹瑞祥问。"直觉告诉我要大改，但具体不知道怎么改。"邓学佳说。"为什么？"曹瑞祥问。"削不动啊，早有感觉，目前的削波算法有缺陷。"邓学佳说。"这样那样，甭管怎么的，先从削波开始。先搞削波，听你这么一说，觉得削波有油水。"曹瑞祥冲着邓学佳说。

"这得找俄研所那帮人帮忙了。"杭岩说。"当然，这时候要调动一切可以调动的力量，有希望，越来越觉得有希望了。"曹瑞祥说。"不过，三十伏这个事，廖默然，你要找厂家落实，我们可以不用，但一定要能用。可是一分贝呀，这样，削波算法搞不定两分贝，一分贝能搞定也行。"曹瑞祥又说。"不能这样给他们减轻压力，我会去落实，但邓学佳他们必须奔着两分贝去。"廖默然说。"放心，我们肯定是奔着两分贝去的。"邓学佳说。"目前从业界的数据看，我们的CFR比业界最优的差了差不多两分贝。可是，我们的数据业务并没有比业界强。"杭岩说。"说明我们的Clipping Factor Ratio①没做好嘛，正好，借着这股东风，你们迎头赶上业界。差两分贝，还是差得很多的。"曹瑞祥说。"赶紧联系俄研所那帮专家吧，这是个机会。"邓学佳对杭岩说。

14. 需求拉动技术进步

7月16日，周一下午，杭岩在做着测试。"邓学佳，其实基带信号峰均并不高，一变上去，PAR就大了，你说这是什么原因？"杭岩问。"可能这就是问题所在，或者说，也许这就是突破口。"邓学佳说。"翻上去PAR变大，再削，好像还不止一次削，感觉抓不住重点。你说这七寸在哪儿？"邓学佳又说。"有没有这种可能，直接在基带削？"杭岩说。"关键是基带削了后翻上去峰均比还是会变大的，难道还要再削？"邓学佳说。"可以啊。"杭岩说。"基带削。"邓学佳思考着说。"什么时候跟

---

① Clipping Factor Ratio：削波。

俄研所那帮专家开会？"邓学佳问。"明天下午。"杭岩说。"让他们搞个基带削波的算法，我们试试看效果。"邓学佳说。"没把握就先试，试了不行再想新招。"邓学佳又说。"其实削波没仔细摸过。"杭岩说。"正好，趁这次机会，好好摸一下，说不定能带来意想不到的结果。"邓学佳说。"要没这事，谁会想到去摸这个，将就着用呗。"杭岩说。"技术的进步是靠问题驱动的，光空想怎么怎么个技术，想怎么怎么样地进步，很难的。也许老外有这种能力。"邓学佳说。"也许吧，反正我没有。"杭岩说。"再多测测，多点数据，要应付俄研所专家的疑问。"说着，杭岩又开始自己的测试。

周三一早，多载波实验室。"俄研所对你们提的基带削波有什么看法？"肖云飞问。"他们已经意识到原有削波有缺陷，他们答应先仿仿看。"邓学佳说。"看来都意识到了，没反对就行。我觉得你们提得挺合理的，为什么基带就不能削呢。"肖云飞说。"对啊，为什么？其实反过来想，只是当时没意识到为什么基带就不能削。"曹瑞祥说。"说不定当初直接把基带削了，就省去很多乱七八糟的事了。"廖默然说。"你的三十伏呢？"肖云飞问廖默然。"问题不大。"廖默然说。"应该是，香港不都用过嘛。"肖云飞说。"管子不一样。"廖默然说。"但道理都是一样的。"肖云飞说。"如此说来，我们只要再搞一分贝就行了。"邓学佳说。"功耗呢？"肖云飞说。"TDD应该不在乎这么一点吧？"曹瑞祥说。"为什么TDD就不在乎啊？功耗都在乎，知道吗？"肖云飞说。"竞争很多就只看体积和功耗了，默认性能差不多的。"肖云飞又说。"看来，体积和功耗是永恒的主题，我们这些都变得无足轻重了。"邓学佳说。"你们是根本，没你们，不就成了空皮囊了。"肖云飞说。"他才是根本。"邓学佳指着廖默然说。"功放同样重要。"肖云飞补充道。"还是你们重要，还是你们重要。"廖默然谦虚地说。"方俊凯那边什么时候能出仿真结果？"肖云飞又问。"估计至少要一周。"邓学佳说。"七到十天吧，这事还不能催得太急。"曹瑞祥说。"我们就只能干等着？"肖云飞问。"其间他们应该还会要我们配合他们做些验证测试工作。"杭岩说。"那就好好配合吧。"肖云飞说。"另外，我想了解如果仿真有结果，接下来我们该做啥？"肖云飞想了想又问。"先在验证平台上验证新削波算法的可行性，毕竟俄研所那边仅仅是仿真。当然，仿真行的话应该成功一半了。"杭岩说。"配合新削波，逻辑要改，大家也要有一周左右的准备吧。"邓学佳说。"月底，8月初，能不能给出该方案可行的结论？"肖云飞一字一句地说。"三种结果都有可能。"曹瑞祥说。"三种？"肖云飞瞪大了眼睛问。"可行，不可行，还有就是不知可否。"曹瑞祥说。"有没有个基本的判断？"肖云飞又问。"我对这事反而是这么看的。在基带削波，主要以前没这么想。要是当初邓学佳或者杭岩早想到了，说不定就已经用上了。基带削波没什么不可以做的，关键是效果，我估计，俄研所那边是在仿真看效果，这才是关键。我之所以有信心，充满希望，主要是因为这块之前没人去动这个脑子，是处女地。"曹瑞祥说。"要是盐碱地咋办？"肖云飞问。"咱别想那么多，廖默然的三十伏已经落到实处了，TD 的效率，至少比 FDD，还是没那么高要求。又加上肯定多个基带削波，组合拳一用，一分贝不行，0.5 分贝说不定可以呢。"曹瑞祥说。"对了对了对了，滤波器带宽多了比原先，插损至少好 0.2，这不就 0.7 了嘛，就算搞定了。"曹瑞祥紧接着又说。"想得还挺全啊，把滤波器带宽都考虑了。"肖云飞说。"那是必须的，抠就得一点一点地抠。"曹瑞祥又说。

此时，金海明的办公室。"张立彪，刚刚表扬过你们，就给我捅娄子。"金海明说。"怎么啦，金总？"张立彪不明白地问。金海明看着手机短信，打开了，把手机递给张立彪。"你自己看，应该是事态严重，第一时间直接发信给我。"金海明说。张立彪接过金海明的手机仔细看看。"塞尔维亚电视台，燎原基站干扰汽车遥控器，导致大面积汽车无法遥控开锁。这个洪中国，为什么不直接找产品线？"张立彪看后气愤地说。"你看短信，他是觉得事态严重，所以第一时间先给我发了短信，这是我去欧洲时特意跟他们交代的，若觉得事态严重，先给我发短信。"金海明说。"转一下给我，马上去处理。"张立彪说着正要离开。"洪中国应该是写完短信，紧接着就发邮件给你们了，你回去肯定能看到邮件。"金海明说。"你还是转一下，我走了。"张立彪正要离开。"别急，还有南非的事，你可能也不知道。"金海明说。"南非又怎么啦？"张立彪问。"刚刚没多久，南非新版本升级，一升，功放烧了一片，南非办事处主任龙杰立马给我打了电话，气呼呼地投诉你，估计现正找肖云飞他们呢。"金海明说。"烧一片是多少？"张立彪问。"龙杰只是生你的气，这么重要的市场不重视，捅出这么大的娄子，其实没说烧多少，你想啊，个把烧了龙杰能那么激动吗？"金海明说。"肖云飞怎么搞的？回去找他算账。"说完，张立彪急匆匆地走了。

　　"肖云飞马上到我办公室来。"张立彪边走边打着电话。"南非的事是吧？正在处理，处理完了再给您汇报。"说完，肖云飞挂了电话。"这小子居然挂了。"张立彪气呼呼又拨肖云飞的电话。"你小子居然敢挂我的电话，告诉你，还有塞尔维亚呢，电视台都报了。"张立彪说。"塞尔维亚？没来得及看邮件，南非的必须马上处理，等处理完南非的，再处理塞尔维亚的吧，挂了，张总。"肖云飞说完挂了电话。

15. 塞尔维亚出事了

此时的测试实验室，王厚林、牛玉江、麦哲渊、邓学佳、赵长城、马庆生都在。"查出什么了没有？"肖云飞急切地问。"马庆生，你去看一下邮件，说是塞尔维亚出事了，赶紧的。"肖云飞说。"王厚林，怎么回事啊？为什么就南非出这种事？"肖云飞气愤地说。"牛玉江，谁合的这个版本？"王厚林问。"什么？不是你合的？"肖云飞望着牛玉江问。"周一正好培训，软件有些特殊需求，改了一下，想想这么简单的事，就让手下搞了，对了，测试部也测啦，否则怎么会发布呢？"牛玉江说。"这事我好像都不太清楚啊，王厚林，你清楚吗？"肖云飞问。"车子玉就直接找的牛玉江，我大概知道这事，但具体都是他们俩商量的，我也不太清楚。"王厚林说。"好嘛，你们……又是车子玉，你们在过家家是吧？麦哲渊，你怎么测的？"肖云飞又问。"修改的部分没问题啊。"麦哲渊理直气壮地说。"逻辑版本合错了。"正查着的倪良策从椅子上站起来说。"不信，你再看看？"倪良策冲着闻青说。"怎么会错呢？我看不出错在哪儿啊。"闻青说。"怎么，是闻青合的？"肖云飞说。闻青没敢吭声。"我来。"邓学佳说，夺过键盘仔细查看着。"跟在欧洲用的版本对比就可以啦，再看看错哪儿。"邓学佳冲着闻青说。闻青又仔细对照着看了看，抱怨地说："版本起得太相似了，不行的为什么不删掉？放这儿害人。""行了，牛玉江，你来合，合了赶紧发给一线。麦哲渊，别想推卸责任，版本审查，怎么审的？你说。"肖云飞严厉地说。"正好，你来了，责任你负啊。"看着进来的柴文娜，肖云飞。此时的柴文娜居然没吭一声。"搞什么搞，王厚林，你盯着，再出事，你，打D。我去处理塞尔维亚的事，都上电视台了。王厚林，盯紧啊。"说完，肖云飞飞奔而去。回到座位，肖云飞急切地问马庆生："怎么回事？""你看一下邮件，有点难办。"马庆生说。"我把邮件转给曹瑞祥了。"马庆生又说。"恐怕得去人了。"肖云飞边看着邮件边说。"5月份就发现这种现象了，两个月了，事情终于闹大了。"马庆生说。"还不能别人去，这事只能曹瑞祥去。"肖云飞说着抓起固话给曹瑞祥打电话。"没人接？打手机。"肖云飞正准备给曹瑞祥打手机。"在食堂呢，走，先吃饭去。"马庆生说着起身，两个人来到了食堂。"曹瑞祥，塞尔维亚你得跑一趟。"肖云飞坐到曹瑞祥边上说。"能走得开吗，现在？"曹瑞祥边吃边说。"走不开也得走得开啊，邮件你也看了，都上电视台了。有过吗？燎原还是头一回吧。"肖云飞边吃边说。"这是真正的大事，洪中国第一时间感觉不对，直接给金总发的短信，金总转给我的。"说着，肖云飞拿出手机展示短信给大家看。"不去不行，一般的人去也没用，只能你去，干扰的问题。"肖云飞冲着曹瑞祥说。"下午启动办签证。"肖云飞又说。"怎么一下这么多事？"东方牡丹嘀咕着。"还想着出去玩呢，这下没戏了，过了这阵再说吧。"尹贤良说。"邓学佳，TD的削波，盯紧点。"肖云飞又说。"签证一时半会儿也下不来。"曹瑞祥说。"你要全力跟进塞尔维亚电视台的事，下午就直接找洪中国先沟通一下。"肖云飞说。"TD我还是要重点抓的，显然不仅仅是一个削波，还是一个系统工程，TD、塞尔维亚一肩挑。"曹瑞祥说。"呐，马庆生你也多关注。"肖云飞又说。"放心，会关注的，下午我来联系洪中国，联系上了再拉你上来。"马庆生冲着曹瑞祥说。"还要想办法让滤波的插损能不能再小一点呢。"曹瑞祥说。"柳超智，你要多出力啊。"肖云飞说。"多一个人多一分力量，廖默然也在帮着想招呢。插损想再变小，这个滤波器的设计思路有可能要变。"柳超智说。"以前，按部就班地做，没仔细下功夫，现在要抠插损，抠个0.1，我这儿就轻松个0.1。"廖默然说。"传统用带通，要插损最小，未必非用带通不可。"曹瑞祥说。"你们搞呗，还是需求拉动技术进步，空想没用的。"肖云飞说。"实践出真知，这句话确实很有道理。"王厚林说。"王厚林，版本别再出事啊。"肖云飞想起了又说。"我盯着呢。"柴文娜说。"你盯着，南非的事，你要负主要责任，QA是怎么当的？"肖云飞说。"知道了，任何更改，根本就不存在什么改动大、改动小一说。只要是更改，都是天大的事。"柴文娜说。"这种话以前说过吧，别光说。一到了眼前，遇到具体事了，耳根子一软，什么时间紧啊，什么就改一点啊，肯定不会出问题的。记住，只要有人跟你这么说，大概率会出问题。"肖云飞说。"还是回溯一下。"柴文娜说。"别光回溯，要有效地遏制问题。"肖云飞说。"核心是别耳根子发软。"尹贤良说。"下午跟洪中国开会，我要参加。"肖云飞对马庆生说。"合版本，要专门培训一下，每个软件人员都必须参加，柴文娜还要组织考试，不合格的不允许合版本。"王厚林说。"本来就都该培训。"肖云飞说。"以前，不会让下面人合的，都是我和达荣生，还有王厚林。"牛玉江说。

下午，三点左右，马庆生用会议终端接通了洪中国，随后又把曹瑞祥叫了过来。"洪中国，电视台的事怎么样啦？金总很是着急啊。"肖云飞对着八爪鱼终端说。"没办法，我也不想，看电视都播了，怕Hold不住，赶紧先短信告知金总。"洪中国在电话那头说。"你做得对，说说具体情况。"肖云飞又说。"就像我邮件里说的，其实这事很久了，大概5月份就闹了。"洪中国说。"为什么这么久都没人处理呢？"曹瑞祥问。"这个呢，首先我们的人到位不及时，事闹大了，没办法了，这两天会来个网规网优的专家。"洪中国说。"谁啊？"肖云飞问。"我看看啊，陆鼎轩，认识不？"洪中国在电话那头说。"陆鼎轩是专家，有他应该没问题。"曹瑞祥赶紧说。"有他没问题，可他们的领导强烈要求总部派专家过来，说他们搞不定。"洪中国说。"而且，陆鼎轩还有别的事，待不了多久。"洪中国又说。"没问题，我们这边已决定派曹瑞祥，顶级的专家去。"肖云飞说。

"太好了，曹瑞祥，听说过，大牛，把护照信息发给我，我赶紧申请邀请函。"洪中国在电话那头说。"这没问题。说说具体的呗。"肖云飞又说。"我也是凑巧碰上了，前几天我过来，是谈一个项目，不是为这事。所以，情况也不是太了解，大概嘛就是，5月份发现此事，本地员工在处理，肯定是没解决实际问题，遥控还是不好使，看这事老没解决，怎么惊动了电视台？搞得对燎原影响挺大。"洪中国说。"你和本地员工有过沟通，他们是怎么说的？"肖云飞问。"本地员工说我们设备没问题，频点都是政府批的，讲那些车用的遥控频率不对。"洪中国说。"车的遥控器频点有问题？"曹瑞祥问。"他们是这么说的，我还怕理解错，特意让他们用英语写下来，而且双方比画了半天，不会有错。"洪中国说。"有没有车子遥控器的频谱图？"曹瑞祥问。"没有，我想他们应该不会有这个。"洪中国说。"那他们怎么知道车子遥控器的使用频率的？"肖云飞问。"这……"洪中国答不上来。"应该是测了的，否则本地员工怎么会这么说。"曹瑞祥说。"你们说他们是测了以后才判断车子遥控频率有问题的？"洪中国问。"那当然。"曹瑞祥、肖云飞异口同声地说。"但是，电视里说有的车子又没问题。"洪中国又说。"啊！"曹、肖二人喊着。"所以，不好说，这事，真的不太好说。还是赶紧来人把事情搞清楚再说。"洪中国说。"这事影响签单吗？"肖云飞问。"当然啦，这回我来，签不了了，这事必须要解决，要不我怎么急得就给金总发短信。"洪中国说。"知道了，不过最好能从本地员工手上要到他们测的汽车遥控器的频谱图。知道的信息太少，不好判断。"肖云飞说。"不知道有没有唉？我试试吧。"洪中国说。"那就拜托喽。"曹瑞祥说。"总结一下，要达成两件事，要遥控器频谱图，另外就是赶紧搞邀请函，办签证。"肖云飞说。"嗯，先这样吧，我一会儿去找本地员工看看有没你们说的频谱图。"说完，洪中国挂了电话。"曹瑞祥，拿个YBT250，到车库。"肖云飞站起来说。"干什么？"马庆生问。"测一下我的遥控器的频谱。"肖云飞说着往电梯走去。"你先去，我拿了马上来。"曹瑞祥说着往实验室走。

晚饭时间，食堂。"一会儿吃完饭，再催一下洪中国，到底有没有频谱图。"肖云飞对马庆生说。"有就是有，没有就是没有，催能催出来啊？"曹瑞祥说。"本地员工不是说测了嘛，就应该有啊。"肖云飞说。"难说。"曹瑞祥说。"为什么？"肖云飞问。"存贮功能一般人都不太会用。当然，如果有意识的就可以，不难用，导出来也比较麻烦，所以我推测，本地员工应该是用频谱仪测了，至于有没有想到去存，看洪中国难产的样子，恐怕没戏。"曹瑞祥说。"照你这么一说，估计没戏，怎么办？"马庆生说。"你催照催，万一有呢。"曹瑞祥说。"不怕，陆鼎轩这两天会到。"肖云飞说。"对，让陆鼎轩去测。"曹瑞祥说。"快吃，回去分析分析，看有什么招化解这个僵局。"肖云飞说着大口大口地吃起来。吃完晚饭，回到座位，3个人仔细看着车子遥控器的频谱。"马庆生，你在网上查一下，目前车子遥控器的频率，尤其是针对欧洲市场的，查一下。"肖云飞说。"日本车、美国车都要查，别光查欧洲车。"曹瑞祥说。"都查。"肖云飞说。"好好记录，做张表。"肖云飞又说。"你这个遥控器的频点，和目前我们在塞尔维亚基站的频点，相互是干扰不了的。"曹瑞祥说。"当然，否则村村通早就会有同样的问题暴露了。"肖云飞说。"等等，这话提醒了我们，本地员工说，那些受影响的汽车遥控器频点不对。我们基站的频点是运营商向政府申请的，肯定不会有错的，这一点要肯定。还有就是洪中国说当地电视台说有的车遥控器就不受影响，这说明了塞尔维亚当地车用遥控器至少有两种频率。马庆生，查了吗？我们国家有几种频率的遥控器？"曹瑞祥问。"这一时答不上来，等我把表做完了再看吧。"马庆生说。"别，明天你去买车的市场，那样更快，更真实。"肖云飞对马庆生说。"对，那儿，肯定各式各样的都有。"曹瑞祥说。"去哪儿效率比较高？"马庆生问。"香蜜湖的吧。"肖云飞说。"我车就在那儿买的。"肖云飞又说。"看样子，洪中国那边没指望了。没关系，陆鼎轩去了可以更加全面地进行测试。"曹瑞祥正说着。马庆生看着邮件说："洪中国回邮件了。"肖云飞赶紧查看自己的电脑。"说什么？有频谱图吗？"曹瑞祥问。"坏了，局方开始发难了，你看。"肖云飞说。"怎么？"曹瑞祥凑上来看着屏幕问。"可以理解，闹成这样，要求现场测下设备的杂散，也是合理的要求，怕什么呢？不怕，测就测。"肖云飞说。"只不过要测……对了，现在YBT250就可以测杂散了，软件升级后，可以。原来没升级软件不行。"肖云飞又说。"陆鼎轩应该会带YBT250去的。"曹瑞祥说。"但是你们看，洪中国在邮件里说，当时局方买设备的时候，是来深圳厂验过的，局方和他手上都有当时厂验的测试报告。"马庆生说。"洪中国的意思，想用报告来说明我们设备杂散没问题，想尽量避免现场测。"肖云飞说。"也是对的。"曹瑞祥说。"但我们的态度要明确，不怕测。"肖云飞说。"那肯定，那肯定，我们要让一线对我们的设备有信心。"曹瑞祥说。"曹瑞祥，你去了，就都没问题了。"肖云飞说。

16. 走私车

第二天，7月19日，周四一早，肖云飞来到测试实验室。"赵长城，还有麦哲渊，这回南非的版本不会再有问题了吧？"肖云飞问。"仔细看了，应该没问题。"麦哲渊说。"别应该，就是不能再有问题。"肖云飞说。"要是再有问题，赵长城，就把你的头割下来当球踢。"肖云飞又说。"这么血腥干啥？"赵长城说。"哎，柴文娜，南非的今天对一线发布是吧？"肖云飞又给柴文娜打电话。"今晚八点左右吧。"柴文娜在电话里说。"要把好关啊，你也要仔细核对，别光看他们说OK就pass，你也要再核对，听见没？"肖云飞说。"知道了。"柴文娜说完挂了。"王厚林，南非再升啊，先搞几个站，小范围的，谨慎点。哎，上次烧的功放，一线怎么处理的？"肖云飞又给王厚林打电话。"免费换，在保修期内。"王厚林说。"备件够吗？"肖云飞又问。"又申请了，当地的用得差不多了。"王厚林说。"是啊，你看，要是过了保修期再出这种事，恐怕就要闹了。"肖云飞说完挂了电话。"没事，研发出钱。"赵长城说。"你出啊，说得轻巧，公司不支持这种做法。"肖云飞说。"又不是没搞过。"麦哲渊说。"那是万不得已。"肖云飞说。"得了，要是这次南非一线闹起来，你不还得屁颠屁颠走研发委托电子流发货？"赵长城说。"这不没发嘛。"肖云飞说完走了，又来到多载波实验室。"方俊凯他们有消息没？"肖云飞一进门就问邓学佳。"没那么快，怎么着也得一周啊，这种事还是稳妥点好。"邓学佳说。"邵利伟老是问。哎呀，你这牵一发而动全局啊，咽喉要道啊。"肖云飞说。"有信心。"邓学佳说。"你有信心，我就更有信心了。"肖云飞说。转眼肖云飞又来到曹瑞祥的座位处。"最终还是验证了你的判断，本地员工素质还是有点差。"肖云飞说。"不过虽没图，但大概的频率还是和基站吻合。想想也是，它被干扰，自然是基站发射频带附近。"曹瑞祥说。"要是马庆生能搞到塞尔维亚的遥控器信息就好了。"肖云飞说。"可能性不大。"曹瑞祥说。"这样，搞个模块，再搞个小天线去地库试一把，看看我的车受不受影响。"肖云飞说。"看了频谱，离得远，应该不会干扰的。"曹瑞祥说。"应该？直接试一把不就不用应该不应该的啦。不影响就是不影响，说起来气也粗啊。"肖云飞说。"有这个必要吗？"曹瑞祥说。"有，非常有必要，闲着也是闲着，叫上赵长城，把环境搞起来，在地库做试验，不用向无委①申报。快，去叫赵长城他们，我在地库等你们。"肖云飞说着下地库了。

在地库。"确实没影响，是吧？"经过反复测试后，肖云飞说。"说了嘛，离得这么远，怎么可能干扰得到？"曹瑞祥说。"现在要的不是没问题，而是要重视塞尔维亚现场的情况。"肖云飞说。"测完了吧？我们拿回去了。"夏润泽说。肖云飞听见了，但没吭声，曹瑞祥赶紧说："完了完了，拿回去吧，谢谢啊。""别……"肖云飞欲言又止。"什么？"曹瑞祥问。"我在想……"肖云飞话说一半。"想什么？"曹瑞祥问。"把频点给我调到我这个遥控器的频率，快。"肖云飞突然说。"好像调不了哦，四五〇的双工器带是很窄的。"夏润泽说。"换双工器啊，拿上去赶紧换，换完了再试。"说完，肖云飞示意去换双工器。

回到测试实验室。"曹瑞祥，你那有遥控器频点的双工器吗？我们这儿没有。"夏润泽说。"你打个电话问下柳超智，让他看看。"肖云飞冲着曹瑞祥说。"说半天，还不如我亲自去呢。"说着，曹瑞祥走了出去。不一会儿，曹瑞祥和柳超智都走了过来。"没有，但我可以帮你们调一下就可以用了。"柳超智说。"麻烦，不用，跳开双工器，直接功放输出。"肖云飞说。"对了，又不用接收，夏润泽，开盖。"曹瑞祥兴奋地说。"不过，不用试也知道，肯定有影响。"曹瑞祥又说。"别废话，你说的是分析、推理，我实际测了，有影响就是有影响，不怕被挑战。"肖云飞说。看着夏润泽、曹瑞祥在搞着，肖云飞又提醒着："临时的东西，连接要牢靠，别凑合着，到了车库连不上就不好了。""嗯，你来看看牢不牢？"曹瑞祥弄好后让肖云飞检查，肖云飞仔细检查，又用手使劲摁摁。"盖盖子吧，测一下OK就拿下去，我先下，等你们。"说完，肖云飞下去了。在地库，经过反

---

① 无委：无线电管理委员会。

复测试，肖云飞说："其实只是跟塞尔维亚频点不同，结果都一样。""道理明摆着，车子遥控器要是和我们基站发射频率挨得很近的话，肯定会被干扰。"曹瑞祥说。"没法解决啊。"夏润泽说。"对啊，怎么解决呢？"曹瑞祥说。"先吃饭，先吃饭，下午马庆生回来，看他有什么信息可以借鉴。"肖云飞边说边奔向电梯。

中午，食堂。"夏润泽，今天在地库的测试，你要出份详细的报告。就这两天吧。"肖云飞边吃边说。"可以。"夏润泽说。"马庆生下午会回公司吗？"曹瑞祥问。"嗯，要回公司啊，我还等他的信息呢。"肖云飞说。"难说，说不定直接回家了。"曹瑞祥说。"这样，你给他打个电话，让他务必来公司，我在公司等他。"肖云飞说。"你不能打吗？"曹瑞祥说。"哎哟，打个电话这么难，你给他打。"肖云飞说。"行，我打。"曹瑞祥说。"你们在地库折腾半天，也就是再验证一下已知的结论，没有太多实际的指导意义。"赵长城说。"我可不这么看，所谓耳听为虚，眼见为实。上午地库的实验非常有价值，对塞尔维亚问题的处理很有帮助。"肖云飞说。"是你要做的，当然这么说了。"赵长城说。"真很有意义，下午再看马庆生打探的信息，说不定就能有思路了。"肖云飞说。"但愿吧。"赵长城说。

下午，快下班了，马庆生回到座位。"回来啦，等着你呢，必须回来，怎么样？"肖云飞问。"跑了两个地方，罗湖的也去了。应该有收获，据一家门店的人说，塞尔维亚出事遥控器的频点好像国内也有，是走私车。"马庆生说。"嗯，应该是量少。"肖云飞说。"那就不知道了。"马庆生说。"回来啦。"此时曹瑞祥也走了过来说。"嗯，刚坐下。"马庆生说。"我们国内可能也有，是走私车。"肖云飞对曹瑞祥说。"真的啊？"曹瑞祥顿觉兴奋地说。"有没有可能……"曹瑞祥说。"不知道啊，但这个信息要告诉一线，马庆生。"肖云飞说。"不，曹瑞祥，从现在开始你给一线发邮件，你要去嘛。"肖云飞又说。"好啊，我给洪中国、陆鼎轩发邮件。要是塞尔维亚当地有问题的车也是走私的，那这个问题就迎刃而解了。"曹瑞祥说。"估计是。"肖云飞说。"别想得那么简单，万一是我们设备问题呢？"马庆生说。"不可能，业务都好好的。"肖云飞说。"我就这么顺口一说，别……"马庆生说。"对自己的产品要有信心。"肖云飞又说。

第二天，周五上午。"洪中国回邮件了，陆鼎轩也到了，太好了，马庆生，他们要求今天下午三点开会，你组织一下。"肖云飞说。"好啊，我组织。"马庆生说。"对曹瑞祥的邮件，尤其是走私车这件事，只字未提啊。"肖云飞又说。"估计当故事看了，没关系呀，下午开会谈。"马庆生说。"认为我们在瞎说了是吧，下午吧。"肖云飞说着来到曹瑞祥的座位处，人不在，又来到多载波实验室。"曹瑞祥去哪儿了，知道吧？"肖云飞问。"好像和柳超智在一起。"邓学佳说。"有进展吗？"肖云飞问。"你指什么？"邓学佳问。"俄研所基带削波啊！"肖云飞说。"没那么快，耐心点。"邓学佳说。"盯紧，每天一封邮件。"肖云飞说着走了。

"都在这儿。"肖云飞来到双工器仿真室说。"TD滤波器怎么搞？讨论一下。"曹瑞祥说。"陆鼎轩到了知道吧？"肖云飞说。"看邮件了，没反应。"曹瑞祥说。"什么没反应？"肖云飞装不知道。"走私车的事啊。"曹瑞祥说。"估计是以为我们在讲故事呢。"肖云飞说。"下午和他们沟通一下，把这事说清楚。"曹瑞祥说。"安排马庆生组织了，三点，在我座位。"肖云飞说。"行，我知道了。"曹瑞祥说。"你们，插损能降0.2吗？"肖云飞问。"在想办法。刚才说高通、低通合成个带通，是不是个思路？"曹瑞祥对柳超智说。"什么？"柳超智问。看柳超智有点不理解，曹瑞祥拿起黑笔在白板上画着。"高通，把低频给滤了。低通，把高频给滤了。其实，带通也是由高低通构成的。是不是这么一画，就明白了？"曹瑞祥冲着柳超智说。"而且，依我看，用带状线就可以，用不着谐振腔了。"曹瑞祥又说。"这样高低通的设计，原理上驻波会好许多，比带通的驻波好，意味着插损也会好很多。"曹瑞祥又接着说。"我再想想吧，没这么做过。"柳超智说。"没这么做过，现在做啦，你再想想，不清楚再找我。"说着和肖云飞一起离开了。突然曹瑞祥又回头说："这些思路都是滤波器教材里最最基本的，放心，这种方案以前我搞过，尤其适合现在这种宽一点的滤波器。""好啊，以前的经验用上了。"肖云飞应和着说。

肖云飞回到座位。"他们不信怎么办？"曹瑞祥问。"是啊，讨论一下，下午的会怎么开，如何说服他们相信走私车这件事。"肖云飞说。"马庆生，你的信息靠谱不靠谱？"曹瑞祥问。"怎么不靠谱啊？当时店里的老板跟我说了这么一件事。"马庆生说。"什么事？"曹瑞祥问。"这个老板说，有人偷车，是用干扰遥控器的方法来搞的。有的人不是习惯走老远才按遥控器嘛，比较远，周围有杂音，自然锁住车门的声音听不清。钻这个空子，离得远，那边车主摁遥控器，其实有干扰没关上，车主也不知道。"马庆生说。"怎么啦？"曹瑞祥说。"怎么啦？车就被这帮干扰的人偷了。"马庆生说。"这跟走私车有什么关系？"曹瑞祥说。此时，肖云飞一把抓住马庆生的手说："走私车这帮小子干扰不了。""答对了，加十分。你，没得加。"马庆生冲着曹瑞祥调侃地说。"稀罕。"曹瑞祥不屑地说，同时深深地吸了口气，又说："嗯，有道理，你刚说的我也听说过。下午，说服他俩，这应该足够了。"

下午三点，3个人和一线开电话会议，八爪鱼终端里传出洪中国的声音。"你们说的走私车的事我也在国内听说过，也说不定塞尔维亚这边真如你们所说。可问题是我们需要一份材料能够说明此事，至少要让当地的无委认可。怎么办？"洪中国在终端那头说。"陆鼎轩，我们这两天可是进行了测试，你们听好了噢，我们的结论是：如果我们的基站和汽车的遥控器频点挨得比较近，我们基站一定会干扰这个遥控器。频点一样就更不用说了。"肖云飞说。"能说说具体怎么测的吗？"陆鼎轩在电话里问。随后肖云飞一五一十地讲述着在地库如何测的。"其实，陆鼎轩，你要做的就是采集频谱。目前看，塞尔维亚当地至少有两种频率的车用遥控器。"曹瑞祥接着肖云飞的话说。"可以，我带了YBT250。"陆鼎轩说。"洪中国，陆鼎轩把两种频谱图搞到，再加上我们基站的频点和厂验报告。要明白一点的是，现在当地运行的我们基站的频点，是无委给的，运营商和无委是很清楚的，对不对？"肖云飞说。"那肯定。"洪中国说。"所以，不用怕，洪中国，要说违规，是那个走私车违反了无委的规定。"肖云飞又说。"这只是我们的一面之词，人家认不认，不好说。"洪中国说。"怎么不好说呢？要讲道理嘛。"肖云飞说。"行了，肖云飞，不说了。洪中国、陆鼎轩，应该明白该怎么做了吧？"曹瑞祥说。"简单说就是陆鼎轩这两天一定要测到受影响和没受影响车用遥控器的频谱图，形成报告，一齐审一下，报给当地无委，我知道这事应归无委管的。"曹瑞祥又说。"无委管是没错，先按这个思路吧。"洪中国最后说。

17. TD有希望了

周一，7月23日，大暑。一早，肖云飞来到多载波实验室。"邓学佳，俄研所有消息吗？"肖云飞问。大家都在埋头工作，没人搭理肖云飞。"这帮人。"肖云飞感到无趣，正要走，曹瑞祥急匆匆地冲了进来。"俄研所仿的还可以，赶紧出个版本去验证平台上试一把。"曹瑞祥说。"看到希望了。"一看肖云飞在，曹瑞祥又说。"怎么？有结果啦？"肖云飞问。"俄研所的这帮专家还可以，基带削波算法他们仿出来了，从邮件上看效果不错。"曹瑞祥说。"那就赶紧的呗。"肖云飞说。"是啊，没看大家都在忙着嘛。"曹瑞祥说。"争取周末能上验证平台试。"邓学佳说。"这么久？"肖云飞说。"够快的啦，逻辑改动大。"邓学佳说。"不急，不急，别忙中出错，保证质量啊。"说着肖云飞赶紧出去了，生怕影响到大家。

回到座位。"TD有希望了，我就说嘛，天无绝人之路。"肖云飞自语道。"俄研所基带算法有进展了。"马庆生在一旁说。"嗯，你的信息够灵的。"肖云飞说着拿起固话。"南非升了没？"肖云飞给王厚林打电话。"先试了几个站，这两天。"王厚林说。"有没有问题？"肖云飞问。"没有问题，OK。"王厚林在电话里说。"别太得意，谨慎点，什么时候正式升？"肖云飞又问。"车子玉和办事处的人商量是周二深夜，也就是后天凌晨。按我们的时间就是周三的上午吧，应该是。"王厚林说。"一定要万无一失，否则打D是没有办法的。"肖云飞说完挂了电话。此时，手机又响了。"哎哎，张总，嘛事儿？"肖云飞急忙说。"今天去北京，具体你马上找邵利伟。今天必须到北京啊，我答应邵利伟了。"张立彪在电话里低声说。"什么事啊？总得让我知道为啥事去的北京。"肖云飞说。"具体问邵利伟，我这开会，不方便说话。"张立彪那头压低嗓子说完挂了。随即肖云飞拨通了邵利伟的手机。"肖云飞啊，赶紧买下午的机票来北京，开会的地址已经短信发给你了，明天绝不能迟到。"邵利伟也是压低了嗓门说。"开什么会啊？这么火急火燎的。"肖云飞说。"哎呀，我出来……好，出来了，我正在参加部里关于国3G的会，明天部里领导要听专家的汇报，你是研发总裁，我可代替不了您，您必须得亲自参加，我不再帮你们承诺了。赶紧回去收拾收拾早点来，照地址打的过来，我等你，具体见面聊，挂了。"

说完邵利伟挂了电话。"哼，什么事啊，也不事先打个招呼，说上北京马上就得去。"肖云飞摇着头自语着。"把几个人都叫来，我布置一下，去北京。"肖云飞冲着马庆生说。不一会儿，几个人都来了。"我马上回去拿东西就去北京开会，南非、塞尔维亚的情况要盯紧啊，TD的验证，我去北京就为TD国3G去的，部里领导要听专家的意见，邵利伟这小子把球踢到我脚下了。先声明啊，我可是提啥答应啥啊，除非不合理，不合理估计也不会提。"肖云飞说。"你这，也不问做不做得了就答应，不合适吧？"曹瑞祥说。"让我去能有好事？好事邵利伟会让我去？以前，就连欧洲，他都是最多打个电话了解一下。这时候让我去，就是让我承诺的，邵利伟的话我一听就明白了。按理张总该去啊，就是上刑场。放心，也不会毫无边际地承诺，我有分寸，放心啊。"说着肖云飞关了电脑走了，边走边说："有事打电话，发短信啊。"

周三刚上班没多久，肖云飞出现在多载波实验室。"这么快就回来了。"邓学佳吃惊地说。"就是昨天开会，一完就奔机场。"肖云飞说。"昨晚几点到的家？"曹瑞祥问。"凌晨一点。"肖云飞说。"也不多休息一会儿，一早就来上班。"曹瑞祥说。"睡不好，索性来上班。"肖云飞说。"怎么，会上又承诺了什么？把自个儿逼得觉都睡不好。"曹瑞祥又说。"有些厂家因为都知道了，就向部里提意见，说我们的方案怎么有风险啊，怎么怎么的，部里领导听了，重视啊，主要是怕耽误了国3G的按时部署。"肖云飞说。"他们问你，你怎么说？"曹瑞祥问。此时正在工作的邓学佳也丢下键盘转过头望着肖云飞。"怎么说啊，坚定有力、不容置疑地说：'没问题，样机已经出来了，测试完全达到专家们的要求。'"肖云飞看着两人说。"什么时候样机出来的？"杭岩问。"样机，你们，再过两天不就出来了嘛，真是，这都不懂。"曹瑞祥说。"那测试完全达到要求？都还没测试呢，何来达到要求，可以肯定，不太可能完全达到要求。"邓学佳说。"对啊，这正是你们奋斗的目标啊。"肖云飞继续说。"我的对外宣称，就是你们的工作目标。"肖云飞又说。"你就说能搞定就行了。样机都出来了，而且还测试OK，万一人家要来看怎么办？"曹瑞祥说。"光说能搞定，在当时的情形下，是远远不够的。这种话是邵利伟他们说的，没办法。"肖云飞说。"急赶着回来就是来督阵的，怪不得不好好歇着一早就到这儿来。"曹瑞祥说。"没办法呀，心里也是没底呀，一定要帮我挺住，挺住啊，弟兄们呐。"肖云飞大叫着。"行行，别叫了，邓学佳，我们讨论一下看怎么落实吧。"曹瑞祥说。"哎呀，讨论个啥？现在最要紧的是验证行不行，你们俩先讨论吧，别在这儿添乱了，去，去别处讨论。"邓学佳挥着双手头也不抬地说。"走走走，去我那儿，他们现正关心着呢。"肖云飞拉着曹瑞祥赶紧走了。"他们这步走好了，剩下就是实现了。"回到座位肖云飞说。"结构有，就是项庆林参与搞的，不怕，功放也有了。不过好像只有两个，应该不够。"曹瑞祥正说着，肖云飞插话："把廖默然叫来，项庆林、柳超智、李和平，都叫来。"

不一会儿，几位都到了。"刚才，曹瑞祥，你说的对，万一那帮专家要来看怎么办？"肖云飞看着大家说。"先糊弄下呗。"马庆生说。"你说的，你去问张立彪、邵利伟他们答应不答应？那帮专家对欧华做的产品很熟悉的，专家不可能只看外壳的，开盖，测试估计都会要求做的，否则他们来干吗。"肖云飞说。"结构对不对，项庆林？"肖云飞问。"嗯，应该问题不大。"项庆林说。"问一下，不改吧？"项庆林又问。"肯定不改啦，不过，只能是目前肯定不改，至于真的搞起来，说不准。"曹瑞祥说。"那没问题。"项庆林说。"宽带版本和窄带原版本TRX区别大吗，李和平？"肖云飞又问。"更简单了。"李和平说。"那还有什么问题？赶紧搞啊，不用等验证结果出来，啊，曹瑞祥。"肖云飞冲着曹瑞祥说。"一个月给我投下去，今天是……"肖云飞激动地说。"7月25日。"

项庆林说。"8月25日前，PCB给我投下去，曹瑞祥、李和平，必须。"肖云飞又说。"看看吧。"曹瑞祥说。"看什么看？就这么定了，一个月，够长的，没半个月就不错了，也不现实，改动那么大。把马庆生的绝招再用上，8月底回板。"肖云飞说。"我有什么绝招？"马庆生在一旁哼着。"一个月还是要的，磨刀不误砍柴工。功放，两个肯定不够。"肖云飞冲着廖默然说。"功放没问题，一个月后，想要多少有多少。"廖默然说。"管子有是吧？"曹瑞祥问。"有有有，早做准备了。"马庆生说。"啊，采购有准备就好。"曹瑞祥说。"柳超智？"肖云飞又问。"我没问题，你这两个月，我到最后装整机模块也来得及。"柳超智说。"我可要插损小的，别随便糊弄的。"肖云飞说。"放心，仿下来了，就是插损小的。"曹瑞祥说。"看到没，就差算法。"肖云飞冲着曹瑞祥说。"算法有信心，其实他们应该有近两个月的时间。"曹瑞祥说。"没错，要来看，邵利伟他们找找借口，拖到9月份应该问题不大。"肖云飞说。"忘了叫测试了。"曹瑞祥说。"回头再说吧，先把刚刚的落实了，计划，下午我要看，越详细越好。"肖云飞又说。"李和平，你搞一下。"曹瑞祥说。"得叫上CAD的。"李和平说。"叫啊。"肖云飞说。

中午，食堂。"王厚林，南非情况如何？"肖云飞边吃边说。"目前看，没问题。"王厚林回道。"别大意，盯牢，3天后见分晓。"肖云飞说。"北京这么不好啊，这么快就回了？"东方牡丹问肖云飞。"怕牛皮吹炸了，赶紧回来督阵。"曹瑞祥说。"听他说，牛皮不是吹的，泰山更不是垒的，肚子里的竹子，怎么讲？那叫胸有成竹。"肖云飞侃侃而谈起来。"故事会又开始了。"马庆生说。正说着肖云飞的手机响了。"喂，啊，邵利伟啊，啊，什么？10月份就要啊，奥运会，登珠峰，啊，金总答应啦，那好吧。"肖云飞说完，收起手机喝了口汤。"故事真的开始了。"肖云飞一脸严肃地说。"怎么，要跟着2G一起上珠峰建站啊？"曹瑞祥敏锐地问。

"是的，没错，10月底发货拉萨，11月份上珠峰6500米处建站，确保奥运圣火登珠峰的信号传输，语言、图像都要保证。"肖云飞说。"原来计划只有GSM的。"马庆生说。"金总已经答应了，用最新的宽带模块。"肖云飞说。"没办法了，死磕，一点回旋的余地都没有，华山一条路。"曹瑞祥说。"估计专家也用不着来看了，这都承诺上珠峰了，还能有假？"肖云飞自语道。"你去北京敢承诺，金总就敢在你上面再加码。"曹瑞祥说。此时肖云飞的手机又响了。"张总。"肖云飞一看手机说。"哎哎，张总，知道了，以后我这说话得慎重啊。"肖云飞说。"可不是我逼你的，自己上赶着就没办法了。相信能搞定，有什么困难尽管提，要不要在博雅苑安排住宿？你考虑一下，没有问题，需要的话直接找我的秘书办就行了。"说完张立彪挂断了电话。"让我们住在博雅苑。"肖云飞说。"人家领导就这意思啦，什么条件都答应，只要结果搞定就行。"赵长城说。"下午好好商量一下吧。"肖云飞最后说。

下午，作战室。"中午，邵利伟又转来要求，为了保证图像传输质量，要求用载波聚合的技术，以弥补TD-SCDMA单载波速率的缺陷。"肖云飞说。"载波聚合其实没啥，可以做，关键还是你们宽带硬件。"王厚林说。"测试，这块图像传输的测试，你们倒要把测试怎么用想周全了，一定要模拟真实场景，记者、圣火传递手、跟踪拍摄，这些都要考虑，关键是拍的东西要能及时传出来。"肖云飞说。"省事，爬南山，全程模拟一把。"麦哲渊说。"叫牡丹搞次活动。"马庆生说。"还是邓学佳那边，邓学佳没来？"肖云飞四周看了看说。"别打搅他。"曹瑞祥说。"意义是很大，中国自己的3G技术。奥运圣火登上世界第三极，千万千万不能掉链子。"肖云飞提醒着大家。"原来只计划GSM，欧洲的2G技术。"肖云飞又补充说。"双保险嘛。"曹瑞祥说。"哪些人要住博雅苑？"肖云飞问。"应该是邓学佳他们。"曹瑞祥说。"后勤保障工作得跟上，把牡丹叫来，别到时候倒下一个，那就麻烦了。"肖云飞说。不一会儿，牡丹进来了。"牡丹，博雅苑就你来安排，具体你找张总秘书去落实人员，我看这样，觉得有需要都搞，可以不住。下来牡丹收集一下名单。"肖云飞说。"还有，后勤保障，牡丹，你得费心，千万别倒下一个就麻烦了。"肖云飞又说。"这我知道。"东方牡丹爽快地说。"计划是明摆着的，我反而不用操心了。到时候，传图像我要亲自验收，牡丹，你也来验收。"肖云飞又说。"对对，牡丹说行才可以。"马庆生说。"要求有点高唉。"王厚林说。"为什么？"肖云飞问。"她是按照央视直播的要求来搞，我们肯定达不到嘛。"王厚林说。"首先得达到你们自己的技术要求对吧，达到了这个我再来，麦哲渊，你说OK了，我才给你们验收。"东方牡丹说。"可以。"王厚林说。"我可是会挑刺的。"东方牡丹说。"这正是我们所需要的。"赵长城忙说。

18. 认识也是一个渐进的过程

周四，7月26日，晚上十点，肖云飞来到多载波实验室。"一会宵夜就到，大家可以先歇会儿，反正住公司。"肖云飞说。"啊，来了，谢牡丹啊。"曹瑞祥见牡丹拿着吃的进来，高兴地说。"我们边吃边开个短会吧，把这两天的情况总结一下，看看有什么问题，怎么样，邓学佳？"肖云飞说。"今天周四，我们计划是明天先联一下试试，放心，肯定会有问题，力争周六晚能正式开试。"邓学佳说。"倪良策、董运来，你俩有啥问题没有？"肖云飞问。"不敢说没问题，边试边解决吧。"董运来说。"这次我们尽量做全了，低速率削波，变上以后的几个模块原先有削波的还是保留了，但做了开关，可削可不削。"邓学佳又说。"什么什么，低速率削波？"肖云飞问。"俄研所的专家起名 LRC，Low Rate Clipping[①]。"邓学佳又说。"LRC，嗯，周六晚第一次正式试是吧？"肖云飞盘算着问。"争取周六晚上，不行周日，反正住公司。"杭岩说。"没催你们的意思啊，要踏实走好每一步，我查了，真正的奥运圣火传递是在明年，也就是 2008 年的 5 月份到 11 月份，我看再晚几天也问题不大。"肖云飞说。"我们尽量往前赶，不过赶的要是问题多，也得不偿失，按计划来晚个一天、半天的可以容忍。"邓学佳给大家解压。"这个时候大家心要细。"曹瑞祥说。"自己多查查吧。"杭岩说。"李和平，原理图搞起来了吧？"肖云飞问。"嗯，正在搞，搞完了评审。"李和平说。"也是，保证质量不要赶，你这出问题，重新投，更浪费时间，8 月底前投下去都行。"肖云飞说。"还是挺有风险的，基本上没有改错的时间。所以，专家的评审就非常重要了，评审专家一定要做到位，尽心尽责。"曹瑞祥说。"评审你一定要亲自主持，你对评审结果负全责啊。"肖云飞冲着曹瑞祥说。"柴文娜没住过来？"曹瑞祥说。"没必要，搞那么多人干吗？你全面抓起来就行啦。"肖云飞说。"好，你们接着忙，我先回博雅苑了。别太晚了，要考虑长期战斗。"肖云飞边说边走了。

周五，7 月 27 日。"陆鼎轩他们有消息吗？"肖云飞问马庆生。"刚刚，估计他们的一两点，陆鼎轩发邮件说，明天洪中国把评审的文件递交给当地无委。"马庆生说。"明天？周六还上班啊？"肖云飞问。"不不不，是周五，也就是今天下午，或晚上。"马庆生说。"材料评审有两天了吧，今儿才交。说明市场那帮人内部反复评审了，估计修改了不少。"肖云飞说。"听他们的啊，我们就是提供有价值的数据。"马庆生说。"哎呀，估

[①] Low Rate Clipping：低速率削波。

计就是走私车闹的，我已经想明白了，张总也同意我的观点。"肖云飞又说。"要这样曹瑞祥就不用去了。"马庆生说。"我想是的。"肖云飞说。"哎，李和平那边，你也关心关心。"肖云飞又说。"关心，当然关心啦，正在看着他的原理图呢。"马庆生说。

"好了吗？"肖云飞问。"一部分一部分的嘛。"马庆生说。"好，这样很好，工作越来越细化了。"肖云飞说。"我也是重点看他跟我接口这块。"马庆生又说。"还有帮他看看时钟、电源，别的也不太清楚了。"马庆生补充道。"现在时钟应该是锁你基带的了吧？省得自己还搞个那么贵的晶振。"肖云飞说。"肯定早这样了。"马庆生说。"现在，小数分频也不用了，锁相环全用的是通用芯片。"马庆生又说。"不是说影响相噪，继而影响上行速率吗？"肖云飞又说。"窄带、GSM是会受影响的。但宽带系统，测了没啥影响，近端相噪，分析就没啥影响。"马庆生回道。"这样器件替代搞定了是吧？"肖云飞又说。"是啊，否则独家，只能搞板级替代，采购头都大了。"马庆生回道。"一点点进步嘛，认识也是一个渐进的过程，谁都不是神。"肖云飞说。"我觉得你就有点神，TD宽带这事，还真有点神哦。"马庆生说。"其实我现在心里已经有谱了。"肖云飞说。"哼，说你胖就喘啦。"马庆生说。"不信看结果。"肖云飞自信地说。"我信。"马庆生说。

晚上十点，多载波实验室。肖云飞一进门看见大伙正聚精会神地忙着联调，大气不敢喘地悄悄走到曹瑞祥身边。见肖云飞过来，曹瑞祥压低了嗓门凑到肖云飞耳边说："正在联调，估计今晚要熬通宵了。""牡丹给他们的食物准备好了吗？"肖云飞又轻声地问曹瑞祥。"一会牡丹会拿过来。"曹瑞祥说，肖云飞点头示意着。转身只见东方牡丹用了个手推车，把满满一车的可口食物推了过来。"车就放这儿，回去早点歇着吧，牡丹，辛苦了。"肖云飞说。"不辛苦，不辛苦，他们今晚打算搞通宵。"东方牡丹示意肖云飞。"知道，先回吧，这儿有我呢，谢牡丹。"肖云飞说。"不用，那我先回了。"牡丹轻声地说完走了。"几点开始的？"肖云飞轻声问曹瑞祥。"六点。"曹瑞祥说。"那他们吃晚饭了吗？"肖云飞问。"什么叫吃晚饭？方便面啊，边吃边搞，没去食堂。"曹瑞祥说。"也别老吃方便面。"肖云飞说。"没有，就今晚。还是尽量正常三餐，不知要熬多久呢？"曹瑞祥说。"有四个多小时了，联调得怎么样？"肖云飞又绕回到正题。"不顺。"曹瑞祥说。"也正常，太顺了也不好。"肖云飞说着看了看时间。"哟，十一点了。"肖云飞说。此时，邓学佳见两人在嘀咕，就走了过来。"没调通，改动太大，今晚估计要熬通宵了。"邓学佳说。"没事，多点耐心。牡丹送了一车的东西。"肖云飞顺手指着手推车说。"热汤拌着方便面，最管用。"邓学佳说。"老吃也不行。"肖云飞说。"没错，会腻的。难得吃一回还行。"邓学佳说。"你们先回吧，我在这儿就行了。"邓学佳又说。肖云飞、曹瑞祥两人相互看了，肖云飞说："那您辛苦，我俩先回博雅苑。""行，你们去吧。"说着邓学佳又回到自己座位上。

7月28日，周六。"知道他们昨晚熬了一宿，调通了吗？"肖云飞问马庆生。"我看看他们的邮件。"马庆生说着查看邮件。"没信息，估计上午他们不会来，下午来了就知道了。"马庆生说。"洪中国他们材料递上去，怎么样了？"肖云飞又问。"不可能刚递上去就有回音的，最早估计也得是下周，我们这边的周二，只会迟，不会早。"马庆生说。"看你的原理图吧，给我好好把着关。"肖云飞说着起身走了。"测试这两天都干些什么呀？"肖云飞来到测试实验室问。"载波聚合比较新，研究研究看如何更有效地测试。"赵长城说。"一定要贴近实战，光看实验室的测试数据恐怕不行。一定要汲取以往喜欢自娱自乐的教训。"肖云飞说。"我想好了，最后我要亲自验收。换句话说，你们说了不算。"肖云飞又说。"他们调的情况，你们知道吗？"肖云飞继续说。"不知道。"夏润泽、麦哲渊异口同声。"感觉很有理啊。"肖云飞说。"想了解，插不进去啊。"夏润泽说。"还是要想办法早点介入。"说完，肖云飞离开了。

晚饭时间，食堂人很少，邓学佳一帮人和肖云飞、曹瑞祥一起吃着晚饭，没有调通的阴影笼罩着大家，谁也不吭声，只是埋头吃饭。"这么慢，我先走了。"倪良策吃完看了眼大家，边说边端着盘子走了。不一会儿，董运来吃完也端着盘子走了。达荣生吃完正要走，被曹瑞祥叫住。"你急啥？坐会儿。"曹瑞祥说。"你是旁观者清，要善于指出他们的问题。"肖云飞说。"不是太清楚，提不了。"达荣生说。知道两位想了解情况，邓学佳说："先查问题，争取再试一把。""估计什么时候能再试？"曹瑞祥问。"要看情况，今晚估计又是一宿了。"杭岩说。"尽量不要连续作战。"肖云飞说。"没事，熬两宿还能撑得住。"杭岩说。

周日中午。"食堂没什么人了。"肖云飞和曹瑞祥吃着午饭聊着。"他们下午会过来？"肖云飞说。"嗯，哎呀，不好搞啊。"曹瑞祥说。"没关系，黎明前的黑暗，道路一定是曲折的，风雨是必须要经历的，这关闯过了，像倪良策、董运来也就真正地成长起来了，要有耐心，更要有信心。"肖云飞说。"一会儿给他们准备点吃的，没准什么都没吃就来了。"肖云飞又说。两人吃完午饭，去小店买了些东西，来到多载波实验室。"哈哈，都来了，没吃饭吧？"曹瑞祥见大家都在说。"我们几个在面点王吃了过来的。"邓学佳说。"哟，你请客。"曹瑞祥说。"面点王能吃多少？就是一人一份大排面，外加肉夹馍，还要了份酱骨架和黄瓜。"邓学佳说。"那个猪血汤挺好喝的。"董运来说。"留着晚上吃。"肖云飞望着曹瑞祥手里的东西说。"好，你们接着忙。"肖云飞说着，和曹瑞祥离开了，来到李和平的座位处。"什么时候可以拿出来评审？"肖云飞问。"放心，许亚萍已经在布局了，原理图还是要谨慎些，错了麻烦。"李和平说。"好了发给我。"曹瑞祥说。"邓学佳忙得也顾不上这头，肯定要他看一遍才行啊。"

李和平说。"算了，我们先替他看，过两天再找他吧。"曹瑞祥说。"也发给测试部啊。"肖云飞说。"会发的。"李和平说。

晚上，十一点，多载波实验室。"今晚都休息，指定不能再熬夜了，连续3天了。现在立刻停止工作，回去洗洗赶紧睡一觉。"肖云飞对大家说。"我没事，你们先回吧，我再看看，到底问题出在哪儿？"董运来说。"不行，一个都不能留下，全都回去睡觉，听见没。"肖云飞说。"不在这一会，熬了两夜，也该让脑子放松放松了。否则，脑子更僵，更没思路。不在这一会儿，不在这一会儿啊。走，关电脑都走。"曹瑞祥说。"让脑子休息一下，对调整思路有帮助，走，都走啊，董运来，走吧。"邓学佳说着带头走了。一帮人回到博雅苑，洗洗弄弄都睡了。董运来躺在床上睡不着，翻来覆去地想着自己的问题，此时，倪良策的呼噜声响了起来。正睡不着的董运来更是难以入睡。突然，董运来从床上爬了起来，迅速穿上衣服开门出去了。"反正也是难以入睡，这呼噜打的，索性回实验室再搞一把。肖云飞他们在的时候，正好有思路，愣是被他们打断了回来。这个猪头倪良策，呼噜打得比猪还响，怎么睡啊。"董运来一路走着，心里在嘀咕，快到公司门口了。"工卡？噢，带了，吓死我了。"董运来摸着口袋里的工卡，拿出来戴在了脖子上，在门口登了记，来到多载波实验室。董运来又投入到定位问题中。

7月30日，周一一早。"这小子居然又来实验室了，我一早醒来发现这小子不见了。"刚进门的倪良策看着董运来睡在实验室说。"他什么时候又来实验室的？"邓学佳问倪良策。"我睡得跟死猪似的，哪知道啊。"倪良策说。正说着，董运来被吵醒了。"什么时候来的？"曹瑞祥生气地说。"这头猪，呼噜打得震天响，不如回实验室睡，没人打搅。"董运来说完又接着说，"达荣生，发给你了，再合一把，应该可以了。""达荣生，赶紧。"邓学佳说完，就都坐回电脑旁赶紧工作。"赶紧吃点东西，我给你倒杯水去。"曹瑞祥冲着董运来说着，出去了。

周一的晚七点，作战室。"仅仅是个小插曲，很正常。关键的是LRC把原来的削波改善了一点六分贝，性能、协议的发射特性没有损失。虽然离两分贝的要求差了一点，但已经是很大的突破，我一直是充满信心的。因为我们前期自己挖的坑有点多，削波就是一个。这下，自己把坑填上了。"肖云飞说。"当然，董运来的这种精神值得表扬，就有那么一股子劲儿，有问题不睡觉也要搞定。"肖云飞又说。"我相信邓学佳他把差的零点四分贝也能补上。"廖默然说。"邓学佳，人家是不想升漏压哦。"肖云飞冲着邓学佳说。"存在你说的可能性。"邓学佳冲着廖默然说。"我的漏压应该是为更高功率做准备。正常情况下，最好别打升压的主意。"廖默然说。"燎原真是没有搞不定的事。"赵长城说。"赵长城，这次珠峰建站，郝树斌他们如果提出要研发派人，就让夏润泽去。"肖云飞说。"再说，现在真不能答应你。"赵长城说。"硬件、硬件啊，现当务之急是投板。李和平，这下邓学佳有时间了，赶紧的。今天周一，7月30日，8月底必须投出去，邓学佳。"肖云飞又说。"应该来得及。"邓学佳看着李和平说。"王厚林，南非升了有几天了吧？"肖云飞说。"没问题了，就是合作版本了。"王厚林说。"就是合作版本了？说得太轻巧了。珠峰建站这个事，要成立攻关组，我当组长，赵长城，你副组长。其实就是主要你负责，不能有闪失，否则真就成政治事件了，到时谁也担不起这个责。"肖云飞又说。"邓学佳，俄研所方俊凯那边知会了吧？"曹瑞祥问。"发邮件了。"邓学佳说。"俄研所算法能力还是强啊。"肖云飞说。"马庆生，到时候5天回板啊。"邓学佳说。"行。"马庆生说。"好好，大家早点回去睡个好觉。"肖云飞最后说。

第二章

免仪表建站，真的很重要

1. 准备进日本市场

第二天刚上班不久，肖云飞就被叫到张立彪的办公室。"行啊，肖云飞，这下没让我失望。"张立彪说。"早说了，心中有数。"肖云飞牛气地说。"行行，你牛。但是，前几天不好说，今儿嘛叫你来，是要跟你谈国产4G的事。"张立彪说。"张总，是不是太早了点？这才……"肖云飞说。"早？那是你说的，告诉你，FDD的4G是不是快成形啦？国际上4G的标准大概在2012年年初就会正式确定。"张立彪说。"那国产4G是……？"肖云飞问。"目前，上头的专家已基本达成一致，TDD的LTE，TD-LTE。"张立彪说。"TD-SCDMA可以平滑演进吧？"肖云飞又问。"当然，你这话问得太没水平了。"张立彪说。"那就心里有底了。"肖云飞说。"有啥底啊？TD3G我们没做基带芯片。现在TD-LTE，全是燎原主导，芯片，没个两三年能行啊？"张立彪说。"对唉，要做基带芯片，光TRX，软件升个级就能搞定。"肖云飞说。"基带芯片，两三年是要的，你还觉得早吗？"张立彪说。"大家都知道，这个国产3G，对吧。但是呢，没有国产3G的成功运用，哪来的国产4G？"张立彪又说。"所以，珠峰基站的建设，明年5月份的奥运圣火珠峰传递，8月份的奥运会，还有2009年新中国成立60周年大庆，都需要国3G来支撑，马虎不得。当然，我也相信你们一定会圆满保障任务的，这我不担心。"张立彪说。"那是肯定的，出了问题要丢工作的。"肖云飞说。

"好啦，通过这么几个大事件，向外界宣称国3G成功商用啦。接下来，上面这帮人已经把重点放在快速布置4G上，而且要在标准正式公布前全建好。记住，TD-LTE要在2012年1月前建好。一旦标准公布，立马国4G全网开通。"张立彪说。"知道吧，真正的计划是把宝押在了TD-LTE上。这才是上面真实的意图。"张立彪又说。"知道了，珠峰圣火、奥运会、新中国成立60周年大庆必须得保证，TD 4G也要保证。"说完肖云飞转身要走，张立彪示意说："塞尔维亚的事，这几天我都在跟一线的沟通。目前看，你们的分析判断是对的，就是走私车的问题，看来问题不大了。""那好哎，曹瑞祥就不用去了。"肖云飞说。"不过，无委和局方还是坚持深圳总部的专家要去帮助他们把原理啊什么的讲清楚，这样他们能够更好地为今后的工作打好基础。就是想弄明白怎么回事，以后如何避免。"张立彪说。看肖云飞为难的样子，张立彪又说："别忘了，他们都知道曹瑞祥要去。噢，一没事，就撒手不管了，市场部门不愿意。要知道，搞好了，就不容易反弹。这次之所以闹得这么僵，就是因为前期处理得不当。""去呗，有什么办法。"说完肖云飞走了，紧跟着手机响了。

"张总。"肖云飞接着手机奇怪地问。"急什么呀？还有事没说完呢。"张立彪在电话里说。"还有啥事儿啊，张总？"肖云飞有点不耐烦地说。"你小子别那么急好不好？跟你说个话怎么……"张立彪不爽地说。"行，听您说，您说，又有啥事？"肖云飞说。"啥事？大事。"张立彪又说。"大事不都讲完了吗？TD 4G。"肖云飞说。"那是前端的，后端打粮食的同样重要。告诉你，公司正在准备进日本市场。"张立彪说。"啊？日本人要求高，不好搞啊。"肖云飞说。"日本人要来制造进行论证，估计师建宏会找你的。听说，日本人提的要求很苛刻，很多需要研发协助的。真正的高端市场，比欧美人要求更高。所以，公司高层非常重视，要求产品线、研发体系全力配合。"张立彪说。

"换句话说，公司想借助此事，让公司的制造体系来个脱胎换骨，想想丰田的车，牛吧？燎原这一把搞了，就是通信业的丰田。"张立彪又说。"师建宏还没找我，我知道了。还有事吗？"肖云飞问。"暂时没了。"张立彪说完挂了电话。"师建宏这两天有没有找过你？"回到座位，肖云飞问马庆生。"生产质量的费鲁生找过我。"马庆生回道。"找你干啥？"肖云飞问。"说是日本客户提了一些质量要求，他们正在整理，到时候让我帮他们看看。日本人，要求怪怪的。哈，日本人会买我们的基站吗？"马庆生说。

"不知道，听说公司正在准备进日本。可能会有日本人来我们制造论证可行性，积极配合吧。有事找我，不要轻易回绝。"肖云飞说。"真要买我们的基站啊？"马庆生兴奋地说。"可行性论证要是不通过，就没戏。"肖云飞说。"不可能，只要来制造论证，就表明想买我们的设备。否则，根本不会来。再说日本人能有多苛刻？我们努力都达不到？只有想不到，没有做不到。没达到日本人的要求是因为要求不一样，知道了要求，目标明确了，就一定能达到。"马庆生侃侃而谈。"全力配合吧。"肖云飞看着激动的马庆生说。

"这事，你要拉着结构的项庆林，让他多支撑。"肖云飞又说。"他呀，整天不知忙啥，都是我先顶着，具体到他才让他介入。一开始，根本不敢让他单独搞，这个不是他的问题，那个是厂家的问题，干吗找他？全是这种话，供应链就只能找我来协调。"马庆生说。"别，这事得找孟泰乾，让他们搞个专人。"肖云飞说。"专人？他们肯吗？"马庆生说。"这事公司很重视，而且日本人苛刻的要求也不是你搞得定的，主要是结构的事，所以，专人是必须的。你先给他们打个招呼，估计师建宏会专门找他们。"肖云飞说。"能这样好啊。"马庆生说。停了一会儿，肖云飞又对马庆生说："你把王厚林叫来。"

不一会儿，看着王厚林和马庆生，肖云飞一字一句地说："TD 4G马上启动。""TD 4G？"王厚林说。"没错，TD-LTE马上启动开发。TRX没啥，软件升个级就行了，关键是基带芯片。这下全是燎原主导，和TD3G不一样。"肖云飞说。

"什么时候商用？"马庆生问。"2012年1月……"肖云飞正说着。"2012年1月，那还早，这才2007年。"马庆生说。"2012年1月全网商用，至少提前半年咱们的TD 4G得大批量商用发货，我说的是至少，应该是8个月，就是2011年第一个季度就该量产了。"肖云飞说。"差不多。"王厚林说。"三年多商用。"马庆生说。"差不多就是三年，不轻松了吧。"肖云飞说。"哎呀，没省事的事。"马庆生说。"主要是你们俩，所以先找你们俩说，那帮人正忙着呢，不想打扰他们。"肖云飞说。

"标准定了吗？"王厚林问。"张总说是2012年1月正式发布，其实TD 4G基本都定了。"肖云飞说。"协议要定下来才好搞。"王厚林又说。"燎原主导，还不是你们定啊，核心是要能实现手机支付，上面就是这么想的，和Wi-Fi差不多。"肖云飞说。"美国目前的移动支付主要靠Wi-Fi是吧？"王厚林说。"iPhone就是支持Wi-Fi啊，GSM能达到支持移动支付吗？即使Edge也悬吧？"肖云飞又说。"一个手机移动支付就把一切都定了。还是需求拉动技术进步啊。"马庆生说。"这是需要强大的移动支付软件来支撑的，光有管道，我们国家的软件能不能跟得上？"王厚林质疑地说。"银联应该会搞吧？"马庆生说。

2007年8月1日，星期三上午九点，制造会议室。"进军日本对公司来讲意义重大，对你们制造体系来说，是骡子是马这下就看得出来了。"华今朝说。"刘山跟我吹牛，说没问题。我想问问你们下面的，曾汉强，你们这个新来的老大，是不是在吹牛啊？哎，沈春跃，我对你有印象，说说，都说说。"华今朝又说。"我们刘总可不是新人哦，最早的制造老大就是他，当时，我和沈春跃都是他提拔的。"曾汉强说。"说啥呢？老板问你啥？你在这儿说，要你解释啊，老板不比你清楚？真是的，快，回答老板的问题。"刘山说。"按照目前日本方面提供的相关信息，沈春跃说，要求太高，逼着我们去压厂家，我们确实很难做啊。"采购老大殷国庆说。"刘山，你是不是想跟我说，采购来的东西不行，你就搞不定？什么叫搞定？是要端到端，别相互踢皮球。"华今朝说。"生产计划的周期被明显地拉长了。"计划负责人范志勇说。"为什么生产周期会拉长？"华老板又问。"特殊保障加返工，影响生产周期。"范志勇说。

"刘山，你手下的人啥都没说，但纸是包不住火的。没那么简单的，刘总。今天，特意把各方都叫来，让你们碰头，大家要明白，以结果为导向，其他的都是扯。这个工作组，组长刘山，副组长，计划和采购，一个都跑不了。"华今朝说。"这事不能想得太简单，应付的心态不能有。老板亲自过来，表明公司的决心，大家一定要拿出切实可行、行之有效的端到端的解决方案来。"金海明补充说。"金总放心，我们一定按您的意思去落实，不辜负华老板的信任。"刘山说。"两周向我汇报一次，平时日报抄送我，我会亲自抓的。"金海明说。"那肯定，那肯定。"刘山说。"研发，要全力支持。"金海明看了一眼肖云飞说。"放心，研发会支持的。"肖云飞说。"要落实到你的KPI，纪要写上，让张立彪落实，张立彪、肖云飞都要。"金海明说。"感谢金总的大力支持，这下，我们就放心了。"沈春跃说。

下午，曾汉强、沈春跃立刻组织了电话会议，重点针对研发。"肖总，日本这事还得你们研发支持才行啊，靠我们制造体系，搞不定的。"沈春跃说。"哪里，哪里，大家一起搞，一起搞，你们主导，我们辅助。"肖云飞说。"说实话，如果全都按照日本人的要求，整个制造体系是很难支撑这么大量的发货需求，所以，想跟研发的兄弟一起探讨一下，看看有啥法子，做到平衡。"沈春跃说。"目前，我们的产品发往世界各地，欧洲的有，美国的也有。其实我们公司的生产质量标准已经很严了，这一点，我很清楚，因为目前制造的外观标准就是我搞的。当时搞的时候，首先是参考国际上的一些厂家来做，综合这些国际著名厂家的标准，我们是加严的，当时老板就是这么要求的。"孟泰乾说。"所以，老板认为再加码，制造也搞得定。"曾汉强说。"我看了要求，也跑了几个厂家跟他们商量。"孟泰乾说。

"厂家怎么说？"沈春跃在电话里问。"都摇头，几个厂家都摇头。"孟泰乾说。"摇头能说明什么？是做不了呢，还是不愿做？"肖云飞问。"不存在做得了或做不了。给苹果的价，肯定愿意做，还抢着做。"孟泰乾此话一出，大伙都沉默了。"肖总，成本方面能不能不要这么抠？"沈春跃说。"就是，否则真的很难做。像人家苹果的价，都愿意跟苹果做。"孟泰乾说。"你们这话说的，燎原靠什么？靠成本，靠服务，靠响应快，没有这些优势，谁会买你的？"肖云飞说。"日本项目，频段和别的都不一样，只能定制。孟泰乾，要知道，燎原要是学苹果，我早说过，只能是死路一条。"肖云飞又说。

"此话差矣，苹果是成功的哦，你这么说，不合适吧？"孟泰乾说。"对啊，现在都在学苹果制造，不学苹果，肖总，你说学谁？"沈春跃说。"学谁不该问我吧，我只知道公司主流还是提倡学丰田，车又好，又便宜。听说，你们不是都要去日本的丰田学习参观吗？"肖云飞说。"又好又便宜才适合燎原公司。学苹果，省事，高价，高成本，你们看看，苹果的手机有多贵。苹果靠的是粉丝，没有这些铁杆粉丝……"肖云飞正说着，孟泰乾插话说："铁杆粉丝，还是东西好，否则，铁杆也不行。""孟泰乾，你别在这儿净说些没用的。说到底，你们就是不想下功夫。靠提高成本，在燎原恐怕是走不通的，弟兄们。所以，别拿苹果说事，净想着提高成本。你们应该想着如何低成本地满足日本人的需求，定制的东西，孟泰乾还是多动动脑子，用我们的智慧降成本。"肖云飞说。"对了，这事你是不是就安排项庆林专门负责啊？别随便搞个什么都不清楚的，还得我们教他。"肖云飞又对孟泰乾说。"可以再给项庆林配一个人，这样，他可安排新人做别的，自己专心做日本项目。"孟泰乾说。"好啊，这样最好了。"肖云飞说。

"哎，沈春跃，你把需求给项庆林，他好在日本定制项目中落实到设计中。咱从源头把住关，这才是成本最优的。"肖云飞说。"行吧，回头把需求发给项庆林。"沈春跃说。刚开完会，肖云飞的手机响了。"江嘉陵，好久没接到您的电话了。"肖云飞说。"这不是接到了嘛。肖云飞，我现在跟张总在北京。"江嘉陵在电话那头说。"啊，难怪上午老板、金总都亲自参加的会，张总都不在。什么事啊，在北京？"肖云飞问。"TD3G如何快速把全国的网建起来。"江嘉陵在电话里说。"多快？"肖云飞问。"不到3个月。"江嘉陵回道。"很难吗？"肖云飞又问。"商用开通啊，全中国那么大，那么多城市。"江嘉陵说。"也许吧，这你们是专家。找我，要我出人是吧？"肖云飞说。"不要，尽量远程支持就行了。"江嘉陵说。"那你……？"肖云飞问。"这样，今晚回深圳，明天上午去找你面谈，有难度的，就这样。"江嘉陵说完挂了电话。

2. 驻波检测

第二天上午十点左右，江嘉陵来到肖云飞的座位旁。"来啦，怎么个意思，你们想要做什么？"肖云飞问江嘉陵。"大规模、低成本快速建3G，是老板提的要求，老板是答应局方了。让我们要落实啊，这建站加调试两个多月，必须全国同步展开，否则是没法完成的。"江嘉陵说。"说半天想要干吗？"肖云飞说。"低成本快速建站，反正老板明确指出，目前我们的这些方式肯定不行。就连印度，我们已经够低成本的了，老板说，还要低，否则，根本不赚钱。当然免费搬的太多了。"江嘉陵说。"就是啊，这么免费搬的，局方也真是。"肖云飞说。"印度主要是天线驻波验收还是要上站，要想达到老板的要求，必须做到后台验收天线驻波。"江嘉陵说。"你让我把基站测驻波做得跟Sitemaster①一样啊？"肖云飞说。"印度其实做得挺好了，再优化优化肯定是可以的。"江嘉陵说。"印度什么情况？"肖云飞问。"印度，总的来说挺好。但有的基站上去用Sitemaster测，跟后台显示的差距有点大，局方就不太乐意了。"江嘉陵说。"那后来怎么办？"肖云飞问。"当时基站测驻波仅是参考，天线验收还是要上站用Sitemaster实测的。"江嘉陵说。"你们这次TD3G就准备后台验收天线啦？"肖云飞问。"是的，金总很明确，硬压你做，必须搞定。"江嘉陵说。"张总啥意见？"肖云飞说。"张总能有啥意见？只是让我直接找你落实。"江嘉陵说。"就是让我做仪表嘛，还是有难度的。"肖云飞说。"老板说，欧洲，尤其西欧、北欧，上一次基站太贵了。"江嘉陵说。"你没看老板当时说给我们听时的表情，就像割他的肉

---

① Sitemaster：分析仪。

似的难受。"江嘉陵又说。"你不说TD3G建站用吗？怎么又欧洲啦？"肖云飞说。"你真傻还是装傻啊，先在TD3G建设上用，成熟了全球都用。"江嘉陵说。

"看不出吗江嘉陵？有点怵啊。"马庆生在一旁插话说。"怵也得做啊，你们张总都承诺了。"江嘉陵说。"张总没给我打过电话。"肖云飞说。"怎么，现在要不要让他给你打？"江嘉陵说着，掏出手机要给张总打电话。"不用，信你，一句一个老板的听不出来啊？搞吧。"肖云飞说。"不过这事得曹瑞祥来主抓。可塞尔维亚搞定了，还非要他过去，哎呀。"肖云飞着急上火地说。"去能有多久？我知道塞尔维亚的事，总部必须要有专家去解释，是没办法的事。我不管啊，这事你们赶紧落实，内部你们可要协调好。我们就是以这个做方案的，预算什么的都按这个来的。换句话说，不行也得行，开弓没有回头箭了。"江嘉陵说。"我们老大说了，过点一票否决。对我们的要求是，如果谁要是驻波这事没搞定，就同意过点，直接下课。"江嘉陵又说。

下午，作战室。"曹瑞祥，签证还没下来吧？"肖云飞问。"刚来前收到邮件，说是签证下来了，两点十分发的邮件，一会儿开完会去取。"曹瑞祥说。"别那么积极去塞尔维亚，拖两天。驻波检测的事是大事，方案讨论好了再去。"肖云飞说。"印度不是用得还可以嘛，应该没啥大问题。"曹瑞祥说。"要求不一样，这次要完全替代Sitemaster，天线验收全指望它。"肖云飞说。"全靠后台我们的驻波检测？"曹瑞祥说。"是的，难度大了吧？"肖云飞说。"理解，降成本嘛。对了，印度用的有什么问题？"曹瑞祥问。"你不会不清楚吧，就没按仪表做，精度上自然会有差异，印度市场都是你处理的。"肖云飞说。"当时只按一点校的，精度肯定不可能像仪表那样准确。当时校准负载只有1.4:1的。"赵长城说。

"1.4:1，1.6:1，1.8:1，2.0:1，2.2:1，5个点，这样精度就高多了。"曹瑞祥说。"1.3:1，1.2:1就不管啦？"肖云飞问。"1.4以下搞不定。"曹瑞祥说。"为什么？"肖云飞说。"这种检测方案1.4以下就没法校准了。驻波越小，反射波就越小。"曹瑞祥说。"信号越小，越难检测，明白。"肖云飞说。"赵长城要去定制标准负载1.4的有1.3，1.6，1.8，要赶紧去定制2.0，2.2，否则没法做。"曹瑞祥说。"可以，但两三个月肯定是要的。"赵长城说。"这个恐怕没有办法。"曹瑞祥面对肖云飞说。"八、九、十，很紧啊，马上就去定，你现在就去定，快去。"肖云飞冲着赵长城挥手示意着说。"剩下就软件了，达荣生恐怕忙不过来，王厚林。"曹瑞祥说。"牛玉江啊？"王厚林说。"别人不放心啊。"肖云飞说。"行吧，回去商量一下。"王厚林说。

"赵长城不在，我想说的是，驻波这事非常重要，而且需要大量的测试验证工作，开发的不能简简单单地扔给测试，听见没？"肖云飞对大家说。"标准负载的定制，马庆生，你去跟催，争取早点回来，这事我们可能说了不算，技服的人估计会亲自来验收。"肖云飞又说。"你要这么说，估计他们会拿出去上基站测。"曹瑞祥说。"我们外场吗？"邓学佳问。"应该会是正式的实验局，你一个外场估计他们不会来测。"曹瑞祥说。"那就要11月了。"肖云飞说。"哟呵，来短信了，催我去拿护照，就这样，我去拿护照。"没等肖云飞开口，曹瑞祥说完掉头就走。"看来这事指望不上他了。"看着曹瑞祥离开，肖云飞说，"这边谁牵头呢？""我来吧。"廖默然说。"对对对，廖默然，你来抓这个事。"肖云飞说。"合适，驻波检测的模块就在功放里的。"王厚林说。

8月6日，周一，刚上班肖云飞就来到功放实验室找廖默然。"这曹瑞祥走了，驻波检测这事全指望你了。"肖云飞说。"其实，驻波检测的方案就是我搞的，软件的公式就是我提供的。"廖默然说。"那你说说目前这个思路还有啥问题没有？"肖云飞问。"挺合适啊，校准驻波，从原来只有一个点增加现在的1.4，1.6，1.8，2.0，2.2，5个点，精度肯定大大提高。"廖默然掰着手指说。"我查了下天线的指标，目前业界都是要1.5，我们是1.4，1.6，能不能再增加个1.5校准点？"肖云飞问。"增加没问题，让赵长城再定个1.5的标准负载就可以了。"廖默然说。"那你让他赶紧定，快，给他发邮件，马上。"肖云飞示意廖默然。"好，我现在就发。"说着廖默然在电脑上敲打着键盘给赵长城发邮件。

"发了。"廖默然敲着回车键说。"给他打电话，催他一下。"肖云飞又说。"发邮件了还不行啊？"廖默然说。"发邮件是用文字描述清楚，这样不容易引起歧义。打电话说明此事重要。哎，知道吧，文字讲清楚不引起歧义，电话跟过去说明紧迫，要马上办。"肖云飞解释道。"好，给他打。"说着廖默然拿起固话打起来。"直接打赵长城的手机，别打固话。"肖云飞又说。廖默然打着说："不在座位。""跟你说打手机，这样效率高。"肖云飞说。"手机号太长，记不住。"廖默然说。"哎呀，我来打。"说着肖云飞给赵长城打电话。"赵长城，刚刚廖默然给你发了封邮件。"肖云飞说。"什么事？没在座位，没看。"赵长城说。"赶紧再定个1.5的校准负载，1.5的，马上。"肖云飞说。"刚定了，为啥不早说？"赵长城说。"现在说也不迟啊，快啊。"说完肖云飞挂了电话。

这刚挂了电话，肖云飞又突然想起什么，说："1.3要不要再搞一个？""1.3很难做的。"廖默然说。"难做？你是指1.3的标准负载吗？"肖云飞问。"标准负载，1.1的都有。我是说我们难做。"廖默然说。"噢，这我知道。没让你做1.2啊，1.3还是要努力一下，在1.3上做努力，就能保证1.4的精度。我们的核心点是1.4，1.5这两个点，一定要达到Sitemaster的水平。"肖云飞说。"还是要保重点，既然难做的话。"肖云飞又说。"好吧，我再给赵长城发邮件，定1.3的标准负载。"说着廖默然又给赵长城发邮件，发完邮件，随手拿起固话。"喂，赵长城。"廖默然正要说。"知道了，肖云飞给我打电话了，正在填单。"赵长城在电话里说。"那是1.5的，刚又发了邮件，再加一个1.3的。"廖默然说。"什么？我看看。"说完赵长城忙着打开邮件。"两个是吧，一个1.5，这又一个是1.3。"赵长城说。"是的，再定两个，一个1.5的，一个1.3的。"廖默然重复着。"1.3，能搞得定不？"赵长城问。"努力嘛。"说完廖默然挂了电话。

"就是，不经历风雨咋见彩虹呢。"肖云飞跟着说。"工作量巨大。"廖默然说。"巨大？没那么夸张吧？"肖云飞说。"不夸张，说了你就明白了。你看啊，各个频段都要搞。"廖默然说。"那肯定啊。"肖云飞说。"低频还好，频带窄。频段高了，我问你测试的点间隔多少？"廖默然问。"十兆肯定不行嘛，这样不准。"肖云飞说。"十兆不行，请问几兆合适？"廖默然说。"几兆……看来要准的话，怎么也得是一兆，再细了也没必要。"肖云飞说。"对喽，你自己算算。"廖默然说。"这是频点维度，温度肯定也是要搞的。"廖默然又说。"所以，要你来啊，你想得细啊，确实艰巨。"肖云飞说。"最最重要的是要准，很难的。"廖默然说。"知道难啊，才让你做的，你办事，我放心。"肖云飞说完，转身走了。

随后，廖默然把牛玉江、夏润泽都叫到功放实验室。"目前，我们有1.4的标准负载，对了，这个标准负载，要用我们最高档的矢网去校一下，看看有没有变化。"廖默然说。"可以，以前是没这样做过，认为它就是准的。"夏润泽说。"现在再做可不能这样认为，要精确计量。否则，没法做准。"廖默然说。"牛玉江，你能不能做个测试的软件？否则效率会很低的。"廖默然冲着牛玉江说。"我跟他商量一下吧，应该可以。"牛玉江指着夏润泽，对廖默然回道。

此时，正在座位看邮件的肖云飞的手机响了。"喂，哪位？"肖云飞拿起手机问。"肖云飞，我是郝树斌。"郝树斌在电话那头说。"郝树斌，您好您好，怎么，这是从拉萨打来的吗？"肖云飞问。"是啊。"郝树斌说。"您打电话，有事啊？"肖云飞问。"没事就不能打电话啦？"郝树斌风趣地说。"可以，当然可以，咱们可是同甘共苦的兄弟啊。"肖云飞说。"珠峰的基站10月底发货没问题吧？"郝树斌问。"没问题，放心，准时发。"肖云飞说。"驻波检测呢？"郝树斌问。"什么？你问驻波检测？"肖云飞反问道。"对啊，领导让我具体负责TD3G驻波检测的落实。"郝树斌说。

"啊，怎么让你来负责？"肖云飞说。"珠峰建站，你的最新的TD3G是首先用，随后全国铺开。"郝树斌在电话里说。"珠峰上用的是ODU啊？"肖云飞说。"对啊，ODU也要驻波检测啊，省一个Sitemaster，还不知道Sitemaster在珠峰低温下能不能用呢。"郝树斌说。"应该能用吧，反正我们会派人的，带个能用的Sitemaster去就是喽。"肖云飞说。"你说的，要能用，肯定都能用啊。"郝树斌说。"不行裹个棉大衣焐热了测。"肖云飞说。"您的意思是上珠峰的驻波检测还不行？"郝树斌在电话里问。"做驻波检测要靠定制的标准负载，10月份估计这些标准负载也才刚到没多久，恐怕赶不上过点。"肖云飞说。"这不行唉，我们领导都发话了……"郝树斌正说着，被肖云飞打断了："我知道，我知道，我们做的高精度驻波检测方案，本质上就是依赖大量的测试进行不断的修正，才能保证其精度的要求，时间太短，搞不定的。""那你让我怎么交差啊？"郝树斌说。

"其实我是这样想的，郝树斌，这个驻波检测应该主要是针对室内站的……"肖云飞正说着。"不能这么说。ODU也需要，凭啥就说ODU不重要呢？没道理的。"郝树斌打断肖云飞的话说。"没说不重要，只是你们一帮人保驾护航，家里是特殊保障，天线也是特殊保障，驻波更是测了又测的，你说会出啥问题，啊，郝树斌？"肖云飞说。"你这么说呢，也是有道理，可我怎么向我的领导交代呢？"郝树斌为难地说。"说句实话，现在的版本，1.4的驻波是准的。"肖云飞说。"这个我知道。"郝树斌说。"你看，郝树斌，我跟你说啊，咱俩其实已经达成了一致意见，就是珠峰建站，由于都是特殊保障的，技服、研发共同建站，质量是有保障的。你说是不是？"肖云飞说。"这个嘛，应该可以这么说吧。"郝树斌被肖云飞的话套得无奈地说。

"对吧，这就行啦，珠峰的ODU先过点发货，反正有保证，不怕。接下来我们全力以赴，先实验室搞定，我听说你们还要拿出去给商用的实验局来实战验证。验证啊，我们也希望你们实战验证，有问题，研发根据你们所遇到的具体问题，咱们共同分析，达成一致后，再根据你们的要求进行修改，逐步逐步地得以完善。这样，相信一定会让你满意的，当然绝对的满意也是不现实的，你说对吧？"肖云飞一连串的话说得郝树斌也不知道说什么好。"关键我们领导那儿怎么去解释？你们，负载来了，能不能加班加点地赶出来？这样我好交差啊。"郝树斌说。"我赶出来的，没有开局验证，你敢说OK吗？要是仅仅是实验室就可以的话，我想我们争取，行吧？"肖云飞说。听郝树斌没有立刻回答，肖云飞又紧跟着说："还有啊，这种东西没经实验局实战验证，谁敢说行？而且我跟你说郝树斌，开局验证，必须要有量，否则，也不能得出正确的结论。""这话说的是，没有量，搞三五个站，不能说明问题。"郝树斌说。"你能这样最好喽。"肖云飞说。

"你说多少个站合适？"郝树斌在电话里问。"多少量啊？这个恐怕得你们技服的讨论决定，别人还真不太好说。"肖云飞说。"确实，光说要开局验证，但多少个站来做验证，没有明确的说法。"郝树斌在电话里说。"这你们肯定得定啊，这要牵涉到实验局发货的数量，是5个站，还是50个站，还是100个站？"肖云飞又说。"行吧，我知道了。下来我找人讨论一下，就这样。"说完郝树斌挂了电话。"什么都没想明白，光催有什么用？"肖云飞撂下手机对身旁的马庆生说。"这事还真不好搞，太实际了。"马庆生说。"不好搞也得搞啊。"肖云飞说。

3. 日本项目保质量

两人正说着，固话响了。马庆生顺手拿起了电话，说："喂，找哪位？""马庆生吗？找马庆生。"对方说。"我是马庆生，你是……？"马庆生问。"我是生产质量的夏青雨，是这样的，马工，第一批日本实验局不是要发货嘛。生产检验发现了一些问题，您能不能马上来生产一趟？"夏青雨在电话里说。"去可以，能先说下什么事吗？"马庆生问。"来了就知道了，项庆林已经在这儿了。"夏青雨在电话里说。"结构问题项庆林在就行啦，用得着我再过去吗？"马庆生说。"用得着，因为有争议，需要产品线来人，快点吧。"说完夏青雨挂了电话。"什么事？"肖云飞问。"日本发货的。"马庆生说。"日本怎么都要发货了？"肖云飞问。"实验局，想进去肯定要先开实验局嘛。"马庆生边说边离开了。转眼马庆生来到生产。"马工，你看这两个有什么差异？"夏青雨看着刚来的马庆生说。

"有差异吗？唉，似乎有这么一点点细微的差异。"说着马庆生走远了点再看。"好像又没什么差异。叫我来就看这两个面板啊？"马庆生说。"这两个面板是两个厂家做的，生产检验认为有差异，检验不合格。"夏青雨说。"日本的要求高是吧，按平时这应该算是没问题的。两个厂家做同样的燎原灰，有细微差异，应该算是正常的，对吧，项庆林？"马庆生说。"他们现在说不行，要求返工，我觉得有点过分。两个厂家要想做到完全一样的燎原灰，很难的。"项庆林说。"而且我跟你们说，就一个厂家做的，批次不同也会有差异。"项庆林又说。"你们要让厂家去解决啊，同样一个燎原灰，不同厂家，不同批次，五花八门，我们怎么把控质量？"夏青雨说。"燎原灰哪那么容易？配方每次做，人不同都会有差异，稍微离开点距离看不出来的。"项庆林说。"离开点距离？离开多少，规范上可没写。"夏青雨说。"对啊，你的规范里没写站多远看啊。"马庆生说。"是不是规范上规定了距离就可以了？"马庆生又问夏青雨。"可以啊，你们把规范改了，我们按正式发布的新规范执行。"夏青雨说。"听见没？你们讨论一下，改了重新发布一下就不用返工了。"马庆生说。"说得太轻巧了，想改日本项目的规范，怎么可能？要日本专家认可的。"项庆林说。"啊，这样啊。"马庆生说。"改不改标准？这样你们回去讨论一下，下午一上班给我个结论，我们下午是一点半就上班了，要快，好吧。先这样，等你们消息。"说完夏青雨走了。

看着夏青雨离去的背影，马庆生对项庆林说："现在，最省事的是改标准。""恰恰这条路是行不通的。"项庆林说。"为什么？真要日本人认可？我不信。"马庆生说。"你不信，我把理儿说给你听，你就信了。"项庆林说。"什么理儿？说来听听。"马庆生说。"你也不想想，公司那么重视日本项目，而且三令五申，要严格按照与日本专家共同制定的质量规范执行。好嘛，这刚一开始就为了个面板色差，把规矩就给破了，你觉得呢？我们老大孟泰乾肯定不敢轻易松这个口的。"项庆林说。"好，那就简单了，返工啊。"马庆生随即反击说。看项庆林面露难色，马庆生又说："怎么啦？又不想改规范，又不想返工，想就这么着发出去？""这样最好，叫你来就是这个意思，你们产品线一说可以发，就OK啦。"项庆林说。"关键是我们这么说好像不太管用啊。"马庆生说。

"不管用？你都没说。"项庆林责怪地说。"不是我没说，是感觉今天的架势与以往不太一样。所以，也不敢轻言就这么发货。更何况，估计我说了她也未必肯答应。"马庆生说。"答不答应你表明态度嘛。你目前的态度，给她的感觉是产品线也认为有问题，不能发。"项庆林说。"我可没这个意思啊。"马庆生说。"哎，马庆生，你好意思说没这个意思？"项庆林说。"没这个意思，我觉得差别不大，可以发。"马庆生说。"跟我说有什么用？在她面前你可是要改标准的，人家回去等你改标准的信呢。"项庆林说。"顺便提醒一句，马总，你提个标准，就等于认可产线质量检验色差有问题，不能发货。"项庆林又补充道。马庆生一听这话，不吭声了。"没话说了吧？改标准的事我是不会向孟泰乾提的，除非你向他提。"项庆林又说。"那你说怎么搞？"马庆生说。"你犯的错你去向他扳回来啊，坚决说没问题，可以发。签字画押，出了问题产品线负责就行了。"项庆林说。"那……恐怕得找肖云飞来才行。"马庆生说。

中午吃完饭，大家都在休息，大约一点半左右，睡得正香的时候，肖云飞桌上的固话响了，睡得正香的两人谁都不愿去接这个不合时宜、令人讨厌的电话。此时马庆生是心里明白的，他是在装不知，故意躲着，让肖云飞去接。不知情的肖云飞翻来覆去，想熬着对方没了耐心挂了，没承想对方如此执着，就是不挂。肖云飞躺着紧闭双眼。"有病啊，大中午的，不知燎原的规矩，两点以后打能死人啊还是怎么的？"肖云飞边想着，电话铃声还是在不停地响着。终于有人挺不住了大声喊着："吵死了，赶紧接一下。"无奈的肖云飞起身拿起了电话，没等开口，对方急着说："是肖总吗？""我是肖云飞。"肖云飞说。"我是生产质量的夏青雨，肖总，您必须马上来生产一趟，处理日本发货的问题。"夏青雨在电话里说。"哎，不是有人处理吗？"肖云飞说。"他们都在推三阻四的，我们领导让我直接找您。赶紧吧，肖总，日本发货重要，我们在产线等着您。"说完夏青雨挂断了电话。

肖云飞放下电话爬了起来，走到马庆生旁，踢了一脚还在睡着的马庆生。"装什么装，你干的好事，快起来跟我去生产。"肖云飞说。"什么？"马庆生装不知道地说。"再装，快起来，去生产。"肖云飞说。不一会儿，两人来到了生产。一看见肖云飞，夏青雨忙着说："肖总，没办法，只能请您。这两人上午光想着忽悠发货，一会儿说改标准，一会儿又说没问题，可以发。我都被他们俩搞死了。肖总来了，看着怎么搞日本发货。""别急，不好意思，我还不清楚怎么回事呢。"肖云飞说。"他们回去没跟您汇报啊，这么重要的事？"夏青雨说。"这不中午休息，没来得及嘛。"马庆生忙说。"行行，快说，怎么回事？"肖云飞说。

"看见没有，这两个面板？"夏青雨示意肖云飞说。"嗯，怎么啦？"肖云飞看着说。"有色差，检验不合格，不能发货。"夏青雨说。"嗯，我看看。"肖云飞听后凑过去仔细地看着。"好像这两个面板的燎原灰有那么一点细微的色差，日本人的标准这么严啊？"肖云飞冲着夏青雨说。"是啊，总之，按日本项目的标准，检验通不过。"夏青雨说。"哎呀，这通不过怎么办呢？"肖云飞说。"按规矩返工。"夏青雨说。"那就返呗。"肖云飞说。此时，项庆林摇着头说："返不了。""为什么呀？"肖云飞说。"没料了，得重新做。而且新做的也不能保证一点色差都没有。"项庆林说。"啧，这话我不爱听啊，一个色差，这么久了都没搞定，请问你们是干什么吃的？"肖云飞脸一沉说。"你们的孟泰乾不是去日本丰田看过吗？我想问丰田车有色差吗？"肖云飞问。

"丰田车怎么可能有色差嘛。"项庆林说。"回答正确，给你加十分。"肖云飞拍了拍项庆林说。"夏青雨，丰田车没有色差，卖到日本我们的设备面板，也能做到没有色差。同意返工。"肖云飞说。"那，他们说做不到怎么办？"夏青雨说。"我说得很清楚，丰田车能做到，我们的面板也一定能做到。说做不到，那是不想下决心做到。好了，就这样。你们生产做得对，必须做到。我还有事，先走了。"肖云飞说着正要走，被夏青雨喊住："那时间呢？""日本项目保质量，实验局跟一线沟通一下，不行，我来跟他们说。返工，坚决返啊。"肖云飞说完走了。

转眼到了周五中午，食堂。"一个破色差，怎么可能搞不定？马庆生，看到了吧？不想搞，就来编故事，你啊不够狠。这帮人就是这样的，你不来点狠的，他就觉得你好欺负。真是，牵着不走，打着倒退。"肖云飞边吃边说。"是，还是你厉害。"马庆生应着。"对，今天是8月10日，1992年的8月10日是中国的股灾，丑陋的人性，暴露无遗。"邓学佳看着新闻说。"当时你在深圳？"柴文娜问邓学佳。"何止是在。"邓学佳正要说，东方牡丹插话道："怎么，你也去排队买原始股了？""当时没钱，我在上班，就在我们楼下，看到人性的那种真实的贪婪，简直难以形容。"邓学佳说。"你是当时没钱，要是有钱也一样。"赵长城说。"未必，当时我可以找人借啊，我们同事都是四处借的，当时我没借，感觉这事离我很远。真的，当时我就是这么想的。"邓学佳说。"有没有后悔过？"东方牡丹问。"好像没有后悔过。"邓学佳说。"中国人很善于总结经验教训，知耻而后勇嘛。"东方牡丹说。"任何事情都要从正反两面去看。"肖云飞说。"你看，肖云飞又绕回到工作上来了。"邓学佳说。"本来就是嘛。"肖云飞说。"领导的辩证法都学得好。"王厚林说。"辩证看问题没什么不对啊，像你们，总喜欢钻牛角尖。"柴文娜说。"一根筋。"马庆生说。"你才一根筋呢。"王厚林不爽地说。

4. 驻波检测有问题

时间过得真快，转眼来到12月的下旬，冬至这一天，正好是12月22日，周六。肖云飞一家三口在花园城的面点王吃完饺子，又来到五楼的洲立影院观看周四刚上映的贺岁片，冯小刚的《集结号》。正当邓超所饰演的赵二斗踩着雷，张涵予饰演的谷子地正为他排雷的时候，肖云飞的手机响了。肖云飞掏出手机接着，周围观影的人侧脸瞥着肖云飞，有人不耐烦地说："要打出去打。""赶紧出去，别影响别人。"卢梦娇轻声地对肖云飞说。无奈的肖云飞离开了座位。

"喂，肖云飞吗？我是郝树斌。"郝树斌在电话里说。"哎哎，听到听到。"肖云飞低声边说边往外走。"在干啥呢，肖云飞？在看电影是吧？听声音像是在看电影。"郝树斌在电话那头说。"没，在商场。"肖云飞边应付着走了出来。"商场？有点不像。哎，肖云飞，是这样。我现在江苏的常州。"郝树斌说。"啊，你不在西藏嘛，到常州干吗？"肖云飞问。"珠峰建站完了以后，我就下山来到常州开TD3G的实验局，我不是驻波验证的负责人嘛。"郝树斌说。"啊，好啊。开局还顺利吧？"肖云飞应付地回道。"顺利不顺利，核心是你们那个驻波检测，其他能有啥不顺利的呀。"郝树斌说。"那驻波检测表现得怎么样啊？"肖云飞试探性地问。"我大概是月初就过来了。"郝树斌在电话里说。"月初？12月初啊？"肖云飞反问道。"对，3号到的常州，准备招人，上站安装，规模不大，50个站150个天线。"郝树斌说。"怎么样，驻波测的？"肖云飞问。"大概是2%。"郝树斌说。"2%的天线驻波测得有问题？"肖云飞问。"是啊，今天是周六嘛，昨天这50个站才全部搞好，今天晚上我来机房后台查看数据，就是2%，我现在是边看着数据边给您打着电话。"郝树斌在电话里说。"2%，50个站，150根天线，就是3根天线出了问题。哎，这出问题的3根天线是不是同一个站？"肖云飞问。"不是，3个站的。"郝树斌说。"都没动吧？"肖云飞问。"没敢动。先给你打电话啊，看看怎么弄？"郝树斌说。"对，你做得很对，就应该第一时间给我打电话。"肖云飞说。

"怎么弄，接下来？"郝树斌问，"能不能立马派个人过来？""派人是吧？"肖云飞说。"要赶紧定位啊，马上就要正式招标了。"郝树斌紧接着说。"现在几点？"肖云飞问。"你是说现在吗？七点三十八分。"郝树斌回道。"行，我派人明天就过去。"肖云飞说。"能不能今天就来啊？"郝树斌说。"今天？我看看吧。"说完肖云飞挂了电话，急匆匆往家奔，边走边打电话："卢梦娇，我马上去机场，飞上海，好吧，就这样。"说完肖云飞挂了电话。随后卢梦娇又打了回来。"你抽什么风？现在去机场，多晚啦？明早去不行吗？"卢梦娇在电话里说。"哎呀，重要，我怕去晚了，把现场破坏了，定位不准就麻烦大了。理解，理解啊。"说完肖云飞飞奔着跑回家，简单拿了必备的东西，叫上出租车直奔机场。

第二天，周日中午一点，常州局方的34号站，在一个供电局的楼顶。"没动过吧？"肖云飞问郝树斌。"谁会想到你这么快就来了。不过你要是上午不到的话，下午应该会来定位。"郝树斌说。"我就知道，你们领导会催你们的，研发说话能有准啊？随便找个理由拖个一两天，很正常的，我说得对吧？"肖云飞说。"肯定啦，你不来，上午就会来定位。老大心急啊。"郝树斌说。"其实你一提昨天能不能就过来，我就意识到了。"肖云飞说。"就是这个二扇区的。"郝树斌指着天线说。"先别动，我想想该怎么搞啊。"肖云飞看着天线想着。"后台有人吗？"肖云飞又问。"有。"郝树斌说。"打电话问问现在驻波是多少。"肖云飞说。"发短信吧，电话比较忙。"郝树斌说着给机房发短信。

"怎么样？"过了一会儿，肖云飞问。"估计正在查。"郝树斌说。"噢，来了，1.54。"郝树斌又说。"估计是接头没拧好。"肖云飞说。"那让他断开功率？"郝树斌问。"你还是打电话吧，看能不能打通。"肖云飞说。"行，我试试，电话多……"郝树斌边说边拨，打了几下打不通。"这样，我还是进机房吧。"说着郝树斌下了楼顶。"嗯，郝树斌，关了没？二扇区啊，关了是吧，行，我先不动，等你，快点啊。"肖云飞说完挂了手机。不一会儿，郝树斌上来了。"没动啊，这点诚信还是有的。"肖云飞看着又上来的郝树斌说。"没有，我是向您肖总学习。"郝树斌解释道。"好，学习学习。"肖云飞说着亲自重新拧了接头。"行，先这样，下去看看怎么样。"肖云飞说。"拧好了就行了，我们一起下去呗。"郝树斌冲着肖云飞说。"行行，一起下去，让你心里踏实。"说着肖云飞跟着郝树斌去了机房。

"怎么样？"来到机房的郝树斌正在操作，肖云飞在一旁问。"唉，1.38，好了。"郝树斌说。"好了吧，刚拧下来的时候就觉得有点别扭，不那么顺。拧得好的，应该很顺的就能拧下来，不用太费劲。"肖云飞说。"这样是吧。"郝树斌边思考边说。"不过，肖云飞，这样也有问题。"郝树斌又说。"什么问题？"肖云飞说。"跟你说实话吧，这次实验局是正式商用大批建站的预演，人是直接去劳务市场数人头，只要是人就行的。"郝树斌说。"那要是不识字呢，你也要啊？"肖云飞说。"所以我说，这样也有问题嘛，什么顺不顺，别扭不别扭。我只能跟他们说这个东西要拧上去，而且要拧紧，就跟装自来水管一样的。他们很多人是搞装修的嘛，而且是打零工的，跟他们用形象的语言描述就行了，识不识字不重要。"郝树斌说。

"哇，这样啊。"肖云飞说。"告诉你，要是正式装修队的人，你请不起的。"郝树斌说。"给他们看录像就可以了。对，拍视频。这个算搞定了嘛，还有两个。叫你们领导派人来拍视频，我奥斯卡最佳男主角，就这样，啊，给你们领导打电话，现在就打。"肖云飞催着郝树斌说。"那两个站还没定位清楚就专门叫人来拍视频，不合适吧？"郝树斌说。"有什么不合适的。首先，把整个定位过程进行全程录像，你们领导看了心里也踏实啊，你以为你们领导就全信你啊。"肖云飞说。看郝树斌没说话，肖云飞又说："再说了录总比不录强，你们觉得不满意也可以不用啊，你们这种示范性的工程，本来就该录这部分，其他的我看意义不大。他们现在在哪啊？赶紧让他们过来，去下一个站。""行吧，其实他们都是我来安排的。"郝树斌边说边给录像的同事打电话。

"OK，看，郝树斌，定位做了，问题也解决了，两个站情况一样。最最重要的是，把这宝贵的、最真实的第一手资料全程都给录了下来，你看多好，效率都高啊，否则，你还得专门组织。我给你们亲自实战演示，美死你们啦。"做完第二个站后肖云飞说。"多谢肖总支持。"郝树斌说。"现在四点十分，下一个站。"肖云飞看了看表说。

不到五点，大家又来到第三个有问题的基站，49号站，在一个邮局楼顶上。按照前两个站的方法重走了一遍。"哎呀，还是不行啊。"在机房看着电脑显示的数据，肖云飞说。"情况还不太一样，百分之三十几的概率，量大了，咋搞的呢？"郝树斌望着肖云飞说。"别一出问题就说这种话嘛，有问题很正常啊，否则我怎么可能这么急着赶过来呢。"肖云飞说。"这个站怎么搞？"郝树斌问。"通常驻波嘛，不是拧不好就是线缆有问题。"肖云飞说。"没带啊。"郝树斌在机房边找边说。"这样，你站现在也没正式开嘛……"肖云飞正要往下说，郝树斌紧接着说："我也是这个意思。"说着两人把别的好的扇区的线缆换了过来。"OK，perfect。"肖云飞换完后看一看数据说道，郝树斌也会意地点着头。

"这样总结一下啊，常州实验局50个站，150根天线，有两根工程安装问题，一根线缆问题，后台检测的驻波数据与Sitemaster吻合。"肖云飞紧接着又说。"还是有问题唉，实际遇到这3个站的情况我怎么办？"郝树斌说。"指导书写清楚啊，先重新拧一遍，不行换线缆。"肖云飞说。"那不还得上站。"郝树斌此话把肖云飞说愣了。"那……该上还得上啊。"肖云飞说。"不对，我这套后台驻波检测系统是替代仪表的，不是解决你的工程质量和线缆质量的，你明白？"肖云飞又说。"你就说能不能替代Sitemaster？"肖云飞追问道。"我回去再和我们领导讨论一下吧。"郝树斌说。"好啊，你们讨论啊。"肖云飞想了想，又说，"1.4以上，甚至1.3的驻波和Sitemaster比都相当吻合。可以了，郝树斌。我演示的这个录像，很具有实践指导意义的。拧不好，重新拧，这没办法。线缆自身的驻波不好，说明厂家质量把关不严，我回去找采购和质量，给厂家施加压力，但说实话，绝对不出问题也不现实，关键看失效的比例。""这些我都知道，讨论的时候这些因素领导都会考虑的。"郝树斌打着官腔说。"什么领导？关键是你的态度。"肖云飞说。

"怎么可能？"郝树斌说。"看，点到穴位了吧，关键看你们一线的态度，你要说不行，肯定是不行。郝树斌，我对你的事多重视。告诉你，你说得没错，我当时正在看《集结号》，你打电话的时候，邓超演的那个踩地雷了，张涵予演的那个叫谷子地的，正给邓超排雷呢。"肖云飞继续说，"就这样，你一个电话，我直奔你来了。你的事重要啊，卢梦娇骂我神经病。""哎哟，真不好意思。"郝树斌说。"这没啥，怎么着也不能误了您的大事啊。"肖云飞说。"我们的大事。好感动哦，放心，肖云飞，我这儿肯定没问题的。但你是知道的，老大们有他们自己的考虑。估计认可问题不大，但会附带些条件。"郝树斌说。"什么条件？"肖云飞问。"领导的小九九，我怎么知道，我是凭直觉猜的，也许没有。"郝树斌说。

第三章

MAT，燎原来了

1. 攻克六十五兆

"去年的珠峰圣火传递、奥运会，加上刚刚过去的六十周年阅兵保障，充分证明了你们这支队伍是敢打善打硬仗的团队，欧洲、日本高端市场也进去了，基本实现了公司目标。所以，为了犒劳大家，公司拿钱，让大家到大梅沙的香格里拉，放松放松，散散心。"在香格里拉的晚宴上，金海明说。"看了肖云飞写的总结，有一段话我记忆深刻，来之前专门记在了我的本子上。"说着，金海明掏出了本子翻开看着。"我念给大家听啊，肖云飞写道：如果一个团队纯洁到仅仅为荣誉而战，为战胜对手而战，那么这个团队将无坚不摧。写得好，写得真好。我相信肖云飞写出了大家的心声，你们，就是一个无坚不摧的团队，大家说是不是啊？"金海明冲着大家说。"是，是，是，最强最强，移动最强……"全场齐声呐喊着。金海明等大家安静下来以后又说："肖云飞，我问你，高端市场，除了欧洲和日本，还有哪儿啊？""美利坚，美利坚……"又是全场的齐声呐喊。"看来不需要我动员了，是啊，就剩美利坚了，是不是真英雄，是不是无坚不摧，肖云飞，就看你们能不能拿下美国项目。今天是11月7日，周六。我下周一就会去美国。张立彪、肖云飞你们在家待命，有需要也得去。我已经让人去找你们办签证了，有确实的需要可以立马去。"金海明说。

周一中午，食堂。"关景鹏牛啊，美国代表处的代表了，我们一起来的。"尹贤良边吃边说。"你也不差嘛。"牛玉江说。"不差？差的可是十万八千里去了。"尹贤良说。"别这么说，你吃过人家吃的那么多苦吗？

尼日利亚？"王厚林说。"当初向市场输送，你咋不去？关景鹏的多载波项目组撤销了，方俊凯也离开了公司，人家是无奈去了市场，又被整到尼日利亚。想想当时的尼日利亚，不成功就只能当炮灰了。"邓学佳说。"其实我看，当时公司就拿这帮人当炮灰使。"马庆生说。"甭管怎么地，人家关景鹏算是熬出来了。"肖云飞说。

周二，11月10日，刚上班，肖云飞就把曹瑞祥、邓学佳叫到自己座位上。"关景鹏把MAT的频点发过来了，让我们分析一下。"肖云飞说。"我看了，不同的地方频点不同，大部分都在二十五兆内，四十五兆的也有一些，问题不大。"曹瑞祥看着邓学佳说。"四十五兆没问题。"邓学佳说。

"没错，大部分，甚至是绝大部分都是四十五兆以内。我们的算法芯片能搞定。但是，MAT手里还握着扩充的五兆带宽，也就是说MAT拥有六十五兆的带宽。"肖云飞说。"只有个别地方有，不是整网。"曹瑞祥说。"还是有近六十兆带宽。"肖云飞又说。"分两段嘛，四十五兆的和大于四十五兆的，绝大部分一个模块搞定，大于四十五兆的就有两个模块。"邓学佳说。

"你看呢？"肖云飞看着曹瑞祥说。"也只能这样了。"曹瑞祥说。"这样，你搞份分析报告，发给我，我转给关景鹏。"肖云飞最后说。

中午，食堂。"去年光棍节没淘到好东西，今儿晚上一定要赚回来。"柴文娜边吃边说。"败家的娘们儿，你老公的心要滴血了。"王厚林说。"别说别人，有本事把自己家的娘们儿看好了。"马庆生跟王厚林说。"我得淘个热水器，家里那个电的不行，太慢。天热了还凑合，天凉了不行，必须换用气的热水器。"尹贤良说。"气的要注意，当心出事，提醒你，浴室和热水器要分开，就安全了。"王厚林说。"肖云飞，频点的分析就按上午的写？"曹瑞祥问。"什么意思？没听明白。"肖云飞边吃边说。"行吧，就这么写。只是，关景鹏他们肯定知道啊，按常理，像这种情况，一线都是自己搞定的，配置指导里写得明明白白。"曹瑞祥又说。"你到底想说啥？"肖云飞不耐烦地对曹瑞祥说。"没想说啥，就这么写呗。最关键是配置指导手册里都有，我看啊，就回个按指导手册做就行了。"曹瑞祥说。"那不行吧？"肖云飞说。"为什么不行？"曹瑞祥说。"先不回，看关景鹏他们有什么反应？"肖云飞说。"就是，不回，看一线什么反应？"曹瑞祥说。"一线的特点不就是想研发搞定一个别人都搞不定的嘛。"邓学佳说。"不懂你什么意思？"肖云飞说着，端起盘子走了。"美国项目感觉没那么简单。"曹瑞祥说。

下午上班没多久，肖云飞来到多载波实验室。"在干啥，邓学佳？"肖云飞问。"没干什么。"邓学佳边看电脑边应和着肖云飞。"哎，曹瑞祥来啦。"看着刚进来的曹瑞祥，肖云飞说。"你不也来了。"曹瑞祥回道。大家沉默了一会儿，肖云飞说："在一千九上，六十五兆能不能做？就比四十五兆多二十兆嘛。""说得轻巧，就多二十兆。"曹瑞祥说。"也不是绝对不可能。"邓学佳说。"真的吗？"肖云飞问。"感觉是。"邓学佳说。"说说为什么能做。听说奈奎斯特还在攻关四十五兆呢。"肖云飞说。"我现在要能说出来怎么做，那我就神了。"邓学佳说。"那你凭什么说能做？"曹瑞祥问。"不凭什么，凭我的直觉。因为凭我的直觉，关景鹏他们一定是希望我们说六十五兆能搞定。"邓学佳说。"你怎么知道关景鹏是这样想的？"曹瑞祥说。"我们市场那帮人什么德性，肯定能拿下，如果研发搞定六十五兆。搞不定了，研发没搞定啊，研发水平臭，怪不得我啊。"邓学佳绘声绘色地说。"其实，我就知道关景鹏他们是这么想的，只是没说。"肖云飞说。"我们的市场就是这副德性，地球人都知道。"曹瑞祥说。"刚才你进来问我干什么，其实，我就是在分析六十五兆的可能性。"邓学佳冲着肖云飞说。"怎么样？"肖云飞问。"有问题解决问题啊，走一步看一步。逢山开道，遇水架桥。肯定要打破现有思维啊，否则只能是搞不定。"邓学佳说。"技术进步是靠实际需求牵引的，我开始有信心了。"肖云飞大喊着。"没准明天一上班就给你打电话了。"曹瑞祥对肖云飞说。"关景鹏啊？嗯，可能。没回邮件啊，找我算账啊。"肖云飞说。

第二天中午，食堂。"关景鹏打电话啦？"邓学佳问肖云飞。"没有。"肖云飞边吃边说。"哟，关景鹏葫芦里卖什么药？"曹瑞祥正说着，肖云飞的手机响了。"喂，哪位？"肖云飞接着。"肖云飞，我是关景鹏。""关景鹏。"肖云飞压低嗓音冲着大家说。"讨论了一整天，现在美国比较晚了。"曹瑞祥轻声地说。"啊，关景鹏，你好，你好。"肖云飞忙说。"哎，怎么没见你回邮件啊？MAT项目这么重要，你们研发居然敢不回邮件。肖云飞，这不是你的风格啊。"在电话那头，关景鹏说。"哟，对不起，忘了，MAT项目谁敢不重视，重视，不可能不重视。不想混了，忘了，真忘了，马上组织分析，今天熬通宵也要给您回。"肖云飞说。"金总说了，你们按六十五兆做方案，全网一个模块搞定。"关景鹏说。"多少兆？我们现在是支持四十五兆的。"肖云飞装傻地说。

"四十五兆要你回啊？搞笑啊，肖云飞，你怎么现在变得像赵本山了，演起小品忽悠啦？"关景鹏说。"当然，力争四十五兆拿下，但研发要冲刺六十五兆。后手就是六十五兆，要看竞争的情况。这是金总说的，不信你可以问金总。"关景鹏在电话里又说。"信你，知道了。不过六十五兆可以挑战，但金总是知道的，六十五兆可是没人能搞定啊。"肖云飞又说。"你不是肖全能吗？还有什么你搞不定的？"关景鹏回道。"别别，这种玩笑可开不得，掉脑袋的事。"肖云飞说。"哎呀，脑袋掉了碗大的疤啦，三十年后又一条好汉，没什么大不了的。"关景鹏在电话里说。"别啊，关总。"肖云飞说。"肖云飞，这可是美国项目进MAT，那么容易吗？你好好想想，只能是别人做不了的我们能做，否则都能做，为什么要燎原？想过没有？没理由啊。更何况，六十五兆是能契合MAT的诉求的。"关景鹏说。

"我知道，你说的这些我都明白，只是六十五兆能不能搞定，心里没底。"肖云飞说。"无知者无畏啊，世上本无路，你先走了就成路了。当年那些长征的人，走的可不是路，走过来了，就成路了。"关景鹏在电话里又说。"关键是能不能走出来。"肖云飞说。"肖云飞，你不用怕，全力以赴六十五兆。其实目前我们的四十五兆已经是领先的，奈奎斯特到现在还没搞定呢，森尼韦尔是搞定了，是不是有条件的还很难说。我们可是四十五兆任意配的。但是从客户的角度，MAT肯定希望是六十五兆的。"关景鹏说。"那肯定，那肯定。"肖云飞应着说。"以客户为中心嘛，想想，搞定了六十五兆，满足了客户切实的需求，在技术分上我们就占了上风。商务，森尼韦尔、奈奎斯特肯定搞不过燎原，对不对？"关景鹏又说。"说得没错，说得没错。"肖云飞说。"想想，肖云飞，如果我们仅是四十五兆，没有六十五兆这个撒手锏，技术标我们是占不着便宜的。"关景鹏在电话里说。

"哎，你不是说我们四十五兆任意配还是领先的吗？"肖云飞说。"大家投标都说四十五兆能做，再加上他们是本土的，MAT也很难在这上面给我们高分，这一点是肯定的。你懂吧？"关景鹏说。"嗯。"肖云飞应着。"他们两家会不会也做六十五兆？"肖云飞问。"不知道，从现在得到的信息看，应该不会。"关景鹏说。"对了，他们两家要是做了六十五兆，你觉得做了。所以，怎么着咱们都得猛攻六十五兆，攻下这个制高点，技术标我们就有把握拿第一。商务标嘛，肯定是我们的，对吧。所以，归根到底一句话，必须拿下六十五兆。"关景鹏又说。"哎呀，必须拿下，唉……"肖云飞说。"肖全能，没问题的，不能这么给自己减轻压力啊，这不是您一贯的风格啊。"关景鹏在电话里又说。"知道啦，关总，你够狠。"肖云飞说。"不狠不行啊，再说这都是金总的意思。行了，就这样了，期待研发的好消息，没问题的，肖全能。"说完关景鹏挂了。"哼哼，当然了，搞定六十五兆，肯定就搞定MAT了。"肖云飞收起手机，喝了口汤冲着大家说。

2.六十五兆方案

11月12日，周四下午，一帮人在多载波实验室讨论六十五兆方案。此时，肖云飞的手机响了。"喂……"肖云飞问。"肖云飞，我是方俊凯。""哎，方俊凯，你好，你是……"肖云飞说。"我在俄罗斯，哎，我先声明啊，MAT的一千九、六十五兆带宽，我搞不定。四十五兆刚搞定，你们也不能这样，真是'人有多大胆，地有多大产'啦。"方俊凯在电话里说。"噢，你知道了，正打算跟你商量这事呢。"肖云飞说。"你们也是，这么上赶着干啥？我跟你说，我们四十五兆是任意配的，据我了解的信息，其他的多多少少都有条件限制的，够可以了，想不通为什么非要六十五兆。"方俊凯在电话里说。"还是先搞吧，没搞呢就说搞不定，这样不大好吧，方俊凯？"肖云飞说。"再说了这都是金总的意思。"肖云飞补充说。"别，金总的意思，全是关景鹏鼓动的。金总是有数的，四十五兆我们是有优势的。关景鹏天天在金总面前鼓动，说什么六十五兆研发搞定了，MAT项目就是十个指头拿田螺——十拿十稳，搞不定把头割下来。"方俊凯说。

"你怎么知道的？"肖云飞问。"邵利伟给我打电话说：'关景鹏他懂个啥？那时候在我手下搞多载波，什么都不懂，能力不行。'现在人五人六的，他就不敢给我打电话，是邵利伟打的。"方俊凯说。"金总也是，以前，张总、金总都会跟我沟通，这么大的事，就让他小子乱折腾，搞个尼日利亚就这么牛气啦？"方俊凯愤愤地接着说。"别这么说，你以为金总不想啊，光听关景鹏忽悠，不可能的。金总就是知道得太多，所以不出面了。"肖云飞说。"不好搞，四十五兆费了多大劲，现在又是六十五兆，真的……"方俊凯在电话里又说。"六十五兆不搞，仅靠四十五兆是没优势的。"肖云飞说。"谁说的，金总很清楚啊，我们有优势的，市场都不知道。"方俊凯说。

"有优势那仅仅是相对的，我问你，有优势，在技术标上能体现吗？"肖云飞说。"怎么体现不了？让关景鹏想办法体现啊。"方俊凯说。"他想办法？你以为他们没这么想啊，你也太天真了吧。邵利伟、张立彪、关景鹏、金海明，你当他们是智力障碍者，就是你最聪明。"肖云飞说。听着方俊凯没吭声，肖云飞又接着说："跟你说实话，关景鹏把MAT的频六点分布发给我，我仔细看了以后，虽然关景鹏在邮件里什么都没说，但我知道，一定会让我们搞六十五兆。真的，难道你看了不是这么想的？""我没这么想。"方俊凯在电话里说。"不可能，燎原人看了都会这么想。"肖云飞又说。"哎呀，真的不好搞啊，肖云飞。"方俊凯说。"有问题解决问题，还希望你们多支持。邓学佳很有信心。"肖云飞说。"是吗？"方俊凯说。"是啊，听了邓学佳的分析，我也信心满满，能搞定的。"肖云飞说。"好啊，你们有信心就好，支持没问题。"方俊凯在电话里说。"好，有你这话就行，我们在讨论方案，挂了。"肖云飞说完挂了电话。

11月16日，周一刚上班没多久，肖云飞的手机响了。"肖云飞，我张立彪。""啊，张总，您是……？"肖云飞问。"还在美国，我过两天就回。对了，签证办下来了吗？快点办，我和金总只是来看看，了解MAT这个机会点是不是真正的机会点。"张立彪在电话里说。"那，张总，是不是机会啊？"肖云飞问。"肯定是啊，风险也有，接下来是拼技术，我们都是产品线的归产品线，市场的归市场，公司的归领导，接下来就轮到你们研发了，二十几号签证也差不多，赶紧过来和MAT的技术层进行深入的交流。美国，顶尖技术的代表，你们一定要组织好，要知道，这下可是和世界上真正一流的高手过招，看你的啦，肖云飞。"张立彪说。"放心，张总，没问题。"肖云飞说。"哟，还挺牛，信你，肖全能。"张立彪说。"不信我，你能信谁？"肖云飞牛气冲天地说。"行，看你的了，就这样，挂了。"张立彪说完挂了电话。

"张总的签证怎么那么快？"一旁的马庆生问。"他前阵子刚去过美国，签证没过期。"肖云飞说。"怎么着，美利坚溜达一下啦？"马庆生羡慕地说。"我是打头阵，等项目拿下了，有你们去的。"肖云飞说。"你说啊，肖云飞，站在自由女神像上，和全世界通电话。喂，斯德哥尔摩吗？我正在用燎原的网络，在自由女神像的火炬手上给你们打电话，怎么样，效果不错吧？这就是好莱坞大片占领美国的开头。"马庆生绘声绘色地说。

"喂，是南非吗？子玉啊，吃饭了吗？子玉是在南非吧。"马庆生又说。"是啊，刚去。"肖云飞回道。两人沉浸在美好的向往中。

中午，食堂。"什么诺亚方舟，都是扯，美国人的思维怎么就老想着往地球外跑呢？跑月球，跑火星，跑太阳系，中国人就认准了非洲，地球气候有变化，一定是有的变好，有的变差。"马庆生边吃边说。"看《2012》了是吧？那里面对中国人描述的可不咋样。"王厚林说。"信不信？我就打赌，目前的地球气候变化，都在喊地球快消亡了，全是瞎扯。我看，这一轮变化的最大受益者应该是非洲大陆，再过几百年，也许不要这么久，非洲就是现在的美洲。"马庆生说。"其实，非洲气候条件并不差，你就说苏丹，在赤道上，热是肯定的，但尼罗河是源自苏丹，苏丹的尼罗河两岸有大把肥沃的土地。"曹瑞祥说。"什么什么什么？尼罗河源自苏丹？"柴文娜问。"嗯，源自苏丹，去苏丹的人说的，没想到吧？"曹瑞祥说。"没想到，这么说苏丹不缺水喽？"柴文娜说。"苏丹境内的尼罗河，清澈见底，没污染。我看他们发来的照片了。"曹瑞祥说。"埃及文明源自苏丹。"尹贤良说。"苏丹文明一支向埃及，另一支跨过亚丁湾经也门，形成了以沙特为首的阿拉伯世界。在也门街上，经常能看到来自苏丹的黑人。"尹贤良又说。

3.夸下海口

"燎原的四十五兆是有优势，这一点我们也了解了，但奈奎斯特也在开发，到明年正式招标时，森尼韦尔的四十五兆应该颇具竞争力，奈奎斯特也应该开发得差不多了。所以，燎原拿什么来打动MAT的高层？毕竟这两家和MAT已经合作多年。"MAT的CTO[①]马克在纽约曼哈顿MAT总部对肖云飞等燎原人说。肖云飞听了后和关景鹏交换了下意见，缓缓地说："尊敬的马克先生，我们非常乐于为MAT提供良好的设备和服务，只是不知道怎么做才能让MAT满意。燎原最大的特点就是能为客户定制产品，尤其是像MAT这样的客户。""没错，这是燎原最大的优势。"关景鹏附和着。"马克先生，能不能给点建议？"肖云飞又说。马克沉思了一会儿，慢慢地说："MAT的频谱你们是知道的。""是的，我们收到了您发来的频谱信息。"肖云飞回道，同时和关景鹏对了下眼神，显然这时的四目相视是有着深刻内涵的。"也许……"肖云飞和关景鹏两人的内心都在想着。

"看了我们的频谱分布，有什么想法？"马克问道。"绝大部分频点都在二十五兆内，四十五兆并不多，六十五兆的只有几个，好像只有两个吧？"肖云飞回道。此时，马克听了肖云飞的话连连摇头说："不不不，就是昨天，我和森尼韦尔沟通了一下。你刚才说只有两个区域用到一千几扩展的五兆频谱，虽说没错，但现在看恐怕不够全面。所以，先找了森尼韦尔，毕竟我们合作了多年。"马克看着肖云飞说。肖云飞和关景鹏同时表示没关系，马克接着又说："这两个区域是一开始就要用到扩展的五兆频谱。但是，这个扩展的五兆频谱MAT是独家全网拥有的。换句话说，其他区域随着

---

① CTO：首席技术官。

业务的发展也会用到。"此话一出，肖云飞和关景鹏按捺不住内心的激动，在桌面下两人轻轻相互击起了掌。见两人没反应，马克又说："森尼韦尔的专家分析过，六十五兆根本无法实现。其实，早在几天前，上周就让他们帮助分析了。""为什么无法实现？"肖云飞问。"为什么会问这个问题？"马克望着肖云飞说，言下之意就是："世界顶尖的森尼韦尔的专家，你还想挑战吗？"

"是的，我很想知道为什么森尼韦尔的专家们会给出这样的结论。"肖云飞很坚定地说。"我想你们可能还没想到这一点，森尼韦尔的这些专家可谓经验丰富，我对他们的结论也是深信不疑，毕竟我也是懂的。"马克又说。"尊敬的马克先生，我还是想知道为什么会得出六十五兆不可行的结论。也许我们的水平确实不如森尼韦尔的专家们，但还是想知道为什么。"肖云飞诚恳地对马克说。此时马克用一种老师教学生的语气对肖云飞说："一看就是没有深入仔细的分析，你要是认真仔细地分析了，答案就自然会出来。""马克先生，真的还是想知道为什么。"肖云飞坚持着说。"看看频谱就很清楚了，发射信号是六十五兆的话，互调直接落在了接收带内，怎么搞定？有固有干扰，难道你想一枪把它给干掉吗？"马克做着拿枪瞄准扣动扳机的动作，略带嘲讽地说道。此时的肖云飞也有些冲动地说："是的，马克先生，我就能把这个固有干扰给干掉。""真的？"马克开着玩笑般地冲着肖云飞说。"真的，真能干掉，燎原有这个能力，马克先生。"肖云飞坚定地回着。"行了，你们想进入的心情我可以理解，但这种事……"马克想了想，突然又说，"明年4月份要去你们燎原考察，你是说燎原能搞定六十五兆对吧？"

"能，明年4月份你们来的时候，可以演示给你们看，让你们眼见为实。"肖云飞激动地说。见肖云飞如此认真地说，马克转身看着关景鹏说："我们可当真噢，明年4月下旬吧，明年年底招标嘛。现在是12月2日上午的十点二十九分，我可以把这事当真吗？"马克说完，双眼紧盯关景鹏。此时肖云飞急得在桌下踹了关景鹏一脚，随即关景鹏坚定地回道："是，明年4月下旬，欢迎你们来燎原亲自验收燎原的六十五兆收发信机，具体日期我来安排。"此时的马克略思考片刻后又追问道："你们燎原那么肯定说能搞定，但森尼韦尔为什么说不可能？"停了停，马克又说："从森尼韦尔专家给的分析报告来看，似乎不能说没有道理，至少我是这么认为的。况且，即使燎原真的做出来了，我相信你们能做出来。森尼韦尔能不能做出来？能做出来，我想你们能做出来，森尼韦尔也应该能做出来，只是森尼韦尔要多久？能否匹配MAT的建网进度？而且，有一点，也是非常重要的一点。虽然六十五兆收发信机对MAT无论在成本，还是维护等方面都是最佳的解决方案，但是，如果仅你们燎原一家能提供是不可以的，风险太大。"

"不会有风险啊，燎原全心全意为客户服务是绝对可依赖的，相信MAT能让燎原参与这次招投标也正是基于这一点。"肖云飞说。"当然，但独家不可以，这一点请燎原理解。"马克说。"没关系，有六十五兆的能力，MAT可以用，也可以不用。对于MAT来说至少多了种选择。"肖云飞灵机一动说。此话说得马克无话可说，只得连连点头。"还是像森尼韦尔一样，给份分析报告吧，阐述一下为什么你们能做，森尼韦尔却说做不了。"马克说。"我们能做的理由，可以写，但森尼韦尔为什么说做不了，还是要问森尼韦尔，燎原不太好妄加评论。"此时关景鹏插话道。"说不定我再问他们，他们又说能做了，你写你们的吧。没有分析报告，我怎么向总裁汇报呢？"马克又说。"没问题，我们尽快提供。"关景鹏说。"这周能提供吗？"马克问。"四号，周五？"肖云飞问。"是的，后天我下班前要看到。"马克说。

离开MAT总部，两人来到纽约唐人街。"笨鸟先飞，这个餐馆的名字有意思哎。"两人走进一家中餐馆，肖云飞说。"哎，赶紧给家里打电话，让他们准备材料。"两人找位置坐下，关景鹏急着说。"给邓学佳发短信了，放心，他们会搞的。"肖云飞说。"周五下班前，就是五点。材料我们肯定要把关，给他们也就是一天的时间。明天一天，他们明晚十点把材料发过来。这样，我们差不多有8个小时，应该够。"关景鹏说。"他们明晚北京时间十点发过来，没啥问题。放心，邓学佳他们干事，不用那么急。"肖云飞不紧不慢地说。"还是给邓学佳打个电话吧。"关景鹏又说。"都凌晨一点了，我约他早晨，北京时间八点给我打电话。"肖云飞说。"你倒是给他打个电话，否则心里不踏实，快，给他打。你不打我打了？"关景鹏说。"你打啊，谁打都一样。"肖云飞说。"好，我来打。"说着关景鹏给邓学佳拨打电话，打通了没人接。"都设成振动模式的，睡得正香，根本听不见。一早起来，见我的短信，电话就拨过来了，深圳拨我的手机方便。"肖云飞说。"算了，不打搅他了，让他睡个好觉。"关景鹏自我安慰地说。"你刚才说这个店名'笨鸟先飞'，是有来头的。"关景鹏一转话题说。"什么来头？"肖云飞问。

两人正聊着，此时有个人朝两人走来，大声地冲着关景鹏说："是关景鹏吧，我是庞春强啊。"关景鹏愣了一下，仔细看着对方说："庞春强，太巧了，你怎么也在这儿？""我问你怎么在这儿？"庞春强反问道。"我同学，大学的。"关景鹏冲着肖云飞说。"同事。"关景鹏又冲着庞春强介绍着。"坐坐，一起吃，老板，点菜。"肖云飞忙让座，又冲着柜台上的人喊着。"你什么时候来的美国？没听说啊。"关景鹏问庞春强。"你来美国我也没听说啊。"庞春强回道。"哦，我是公干，你是……？"关景鹏冲着庞春强说。"我2005年来的美国。"庞春强回道。"怎么样，混得不错吧？"关景鹏问。"先说说你，来美国公啥干啊？"庞春强问。"你们伟大的MAT，邀请你的同学，也就是我，来参与MAT网络的建设。这不，我就来了。"关景鹏牛气冲天地说。

　　"吹吧你，还邀请你，说明你们燎原还行，找你们无非是想让森尼韦尔、奈奎斯特降降价。真的能怎么样？别那么乐观啊，我的关景鹏。我在报上看了燎原参与MAT项目的事，只是不知道是你，我想你在非洲，应该跟此事没太大关系。"庞春强拍着关景鹏的肩膀说。"噢，非洲市场有功，燎原重用你，调你到美国来了，牛啊，关景鹏。"庞春强上下打量着关景鹏说。

　　"您这位同学，说得没错，关景鹏，大牛。"肖云飞一旁附和着。"果然被我说中了，我得好好宰你一顿，今天就算了，周日吧，到时候你会有意想不到的惊喜。行了，我还有事，先走了，你的手机号给我，到时我联系你，周日不会走吧？"庞春强边说边要了关景鹏的手机号。"没个一年半载的估计都不会走。"关景鹏说。"那就好，再联系，走了。"庞春强打着招呼走了。"你这个同学在美国干啥？"肖云飞问。"不知道，他什么时候来美国的我都不知道。"关景鹏说。

　　"阿洛弗斯先生，没听明白您的意思，能再重复一遍吗？"班德公司的技术专家肯佩斯在电话里说。"肯佩斯先生，上午，据MAT的CTO马克说就在今天上午，中国燎原公司的研发负责人向马克夸下海口，说明年4月下旬就能开发出六十五兆带宽的收发信机，这事你知道吗？"森尼韦尔的技术专家阿洛弗斯说。"有这个必要吗，燎原？四十五兆他们已经做到了任意配。"肯佩斯在电话里说。"你甭管有没有这个必要，反正今天下午燎原的人已经向马克承诺了。马克下午刚给我打电话，我就先向您了解情况。"阿洛弗斯说。"为啥向我了解情况？"肯佩斯在电话里说。"哎，燎原的DPD算法芯片不是用你们的吗？"阿洛弗斯说。"那是2003年、2004年的事了，正式大批量的早就不用班德的了。"肯佩斯在电话里说。"嗯，不对，听说你们还搞了个联合实验室，好像还有经费让你们研究开发宽带DPD算法。"阿洛弗斯又说。"说的是没错，只是不是你说的六十五兆。"肯佩斯说。"不是六十五兆？是多少兆？"阿洛弗斯问。"更宽，跨频段的，覆盖一千八和两千一的。"肯佩斯回道。"什么什么？一千八，两千一，一个功放搞定啊？"阿洛弗斯说。"对啊，当然，一方面和班德合作，同时燎原自己也在搞，两个方案同步走。"肯佩斯说。"照你这么说，燎原承诺给MAT的六十五兆是能做出来的喽？"阿洛弗斯说。"这我不清楚，但人家已经承诺了，你说是明年4月下旬是吧？"肯佩斯说。"对啊，时间点都承诺了。"阿洛弗斯说。"至少，我是不敢说燎原做不出。"肯佩斯在电话里说。"燎原有这么牛吗？"阿洛弗斯说。"不知道唉，六十兆我们研究过。"肯佩斯在电话里说。"六十兆？研究得怎么样？"阿洛弗斯问。"一个版本搞不定，资源占用的最大关键是两个载波拉开六十兆的时候最难。"肯佩斯在电话里说。"那照你说……"阿洛弗斯欲言又止。"我说什么了？我好像什么都没说啊。"肯佩斯在电话里回道。"有可能是吧？"阿洛弗斯说。"什么有可能？"肯佩斯装傻地说。"从刚才的沟通，我的感觉是燎原真有可能把六十五兆的收发信机做出来。"阿洛弗斯说。"那是你说的，我可没这么说。"肯佩斯在电话那头说。"知道了，再联系，谢谢。"阿洛弗斯说完，挂断了电话。

　　美国时间周五的中午，燎原在纽约的办事处，大家一边吃着盒饭，一边讨论着关于六十五兆的材料。"大家只要记住这一点，邮件一旦发出，森尼韦尔、奈奎斯特都知道了。"关景鹏边吃边说。"当然，我相信，我们能做出来，别人也能做出来，只是时间问题。"肖云飞说。"四十五兆还没整利索呢，搞六十五兆，至少没那么快。你又不能乱编乱造，要知道面对的是谁。"关景鹏说。"没事，不怕，就这样挺过去，我们有自信。"肖云飞说。"没那么容易，我们老大还要把把关呢。"关景鹏说。"我们下面讨论定下来的，你们老大能怎样？真是的。"肖云飞不屑地说。"把把关肯定是要的，毕竟是MAT项目。最多也就是提建设性的意见，领导的视角毕竟不同。"关景鹏说。

4.人间正道是沧桑

　　12月5日，周六晚上，"笨鸟先飞"餐馆。"真没想到能在这儿和你见面。"看着舒冉冉，关景鹏深情地说。"小妹挺好的吧？"舒冉冉问。"好，她、孩子都好。"关景鹏说。"知道这个餐馆的来历吗？"舒冉冉说。"听说有点来头，具体不太清楚。"关景鹏说。"知道庄则栋吗？"舒冉冉问。"庄则栋？好像听说过这么个名字，只是一时想不起来他是干什么的了。"关景鹏说。"小球转动大球，乒乓外交知道吧？"舒冉冉又问。"没印象，但……"关景鹏说。"也是，那时我们应该是刚出生没多久，噢，1971年，我们还没出生呢。庄则栋参加第二十六届世乒赛，第一次拿单打冠军，后来又连续拿了两届，连续三届夺冠。在日本世乒赛，美国队一个叫科恩的队员坐错了车，上了中国队的车，就是庄则栋主动和科恩打招呼。从此开启了中美乒乓外交。"舒冉冉接着又说，"这个'笨鸟先飞'餐馆，就是庄则栋的姐姐最早开的。""是吗？她现在在吗？"关景鹏问。"现在在不在就不知道了。"舒冉冉说。

　　"冉冉，说说你吧，怎么样，挺好吧？"关景鹏转了话题说。"先说说你们，小妹挺好吧，她是在……"舒冉冉紧接着说。"她和两个孩子现在重庆老家，都挺好的。"关景鹏说。"为什么是两个孩子？不违反计划生育吗？"舒冉冉说。"你有孩子了吗？"关景鹏见机问。"说你，为什么生两个孩子？违反计划生育可是要罚款的。"舒冉冉调侃地说。"大儿子是计划生育的，小丫头在香港生的。"关景鹏说。"挺好，一儿一女，小妹又那么漂亮，你可真是幸福啊。想想当初咱俩去登记，要是那天没那么多人，就办成了，都是缘分。否则，你就没那么幸福喽。"舒冉冉说。

　　"你应该也挺好吧？"关景鹏见机又问。"挺好，我现在纽约东郊的一个搞数据库的公司。"舒冉冉说。"软件工程师啊！"关景鹏赞赏地说。"负责软件架构设计。"舒冉冉说。"厉害，冉冉还是厉害。"关景鹏羡慕地说。"哎，庞春强在干啥？他约我明晚在这见面，明晚你来吗？"关景鹏问。"他，Coding Technician[①]。"舒冉冉边说边做了个很鄙视的手势。"什么意思？"关景鹏问。"Coding Engineer是软件工程师。Coding Technician是什么意思呢？就像你们生产线上的工人，做着重复的工作。"舒冉冉说。"写代码还有生产线啊？"关景鹏说。"分工明细嘛，你想想，他能做啥？喜欢文艺，留校搞学生工作很适合，在美国，哼！"舒冉冉轻蔑地说。"你跟他常往来吗？"关景鹏问。"咱俩见面说他干啥。你们燎原很牛啊，美国的报上登了，要攻占美国市场啊。美国人，恐怕心里是酸溜溜的。"舒冉冉始终掌控着话题。"对了，他问你借钱了吗？"舒冉冉突然说。"你说庞春强啊？"关景鹏问。"是啊，千万别借给他啊，记住，千万别借给他。"舒冉冉叮嘱着。

就这样，昔日情人久别重逢。关景鹏被舒冉冉强势地掌控着话题，最后临了又把"笨鸟先飞"拎了出来，说是庄则栋称自己是笨鸟先飞。而舒冉冉则认为庄则栋一点都不笨，甚至比一般人都聪明，否则怎么能当上当时的国家体委主任呢。"唉，但愿冉冉是幸福的。"关景鹏心里想着，睡着了。

第二天晚上，"笨鸟先飞"餐馆。"就你一人，不是说要给我一个惊喜的吗？"关景鹏冲着庞春强说。"没什么惊喜，跟你开玩笑的。"庞春强并不开心地说。"昨晚，就在这儿，你猜我见到了谁？"关景鹏开心地问庞春强。"就知道是这么回事。"庞春强说。"舒冉冉是从你那儿得到我的电话的吧？"关景鹏略显激动地说。"你昨天都惊喜过了，还说没惊喜。"庞春强说。"我让冉冉来，今天咱们同学仨一起聚聚，她似乎一点兴趣都没

---

① Coding Technician：代码技术员。

有，你们都在纽约，常见面吗？"关景鹏说。"冉冉叫得太亲切了。"庞春强说。"怎么？"关景鹏一头雾水地问。"实不相瞒，不过就你知道就行了，千万别对别人说，否则冉冉非要跟我拼命不可。"庞春强说。"你不也叫冉冉吗？"关景鹏忙说。"我是她老公，这样叫她是应该的。"庞春强急忙说。关景鹏听后愣了半天，缓缓地说："你们结婚了，还是仅仅是同居？""我和冉冉在美国正式登记结婚已经有两年了，我们的婚姻是受美国法律保护的。"庞春强激动地说。

关景鹏听后平复了一下心情，说："那真要恭喜你们俩。昨晚在这冉冉只字不提你们俩的事儿。"关景鹏说。"有孩子了吗？噢，冉冉好像说是没孩子。"关景鹏又说。"一言难尽啊，我们俩，孩子是谈不上了。你知道冉冉答应和我结婚的条件是什么吗？"庞春强说。"让你听她话呗，还能有啥？"关景鹏随口说。"你太天真了，关景鹏。"庞春强说。此时，关景鹏突然紧张起来，问："她要你做啥？""要我做啥？我给你一百次、一千次机会你都猜不到。"庞春强说。"那我就不猜了，说吧。"关景鹏说。"不许我把我俩结婚的事告诉任何人。"庞春强说。"为什么？"关景鹏问。"你问她呀，你也很了解她，你认为她为什么要这样？她在外面，没人知道她有丈夫。我俩，除了晚上睡在一张床上，其他时间都不会同时出现在一起的，就像今晚一样。"庞春强说。听了这些，关景鹏的内心又痛苦起来。"冉冉为什么会这样？"关景鹏内心说。

"想想哥们儿，惨吧，你，牛气啊，燎原风头正盛。哎呀，都是命啊。男人要是被女人牵着鼻子走，就我这下场。"庞春强说。"怎么？当初留校，结婚，后来就不知道了。"关景鹏说。"都想出国啊，我是真不想。可是没办法，不答应出国，就离婚。现在想想，离就离吧，如今混成这样。"庞春强说。"一起来美国不也挺好嘛，怎么……"关景鹏说。"我来美国能干什么？她有了个不错的工作，人长得又漂亮。一帮光棍整天围着她。靠人养着，没地位，最后一脚踢开，还是自己没出息呗。"庞春强说。"Coding Technician就是个工作，谁能瞧得起？"庞春强又说。

周二的晚上，还是"笨鸟先飞"餐馆，这次是肖云飞和关景鹏。"哎呀，得赶紧回去啊，搞定才是硬道理。"肖云飞边吃边说。"张总也是这个意思，有什么在家支持就行了，实在需要，不一定是你亲自来。明年4月底是关键，据说，森尼韦尔认为燎原有可能搞定这六十五兆。"关景鹏说。"他们也准备做六十五兆？"肖云飞问。"不知道。我们分析了几种可能。我们认为森尼韦尔的可能性不大。"关景鹏说。"为什么？"肖云飞问。"确实，四十五兆是主流，六十五兆只有MAT一家。"关景鹏说。"确实，带太宽，互调难做多了，双工器，无线，不仅仅是算法那么简单。"肖云飞说。"但对MAT，意义很大啊。"关景鹏说。"也是，管不了那么多，全力以赴做出来，是我的本职，至于其他，我们研发也管不了那么多。"肖云飞说。

"哎呀，跟你肖云飞一起吃饭，总是满满的正能量。不像周六、周日在这儿，真的很郁闷，极其不爽。"关景鹏说。"不会吧，初恋情人相遇？"肖云飞说。"我现在有点理解'人间正道是沧桑'这句话的含意了。"关景鹏说。"尼日利亚，又加上美国，渴望成功啊。"关景鹏又说。"那天晚上，当看见我那个同学求我借他两百美金的时候，原先是不打算给的，真的。可是他苦苦求我的时候，我就想到'人间正道是沧桑'这句话了。想想当时的庞春强多么风光，吹、拉、弹、唱，样样精通，文艺汇演，一会儿小号，一会儿风琴，再一会笛子，还有口技，最后小提琴演奏《梁祝》。真的，全场没人不羡慕，成绩也还可以。"关景鹏说。"这种人就适合在高校，来什么美国。"肖云飞说。"咱们，沧桑是沧桑，但是正道，最大的不同，与国外同学比，那就是，有归属感，踏实啊。咱们脚踏实地，踏下世界大牌，踏下MAT。世上本无路，踏着世界大牌，就成了燎原自己的路。"关景鹏激动地说。"好一个猖狂的关景鹏，这话我爱听。"肖云飞鼓着掌说。

"老朋友，听说中国的燎原在你们面前秀了一把，就把你们搞晕了？"森尼韦尔的总裁怀特在电话里对MAT总裁休斯说。"没有，仅仅是见了个面，交流了一下，不是你想的那样。"休斯说。"中国的公司，说白了就是下三滥，你要是用了燎原的设备，等着吧，你恐怕不会那么轻松的。"怀特在电话里说。"正常的交流嘛，不必过多地解读。森尼韦尔我是得罪不起的，也没必要，只是，如果你们要是能把六十五兆做出来，相信你们是能做出来的，对吧，我的老朋友？"休斯说。"那当然，但真有那个必要吗？我怎么觉得必要性没那么大呀。"怀特在电话里说。"你们能做自然都没问题。至于燎原，也不完全取决于我。"休斯说。"MAT绝不能有哪怕是一个燎原的设备，我绝不容忍。这就是我今天在这个周末快下班的时候给我的老朋友打电话所想表达的。"怀特在电话里说。"这……"休斯听后说。"好啦，祝周末愉快，老朋友。"说完，怀特挂断了电话。

5. 韧之歌

"肖云飞，你可回来了，局方的天线像是大面积出现问题。上周客户的高层把金总叫到北京去了。"周一刚上班，张立彪就给肖云飞打电话。"金总怎么说？"肖云飞问。"天线不是我们公司的，这事虽与我们无关，但局方的高层找金总，只有一个要求，就是希望燎原帮助解决这次的天线问题。"张立彪在电话里说。"金总答应啦？"肖云飞在电话那头说。"只能答应啊，转手给我打电话，要你派人去解决。明确燎原的接口人就是你，局方的人估计这两天就会找你。"张立彪在电话里说。"我这刚回来，正准备全力以赴做六十五兆呢，这又……"肖云飞说。"不碍事吧，都重要，知道吗？好好安排，不会影响的。就这样，局方会有人找你的。"说完，张立彪挂了电话。

下午，肖云飞的座位处。"天线的事你去处理，金总答应了局方，你要全力以赴。也简单，有问题的给搞正常，该换的换。"肖云飞对曹瑞祥说。"有天线可换吗？"曹瑞祥问。"应该有吧，没事，局方有人配合，我让他们就找你，你可以问他们。"肖云飞说。"千万别引起投诉啊，这可是金总答应帮的忙，听见没？有什么事先跟我商量，知道吗？和我们通常处理问题可能有很大的不同，主要天线不是我们的。"肖云飞又说。"说人家天线有问题，结果换了不好使就麻烦了，要慎重。"肖云飞又接着说。"为什么不让天线厂家去搞？"曹瑞祥说。"我也这么想来着，最好还是别问了，敏感。"肖云飞说。"这种事，真的……"曹瑞祥摇着头说。"核心是要让基站正常地开起来，不影响业务。"肖云飞说。"要不是天线问题咋办？"马庆生在一旁说。"所以，让我们搞系统的牵头处理啊，局方贼得很，让我们狗咬狗，他在一旁看热闹。"曹瑞祥说。"也不是，配合我们的主要是局方。显然，局方不想扯，只想快点把基站搞正常了，不影响业务。"肖云飞说。"不去人恐怕不行，曹瑞祥。"肖云飞又说。"知道。"曹瑞祥边想边回道。

周二中午，食堂。"今天离圣诞节还有10天，哎，牡丹，有什么活动啊？搞一把怎么样？"肖云飞边吃边说。"什么圣诞不圣诞的，洋人的节咱不过。"马庆生正说着，肖云飞的手机响了。"一定是关景鹏打来的。"看着来电显示，肖云飞边说边接听，"喂，关景鹏啊。""肖云飞，在吃午饭吧，嗨嗨，森尼韦尔开始折腾了。"关景鹏在电话里说。"怎么啦？"肖云飞问。"听说，森尼韦尔的总裁扬言不管你的六十五兆做不做得出，都没用。MAT的网络绝不能有一丁点你肖云飞的设备。"关景鹏在电话里说。"我们很大度，没基站，游佐元的核心网有也行啊，固网、光网、电源有，也行啊。哎，大度得很。"肖云飞说。"美死你，想得这么美。"关景鹏在电话里说。"本来就是嘛。"肖云飞装傻地说。"燎原一个都不能有。"关景鹏在电话那头大声地吼叫着。"吼啥，别那么沉不住气。干大事，最关键的是要有耐心，有了足够的耐心，心才可能细。细节决定成败，前提是要有耐心。"肖云飞说。

"没耐心，我怎么这么倒霉。"关景鹏在电话里说。"嗨嗨，提醒你啊，别乱说话，关景鹏。这个时候，我们要坚持四项基本原则。"肖云飞说。"肖总，没工夫跟你闲扯。"关景鹏在电话里说。"哎，不是闲扯。这个时候，首先要强调策略，策略是生命线。其次是态度，态度决定一切。你现在就是态度出了问题。再有就是要团结，团结就是力量。最后，最最重要的是要做实事，细节决定成败。六十五兆，不抓细节，没有耐心，那是肯定不行的。不管风吹浪打，胜似闲庭信步。拥有足够的耐心，信心十足地拿下六十五兆，让MAT没话说，牢牢占领技术制高点。让全世界看清楚了，我肖云飞是世界上最牛的。"肖云飞说。"说我猖狂，你比我猖狂十倍。好啊，打电话就是担心会影响你们的六十五兆开发，这下我放心了。"关景鹏说。"关景鹏，记住，刚才我什么都没跟你说。你也什么都没听见。切记，切记。"肖云飞说。"知道了。"说完，关景鹏挂了电话。

打完电话，肖云飞从远处回到座位继续吃着。"说什么了？"邓学佳问。"还不是催我们加快，问能不能是明年2月中旬就拿去MAT测试，简直是，有点太过分。"肖云飞边吃边说。"哎，可以理解。"邓学佳说。"怎么？2月中旬，大过年的，你想去美国过年啊？"肖云飞冲着邓学佳说。"我肯定去不了，让弟兄们去趟美国。多给大家些机会嘛，别整天一个项目接一个项目的，都出去转转，开开眼。"邓学佳说。"好啊，把签证都办起来，到时没准真用得着。"肖云飞说。"这个虎年很有意思哦，春节和情人节同一天。"东方牡丹说。"那你老公是过情人节呢，还是过春节呢？"柴文娜说。"这个嘛，就看他喽。"东方牡丹调戏地说。

下午，多载波实验室。"一个版本，2月中旬搞不定。"邓学佳冲着肖云飞说。"哟，这么说允许你换版本，2月中旬能搞定？"肖云飞反问道。"只能说努力，没十足的把握。"邓学佳说。"算了，还是4月底吧，我已经回了关景鹏。"肖云飞说。"没必要那么激进。"廖默然在一旁说。"哎哎，邓学佳，人都在，改版的事看看。"杭岩说。"怎么？改版？想改就改啊，MAT项目，六十五兆必须搞定，其他的都不要考虑。只要能搞定六十五兆，砸锅卖铁，不惜代价。"肖云飞略显激动地说。"取决于我们自己。"邓学佳望着杭岩说。"没问题吧？"肖云飞望着杭岩问。"主要是通用不了。"杭岩说。"不通用就不通用呗。搞定才是硬道理。"肖云飞说。"那就改。"杭岩自下决心地说。"哎，为什么要改？"肖云飞问。"要想一个版本搞定，资源不够。"杭岩说。"改啊，能花多少钱？不在乎。"肖云飞说。"也未必。需求一上来，不通用没准成通用的主力版本喽。"邓学佳说。"真没准，不过目前确实看不到。"肖云飞说。"真成主力版本了，肯定做到芯片里去了。"廖默然说。"对，这话没错。"肖云飞说。"1月20日能投不？"肖云飞又说。"争取吧，时钟要变，动静挺大的，还是要慎重。"邓学佳说。"时钟要变？"肖云飞又问。"是啊，不变不行啊，否则对称的中间，时钟的载波会冒个小头。有人说不用变时钟，这么一点固有杂散可以忍受。"邓学佳说。"有测的图吗？看着多大的尖？"肖云飞说。"有。"说着，杭岩打开了图。"哟，还是很刺眼，这不行，不行不行，一定要去掉。"肖云飞看了图后说。"杂散很小，符合协议要求，应该没事。"夏润泽说。"别别别，这是和美国人较量，反正我一眼看去很扎眼。这正好给美国人鸡蛋里挑骨头的机会啊，不行，不行。"肖云飞说。"为什么会这样？"廖默然问。"对唉，邓学佳，解释解释，为什么会有这么个小尖？"肖云飞跟着说。"对六十五兆的带宽，时钟就不合适了。"邓学佳说。"换句话说，六十五兆只要选对了时钟，中间那个尖就自然消失了。"李和平说。"那就是得换了，美国人一看杂散的频点，算算就很容易得出时钟选择不当的结论。好嘛，水平这么臭居然时钟都不会。美国人肯定会这么说啊，想都不要想。不过换要慎重，不要急，1月底投也行。投完等着过年，过完年来调板子。"肖云飞说。

感觉说得有点不对劲，肖云飞又补充道："过年还是要加班，赶前不赶后。""肯定要加班，你敢说我们可不敢不加班。"杭岩说。"别出低级错误。"肖云飞拍了拍李和平说。"争取，不过不敢保证。"李和平说。"多给你们点时间，就是要你们力争一板搞定，把以前的招都拿出来。"肖云飞又说。"还是要找马庆生催板子。"邓学佳说。"不用，我能搞定。"李和平说。"就是，马庆生能搞定，你就能搞定。"肖云飞说。

晚上十点多，曹瑞祥从北京打来电话。"哎，曹瑞祥，在北京是吧？怎么样？"肖云飞在家听着电话。"人民大会堂的天线可能有问题，想听听你的意见，如何处理？"曹瑞祥在电话里说。"技服的人怎么说的？"肖云飞问。"他们的问题肯定是要定位清楚。但他们认为无论结果是不是天线问题，天线都要换伦比约的。"曹瑞祥说。"问题肯定要解决。这是前提。"肖云飞说。"那肯定，问题是要解决。我同意他们的意见，换伦比约的天线，心里踏实，不换，指不定什么时候又出问题了。"曹瑞祥说。"伦比约也有出问题的时候，你忘了西藏啦？"肖云飞说。"哎，相对比嘛，还是伦比约靠谱些。"曹瑞祥说。"有天线的话，换伦比约的我没意见。只要技服他们愿意。"肖云飞说。"就是他们提的，当然愿意。"曹瑞祥说。"其实，只要他们想做，他们自己就能决策，用不着我们给意见。"肖云飞说。"这不公司派我们主持这事嘛，否则是不用征求我们意见的。"曹瑞祥说。

"诗歌朗诵：《韧之歌》。作者：肖云飞。朗诵者：移动产品线。"在一年一度的公司迎新年晚会上，主持人正报着节目。"《韧之歌》。韧是什么？韧是一种精神，韧是一种信仰，韧是坚毅刚强，韧是百折不挠，韧是中华民族的魂。韧是什么？韧是钱学森的大智，韧是邓稼先的践行，韧是陈景润的执着，韧是袁隆平的坚守，韧是中华腾飞之魂。韧是什么？韧是雷锋的螺丝钉精神。韧是有条件要上，没有条件创造条件也要上的铁人精神。韧是飞夺泸定桥的勇敢，韧是塔山阻击战的壮烈，韧是董存瑞的惊天一举，韧是黄继光的舍身堵枪眼。韧是什么？韧是许海峰的世纪之射，韧是铁榔头的一锤定音，韧是李宁的健与美，韧是刘翔史诗般的跨越，让华夏儿女深深地明白了一个中国人百年没有弄明白的道理，那就是一切皆有可能！"台上激情四射的朗诵，台下热血沸腾的欢呼，整个会场沉浸在欢乐的海洋中。2009年12月30日夜晚的市民中心会堂，令人难忘。

6. 六十五兆搞定了

一晃2月底，产品线例会。"明天是元宵节，祝大家元宵节快乐啊！"张立彪开场说。"大家做得不错。六十五兆也搞定了。邓学佳，特别表扬啊。"张立彪继续说。"其实也没啥，DPD这玩意儿，只要资源足够，多宽的带宽都不成问题。"邓学佳说。"不能这么说，那还是只有你们搞定了六十五兆，这是不争的事实。对了，鉴于目前良好的进展，准备正式回复一线，让MAT高层4月下旬来燎原看六十五兆。"张立彪又说。"这次MAT来访，公司建议集中在平台可靠性实验室，我们移动的东西也都在可靠性实验室。"张立彪接着说。"不方便啊,在他们那儿。"肖云飞说。"谈不上有什么不方便,地方不能太散,集中展示,效率高,效果也好。"张立彪说。"这次的流程是这样的啊,大概早上九点,先和华老板见面,接着要和你们开发团队见个面,然后才去参观演示。"张立彪继续说。"和开发团队见面?都哪些人去呢?"肖云飞问。"能去多少去多少,多多益善。因为市场跟他们说我们有一大群人专门为MAT开发。MAT的人一听高兴坏了,必须要见面。而且人家真的很用心,专门请造币厂定制了MAT燎原合作的纪念徽章。这次他们来,先象征性地带20枚吧。别急,接下来,人手一枚,一个都不会少。今天就会把确切的数量报给关景鹏。"张立彪说。"那得上公司的大会议厅了。"肖云飞说。"对啊,上啊。对了,肖云飞,你得好好组织一下,要把气氛搞得热烈些,MAT的高层似乎对见你们、和你们互动特别感兴趣。"张立彪说。"牡丹,这是你的强项,就交给你了。"肖云飞说。"放心,保准热烈。"东方牡丹说。"产线是要去的,师建宏。"张立彪又说。"没问题。"师建宏回道。

2010年4月28日,周三,公司最大的会议厅,上午九时,激情的人们聚集在这里,台上,肖云飞指挥着大家。"来来来,咱们接着排练,他们正和老板见面呢,估计二十来分钟吧,就应该到这儿了。"肖云飞扯着嗓子吼。"牡丹,你来指挥。"肖云飞又说。只见牡丹来到台上。"大家看我的手势。他们进来的时候,大家先别激动,肖云飞会介绍各个方阵,等介绍到哪个方阵,大家一定要整齐地站起来,精神饱满地挥动手上的彩棒,齐声喊着你们的口号。"东方牡丹说。"好,咱们走一遍,我来介绍。"肖云飞说。"测试团队!"只见测试团队齐刷刷站起来,在赵长城的引领下齐声高喊:"测试测试,质量保证!""开发团队!""攻坚克难,无所不能!""很好,再来一遍!"东方牡丹示意肖云飞说。"好,再来一遍啊,大家的热情要再饱满一些,要体现燎原人的精神面貌!"肖云飞在台上大声地说。

"好，再来啊，测试团队！"

大家依次欢呼着，正练得热火朝天，此时，肖云飞的手机振动了。肖云飞掏出手机，赶紧示意牡丹去指挥，自己跑出门外接听来自张立彪的电话。肖云飞接完电话，急速回到会场，一上台肖云飞示意大家安静，说："MAT的人马上就到，各就各位。牡丹，一会儿我在台上介绍，你在暗中指挥，就站门那儿，大伙看得见你，台上的人看不见你指挥。大家一定要整齐、有气势，关键要看牡丹的指挥。牡丹看你的了。"

随着MAT总裁一行人鱼贯而入，肖云飞开始向客人们介绍起来："总裁先生，请看我们的测试团队，测试团队的兄弟姐妹们，向来自大洋彼岸的美国客人表达你们诚挚的热情！""为MAT项目，保开发质量，为MAT项目，保开发质量！""好，总裁先生，再看看我们的开发团队！""可上九天揽月，可下五洋捉鳖，遇山开道，遇水架桥，我们是攻坚克难、无坚不摧的MAT开发团队！"MAT总裁休斯听了两眼放光。看着满满一大屋子的人，休斯拿出了事先准备好的MAT燎原合作纪念章向大家展示。"燎原说有一个专门的开发团队为MAT工作，我是很高兴的，但当我看到这么一大屋子的你们，确实被震撼了。嗯，燎原是用心的，是真正履行了你们华今朝总裁向我们承诺的，以客户为中心，全心全意为MAT服务好的理念，感谢华今朝总裁，感谢在座为MAT工作的每位。到目前为止，MAT与燎原的合作很愉快，希望接下来也是愉快的。真的，这是我衷心的希望。"休斯说。

随后，MAT随行人员个个都在台上表达了自己的谢意，时间一分一秒地过去了，张立彪时不时看着表，显得有些焦虑，终于忍不住凑到休斯耳边说着什么。只见休斯并没有离开的意思，这让张立彪很无奈。最后没办法，张立彪拉着负责接待的关景鹏出门。"六十五兆的演示必须让休斯亲眼过目，否则我真没法交代。"张立彪说。"休斯说相信燎原，所以不用看。"关景鹏说。"你听他说，必须看！"张立彪说。"关键是里面正嗨着呢，没时间了。"关景鹏说。"这样，等一会上了车，直接接到平台展厅去，没办法，只能这样。"张立彪说。关景鹏想了想，说："行吧，也是，大老远来一趟，最关键的没看，也说不过去啊。我也觉着他们是故意不看。""对吧，你也是这种感觉吧，所以，必须要。"张立彪说。"行，我来安排，一定让他们看。"关景鹏最后说。

中午，食堂。"MAT这帮人什么意思？我们几个月的努力，精心地准备，哎，在现场有没有三分钟？反正肯定不到五分钟。"邓学佳边吃边生气地说。"也就三分钟吧。"夏润泽说。"行啦，看了就行了，原来他们就不打算去的。"肖云飞说。"感觉有点奇怪。"王厚林说。"也不奇怪，那个总裁说相信燎原，所以不用看。"肖云飞说。"才怪，就是出于好奇，也想看看。更何况这么大老远地来，就知道拿个纪念章，似乎显得纪念章比六十五兆还重要。"曹瑞祥说。"他们怎么对那个破章那么感兴趣？"东方牡丹说。"确实是，几个人来回地拿纪念章说个不停。什么开董事会决定的，成立小组负责纪念章的事，小题大做。"柴文娜说。"这种事要我们这儿，牡丹一人搞定。"马庆生说。"美国人都是这么干事吗？这么务虚，难怪。"廖默然说。

第四章

斗智斗勇，技压纸老虎

1. 黔驴技穷

　　一周后的5月5日，这一天正好立夏。早晨肖云飞刚打开电脑，座机就响了，张立彪打来的，叫肖云飞立刻去他那儿一趟。就这样，肖云飞来到了张立彪的办公室。"ODU，二十九升，4T4R，每T四十瓦，2T4R，每T八十瓦。"见到进来的肖云飞，张立彪说。"关景鹏刚发过来的，没抄送你，只发给了我一人，客户刚提的要求。叫你来商量。"张立彪接着说。"从没说过要ODU，都是室外宏。定了吗？"肖云飞不爽地问。"都这么具体了，你觉得会不是真的？好像森尼韦尔四十五兆有这样的ODU。"张立彪说。"难怪。"肖云飞说。"应该也问题不大吧？"张立彪说。"不一样的，一个自然散热，一百六十瓦啊，二十九升，什么都限死了。再怎么着室外宏是有风扇啊，不够可以搞更强劲的风扇。"肖云飞说。"转给你，赶紧分析一下，所以，关景鹏没敢直接发给你，显然，他也觉得有难度。"张立彪说。

　　下午，作战室。"别光说不练啊，阚雪峰，你得带我们想招啊。"肖云飞说。"是啊，你仿都没仿就说不行，显然是态度出了问题。"邓学佳说。"差得太多，体积和功耗是有必然关系的，你这，难道你认为可行吗？怎么着在这方面我也是有点经验吧，虽然谈不上是专家。"阚雪峰面对邓学佳。"不，谈得上，你就是专家，否则，在公司你再找个比你强的来？是吧，你就是专家，专家就要起到专家的作用，在这关键时刻，就要起到关键作用，啊，阚雪峰，我们的大专家。"肖云飞走过来，拍着阚雪峰说。

"肖总，别给我戴高帽，确实差得太多了。廖默然，功放效率能不能再提升些？"阚雪峰说。"哎呀，难哦，为了提高线性，他们已经把漏压调到三十伏了。"廖默然边说边看着邓学佳。"为什么？刚才还想让你把漏压整低点呢，这是怎么回事，邓学佳？"肖云飞冲着廖默然说着，又转向邓学佳问。

"六十五兆不出点狠招，能行吗？"曹瑞祥在一旁插话道。"是啊，谁想到来个二十九升，一来是一百六十瓦，太猛了，感觉有点成心。"邓学佳说。"别瞎说啊，二十九升，市场分析认为是比较合理的，已经很重了，一个人操作，再重就不太现实了。用ODU显然是为了降成本，想想室外宏，真是降大发了，别说什么成心这种话。二十九升并非硬性的，但考虑到合理性和竞争，市场认可了二十九升。"肖云飞说。"至于四通道，显然是MIMO的需要，为LTE做准备，现在这些都是必需的了。"肖云飞又说。"都提前透支了，功放已经被榨干了。"廖默然说。"都别说这种话啊，我不爱听，就是不想承担责任呗。"肖云飞说。"没说不想承担责任啊，漏压可以调低啊，你想调多少就给你调多少。"廖默然冲着肖云飞说。"这种话说的，有意义吗？没意义的。要有建设性，这个时候，需要的是有建设性的意见和建议，不要带有情绪。"肖云飞说。"不过，降模块功耗，最直接的就是降功放漏压，我估计你降到二十伏左右，差不多就可以。"阚雪峰说。

"二十伏？扯啥呀？干脆整零伏得了。"邓学佳说。"二十伏？太猛了，算法估计跑都跑不起来。"杭岩说。"还有，这个2T的时候，每T要出八十瓦，那这四个功放怎么设计？是两个四十瓦，再加两个八十瓦，还是都一样，一律八十瓦？"廖默然说。"我们现在主要是八十瓦的管子，搞个四十瓦的，成本不一定会降下来，麻烦倒是不老少，产线容易混。"朱文学说。"这个你们和曹、邓商量着定，我不掺和。"肖云飞说。"当然我也要参与。"阚雪峰说。"行唉，再加你嘛，你们三方定。"肖云飞说。"其实没啥可考虑的，都八十瓦，模块一样。"廖默然说。"不能合成吗？"阚雪峰问。"没法搞，而且效率只会更低。"廖默然说。"那就算了，效率低没意义。"阚雪峰说。

"哎，要是这样的话，二十伏也是有可能的。"曹瑞祥突然说。此时，见曹瑞祥这么一说，肖云飞两眼放光，急切地说："说说，怎么就可能啦？""看啊……"曹瑞祥正要说。"有可能，八十瓦用到四十瓦，余量大啊，二十伏完全可能。"廖默然急着插话说。"那，热估计就可能了。"阚雪峰说。"怎么样，三个臭皮匠能顶一个诸葛亮了吧。唉，这就叫有建设性。"肖云飞得意地说。"啥啥啥呀？算法呢？降到二十伏，算法咋办？"邓学佳说。"咋办？凉拌。该咋办咋办啊。"肖云飞说。"恐怕行不通吧。"杭岩说。"别说。现在看，降漏压如果能成，二十九升，一百六十瓦就算搞定了。至少，这是一个思路，至于可行不可行，大马拉小车，少吃点草也是可以的。"肖云飞说。

"还是想别的思路吧，这……"邓学佳摇着头说。"行唉，别的思路，你提啊。"肖云飞说。"我没思路，我只知道，最后一把，是三十伏救了我。"邓学佳说。"所以，你就抓住三十伏不放，也可以理解，但不是热结构搞不定嘛。"肖云飞说。"仿都没仿，先仿了再说嘛。"邓学佳说。"行，阚雪峰，那就这样，你先仿，多仿几组数据，咱们再讨论。一周，行不行？"肖云飞问。"至少一周，你们得配合我啊，否则，快不了。"阚雪峰说。"拜托，周六，周六加一天班吧，啊，拜托拜托，就加一天，没让你加两天。"肖云飞冲着阚雪峰说。"那你给我们领导发个邮件。"阚雪峰说。"这没问题，感谢啊，感谢。"肖云飞说。

会议结束，人员散去，邓学佳不依不饶地缠着肖云飞。"曹瑞祥、杭岩都别走，咱们好好沟通一下，否则，一步跨错，可就是万丈深渊。"邓学佳说。"有那么严重吗？还万丈深渊，错了再改不就行啦。"肖云飞说。"没那么严重。知道六十五兆不容易，你了不起。确实，这次三十伏起了决定作用，但功耗才是王道，尤其对于ODU这种形式。"曹瑞祥说。"哎哎，你们就听我一句，别动三十伏。刚才不好说，肖云飞，压结构和热结构这块，让他们想办法搞定，我这个成果真的来之不易啊。真的，你给我整到二十伏，我真不知该怎么搞了，杭岩，你说该怎么搞，我是黔驴技穷了。"邓学佳说。"你都……我更没招啦。"杭岩应和着说。"依我看，前面宏站的三十伏，说到底仅仅做了些表面文章，没触碰DPD算法这一整套体系的实质。其实只能算是应付了MAT演示，难道真商用？就算是室外宏，不是ODU，功放就用三十伏，他们敢理直气壮地对外宣称，我们的六十五兆，必定是功放三十伏？肖云飞，你说关景鹏他们敢这样说吗？"廖默然说。"如果是二十伏，市场那帮人一定猛吹。"王厚林说。

见邓学佳不吭声了，肖云飞说："曹瑞祥，找一下方俊凯，算法这块应该可以挖掘一下潜力。""哼，他呀，公司让他去搞5G了，正在土耳其出差呢。"邓学佳说。"土耳其？搞5G去土耳其出个什么差啊？"肖云飞说。"这得方俊凯回答，他去土耳其干啥。"邓学佳说。"就是俄研所嘛，曹瑞祥，你跟他们联系下。前面的六十五兆，技术上并没有突破。现在才是真刀真枪的，邓学佳。"肖云飞说。"我们也是真刀真枪的，也是看得见、摸得着的。什么叫没有技术突破？这种说法我不认可。"邓学佳说。"好好好，前面室外宏，现如今是ODU。室外宏靠了点技巧，再加上运气也比较不错，四两拨千斤，值得肯定。但真正的考验是目前ODU，室外宏的技巧使不上了。要学会忘记，邓学佳。不要吃老本，要立新功。"曹瑞祥说。

"这样吧，这么争没意义。还是先试，看看三十伏和二十伏功放的特性有什么差异。其实，你们调DPD，关键就是算法要与功放固有线性、特性相匹配，这一点我可是知道的，也许大家忘记了这一点。"肖云飞说。"这话没错。"杭岩说。"这不就结啦，啊，邓学佳。此时，更要透过现象看本质。你杭岩说，降到二十伏，恐怕DPD跑都跑不起来。这话乍一听是很悲观，这是正过来看。"肖云飞停了停，又说，"但是，刚才我就在反过来想这个问题。你记不记得，马庆生？当初我们修单板，最喜欢上不了电的。""上不了电的最好修，就怕什么都比较正常的，但就是有问题，你也不知道是软件还是硬件的问题。"马庆生应着。"好，我们再说，降到二十伏，功放，杭岩一跑DPD，绷着脸说跑不起来，马庆生，你说说，这时候，就说你，会怎么办？"肖云飞说。"我肯定认为原来的算法是匹配三十伏功放特性的，二十伏功放特性需要重新摸索。"马庆生说。"摸索呗，我们配合你杭岩不就得了。"廖默然说。"可以唉，现在的就可以摸索。"杭岩说。"但不敢肯定一定能达到三十伏的状态。"杭岩又说。"先试再说，别想太多，走一步看一步。"肖云飞说。"开试开试。"曹瑞祥忙说。

第二天周四，刚上班不久，肖云飞就急匆匆来到多载波实验室，一进门看见廖默然、杭岩、邓学佳一字排开并肩坐着在调试，肖云飞走近中间的杭岩，拍着肩膀问："怎么样？""没那么快。"没等杭岩回话，邓学佳略显不耐烦地说。"在试，在试，的确没那么快。"杭岩忙说。"你还是别打搅我们。"廖默然说。"好好，你们忙，你们忙，不打搅你们。"说着，肖云飞退了出来。

随后的几天，肖云飞都是上午去一趟多载波实验室，什么都不问，仅仅是看一眼而已。就这样，一周过去了，肖云飞每天一趟，一句话不说。这一周，肖云飞失眠了。他在想："嗯，邓学佳不闹了，说明他也认可了目前的二十伏是唯一有可能的，但邓学佳显然信心不足。这个时候我又不敢多问，唉，难熬啊。难道真如邓学佳所说，搞不定？有没有别的路？我是想不出有什么别的路。邓学佳，看来他也没想出什么好招。曹瑞祥，他是认为只有二十伏才能救六十五兆的。上帝啊，真没路了吗？这下无坚不摧也摧不动了吧？谁说的？不是正在试吗？现在没信心，试着试着也许信心就上来了。"

2. 说有希望就是能搞定

5月12日，周三，刚上班，肖云飞还是先去了多载波实验室。一进门就听杭岩叫着："挺准时啊，刚才还说你不会来了呢。""怎么会不来，知道你们烦我，我不吭声总行吧。"肖云飞说。"怎么样，廖默然？"肖云飞朝廖默然说。"昨晚邓学佳说有希望。"廖默然说。"真的啊？"肖云飞掉头扑向邓学佳，双手按住邓学佳的双肩，问："有希望啊？""瞧你激动的，只是经过这一周的模测，感觉应该有希望，只是感觉而已，还什么都没做呢。"邓学佳略显自信地说。"邓说有希望，就是能搞定，邓说有希望，就是能搞定……"肖云飞双手握拳，边说边欢快地离开了，临走又说："你们安心地搞，不急，我去开个会。"说完就开心地走了。"至于这么兴奋吗？"杭岩不解地说。"邓学佳金口难开，你看前几天的样子，肖云飞见他见多了，基本上是有希望就等于能搞定。"廖默然说。此时，邓学佳从座位上一跃而起，大叫着："杭岩，能搞定！"拉着杭岩看着电脑，解释起来。"这样，廖默然，还要麻烦你，漏压二十伏不动，栅压调调看，包括一些电容也一起变变，看看能不能调到，在我这看是最佳的状态。"邓学佳说。"没问题，你说，怎么调？"廖默然说。随后几人在邓学佳的统一指挥下开始联动调试。

周四上午，从多载波实验室回来，肖云飞就拿起座机给阚雪峰打电话。"阚雪峰，你的仿真怎么没动静啦？等你来给我汇报呢。"肖云飞说。"报告已经完成了，宋德伦正组织大家评审呢，结束后他会约你汇报的。"阚雪峰在电话里说。"嗯，宋德伦，怎么是宋德伦？你为什么不直接来汇报？这么麻烦。"肖云飞说。"那你得问我们领导，他就这么跟我说的，让宋德伦向你汇报。"阚雪峰说。"哎，汇报不重要，怎么样吗？二十伏的时候。"

肖云飞说。"这个你得去向宋德伦请教,我不便说。"阚雪峰在电话里说。"你们想干啥?搞什么搞,搞清楚阚雪峰,你马上带着你的报告到我这儿来汇报,马上。否则我立马投诉你,信不信?"肖云飞生气地说。"我信,肖总,就这我也不敢单独给您汇报,非常抱歉,挂了。"阚雪峰说完,赶紧挂了电话。"嗨,邪了门了,居然敢挂我的电话。"正琢磨呢,肖云飞的固话响了。"喂,哪位?"肖云飞问。"是肖总吗?"对方在电话里问。"我是肖云飞,你是……?"肖云飞说。"我是平台负责MAT项目的SE啊,我叫宋德伦。肖总,是这样,您什么时候有空?我想向您汇报热设计的一些问题。"宋德伦在电话里说。"行啊,来汇报啊,现在就有空,赶紧来啊,刚还找阚雪峰呢,进来啊,我正急着想听你们的汇报呢。"肖云飞说。"现在不行,明天您看什么时间有空?"宋德伦说。"明天,什么时间都行,你定。"肖云飞说。"那好,明天下午两点半去您那儿汇报,您看怎么样?"宋德伦在电话里说。"行吧,直接来我们作战室吧,阚雪峰知道的。"肖云飞说。"那行,我让阚雪峰发个会议通知。"宋德伦说。"好,就这样。"说完,肖云飞挂了电话。

第二天下午,作战室。"难怪搞得这么神神秘秘的,原来被你们给否了。"肖云飞听了汇报说。"反正我们平台专家、领导上上下下都觉得风险太大,不同意目前的方案往下走。"宋德伦说。"关键是我们负不起这个责,MAT项目如此重要,公司领导一再强调要平台把好可靠性这道关。所以……"宋德伦说。"所以,为了不负责任,你们就不同意。当然,什么都不做你们肯定就没风险了,但项目丢了,而且还是美国项目。"肖云飞说。"也不对啊,不同意,你认为有风险,而且风险巨大都可以,但你们得拿出一个可行的方案啊。"肖云飞继续说。"肖总,有,下面会提到。"宋德伦说。"好,你往下说,我看着你们有什么更好的方案。"肖云飞稳住了一下讲。"综观国际上,尤其是美国VSA系统,它的ODU都是风冷的,或者说主流吧，风冷是主流。"宋德伦说。"打住，MAT明确是自然散热，难道你们不清楚吗？"肖云飞说。"清楚。"一旁的阚雪峰答道。"清楚还出这种没水平的方案？"肖云飞说。

"这就是今天来想和肖总重点探讨的。"宋德伦说。"讨论什么？没门，风冷。你们平台简直是在瞎搞。"肖云飞说。"肖总，您息怒，我只是传达我们领导的意思。我们领导的意思是，你们产品线能量大，请产品线找一线沟通，让一线找客户沟通，采用风冷的方案。"宋德伦说。"噢，你们领导是这样建议啊，你们领导是谁？"肖云飞说。"孟泰乾。"宋德伦说。"孟泰乾？是升官了是吧。"肖云飞说。"没有，只是管的班子大了些。"宋德伦说。"宋德伦，这样，你回去跟他说，就说我肖云飞说的，如果脑子没进水、没吃错药的话，就去康宁医院看看有没有精神疾病好不？想什么呢。项庆林、阚雪峰，按目前方案往下走，赶紧的，越快越好。"肖云飞说。"对不起，肖总，平台评审不通过，方案是不能往下走的，请理解。"宋德伦说。"你，你是谁啊，你是不是脸比别人大啊，没看出来啊，不比别人大啊。"肖云飞生气地说。"肖总，别这样。我们都是具体做的，要不直接和我们领导沟通，省得我们下面的为难。"宋德伦话音刚落，肖云飞头也不回地扬长而去。

回到座位的肖云飞抓起固话。"孟泰乾，长能耐了啊。"肖云飞说。"您是……？啊，肖总啊。"孟泰乾在电话里说。"今天周五，给你时间到下周一，你向张立彪汇报，周一给我结论。否则，别怪我不客气。"说完，肖云飞挂了电话。这电话刚挂，又响了起来。"嗯哼，没听清楚是不是？"肖云飞说。"听清楚了，周一，给张总汇报给结论。"孟泰乾接着说，"肖总，你听我解释解释……""解释啥？不听解释。什么时候把标准提到无风了？照你的标准我的ODU都不行喽。那你跟公司说，把网上的ODU都换下来。零风速，谁给你的权力？"肖云飞说。"肖总，不是我一个人定的。"

孟泰乾解释着。"拉倒吧你，别在我这装。一个ODU的固定安装件，就把你吓成这样，正常不正常？我跟宋德伦说，让你去康宁精神病院去看看，省得在这儿祸国殃民。"肖云飞调侃地说。"这话太损人，肖总。"孟泰乾接着又说，"肖总，你又不听我解释，我……"孟泰乾正要往下说，被肖云飞打断。"打住，不听，一语点到你们的七寸，不愿担责。哎，孟泰乾，你也太高看自己了吧？什么你要对MAT项目负责，简直太搞笑，你干脆上春晚演小品说相声得了，真是笑掉大牙。不早说嘛，燎原要真让你们负责了，早八辈子就垮了。还你负责，你负得了这个责吗？是产品线，轮得着你？"说完，肖云飞挂了电话。

3.产品线要牢牢把握决策权

周一上午九点。"肖总，我们在张总办公室等您呢。"孟泰乾给肖云飞打电话。"我跟张总说过了，不用我去，你们汇报就行了。"肖云飞在电话里说。"不用等肖云飞，情况他都跟我说了，我清楚。开讲吧。"张立彪冲着孟泰乾说。"那好，张总，我就开始汇报了。"孟泰乾说。

听着孟泰乾的汇报，张立彪不耐烦地打断了，说："孟泰乾，作为平台，要支撑产品线，而不是拆产品线的台。""哎哟，张总，此话言重了，是支撑，我们哪敢拆产品线的台。"孟泰乾急忙说。"这就对了，你们材料准备得很详细，让我从方方面面都能了解到可能的问题，还有潜在的风险。很好，这说明你们在支撑产品线上是真正做了工作的，而且，工作很有成效和意义。"张立彪这番话说得孟泰乾有点心花怒放了。"但是，美国项目关系重大，产品线要牢牢把握决策权。等于项目的重要性，产品线已经决定，美国MAT项目全权由肖云飞负责，你们有力地支撑他就行了。换句话说，MAT项目肖云飞说了算，连我也只能建议，如果有不同看法的话。听明白啦，孟泰乾？哎，你们多帮他分析清楚，怎么干他定。"张立彪此话一说，孟泰乾一帮人一声没吭。张立彪看此情景，又说："难度大，问题、困难多，只能这样。再说了，既然肖云飞说可行，就先试嘛，硬卡着不让往下走，燎原没这个规矩，更何况肖云飞认为可行。我想，我说得已经够明白了，往下我不想听到任何杂音，好了，我还有事，有什么找肖云飞建议去，就这样。"

5月20日，小满前一天，周四上午，作战室。"大家首先要有信心，别听那些杂音。我们是搞技术的，只知道，二十九升，一百六十瓦真的不好搞，甚至没人说能搞得定。越是这样，我越兴奋，真过瘾。我是信心满满的，邓学佳，你呢？"肖云飞说。"没问题，绝对拿下。"邓学佳说。"大家听见了，这就是我们的底气，邓学佳说有希望，就是能搞定。刚才邓学佳说什么来着？"肖云飞问大家。"绝对拿下。"大伙齐声回道。"那就是十个指头拿田螺——十拿十稳，没理由没信心。"肖云飞说。"有信心，我们都有信心！"杭岩说。"看杭岩也表态了，他们两个核心人员都有信心，我们都是打酱油的。"肖云飞说。"但是，项庆林、阚雪峰，硬件这条战线上，接下来的核心就是你俩，热结构是关键，什么时候能定下来？"肖云飞问。"还要再细仿，才能出第一版结构。"阚雪峰说。"你可不能提不切实际的要求。"项庆林说。"这就是难点，肯定是可实现的。"阚雪峰说。"时间并不宽裕，9月底正式版必须投下去。"肖云飞说。"所以，你们热结构怎么着也得在7月份定下来。"曹瑞祥说。"6月、7月，还有5月剩下的10天左右，该做的测试要做，尤其最低风速的。"肖云飞说。"最低风速的实验要搭专门的环境，从搭环境到完成测试，至少一个月。"阚雪峰说。

"7月份怎么着都得出结果。"肖云飞说。"哎呀，很紧啊。"阚雪峰说。"大家全力配合你。"曹瑞祥说。"项庆林，这样，本周周末我再加加班，争取下周一给你一个结果。"阚雪峰说。"那我力争6月初把这个实验版投下去，6月初吧，第一版，好在事先已建了模，最多是修改修改。李和平、廖默然，你们要配合我，我的进度取决于你们的配合。"项庆林说。"有一点要说明，这一板的PCB就是室外宏挪过来的，和9月底正式版不能相比。9月底的用的是自己最新的芯片。"邓学佳说。"这我知道，都集成在一起了，集成度更高，热会更好点，苏嘉庆已经把芯片的资料发给我了。"阚雪峰说。"看来大家早有准备。"肖云飞说。"哎呀，就是怕担责任，闹了这么一出。其实我们早达成默契了，也没别的路可走。"阚雪峰说。"你要不要等PCB布好了再投？稳妥点。"李和平说。"我呢整体大外形先投下去了，厂家好准备，总要好好消化的，有难度。至于里面的细节，可以慢一点，无非就是PCB的安装孔的位置，不碍大事。咱们分别来，别相互制约。"项庆林说。"功放呢？"廖默然说。"功放，你定下给我就行了，咱不都商量好了吗？就按商量的就行。"项庆林应着廖默然，又对柳超智说："大图下来，咱俩一同去厂家，这回可是第一次双工器结构一体设计，我们不去，估计他们搞不定。""看看它是新技术，全盲插，结构双工器一体，由双工器厂家实现，散热方面呢，还得我们帮他们，否则人家搞双工器的不擅长啊。"项庆林接着说。"知道有难度，拜托。"肖云飞拍着项庆林说。"理解万岁，这下应该理解平台有顾虑是有道理的。不过跟着您肖总，您指哪儿，我们就打向哪儿，我们还是很用心的。"项庆林说。"理解万岁，理解万岁。"肖云飞说。"平台其实对这种全新的技术也是抱有极大的热情，否则，肖总你看，不会这么快的。一大帮人在支撑项庆林呢。"阚雪峰说。"不说了，搞定请客，丹桂轩啊。"肖云飞最后说。

　　下午，多载波实验室。"那边他们走着，但关键还得看算法。"肖云飞说。"思路有了，就是要时间去摸这些参数，参数比较多。"邓学佳说。"其实，俄研所那帮人也是针对功放特性一点点摸索的，逐步逼近最佳，只是很难达到最佳。"杭岩说。"不过放心，能搞定的，肖云飞。"邓学佳又说。"苏嘉庆他们的片子，到时候你们搞出来能用得上吗？"肖云飞问。"他们还是很积极的，能用得上，可以进行修改，是这个片子最大的优点。"邓学佳说。"这样就好，我就担心……"肖云飞说。"这些我们都考虑了的，集成度要是不高，热就比较困难，还要平台那边从热的角度去驱动。我们开始推，苏嘉庆并没有给出明确的答复，谁知有一天他给我打电话说他们决定做了。"邓学佳说。"公司领导给平台、芯片都发了话，也是需求拉动技术迅速成长的一个好机会，大家都不想在MAT项目上做旁观者。"肖云飞说。虽然邓学佳、杭岩说话铿锵有力，但道路的艰难是不言而喻的。一眨眼快10天过去了，没有进展。

4.四载波连配搞定了

5月29日，像往常一样，刚上班没多久，肖云飞就来到多载波实验室。刚一进门，廖默然见肖云飞进来了，满脸笑容地望着肖云飞。"什么事那么开心？"肖云飞问。廖默然没回，此时的邓学佳并未显得兴奋。"四载波连续配搞定了，他就高兴成这样，这还差得远呢。"邓学佳说。"哎，我不这看，这近10天来，四载波连配可一直没搞定，现在搞定了当然值得高兴啊，至少，二十伏连配的四载波是可行的，其实绝大多数场景是连续配的。"廖默然说。"可不是，当然值得高兴，饭肯定是一口一口地吃，咱不急。邓学佳，我想咱先有针对地搞，目的性强一点，逐渐任意配。"肖云飞兴奋地说。"对，邓学佳，先把MAT一些比较典型的配置有针对地搞，先就针对MAT项目，不谈什么任意配。"廖默然说。"任意配中最难的两载波拉开，MAT并没有。"杭岩说。"杭岩说得对，咱不较这个劲，先针对MAT项目的配置搞。"肖云飞冲着邓学佳说。邓学佳听着大家的意见，沉思了一会儿说："也行，总之都得搞定，就是先搞谁的事。好，先针对MAT。"说完，如释重负。"对啊，考试也是先易后难，否则，难题不会做，硬啃，结果会做的也没时间了。"肖云飞说。"应该是万里长征迈出了第一步。"杭岩说。"有第一步，就会有第二步。"肖云飞跟着说。"肖总就是乐观。"邓学佳突然这么说。"当然乐观，有你们我没理由不乐观。在我心目中，你们就是世界顶级的专家，无所不能。"肖云飞说。"我们就是挣口饭，讨个生活罢了，还世界顶级专家呢，高攀不上。"邓学佳说。"怎么这么说？邓博，你这么说，我们都无地自容了。"廖默然说。

兴奋代替不了艰难，虽说迈出了成功的第一步，但要想接下来再到第二步，只能是难上加难，尝试，失败，再尝试，再失败，不经历风雨难见彩虹，但经历了艰难困苦、暴风骤雨，也未必就真的能见到彩虹。不在沉默中爆发，就在沉默中消亡，看来鲁迅先生对人生的认识确实透彻。总之，方法不正确，忙死也没用。正可谓最可悲的是愚蠢而又勤奋的人。

"大家不能靠惯性思维，一定要透过现象看到事物的本质，这样才有可能有针对性地去解决问题，总之，这个时候，耐心和关注细节至关重要。"又过了一周，6月7日上午，在多载波实验室，肖云飞说。"没事，能搞定。只是需要调整的参数太多，所以有点慢而已。放心，放心。"邓学佳安慰着大家，其实也在安慰着自己。"你办事，我们绝对放心。"肖云飞冲着邓学佳说。接下来的一周还是没有更进一步。

"廖默然吗？邓学佳啊。""哎，邓博，这么晚了，有事吗？"廖默然在电话里问。"真不好意思，这么晚还打扰您，我们正在验证新思路，只是参数设置不合理，把功放给烧了，能不能……"邓学佳说。"哎，不是给你们准备了备份功放吗？"廖默然说。"是的，没错，只是备份功放也烧了。"邓学佳说。"啊，没事没事，今晚都十点半了，你们周日都不休息啊，明天周一上班吧，今儿你们也该休息休息，一周一天不休，邓博，身体不行的，建议赶紧回家休息，明天一早我给你们修功放。"廖默然说。"今天原本是休的，只是有了新的思路，就叫上杭岩、达荣生，下午才来的。结果，新版本，参数没搞好，连烧了功放，没得用了。不过，真的，能不能帮帮忙？你看谁住附近，让他来帮着再整俩功放出来，拜托，廖默然，真的，拜托，现在真是我觉得是特别特别，特别特别，特别特别……"邓学佳正说着，廖默然打断了说："行行行，知道了，我让袁一帆马上过去，估计二十分钟吧。"听邓学佳又要说什么，廖默然紧接着又说："十一点前袁一帆应该能到，你就放心吧，啊，您辛苦。"廖默然赶紧挂断电话，让袁一帆赶到多载波实验室。

不到十一点，袁一帆到了。"哎呀，真不好意思，让你这么晚还来。"邓学佳见着袁一帆说。"没事，原准备看球的。"袁一帆说。"对，看世界杯，哪两个队？"杭岩说。"现在打的是塞尔维亚对加纳，凌晨是德国对澳大利亚。"袁一帆说。"不好意思，这几个都是今天烧的。"邓学佳指着被烧的功放说。"没事，我柜子里还有现成的，我去拿。"说着，袁一帆去功放实验室拿功放了。"太好了，太好了，临时修的性能不一定达到最佳。"邓学佳忙说。"是啊，状态不佳的功放，我们使劲搞，意思不大，而且性能很难上的。"杭岩说。"来，我给你们装上。"袁一帆拿来功放，边说边装在系统上。"达荣生，试试。"安装完毕，袁一帆说。"应该没问题。"说着，达荣生启动系统。"这些留给你们做备份，估计这几个再烧，也就是明早了，放心烧啊。明天我帮你们好好修。"袁一帆说完，想走，但又犹豫了一下，说："这都差不多了，还要我留下吗？""谢谢，不用，看球去吧，真不好意思耽误你看球了。"邓学佳说。"唉，这事比看世界杯重要。"说着，袁一帆走了。看着远去的袁一帆，邓学佳说："怎么样，系统没问题吧？""正常。"达荣生回道。想了一想，邓学佳说："开试。"

第二天一早，并不知情的肖云飞像往常一样来到多载波实验室。"嗯，倪良策、董运来，怎么就你俩？"一进门肖云飞就问。"昨晚好像他们是熬了通宵。"董运来说。"是吗？有进展？"肖云飞急忙问。"这就不太清楚了。"董运来说。此时，曹瑞祥和廖默然也来了。"邓博真的太敬业了，昨晚十点半给我打电话，急着要修功放。"廖默然说。"你也来啦？"肖云飞问。"没，我让袁一帆来，他住得近。"廖默然说。"怎么样？有什么实波没有？"肖云飞转身望着曹瑞祥说。"看，临走前邓学佳给我发的短信。"曹瑞祥打开手机给肖云飞看。"凌晨五点发的，MAT六十五兆有实波，剩下就是时间问题了。"肖云飞边看边念着。"什么意思？"肖云飞问曹瑞祥。"就是MAT的六十五兆的一种配置，搞定了。"曹瑞祥说。"是什么配置？"肖云飞急着问。"应该是周六试的，最左边两载波，中间一个载波，最右边六十五兆处又一个载波。"廖默然说。"这搞定了，MAT配置就基本搞定了，是吧，曹瑞祥？"肖云飞激动地问。"先别急，等来了再说吧，从短信看，应该是。"曹瑞祥说。"应该是什么？"肖云飞又急着问。"耐心点肖总，总之是有坚实波，这一点是肯定的，不然，邓学佳不会发这样的短信。"曹瑞祥说。

周二晚，丹桂轩。"来来来，明儿端午节，祝大家端午节快乐啊。"肖云飞举着杯子说。"丹桂轩好是好，就是太贵，一桌够关东风两桌的。"曹瑞祥说。"别，咱请客也得看齐美国项目，要高端，咱不差这钱，大家尽情啊，不够，再加，阚雪峰，别客气。"肖云飞招呼着大家。"来，我敬邓博一杯，二十伏都能搞得定，您简直就是神啊。"阚雪峰举着杯子说。"一言九鼎的邓学佳，真英雄，博士就是博士。不服不行。"肖云飞自举杯子，爽快地一饮而尽。"明天大伙都休啊，不许加班，听见没？"肖云飞又说。"项庆林、柳超智估计在厂家是没法休了。"曹瑞祥说。"他们，放心，厂家定会好酒好肉地招待。"肖云飞说。"接下来就是一马平川啊。"赵长城说。"不能这么说，不能这么说。"邓学佳和阚雪峰同时说。"赵长城说的也没错，但具体活是你俩做，里面有很多细节，细节决定成败啊。你像邓学佳，肯定在琢磨两载波六十五兆拉开。阚雪峰肯定在想，能不能用普通散热齿，直接一块铝铁出来，专门定制还要衔焊，又贵，又麻烦。"肖云飞一连串地说。"听明白了，肖总在给我们布置下一阶段的任务呢，鸿门宴啊。"阚雪峰说。"正常，领导就这样，得一寸进一丈的。"邓学佳说。"尺改丈了。"阚雪峰风趣地说。"不过肖总提得对，是太麻烦了，孟泰乾和你的想法一样。放心，这次他们去就准备这么干。"阚雪峰又说。"看看，这就对了，这顿真没白请，值，曹瑞祥。别老是小心眼儿的穷酸样。"肖云飞拍着身边的曹瑞祥说。"我穷酸样，哪跟哪啊。"曹瑞祥说。"哎，邓学佳、阚雪峰，我再确认一下，等结构、单板一回来，热测试应该是用真实的模块去做实验了吧？和9月底的仅仅是用新的更集成的芯片这么一点差异，是不是？"肖云飞又说。"没错，要不一开始我就敬邓博一杯呢。"阚雪峰说。"版本先用临时的吧。"邓学佳说。"我没问题，我只管布点模块，工作你们保证。"阚雪峰说。"到时候夏润泽，配合一下，啊，赵长城。"肖云飞说。"人，到时候再说。"赵长城说。"别，现在就定。"曹瑞祥忙说。"时间太长，夏润泽还有别的事呢。"赵长城说。"好，再商量，不在这儿讨论，总之，会有人全程支撑你的。"肖云飞拍着阚雪峰说。"这我不担心，你们一定要保证模块的正常运转，否则，我给不出报告，别怪我。"阚雪峰说。

5.开弓没有回头箭

6月21日，作战室。"周三东西都回来了，就是把宏基站搬到ODU，没啥。测试版本差不多了吧，邓学佳？"肖云飞问。"差不多了，马上准备合了。"达荣生说。"好，现在说重点。"肖云飞望着大家说。"曹瑞祥、廖默然，你们俩去配合阚雪峰。"见两人有点茫然，肖云飞又说，"肯定是重要啦，一个月的时间，如果我们不盯紧，在这一个月的时间里，谁知会发生什么事。要想保证顺畅，必须全程跟紧了，最好是他说，你们俩去做，这样，整个过程可以牢牢把握在我们自己手里，有了问题不会拖，及时就化解了。想想，类似的实验，哪次顺过。所以，曹瑞祥、廖默然，我们一定要掌握第一手的资料，这一点非常重要。到时，我肯定听你们说的，而不会全依赖阚雪峰他们。他们不会轻易说OK的，放心，更何况又由我全权负责，一定是这样的，不会让我舒服的，等着瞧。""行唉，我们盯紧就是了。"曹、廖二人回道。"作为有力的辅佐，马庆生，你全力跟紧夏润泽他楼顶的真实场景测试，以前，我们也是这样，两条腿走路。到时候我决策也好有个依据，光凭信誉，没数据做支撑也是不行的。"肖云飞又说。"没问题。"马庆生说。"为什么要单独开这个会，连赵长城都没叫，这个时候都要显示自己的价值，张总对他们的要求可是不怕暴露问题的。所以，我们要掌握第一手资料。别阻止他们提单啊。他们提不提单，问你们，你们不要发表意见，省得好像我们怕他们提似的。哎，有问题，随便提啊。"肖云飞说。"单太多，也牵涉人力啊。"邓学佳说。"哎呀，我们可以把握嘛，不可能有个单就去解决，精力一定不要分散啊，抓关键问题。所以，你们一定要把握好分寸，把握不了到我这儿来，好吧。"肖云飞又说。

"嗯，这么快，都测起来了。"周三一上班没多久，肖云飞来到多载波实验室说。"东西昨天下午都到齐了，板子又没啥问题，挺顺。"邓学佳说。"这样测测没啥问题，就合起来正式测。"曹瑞祥说。"效率很高啊。"肖云飞说着，似乎有什么事，又忙着出去了。下午一上班，肖云飞兴冲冲地又来到多载波实验室。"这么多人？"一进门，肖云飞说。"孟泰乾，您这，哪阵风把您给吹来了？"肖云飞看着孟泰乾说。"合不上的夏风，吹来了孟总泰乾。"曹瑞祥风趣地说。"太逗了，曹瑞祥。没，我是来看看，盲插，第一次用，我来看看。"孟泰乾说。"第一次用？"肖云飞问。"专门为MAT项目定制开发的。行不行？瞧你们个笨样，我来。"说着，人高马大的孟泰乾亲自上阵把模块合上。"看，这不合上了嘛，笨。"孟泰乾冲着项庆林说。"领导英明，哎，赶紧测测盲插是否都连上了。"项庆林冲着达荣生说。"好，拿过来。"达荣生说。"太重了。"杭岩费劲地抱着二十九升的模块来到测试台。

　　"赶紧看看，孟泰乾，要有没连上的，可就是大问题了。我可提醒你，整天想着跟我作对，自己分内的事不上心，啊。"肖云飞说。"您这就不了解情况了，为了这个盲插，平台可是上了心。"项庆林忙解释。"怎么可能？肖总，MAT项目，谁敢啊？"孟泰乾说。"嗯，别光说，看结果。达荣生，怎么样？"肖云飞问。"发射通道正常。"杭岩说。"功率对不对？"廖默然说。"你自己看，功率是对的。"杭岩又说。"你这是四十瓦，再加到最大，八十瓦，才能说明问题。"廖默然说。"行，加到八十瓦。"达荣生说。"好，下一个，嗯，再下一个，最后一个。"廖默然边看边说。"OK，四个功放都加满八十瓦了，发通常连接是正常的。"廖默然说。"收。"肖云飞说。"收底噪都没问题。"达荣生说。"OK，没问题。"项庆林冲着孟泰乾说。"收要测灵敏度。"曹瑞祥说。"把信号源接上，多个通常测3个点啊高中低。"邓学佳示意李和平。"怎么啦？"肖云飞看看数据问。"不知道。"达荣生说。"设置对了吗？"曹瑞祥问李和平。"你看啊。"李和平说。曹瑞祥看了仪表的设置，说："设置没问题。""换一个口。"肖云飞忙说。李和平接好下一个口。"OK，前面的没接好，孟泰乾。"肖云飞看着测试数据，对孟泰乾说。"再看看下面两个口。"肖云飞又说。"孟泰乾，百分之百有问题，你麻烦大了。"肖云飞拍着孟泰乾说。"试试这个模块。"项庆林又搬来自己刚装好的模块说。"行，试试。"肖云飞说。"这下明白你为什么来这儿了。"曹瑞祥拍着孟泰乾说。"放心，能搞定。"孟泰乾回道。

此时，大家都关注着项庆林装模块。"怎么样，问题不大吧？"看到项庆林的模块测试没问题，孟泰乾说。"孟泰乾，你是这么看的？"肖云飞反问道。这一问，孟泰乾没敢立刻回答。"孟泰乾，这事我认为很严重，非常非常严重。所以，我不会再多说一句，尤其在领导面前。这一点，请放心。剩下的全靠你们自己了，孟泰乾，我不会乱嚷嚷的，但真的很严重很严重，想过没有？生产怎么办？即使项庆林这个OK，也是百分之五十的失效。"肖云飞想了想，又说，"赶紧组织攻关，别让我改方案，我没那么多时间，听见没，孟泰乾？"看着孟泰乾用异样的目光盯着自己，肖云飞又说："以前是以前，现在是现在。以前那是没定呢，既然大家选择了这个全盲插的方案，尤其生产欢迎，我已经服从大家了，我就认了，再改回去，我也不同意。你听明白了，孟泰乾？""倒是不影响我们测试，大不了重装一遍，装好了就行了。"邓学佳在一旁转了话题。随后大家开始为各种试验做着准备。孟泰乾、肖云飞也离开了。回到座位的肖云飞思来想去，又抓起电话。"孟泰乾，我还想……"肖云飞正要往下说，被孟泰乾打断："肖总，什么都别说，放心，我们一定能搞定，尤其是生产。"孟泰乾在电话里说。"放心，放心。"说完，肖云飞挂了电话。"消息传得真快啊。"马庆生在一旁说。"怎么？"肖云飞说。"师建宏问我盲插的事儿呢。"马庆生说。"他说什么了？"肖云飞问。"他说，绝不能一碰到问题就往回缩，坚决反对退回去。"马庆生说。"所以我跟孟泰乾说得很清楚啊。"肖云飞说。"也是，开弓没有回头箭。"马庆生说。"燎原是个有追求的公司。"肖云飞又说。"那你那个时候反对？"马庆生说。"从现在看当时的反对也并非全无道理，不过我现在也是有追求的人。毕竟盲插搞定，对生产的确意义重大。"肖云飞说。"你主要担心影响进度，可以理解。"马庆生最后说。

6. 盲插不可靠，白搭

转眼来到8月22日，周日，肖云飞正和家人在花园城的面点王吃酱骨架，只听手机响了。"肖云飞，我是关景鹏。"关景鹏从美国打来的电话。"哎，你好，关景鹏。"肖云飞说。"周末和局方沟通过，确定了测试的时间，我们也开会讨论了，决定遵从局方的时间点，圣诞假期后，估计是明年1月中旬，测至少半个月吧。你们应该都差不多了吧？"关景鹏在电话里说。"还是有许多问题，MAT项目，谁也不敢轻易说没问题的。"肖云飞说。"行吧，保证明年1月中旬的美国测试就行，人员、签证啊，你们都要考虑好了，别到时候出问题。"关景鹏说。"这您放心。"肖云飞说。"放心，本以为都差不多了，又怎么说话这么谨慎啦？"关景鹏问。"谨慎点好，不过您放心，不会误你的事的。"肖云飞说。"行，你办事，我肯定放心。否则，我能信谁？就这样，挂了。"关景鹏说完，挂了电话。

周一刚上班，肖云飞就把大家叫到作战室。"MAT的测试时间已经定了，明年1月中旬。"肖云飞说。"夏润泽要办签证了。"赵长城说。"是啊，你找关景鹏确认下细节，该办赶紧办。"肖云飞说。"曹瑞祥，除了盲插，还有什么其他的问题？说关键的问题，印象中好像就是盲插了。"肖云飞说。"两载波六十五兆拉开还是一个版本搞不定。"曹瑞祥说。"项庆林做了这么多的实验，结构还要动是吧？"肖云飞问。"肯定啊，盲插一要分布得均匀，这样布局上，李和平，还是要配合下，否则，做得再好，盲插不可靠，白搭。"项庆林说。"生产上靠机械臂能解决吗？"肖云飞又问。"能解决，师建宏他们非常认可。"项庆林说。"可以配合。许亚萍，主要是你的事。"李和平说。"唉，大家商量着来。"曹瑞祥望着许亚萍说。"该改进的都考虑了吧？"肖云飞说。"跟阚雪峰确认过了。"项庆林说。"赵长城、王厚林、邓学佳，硬件什么时候投最合适？"肖云飞说。"一线说一定是正式发布的版本，只允许一个版本，不可能两个版本的，邓学佳。"肖云飞又说。"保险就是9月底投，差不多10月底才能全面地测起来。要知道，可不仅仅是六十五兆了，MIMO，LTE还要测呢。"赵长城说。"9月底？今天都23号了。"李和平说。"张总的意思是，看看我们能不能集中攻关一下，力争9月底把正式版投下去。我也觉得再往后拖，心里没底。"肖云飞说。"张总说，产品线出这个钱，大家在博雅苑开房，攻一关，怎么样？"肖云飞用商量的口吻和大家说。"又要住在公司啊。"邓学佳说。"我感觉，确实有这个必要。"肖云飞说。"CAD不止我一人，你这么压缩，恐怕要有五六个人才能行。"许亚萍说。"没问题，只要能保证9月底把正式版投下去，条件尽量提。"肖云飞说。"电源这边要有个人专门配合，否则，效率太低了。"李和平说。"没问题，我去协调。"肖云飞说。

上午刚定的计划，没想到下午许亚萍的新领导就带着许亚萍来找肖云飞了。"我是许亚萍的领导郭俊清，肖总，上午许亚萍一回去跟我说，我觉得，你布局调整这么大，要是不怎么动还差不多。这么重要的项目，这么短的时间，质量怎么保证？真没法保证的。"郭俊清说。"我想还是不要这么急，10号，我们国庆加班，怎么样，肖总？"郭俊清紧接着又说。"10号太晚，张总那儿我没法交代。这样3号把板投出去，怎么样？"肖云飞说。"1、2、3号是公司的红线，不让加班啊。"郭俊清说。"这好办，我给加班费，我这儿有经费，公司不让，产品线直接给现金。怎么样？"肖云飞说。"我已经退一步了，郭总。"肖云飞又说。见肖云飞很坚决的样子，郭俊清想了想，说："那好吧，我们想办法调集精兵强将，来保驾护航。""好，那就定了，许亚萍3号把板投到厂家去。感谢郭总的大力支持！"肖云飞最后说。

7. 集中评审

一晃来到9月29日，晚上十点，多载波实验室。"好，接下来就是你CAD的事了，许亚萍。"在评审会上，李和平说。"从明天开始，连续3天，集中评审，有问题及时改，力争3号上午把文件传到厂家。我已经要数据中心3号上午安排人员值班，协助我们及时把PCB文件传到厂家。"许亚萍说。"好，临门一脚，就看你们的了。"肖云飞说。"放心，肖总，我们的精英专家齐上阵，为的就是保障万无一失。"许亚萍说。"下面再有问题，找沈卓欣啊。"李和平说。"找我和邓学佳也行。"曹瑞祥说。"怎么了？"肖云飞望着李和平不解地问。"没问题，沈卓欣清楚。"许亚萍说。见肖云飞一脸茫然，李和平说："明天我要回老家结婚。""结婚？五一不是结过了吗？"肖云飞一脸不高兴地说。此时曹瑞祥赶紧插话道："李和平和我们都商量好了，今天评审完，剩下主要是CAD的工作，明天回湖南老家办婚礼。五一那是在深圳，老家还是得回去办。""那五一为什么不回去办呢？"肖云飞又问。"五一假少啊。"邓学佳说。"也不是，MAT是4月28日来的吧，那个时候，都很紧张，我就没敢提。主要是我家太远，回一次来回得7天，仅仅是路上。本想着十一肯定会轻松些，那个时候就跟家人说十一办。"李和平说。"你湖南什么地方，路上来回要7天？"肖云飞问。"实不相瞒，我十年没回家了。"李和平说。"十年？夸张了吧。"肖云飞说。"2000年上的大学，以前家里穷，假期没钱回，我父亲也不希望我回去，他认为家里那个破地方，不值得回，离开那个深山沟，他希望我永远不要回，有多远跑多远。"李和平说。"那还是要回，在燎原工作，又找了个漂亮媳妇。回去光宗耀祖啊。"肖云飞说。"对吧，我们都支持他。再说工作没影响啊。如果不顺，没法向您交代，只能退机票。"曹瑞祥说。

"不退，有你，邓学佳，还有许亚萍，没啥不放心的。"肖云飞忙说。"这个沈卓欣可以的，我主要是找他。"许亚萍指着沈卓欣说。"好啊，说明我们新人辈出啊。"肖云飞说。"回去多待些日子，好好陪父母，十年，你也不想他们？"肖云飞又说。"9号回，10号上班。"李和平说。"啊，那你在家才待几天？"肖云飞问。"30、1、2、3号到家，4号、5号、6号办婚礼，7号、8号、9号回深圳。"李和平扳着手指说。"十年，3天，中国哪。"肖云飞最后说。

这也就是MAT项目重要，时间又紧，否则，不太可能在一两天里让这么多CAD专家放下手中所有的事，专注评审这么一块PCB。10月2日晚上，大家一宿全力做最后的审视，力保万无一失。肖云飞没有陪他们熬夜，其实这时，无所事事地待在这儿，大家有压力反而不好。他只是在晚十点左右，送去了一大堆吃的。

第二天早八点，肖云飞离开博雅苑，来到多载波实验室，见大家有的趴在桌上，有的躺在椅子上睡了，许亚萍却没睡。"怎么样？上午能传到厂家吗？"肖云飞忙问。许亚萍看着电脑，边说："刚传给公司IT。"说着，拿起手机打起电话。不久打完电话回来了。"支撑的人九点半到，到了就帮我们传文件给厂家。"许亚萍疲惫地说。"八点半不到，歇会儿吧。"肖云飞说。"行啦，文件不到厂家，能睡得着？"许亚萍淡淡地说。"辛苦辛苦，真的太感谢了。"肖云飞忙说。"没有，我们是命苦。"许亚萍说。此时，肖云飞出去了，不一会儿拿了一沓信封回来，数了几个信封递给许亚萍。"什么？"许亚萍看着信封说。"一人一千七，产品线的心意，我也就只能给这么多了。"转眼见电源的钟子健醒了，肖云飞又塞过去一个信封，说："辛苦了，不多，一千七，我就只能给这么多了，感谢。"此时，大家都醒了。"来来来，肖总发钱了，一人一千七。"许亚萍喊着。"跟肖总干真好，有钱领。"钟子健说。"对对对，谢肖总啊。"大家说。"别，真的得感谢大家，辛苦大家了。"肖云飞说。

文件没传到厂家，谁也不愿离开，泡着方便面，边吃边等待着。好事多磨，由于传递过程出了些偏差，直到十一点，才传到厂家。"许亚萍，赶紧给厂家打电话，确认是否真的收到了，有什么问题。"肖云飞谨慎地说。"嗯，我来打。"许亚萍说着，给厂家打电话。"OK，厂家确认文件没问题。"许亚萍打完电话回来说。听到许亚萍说的，此时大伙一声不吭，拎着包个个急匆匆地往门外走。"哎，快中午了，咱们丹桂轩，吃完再走。"肖云飞冲着大家喊。大家像没听见似的依然往门外走，许亚萍冲着肖云飞说："省着下回吧。"说着，许亚萍拎着包也走了。望着大伙离去的背景，肖云飞掏出手机给张立彪发短信："10月3日上午十一点，PCB文件经确认发到厂家。"没过一分钟，张立彪就回了短信："辛苦了。"

8. 树欲静而风不止

"板子调得怎么样？" 10月20日中午，在食堂，肖云飞边吃边问曹瑞祥。"你说板子调得怎样，挺顺，没啥大问题。" 曹瑞祥说。"说明有小问题喽，小问题也是问题，不能马虎。" 肖云飞说。"哎呀，问题不大。别说这，有没有戏啊，MAT项目？" 曹瑞祥问。"什么意思？什么叫有没有戏？没戏我们这么投入，好好想着把活干好，别想那些没用的。" 肖云飞说。"行行，好好干活，不问了。" 曹瑞祥说。"不好说哦，看外媒报道的。" 柴文娜说。"那都是在瞎扯。" 肖云飞说。"那都是在瞎扯，听见没？" 曹瑞祥冲着柴文娜说。"恐怕不是瞎扯吧。" 柴文娜说。"六十五兆谁能做得出？MAT没得选，不选燎原，选谁？" 肖云飞说。"倒也是噢。" 柴文娜说。"对吧，是这个理儿吧。" 肖云飞开心地说。"我们不管那么多，力出一孔保障1月中旬的测试OK，技术标第一。" 邓学佳说。"还是邓学佳有水平。" 肖云飞说。"大家别胡听乱想啊，公司不说停，咱就全力干，而且要干得好，干得漂亮。" 肖云飞又说。"不听，不信，好好干活。" 曹瑞祥最后说。

到了11月底，关景鹏给肖云飞打电话。"肖云飞，为了打消MAT高层的顾虑，和他们沟通，提出交由第三方测试的方案，这样，就谈不上什么信息安全不安全了。" 关景鹏在电话里说。"这个让第三方测试验证，有难度。" 肖云飞说。"自己的产品要过硬啊，MAT项目肯定要这么做，一些技术细节的要求随后让人发给你们，好好消化，不好做。不好做也一定要做好，这也是没办法的事。好好组织讨论，落实要到位。啊，就这样吧。" 关景鹏说完，挂了电话。

第二天，12月1日上午一上班，肖云飞来到多载波实验室。"曹瑞祥、邓学佳，为了打消MAT的顾虑，我们软硬件要交第三方测试，把王厚林叫来。"肖云飞说。"听说了，测试版本不碍事，正式商用还早呢，来得及。"邓学佳说。"你怎么知道测试版本要第三方测试？"肖云飞问。"他们找过我，我问的。想想也是，第三方是谁没定呢，再说测试，又没正式联网，根本谈不上信息安全的问题。"邓学佳说。"你说得有道理，第三方都没定。这事复杂着呢。不影响测试最好，我还担心着，所以一早就找你们。"肖云飞说。"一线这招好，交由第三方，这下不好说什么信息安全了吧。"曹瑞祥在一旁说。"但愿吧。"说完，肖云飞走了。刚走没多远，肖云飞又回来了。"曹瑞祥，天线的事要153分贝，给它做，伦比约要价高，咱做，别犹豫，答应MAT。"说完，肖云飞又走了。"说得轻巧，伦比约不想做肯定是难嘛。"曹瑞祥扯着嗓子朝肖云飞喊。"难也得做，答应一线啊。"肖云飞边走边说。

下午，作战室。"第三方测试这个事，公司要求成立专项组。要专人，我和张总只能是赞助人，王厚林，你组长，好吗？"肖云飞说。"可以，软件经理嘛，当组长最合适。硬件也要有个副组长。"柴文娜说。"马庆生。"肖云飞说。"为什么不是曹瑞祥？"马庆生说。"可以，马庆生合适，不仅仅是射频。"柴文娜说。"好啦，赶紧拟个任命文件让张总签发。"肖云飞说。"具体人名找谁要？"柴文娜又说。"组长、副组长啊。"肖云飞说。"好，硬件的就找你们。"柴文娜对着王厚林、马庆生说。"没问题，今天就给你。"王、马说。

12月4日上午，版本例会。"今天是周末，下周一，也已经是6号，MAT现场测试的预测试就要正式开始了。夏润泽主测，大家都围绕夏润泽来开展工作，开发定的是沈卓欣是吧？好。你们俩相互配合，互为备份，在MAT现场，一旦一个人有事了，沈卓欣你要能及时去美国替换夏润泽。就是夏润泽在美国每一天的测试，事先都要沈卓欣先测，一定要做到有备而来，不打无准备之仗。如果沈卓欣测得有问题，你，夏润泽要和一线人员说情况，想办法找局方沟通，让测试项缓到下一步再测。总之，不打无把握之仗。"肖云飞说。"这恐怕很难做到吧，局方会听我们的吗？"夏润泽问。"要想办法，找一线的接口一起想办法。与其测了有问题，不如不测，等有把握了再测。"赵长城说。"每个用例都是Pass或Fail的，要是给打上Fail，可就是一个用例不通过，直接影响技术标的得分。"肖云飞说。"你的目标就是所有测试用例，在MAT的结论报告中全是Pass。"肖云飞冲着夏润泽说。"压力好大呀。"夏润泽说。"所以，一定要慎重，测一定要是Pass。"肖云飞又说。"哎，从现在起要全力配合夏润泽啊，有问题一定要第一时间迅速解决，不及时的你通报出来。"赵长城拍着夏润泽说。"对，不及时的通报出来，柴文娜，给我搞张表，排名，看谁最差。"肖云飞说。"柳超智，测互调的带阻。"赵长城说。"有，已经来了。"夏润泽说。

9. 频谱出问题了

转眼来到2011年的1月14日，上午刚上班，肖云飞的座机响了。"肖云飞，我是关景鹏，哎，刚发过去一张频谱图，局方要求解释，我们的六十五兆为什么杂散还是落到了接收带内？"关景鹏急切地在电话里说。"别急关景鹏，正式测试是下周一，17号才开始，怎么现在什么频谱图，不是夏润泽去解释？"肖云飞冷静地问。"这事夏润泽不知道，频谱图是局方的工程师发的。"关景鹏说。"这么重要的事，而且你说是有问题了，为什么夏润泽居然不知道？"肖云飞又问。"你听我解释，是这么一回事。模块不是到了嘛，局方的工程师很关心这个六十五兆，我让夏润泽教会他们后，他们就自己测了六十五兆，就是发您的这张图。他们觉得有问题，找我们要解释。"关景鹏在电话里说。"我先看看吧，再找夏润泽了解情况。"肖云飞说。"哎，肖云飞，我们一线听了这消息可都傻了，现在谁都不敢在局方面前吭声了。怎么搞的吗？肖云飞，现在真是整个团队很被动。"关景鹏说。"不应该啊，这样，也许是个别模块的问题。"肖云飞忙解释说。"肖云飞，可别瞎说，你才几个模块，就出这问题。我们一线都希望是测试方法的问题。要是你说的模块故障，恐怕大家的信心就会被打击。而且，你也不知道局方知道了会怎样想。"关景鹏在电话里说。"关景鹏，六十五兆我们可是货真价实的，你要相信我们。"肖云飞说。"我相信，我是很相信你肖云飞的，可是有什么用呢？你要让局方相信你才行啊。好了，不多说了，我们还有事商量，赶紧给说法，肖云飞，这可是致命的事儿。"说完，关景鹏挂了电话。

撂下电话，肖云飞又把赵长城、曹瑞祥叫到身边。"看看这张图，MAT测的我们的模块，要我们解释为什么六十五兆外杂散落到了接收带内。"肖云飞说。"我看看。"曹瑞祥用鼠标仔细看着图。"赵长城，应该是没加带阻限波，频谱自身动态不够产生的互调，加了带阻限波就OK了。"曹瑞祥说。"赶紧给夏润泽打电话，就用这电话，可以直接拨。"肖云飞冲着赵长城说。"好，我来打。"赵长城说着给夏润泽打电话。"通了。喂，夏润泽，睡了吧？"听到对方的回铃声，赵长城说。"赵长城啊，领导有事吗？"夏润泽问。"你看一下邮件，肖云飞刚转的，MAT的人怎么测出这么个频谱？"赵长城说。"等等啊，我打开。"夏润泽回道。"看见频谱图啦？"赵长城又问。"嗯，看见了。"夏润泽说。"刚关景鹏要我们解释，为什么六十五兆杂散还是落到接收带内？"赵长城说。"没加限波器，解释个啥？"夏润泽说。此时肖云飞一把夺过话机，说："夏润泽，你去找关景鹏，找那个测这个频谱图的，最好你能说服他，这是最好的，别让他把事闹大。你呀，就不该让他单独测试，要是你在旁边，及时解释，也许就不会出现现在的局面。""东西在人家手里，我教会他们用了，我就没法控制了，肖总。"夏润泽在电话里说。"好吧，你一定要盯紧，我就先不回关景鹏，你把那个好像叫凯恩斯的搞定。不过，我要提醒你，夏润泽，如果你这把说服不了他，事情就会变得很麻烦。"肖云飞又说。"那我该怎么办？对，不能光解释，实测给他看，把限波器，该加的全加上，直到这个凯恩斯认可为止。"夏润泽说。"对，一定要用事实来打消MAT的顾虑，应该说他们已经有顾虑了。"肖云飞又说。"知道了，我先找下关景鹏，挂了。"说完，夏润泽挂了电话。

为了澄清频谱的问题，正式测试被推迟，周一计划改为频谱澄清。经过周六、周日的精心准备，夏润泽和凯恩斯在实验室进行沟通。"这个接收带杂散产生，是这台频谱议自身动态不够产生的。"夏润泽面对凯恩斯说。"你是说，这个杂散不是你们燎原的设备出来的，倒是我们美国最优秀的频谱仪自己产生的。你看清楚，这是安捷伦的频谱仪，世界上最好的，你是说它有问题。那好，我问你，你怎么证明？"凯恩斯说。"可以证明。"夏润泽边说边拿出限波器给凯恩斯看。"你是说用这个把有用信号阻断，不让信号进入频谱仪？"凯恩斯说。"是的。"夏润泽回道。"可是，你把有用信号阻了，我什么也看不见了，也就无法说明你的六十五兆到底行，还是不行。"凯恩斯又说。此时，夏润泽又拿出定向耦合器给凯恩斯看。"这可是你们安捷伦的。"夏润泽说。"哎，什么意思？没弄明白你拿这个干吗。"凯恩斯问。见状，夏润泽在本子上给凯恩斯把测试方案完整地画了出来。凯恩斯看了后若有所思地说："你这两个，先用矢网测一下性能。然后，咱们接上去正式测一下你模块的六十五兆特性。""可以。"夏润泽说着，开始连接测试起来。"好，联上模块正式测。"凯恩斯见定向耦合器和限波器用矢网测试完后说。看着联了模块测试的结果，凯恩斯满意地说："OK。"随即掏出手机，给某个人打电话去了。

不一会儿，凯恩斯打完电话，回来冲着夏润泽说："你的测试有问题。"夏润泽一惊，马上问："什么问题？能说得具体点吗？""具体就是，如果功率出的小，六十五兆的杂散也会是这个样，对吧，我说的没错吧？"凯恩斯说。"功率是满功率啊。"夏润泽让凯恩斯看电脑上的数据。"不不不不不，专家建议要用功率计实测才准确。"凯恩斯说。"关键是你这儿好像没有功率计。"夏润泽说。"我让他们马上送一台来，安捷伦的。"凯恩斯说。"那好啊，没问题，接上看。"夏润泽说。

不一会儿，功率计送来了。"来，接上，咱们这边看功率，这边看杂散，这看功率计相应的频谱。"凯恩斯边比画边说。此时的夏润泽耳边响起了肖云飞的话："遇到变化，尤其客户的临时需求，一定要冷静，不能立刻就顺着去做。而是自己要想明白，往往出问题就在这个关键的变化点上，因为不是你事先预演的，按客户的临时要求做，你是准备不足的。"夏润泽想到这儿，并没有马上把功率计接到测试系统上去，见夏润泽犹豫，凯恩斯上前亲自接起来。"接好了，开测。"凯恩斯将功率计接好后，对夏润泽说。想了想后，夏润泽冲着凯恩斯说："先把功率计校准一下吧。""不用校，这功率计我经常用，没问题的，看看，是安捷伦的，安捷伦的不放心，我都不知道用哪家的放心了。没问题，快测。"凯恩斯冲着夏润泽说。

此时，夏润泽心想，功率计里有补偿因子，如果设置不当，功率是不准的。现在不知道它里面的补偿因子是怎么设的，要是测出功率偏大，他肯定相信。而要是测的偏小了，这个麻烦就更大了，言下之意燎原的六十五兆是有水分的。如果一会是这个结果，那可就惨了。"一定要先校准再测。否则，宁可不测。"说着，夏润泽熟练而坚决地拧下功率计，不去理会凯恩斯，坚决进行校准。此时的凯恩斯虽心有不爽，但见夏润泽如此坚决，也只好顺其自然。校准完功率计，再接上测试系统，加电。"开测。"夏润泽一敲键盘说。此时的凯恩斯非常认真地做着详细的记录，都知道，这是最为珍贵的第一手资料。经过反复的确认，凯恩斯放松了下来，从表情看他是认可的，但没吭声，又跑出去打电话了。不一会儿，打完电话的凯恩斯走了回来，边走边说："明天开始正式的测试吧。""这边？"夏润泽指着这套测试系统问。"OK，这项就算Pass了。"凯恩斯说。"真的？"夏润泽不敢相信地再确认。"Yes，六十五兆杂散测试项就算OK了，再往下就不再测了，你看。"凯恩斯拿出事先准备的测试用例表，上面在六十五兆杂散测试项后面的Pass上画了个钩。"谢谢，凯恩斯！"夏润泽略显激动地握着凯恩斯的手说。

10. 遍历测试

其实，17号周一的测试也算其中的一部分，所以正式的测试并不能说推迟了，接下来的测试还是比较顺利的。按照计划，28日灵敏度测完，整个测试就算结束了。28日早九点，按计划进行灵敏度的测试。"1100，OK。1125，OK。1175，1175。"夏润泽说。"怎么啦？"凯恩斯冲着夏润泽问。"1175不知怎么的，有点不对劲。"夏润泽说。"1150？OK啊，那你先调一个1200看一下。"凯恩斯说。"我试一下吧。"夏润泽说完，把信号源频点调到1200号频点上。"哎，1200是好的啊，你们这个设备是怎么回事？"凯恩斯说。"夏，估计是你们里边的频率合成器出了问题，没错的，以前有过这种情况。"凯恩斯又说。此时，夏润泽有点蒙，因为自己从来都没有遇到过这种情况。"怎么样？我说得对吧？"见夏润泽在那儿发呆，凯恩斯说。"不好说，需要定位清楚才知道。"夏润泽说。此时，关景鹏紧张地走了过来。"换个模块看看。"关景鹏小声对夏润泽说。夏润泽稳定了一下情绪，走到凯恩斯前用商量的口吻说："如果是模块硬件的问题，换个模块应该就会好。""可以，换吧。"凯恩斯回道。"应该是你整个模块的问题，我曾经吃过亏。所以，这次要求每个频点都测。"看到换了模块测试也不行，凯恩斯有点得意地说。

此时，关景鹏示意夏润泽赶紧停止测试。夏润泽会意点着头，掉过来对凯恩斯说："情况没搞清楚之前，先不测了吧，应该不会有问题。我搞清楚情况再请您来测，行吗？"随后关景鹏又跟凯恩斯嘀咕了几句。"行吧，你们先定位吧，好了叫我。"说完凯恩斯先离开了。看着凯恩斯走远了，关景鹏掉过头，两眼冒着怒火冲着夏润泽喊道："你给肖云飞打电话，丢人现眼，人家灵敏度这项测的都顺得很，你们倒好。你们这是犯罪，罪大恶极。打呀，给肖云飞打电话。""应该没事的，我能搞定。"夏润泽不肯给肖云飞打电话。"你能搞定？我怎么相信你？搞不定怎么办？"关景鹏说。"搞不定把我砍了。"夏润泽说。"砍了你，你以为你的脑袋值钱啊，太高看自己了，你的脑袋一文不值。项目丢了，砍你的脑袋有何用？给肖云飞打电话，前后方群策群力，趁周六周日两天。把问题定位清楚，凯恩斯测的OK，就完事了，你懂吗？快，给肖云飞打电话。"关景鹏说。"你也可以打呀，你直接跟他说不更好。"夏润泽说。无奈，关景鹏给肖云飞打电话。

"喂，哪位？""我是关景鹏，肖云飞，你知道不知道你们是在犯罪？啊，知道不知道？"关景鹏怒不可遏地说。"行行，我出来。什么事啊大半夜的，我犯什么罪啦，你这犯罪的，怪吓人的。"肖云飞跑出卧室，来到厅里说。"夏润泽，灵敏度测试1175号径点测不过，局方工程师说燎原开发的没有每个频点测，所以才会这样的。"关景鹏在电话里说。"什么意思？什么每个频点测，夏润泽在你旁边吗？能不能让他听电话？"肖云飞说。"在我旁边，该他打给你，死活不肯打，所以我才打的，给，你说。"关景鹏气呼呼地把手机给了夏润泽。

"肖云飞——"夏润泽接过电话。"怎么回事？夏润泽，赶紧说说，什么没有每个频点都测，快，说怎么回事？"肖云飞急切地问。"问题不在这儿。"夏润泽说。"谁说问题不在这儿？我怀疑你们就是没有把所有频点都测，否则怎么被凯恩斯逮了个正着？"关景鹏凑到电话前说。"遍历测试就是每个频点都要测的，怎么可能不测？在没弄清楚之前请不要乱说。"肖云飞说。"难道还不够清楚？左一个OK，右一个也OK，就是中间的，1175号频点，难道还赖人家信号源不成？"关景鹏夺过电话又说。"说不定就是信号源问题呢。"肖云飞随了一句。"好，肖云飞，你们研发就这态度，拉不出屎来怪茅坑。"关景鹏在电话里说。"你这就说的不对了，都在想办法，各种可能都有。"肖云飞又说。"肖云飞，你要这态度，我不跟你说了，我找金总。"关景鹏说。

"别拿这话来吓唬我，技术上出问题我是第一责任人，还轮不到你。哎，我技术上出问题，你们不正好找借口了吗？这不是你们市场一贯的风格吗？"肖云飞说。"不是这么说的，肖云飞。"关景鹏又软下来说。"不这么说，怎么说？"肖云飞说。"商务标，你是知道的。如果技术标不拿第一，是肯定没戏的，你懂吗，肖云飞？"关景鹏在电话里说。"这不在想办法嘛。告诉你，凭直觉，1175出问题，左偏1.25兆的频点和右偏1.25兆的频点没问题，基本可以判断设备没问题。我们的设备，不可能的，没问题，放心哎，我还告诉你关景鹏，我还越想越没问题。"肖云飞说。"我发现你自娱自乐的能力真强，都这样了，你还有心思逗乐，真服你了。清醒点吧，肖云飞。"关景鹏在电话里说。"关景鹏，你听好了，我明确地告诉你，我的东西灵敏度没问题，而且也不可能出问题。至于目前的问题，你让夏润泽听电话。夏润泽，你赶紧定位，再努力一下，你能搞定是最省事的。把相关数据，尤其是细节发过来，现在太晚了，明早我们就镜像定位，先这样，相信我，左右频点都没问题，1175频点就不可能会有问题，要有自信啊，沉住气，看你的，就这样，去忙吧。"说完，肖云飞挂了电话。

第二天周六，肖云飞把大家叫齐了。"达荣生、沈卓欣，先看频点1175准不准。"肖云飞说。"1175频点我们测的最多，绝对不会不准，你看频点的公式，只有个别频点我们也是再三确认、修正，确保万无一失的。1175绝对没问题。"达荣生说。"印象当中也是1175经常会测到，不会有问题。"肖云飞说。"达荣生，你再测一下，确保万无一失。"王厚林说。"行吧，我们测。"达荣生看着沈卓欣说。"我为什么敢跟关景鹏说绝对没问题，是因为差得太多。以前频点有不准的，那都差一点，所以我敢说肯定的话。有没有问题？"肖云飞说。"没问题，1175不可能有问题的。"达荣生说。"沈卓欣，到我座位上把八爪鱼终端拿来，给夏润泽打电话。"肖云飞说。

沈卓欣不一会儿拿来了终端，接好。"给夏润泽打电话。"肖云飞示意沈卓欣。"通了。"肖云飞说。"喂，肖云飞吧？"夏润泽在电话里说。"我是肖云飞，沈卓欣、达荣生、王厚林、曹瑞祥、邓学佳、赵长城都在。"肖云飞说。"肖云飞，定位了还是不行。"夏润泽说。"两个模块都不行是吧？"肖云飞问。"只试了一个，另一个不在我手上，当时仅是临时借来测一下的，应该是一样的。"夏润泽说。"这边的情况跟你通报一下，达荣生、沈卓欣测了，1175号频率精度没问题。"肖云飞说。"肯定没问题啊，这个频点我是经常测的，我心里有数。只是不知怎么的，见了大头鬼了，在这儿就——"夏润泽在电话里说。"你觉得会是什么问题？"肖云飞问。"我，不好说。仪表都是安捷伦的。"夏润泽说。"按理，仪表不会有问题的，不太可能出现这种左一点行，右一点行，中间一点，仅仅隔1.25兆就不行的，不会的。更何况是安捷伦的仪表。"曹瑞祥说。"都不可能，这不是活见鬼了。"邓学佳说。

"版本一样不一样啊？"赵长城提醒说。"查了版本，和家里的一样的。"达荣生说。"版本不会有问题的。倒是希望达荣生的版本有问题呢。"夏润泽说。"频点设置通常是不会动的。"王厚林说。"哎，你的系统是怎么搭的？"肖云飞又问。"按协议建议的测试方案搭的，都发给你们了。"夏润泽在电话里说。"是标准的。"曹瑞祥说。"你们那东西太复杂，我都是直接测，然后再算的。"邓学佳说。"信号源直接对到模块上，然后三分贝、三分贝地加是吧？"肖云飞问邓学佳。"是啊，搞功分器，还得找你们，嫌麻烦，又怕搭错。"达荣生说。"你夏润泽，信号源直接对到模块上去，把乱七八糟的东西全拿掉，再试试。"肖云飞此时一字一句地说。

"行，我现在就试，别挂啊，应该很快的。"夏润泽边做边说。"好，都拿掉了，肖云飞。"夏润泽说。"电平要重新设置一下。"曹瑞祥说。"好，重新设置好了，我先测1150，看正常不正常。"夏润泽说。"好，1150，正常不？"肖云飞问。"1150正常。"夏润泽说。"再测1200。"肖云飞说。"1175吗？"夏润泽说。"哎，就1200。"肖云飞说。"好，设置到1200了。"夏润泽边做边说。"怎么样，1200？"肖云飞问。"1200也是OK的。"夏润泽说。"把4个通道都测一下。"肖云飞说。"还是先把1175测完。"夏润泽说。"不会好的。"肖云飞说。"1175还是不行。"夏润泽说。"把剩下3个通道都测一下。"肖云飞说。夏润泽边测剩下的3个通道，边及时通报着情况。"都测完了，4个通道情况一样。"夏润泽说。

"曹瑞祥，很清楚，模块不可能有问题。就是夏润泽你手上的这台安捷伦的信号源，百分之百的有问题，虽然确实奇怪，但我敢肯定。让关景鹏换一台信号源，就说我说的，不行给我打电话，我来跟他说，要坚决。坚决换个信号源再试。一定是信号源的问题，不管它是不是安捷伦的。"肖云飞说。"你这么一说，我也觉得就是信号源的问题。只是关景鹏，我怕提信号源的问题，他会骂我。"夏润泽说。"夏润泽，你就脸皮这么薄吗？"赵长城说。"不是，他连肖云飞都说，我怕他不理我。"夏润泽说。"放心，我会给他发正式的邮件，你明天一早就去找他。听见没？放心，没事的。现在，你赶紧去睡觉。"肖云飞说。"行吧，那我回去睡了。"夏润泽说。"行，辛苦了，赶紧回去休息，明早是关键。"说完，肖云飞把电话挂了。

"放心，这根本不是赌，这是十个指头拿田螺。"肖云飞冲着大伙说。第二天周日，白天，没拿到信号源，夏润泽说是要到美国时间的下午五六点钟才能拿到。

周一上班。"哎呀，怎么样啦？夏润泽那边信号源借到了吗？明天可是最后一天了，不会除夕还没搞定吧？"曹瑞祥跑到肖云飞座位上问。"现在应该是拿到了，正在测。"肖云飞回道。"那就好，那就好，别搞得年都过不好。肖云飞，明天我就不来了，想赶回家过除夕，都多少年没在家过过除夕了。"曹瑞祥说。"2号才除夕，2号上午走，晚上肯定能吃团圆饭的。"肖云飞说。"你说的，这时候的航班太没准了，那年愣是给我整到大年初一才回家，没事，有你呢，再说还可以打电话。"曹瑞祥说。"行吧，你去吧，手机开着就行。"肖云飞说。

中午，食堂。"怎么样，肖云飞？"曹瑞祥急着问。"应该在测吧。"肖云飞边吃边说。"仪表搞到了，是从美研所搞了一台。"大伙正说着话，肖云飞的手机响了。肖云飞看着手机说道："夏润泽，喂，哎，夏润泽。""什么夏润泽，我是关景鹏。"关景鹏在电话里说。"啊，夏润泽测得怎么样？"肖云飞急切地问。"哎呀，还是你肖云飞牛啊，真是无所不能的肖全能啊，真英雄，老子佩服得五体投地。"关景鹏激动地说。"到底是不是仪表的问题啊？"肖云飞急切地问。"说实话，当你叫夏润泽找我搞信号源的时候，不仅仅是我，我们一线的全体人员都是非常愤怒的。真的，我们是不专业，但我们知道，如果这招不灵，恐怕MAT项目全盘皆输。但是啊，这个时候，也没办法了，也只有信你了，全力搞呗。哎，美研所是有射频团队的，正好他们有一台，型号一模一样，这不两小时前刚到，夏润泽往上一接，1175号频点，灵敏度OK，肖云飞，真英雄，真的太神了。"关景鹏在电话里说。

"哎，你让夏润泽听电话，我把情况问问清楚。"肖云飞说。"不用，他就在我旁边，他说不管用，这事还是要问我，我说OK才行。他正把具体情况发邮件给你们呢。真的感谢啊，肖云飞，崇拜你。"关景鹏激动地说。

"跟我打交道，要记住一个原则。"肖云飞牛气地说。"什么原则？"关景鹏问。"一副对联。"肖云飞说。"什么对联？"关景鹏问。"上联是：相信则有。下联是：不信则无。横批：心诚则灵。"肖云飞说。"相信则有，不信则无，心诚则灵。这次我可真是心诚则灵了。"关景鹏说。通完电话回到座位。"夏润泽发短信啦？"肖云飞问赵长城。"正看着呢，就是信号源的问题。"赵长城回道。"所以，有问题就是有问题，没问题就是没问题。要是灵敏度这事真出问题，我都想好了，卷铺盖走人，绝对没脸在燎原混了。"肖云飞说。

11. 复盘MAT项目

2月21日，周一下午两点，还是在接待MAT总裁的大会议室，张立彪召开了产品线的全体大会。"今天把大家召集起来开这么个大会，大家心里犯嘀咕，MAT项目丢了，还开什么大会。我说不对，为什么不开？要开，而且是庆功会。"张立彪停下来环顾了大家，又接着说，"首先介绍一下MAT项目的情况，我们燎原公司技术标第一，ODU宽带散热技术被局方充分认可，力压友商。商务标也是第一，这是可以预期的。总之，在这次MAT项目的招投标中，经过在座各位的努力，我们是圆满完成了公司交给我们的任务，这一点得到公司领导的高度认可。所以，这个庆功会是一定要开的。现在在业界，乃至整个舆论界，燎原技术领先得到公认。就这一点，咱去关公门前把大刀给耍了，而且耍得那么精彩，那么让对手无话可说，只能打不过用牙咬。这充分证明了，你们是世界上最棒的，你们是最可爱的人。"此时台下的人虽认可张立彪的说法，而且也心潮澎湃，但没有鼓掌，只是默默地听着，眼含热泪。

"大家还是兴奋不起来是吧。我不知道下面这信息大家是否有兴趣。"张立彪又说。此时，台下有些骚动。"好，下面我要宣布一条上午刚刚确定的而且已经签单的项目，那就是，大家知道，这次MAT项目分两个部分，美国本土和海外，海外主要是南美洲。哟，我看大家的眼睛开始放光了，都猜到了。肖云飞，你们的付出人家MAT是看得见的。MAT海外南美洲项目，燎原全部拿下，第一单1500个站，后续还会有。这叫什么？有付出终归有回报，所以，仅仅是不够圆满而已，难道我们此时不应该为自己鼓鼓掌、喝喝彩吗？"张立彪激动地大声说，顿时全场欢声雷动。

2011年2月26日，月底小周末，作战室正热火朝天地开着MAT项目复盘讨论会。"今天，利用月底小周末的机会，来复盘MAT项目，不是来结仇恨的。但可惜的是，大家说了那么多，我的感觉只有两个字：怨恨。"张立彪说。"我们还是要客观地看待一些我们自认为有问题的事。"张立彪又说。"请张总说说怎么样客观看待有问题的事。能不能说得具体些？"场下有人提问。"说具体，首先就说频谱这件事。显然不能说凯恩斯故意找碴，大伙说对不对？"张立彪说。"就是故意找碴，而且背后可能有人指使。"赵长城说。"就是打个电话，这都是你们的推测罢了。我要说的是像凯恩斯这种情况，很普遍，毕竟，对频谱动态的了解很专业，一般人都不具备。比如说，我就不具备这方面的知识，由于缺乏认识，自然用起来就会出问题。不瞒大家说，类似凯恩斯的事在我身上也发生过，那是早期刚来公司的时候，什么都不懂，其实东西是好的，愣是测出了问题。"张立彪说。

"所以，我们要反思，找出产生这种误会的根因是什么，而不是用一种情绪化的怨恨来取代。肖云飞，我说得对还是不对啊？我看你也是跟着瞎起哄。"张立彪又说。"对对对，张总说得对。"肖云飞忙说。"对对对，说得对，全是情绪化的东西，对在哪儿啊？你给我说说，我看你是不是真心的。"张立彪说。"我是在反思灵敏度的事。"肖云飞说。"好，你说。"张立彪说。"灵敏度是换了信号源，也确实是信号源的问题，但是，能不能有更好、更便捷的方法，就能判断出是信号源的问题。这是我一直在想的。"肖云飞说。"嗯，讲讲你想的。"张立彪说。"其实协议规定的每一项，都要求先校准仪表的。这一点上夏润泽在复测杂散时，及时校准功率计做得很好。所以我在想，夏润泽其实当时是有怀疑信号源的问题，要是能像校功率计一样校一下信号源，是不是就可以不用搞得那么被动？"肖云飞说。

"信号源有校吗？好像是不太好校哦。"赵长城说。"后来是发现1175号频点的电平出了问题。"夏润泽说。"电平是可以校的，对吗，赵长城？"肖云飞说。"对啊，电平肯定可以校啊。"张立彪说。"另外，还有，关于频谱这事吧，其实我一开始就觉得问题是出在我们这儿。"肖云飞又说。"这你就不客观了吧，肖云飞。好嘛，我们的人辛辛苦苦，没功劳，也得有苦劳。你这说的，全都是不是，这……"赵长城不满地说。"别急，先听肖云飞说。"曹瑞祥说。"我们在宽带谱的测试上，自己是做足了功课，这一点毋庸置疑，也有详细的文档，大家很重视，肯定是啊，关键点嘛。"肖云飞继续说，"可是这份重要的文档是没有英文版的，也就是说凯恩斯他们并不清楚，这是不争的事实。""很难翻译啊。"夏润泽说。"难翻译可以找专业公司翻译啊。"肖云飞又说。"想着夏润泽，或者沈卓欣会去现场搞，这种测试，必须要是我们的人亲自搞，没法搞个指导书什么的，别人就能测好的。"赵长城忙解释。"张总，我说的是没错，谈不上什么阴谋论，什么打电话，只能说明局方也是很关心，而且很多人都是关心而已。"肖云飞说。

"嗯，是这样的，大家认可肖云飞说的吗？"张立彪说。"其实我就是这么想的，要通过事件达到改进自我的目的，这才是今天复盘的意义所在。"张立彪又说。"好的张总，我们一定好好做，力争更上一个台阶。"肖云飞说。"这更上一个台阶，我们已经被美国人抬上了，MAT项目就当是一次演练，确切地说是一次考试。就像当年争奥运主办权，悉尼夺得2000年奥运会主办权似的，个个说得痛心疾首，似乎有什么猫腻。在我看，很正常，噢，凭什么你第一次申办就要成功啊。我认为很公平的，现在，后来大家也都认识到了嘛。"张立彪说。"经过MAT项目的洗礼，我们不再需要整天拼命要向客户表明我们技术为何牛，对吧？不用啦，但并不等于我们的技术真的就那么牛。肖云飞，你给我记住，不努力照样打回原形。所以老板老提艰苦奋斗是有道理的，虽然知道大家听了有点烦。"张立彪又说。"跟大家通报一下情况，目前公司的销售很好，欧洲的最高端已经向燎原抛出了橄榄枝，丹麦格林电信就是其中之一。国产4G TD-LTE明年年初正式商用，从现在开始已经陆续在发货。TD-LTE我们一定要做好，这是为未来的移动互联网、移动商务、移动支付打基础的，拉动内需就得靠它。中央在看着呢，很重视。"张立彪说。"你们知道TD-LTE，这个国产4G的痛点在哪儿吗？"张立彪又说。此时大家都屏住呼吸，大声不敢喘地听着。

"告诉你们，从目前实验局和局方共同测试的情况看，只能是先走话务和数据业务分开的路，当然你说网络电话那是另外一回事。说到底4G暂时替代不了2G。目前估计要到2018年年底，TD的VOLTE才能正式商用。什么意思呢？就是，明年年初开通的TD-LTE只能是数据业务，上上网什么的，或是移动支付。如果正上着网电话来了，网就断了，显示就是2G打电话。核心是覆盖问题，跟天线有关，要换集成多频的天线才能解决这个问题。"张立彪说。"要换天线事就大了。"曹瑞祥说。"听金总的意思，现在天线厂家很差，运营商有这个想法，让燎原帮助做天线。"张立彪冲着曹瑞祥说。

第五章

冲高端，有条件要上，没有条件创造条件也要上

1. 谁说不能做，谁就给我滚

转眼来到2013年6月下旬，夏至的那天，周五，21号上午，肖云飞在曹瑞祥座位上正讨论4G的TD–LTE天线的事。此时，肖云飞的手机响了。"肖云飞，我是金海明。""金总。"肖云飞对曹瑞祥说。"哎，哎，金总您好，金总您好。"肖云飞说。"肖云飞，现在有这样一个机会。你应该知道丹麦格林电信是公司高端市场第一个全网端到端项目，必须全力拿下。"金海明在电话里说。"好，金总。"肖云飞说。"上4G，天线资源紧张，运营商需要整合天线资源。事先我叫邵利伟让你们分析过，有印象吗？"金海明又问。"有印象，有印象，多频无线，八九百兆分频独立电调。"肖云飞清晰地回答。"很好，没错，多频天线，但关键是八九百兆分频独立电调。我们的机会就是，天线业界的老大伦比约直接拒绝格林电信的要求，说八九百兆分频独立电调做不了。"金海明停顿了一下，又说，"肖云飞，我问你，能不能做？""能做能做，金总，多频天线，八九百兆分频独立电调，我能做。"此时肖云飞下意识一手招呼曹瑞祥到自己身边，同时回答着金海明。"肖云飞，军中无戏言。"金海明说。"金总，我们能做。"肖云飞坚定地说。"好，能做太好了。这样，你赶紧组织人力攻关，明年一季度发货。就是2014年的3月之前发货。好，我让邵利伟他们就提交这个方案了，挂了。"金海明说完，挂了电话。

通完电话，肖云飞、曹瑞祥四目相视了许久，谁也没再说话，两人心里明白，伦比约都不愿做，肯定轻松不了，又是一场恶仗。下午，两人来到天线团队，一听伦比约都做不了，天线团队的负责人向永刚直摇头说做不了。"你跟我说为什么做不了？"肖云飞冲着向永刚说。"伦比约都做不了，我们凭什么能做？"向永刚朝肖云飞吼着。"凭什么伦比约做不了，燎原就做不了？凭什么？"肖云飞说。"你答应金总的，你做，反正我做不了。"向永刚说。"这可是你说的，向永刚，你想好了，有种你再说一遍。"肖云飞说。向永刚正要开口，曹瑞祥一把抱住向永刚说："能做能做，别瞎说，能做。"看到此景，肖云飞又说："谁说不能做，谁就给我滚。""能做能做，没人说不能做。"曹瑞祥忙说。"你们老大说了算。曹瑞祥，全指望你了。"向永刚说。

第二天，天线团队的会议室。"目前，我们天线制造是没有滤波器生产的，这是个关键的问题。"向永刚说。"没有就让制造搞啊，这有什么难的。"曹瑞祥说。"天线制造的人和滤波器生产的人要求是不一样的，滤波器生产的人要求比较高。"向永刚说。"没事，我来培训，很快的，没那么玄乎。我设计的滤波器和传统的不太一样，毕竟这里用的要求没双工器的高。"柳超智继续说，"驻波和PIM都是专门设计的，很好调的。""我提醒你，不能用连接器，只能用线缆和移相器相连。"向永刚说。"为什么？"柳超智问。"对啊，为什么？不用连接器怎么搞？"曹瑞祥也问。"你看我们的天线，都是不用连接器的。你们算算，如果要用连接器，需要多少连接器？都是要低成本实现的，大哥。"向永刚说。"如果这样的话，生产工艺要求就比较高了，整机和部件需要衔接好，否则，PIM搞不定的。"曹瑞祥说。

6月24日，周一上午九点，制造总裁刘山的办公室。师建宏率领着天线制造部的经理孙茂业、天线开发的负责人向永刚在给刘山汇报天线制造部为丹麦格林电信项目组建合路器生产团队的事。"师建宏，你也做了那么多年了，我们制造的策略早就定得很清楚，像双工器、合路器这一类的，就让专业厂家去做，燎原不再沾手。我们搞不了的，牵涉的面太广，电镀、机加、模具等，否则，燎原制造的负担就太沉重了。"刘山说。"我知道，刘总。"师建宏说。"知道还来找我说这事，这不让我为难嘛。"刘山说。"这事研发总裁肖云飞都不出面了，直接是张立彪，威胁说这事我搞不定，建议你们给我打D，他说他可以行权。"师建宏说。"打D他说了算啊？他行权，我可以不认啊。"刘山说。"别啊，你们别让我夹在中间左右为难。"师建宏说。"孙茂业，你能搞得起来不？别说来说去，又搞不起来，啊，孙茂业？"刘山问。"搞得起来，刘总。我以前在韩国企业就做这块的。"孙茂业说。"哟，听这话的意思，你孙茂业想扩大地盘做滤波器喽，能耐不小啊。你的天线做得那么没水平，跟个手工作坊差不多，还有闲心搞滤波器，是不是有点不务正业啊？"刘山说。"有合路器是吧，那还有天线罩呢，你为啥不提出来把天线罩也给做了？我听说还有电机，再做电机，你孙茂业就可以做大老板了。师建宏，你去找厂家，看谁愿意做，就这样，我还有事。"刘山不耐烦地说。

在回来的路上，3个人商量着找哪家做合适。"深圳的厂家吧，这样配合会好一点，和独立的合路器、双工器不同的。"向永刚说。"西山科技喽。"师建宏说。"刘总不清楚，不信你们去找，很难的。"孙茂业说。"为什么这么说？"师建宏问。"当你仔细了解了产品的整个生产工艺细节的时候，你就会知道，合路器没法拿出手的。没个射频连接器，一切都不确定的，有问题算谁的？尤其PIM，谁说得清楚啊？"孙茂业说。"孙茂业说的没错，我也是这样想的。"向永刚说。

6月25日，周二上午九点半，西山科技的研发会议室。燎原的师建宏、向永刚，西山科技的研发主管薛金祥，正在就天线内置合路器的事进行沟通。"不瞒你们说，我们和伦比约有过合作，对天线内置合路器有所了解。"薛金祥说。"那很好啊，有基础了，咱们可以更好地合作啦。"师建宏说。"正是因为我们有所了解，所以，顾虑就比较多。"薛金祥说。"什么顾虑？薛总说来听听。"向永刚说。"你看，向工，我们现在有给你们燎原做，也有给麦克斯韦、香农做的，双工器、合路器、塔放都有。但有一个共同特点就是有明确的端口，可以稳定地测试验收，比较确定。你们今天这个就不一样了，先不说别的，就怎么给你们，我都一时不知怎么搞。"薛金祥说。"怎么会呢？噢，你说是带着线缆是吧。"师建宏说。"对啊，我要做多大的包装啊。"薛金祥说。"送过去了，我的心里又没底，不知多少能满足你们的要求，太不确定了，没有连续器。财务上都是问题。为什么伦比约不愿做？不是他们做不出，是耗不起。"薛金祥说完，向永刚和师建宏默默相视着，没吭声。"这样吧，我们再看看，过两天再给你们回信，现在我实在答复不了你们。最好，最好看看别的厂家愿不愿意。"薛金祥说。

离开了西山科技，两人在回公司的路上交流着感想。"孙茂业也许说的是对的。可是，我们刘总不肯搞啊，怎么办？"师建宏说。"孙茂业还是很想自己搞的，这就好，要是他不情愿就比较难办了。"向永刚说。"他想搞，有什么用，上头不让搞，也是没招。"师建宏说。"未必。"向永刚说。下午，向永刚来找曹瑞祥。"确实，张总也知道，早期双工器、合路器是自己做的，后来感觉负担太重，公司是做过决策，拿出去做。"曹瑞祥说。"我看了你们的移相器，从BOM上看也就是个结构件的编码，我这个合路器说到底也是个结构件，本质上和移相器没什么区别，只是一个完成相位功能，一个完成分频功能。"柳超智对向永刚说。"对啊，向永刚，咱们能不能像移相器一样在BOM上就只体现结构编码？公司看分类主要靠编码，你是结构件，又不是合路器编码，制造的老大他就不好说什么。公司的决议写得很清楚的，以编码为准的。"曹瑞祥说。"变通着做是吧？按理是可以，只是具体的看师建宏和孙茂业他们愿不愿意。"向永刚说。"走，现在就去找他们商量。"曹瑞祥说着抬腿就走。

不久三人来到天线制造，又叫来师建宏。"哎，师建宏，我想孙茂业应该不会有意见，主要看你的。"曹瑞祥说。"什么吗？看我的。"师建宏说。"他们是想跟移相器一样，按结构件来做。我看可以，BOM上看不见，自然也就没人说这事了，流程上肯定是没问题。"孙茂业对师建宏说。"你没意见，反正清单流程又反映不出来，行管那帮人就不会管，也就没人找刘总说这事。我也没理由不同意，关键是你孙茂业，具体都是你去做的。"师建宏说。"我同意，没问题。"孙茂业爽快地说。"业务成功，我们才有奔头，这么好的机会，怎么能因为这么一点事就做不下去，放心，你们产品线放一百个心。"孙茂业又说。"不过曹总，你们研发，那个柳工一定要全力支持，我们肯定会全力配合的。"孙茂业继续说。"柳工支持，绝对没问题。"曹瑞祥说。

2.丹麦项目不能有问题

一晃半年过去了，元旦后的1月10日，周五。元旦期间试产的天线有了结果。"时效太差，还需要改进啊。"在生产线师建宏对曹瑞祥说。"能不能先把点过了？改进是肯定的。"曹瑞祥说。"丹麦项目，高端市场，PIM时效差，你就不担心网上出问题啊？"师建宏说。"2月底发货，现在不过点，我怎么发嘛。"曹瑞祥说。"对啊，2月底才发货，你现在赶紧改进，再做几批，时效好了，就可以过点，也就可以发货了。"师建宏说。"没有过点150根，孙茂业能同意做吗？"曹瑞祥问。"这个，我是可以跟他商量的，毕竟是丹麦项目。一般是不可以。"师建宏说。"也行吧，我们讨论一下看有什么办法提升我们的时效。"曹瑞祥说。

下午，一群人在生产线讨论时效改进的事。正讨论着，师建宏的手机响了。"师建宏，我是刘山。""啊，刘总，有事吗？"师建宏忙说。"你，叫上孙茂业，现在就到我这儿来一趟，现在。"说完，刘山挂了电话。不久师建宏、孙茂业来到刘山的办公室。一进门就见制造质量的曾汉强、黄吾生和夏青雨正给刘山汇报工作，师建宏、孙茂业两人一下就明白怎么回事了，两人相对了一下眼神，刘山示意他俩坐下听汇报。

"师建宏来了，正说丹麦项目呢。师建宏，丹麦项目这么重要，你可不能无原则地放水啊。"曾汉强说。"这话说的，谁没原则啦？"师建宏听了曾汉强的话生气地说。"没放水就好啊，曾汉强，你搞质量也要对师建宏他们这些制造代表有个基本的信任。"刘山说。"刘总，我们做事绝不可能仅仅替产品线说话，曾汉强他们老说我们胳膊肘往外拐是不对的，您要为我们说句公道话。"师建宏说。"哼，刘总不让你们内置的合路器，你们为什么偷偷摸摸钻空子？利用编码做文章，蒙骗刘总。"曾汉强说。"这事不提了，早有人跑我这儿告你们状了，你们这么变通的做法，当时他们跟我说的时候，我的态度很明确，不违反公司现有的方针策略，不出问题，我就装不知道。"刘山说。

"问题是现在出问题了，时效差，产品线还硬闹着要过点，说是2月底发货，如果搞不下，金总有意见之类的，威胁我们。"黄吾生说。"有这回事吗，师建宏？"刘山问。"没过啊，我正压着研发改进呢。"师建宏说。"好，你坚持原则好。这么差，不能让他们过，你可要帮我把好这个关哦。"刘山冲着师建宏说。"这请刘总放心，我和师建宏会把好这个关的，如果太差，我都做不出来，我肯定不会让他们过点发货的。再说了，做都做不出来，拿什么去发货啊。"孙茂业说。"孙茂业这样说是对的，产品线觉得他们开发出来就可以万事大吉了，根本不是那么回事，对吧，茂业？"刘山的话锋一转。"就是，要么别人为啥不肯做，张立彪这帮人凭啥就能做？"曾汉强看着师建宏略显得意地说。此时的师建宏心里凉半截。"产品线这下可真有麻烦了。"师建宏心想。"这事就这样，除非金总同意，否则，不许过点发货。听见没，师建宏？"刘山说。"那产品线催我，我就说您刘总说的。"师建宏说。

"师建宏你脑子进水了，要这么把我带进去。公司有明确的流程你不懂啊，你要是什么都不懂，没这个能力，我是可以换人的，你知道不知道？脑子不转弯的，真是，没见过像你这样的。"刘山说。"行唉，让质量给个意见，我拿着质量的意见跟产品线去说，让他们按公司重大项目的发货流程，找金总去拍板。"师建宏说。"嗯，曾汉强，就按师建宏说的去做。"刘山最后说。

到了晚上大约十一点钟，正准备睡觉的肖云飞接到金海明的电话。"金总，您放心，我们绝对能保证丹麦项目按时发货。"肖云飞说。"质量呢？"金海明说。"质量肯定是前提啊，这您就放心吧。"肖云飞在电话里说。"我就是不放心才打这个电话的。"金海明说。"我知道，制造到你那儿告状了是吧？"肖云飞说。"你别管制造告不告状，你做的产品要是质量过得硬，刘山他们也不会专门非要找我汇报丹麦项目的事。"金海明说。"当然这个项目确实挑战大，有问题也是正常的。肖云飞，我只问你一句话，如果丹麦现场出了问题，你打算怎么办？"金海明又说。

"金总，您说得不错，天线PIM时效问题，伦比约也存在，而且一定不比我们强，这一点是肯定的。我也听说了麦克斯韦在美国用伦比约天线PIM出问题的事。"肖云飞正说着，金海明打断了说："对啊，如果出现了麦克斯韦在美国的情况，你准备怎么处理？""金总，我想很简单，而且您也已经想到了。"肖云飞说。"说嘛，怎么处理？"金海明说。"免费换。

有库存，先用库存顶住，家里快速运过去。金总，实话跟您说，到美国，上次MAT项目ODU，DHL最快3天就到美国，欧洲，丹麦，我想也差不多。"肖云飞在电话里说。"是走刘山他们制造吗？"金海明又问。"他们可能不会这么快。先走研发委托发货，这是应急，制造可以随后再发。由研发先顶着，客户有得用，不影响业务，是不会有问题的。"肖云飞又说。"你小子尽想这种歪门邪道，时效还是要下功夫提升。"金海明听了肖云飞一番话，心里有了底地说。"全力攻关，放心，我在亲自抓。保证2月底的高质量、高可靠的发货，请金总尽管放心。"肖云飞说。"丹麦项目不能出问题啊，好，我有数了。"说完，金海明挂了电话。

第二天上午，金海明办公室，刘山一帮人给金总汇报丹麦天线制造的情况。"还有吗？就这么多？"金海明听了汇报后说。"金总，总之，目前丹麦这个天线的发货风险还是很大，最担心要是出现像麦克在美国的情况，那就麻烦大了。"刘山说。"那，你们有没有跟产品线沟通？"金海明说。"他们只知道2月底发货，质量有可能会出现麦克在美国的情况，估计他们都不一定能想到。"刘山说。"刘山，你们这么关心丹麦项目，把好生产质量这个关是对的。但是，你们直接来找我，而且，你看看你的人，都是管质量的人，师建宏呢？那个天线制造部的经理叫孙茂业的呢？我觉得你们这种做法似乎有点不妥。"金海明停了停，又说，"公司产品线是一线作战部队，你们制造属于平台，是支撑一线作战部队的，你们不能很好地把问题与张立彪他们讨论，要知道，我也是支撑他们的，绕过一线，我们支撑的相互搞得那么热闹，你觉得有意义吗？至少，你的人要全，应该是你的人和产品线的人要一起来，没有对立面，光听你的一面之词，刘山，你觉得合适吗？"

"金总，华总到制造特地强调，燎原出的产品，要我们来把质量关，出了问题要拿我们是问。您看这时效那么差，麦克在美国又出了时效的问题，据说很惨。金总您说，到时候在丹麦，一大堆故障品，可都是我们制造去收拾这个残局啊，我能不把这个关吗？"刘山说。"狐狸的尾巴露出来了吧。说白了，你硬要到我这儿来，避开张立彪他们的产品线，就是想把球踢给我。好心安理得地不负这个责。对啊，你什么都跟我们说了，我们非要发，你又拦不住我们。至于真出了问题，就怪不得你了。"金海明说。"不是这样的，真不是这样的，金总。主要是老板他说了这个话，要我们负责，我们得尽到责任啊，否则不好向老板交代。"刘山说。"刘山你听好了，我给两条路，你不是张口闭口老板老板的嘛，好，你要有本事说服老板，那按你们的，看什么时候能过点发货，否则……"金海明停了停。"否则怎么啦？"刘山问。"否则，老老实实配合产品线，我是绝对相信张立彪、肖云飞他们的。这事到此为止，你们制造听产品线的就行啦。不许再来找我，就这样，我还有别的事，老板正要我过去呢，你要不要一起来，去聊聊？"金海明说。刘山吓得连忙摇手表态，不敢去。"这事处理不好，刘山，你也别在这个位置上干了。"说完，金海明走了。

3. 确保保质保量发货

1月12日，周日，在这个节骨眼上，显然是没有休息日的。一早肖云飞就来到天线制造的产线上。向永刚见着肖云飞，笑嘻嘻地说："肖总，好消息。我们工程部做了试验验证，只要提高振动台的敲击力度，就可以大大改善PIM的时效。""是吗？具体说说是个什么机理。"肖云飞说。"事情是这样的，我们的维修工说，他自己去修的过程中，手动敲得重一些，重测就容易出现，把这些重测都修好了，死劲敲PIM都是一条直线了，过产线的振动台就不会有问题。"孙茂业说。"是这样的。"曹瑞祥、柳超智附和着。"师建宏，你看呢？"肖云飞问。"我看了他们的数据，我们的人也参与测试了。"师建宏说。"都认可是吧？"肖云飞望着大家说。得到大家肯定的点头，肖云飞又问："我们产线的振动台都可以调高力矩吗？还是有的行，有的不行？""肖总还挺了解情况的。的确，有些老的振动台调不了。"师建宏说。"不过没关系，先把用于丹麦项目生产的这两条线给调了，其他的慢慢搞是可以的。"孙茂业说。"就按茂业的意思吧。"师建宏说。

1月13日，周一，上午十点左右。公司发布了一个关于强调产品线是产品第一责任人的公告。其实，公司一直都是强调产品线是产品质量的第一责任人。只是由于最近发生的一些事，不仅仅是移动产品线，其他产品线也有类似的情形发生。所以，公司又再次重申，而且，作为一线作战部队的产品线，拥有绝对的权力。平台部门像供应链、财经等，作为支撑部门，要坚决执行产品线的决议，有疑问可以沟通，但产品线一旦做出正式的决议，必须无条件执行。"刘山，我是张立彪。公司真是英明啊，也是，老子养着你们，吃我的，喝我的，还想让老子受你们的，天理难容。听好了，刘山，丹麦天线，今天必须过点，明早我看流程里如果没有正式发布，后果自负。"说完，张立彪挂断了电话。

此边唱罢，那边又唱。紧随其后，师建宏给肖云飞打电话。"肖云飞，现在是就剩我签了，没错。刚才我们老大说张总令他今天必须签完流程。现在产品线腰杆这么硬，谁敢跟你们过不去？"师建宏在电话里说。"那就赶紧签呗。"肖云飞说。"肖总，老大间斗气，咱们是具体办事的，不能因为老大间斗气、来情绪，我们就丧失基本的理智和判断力，对吧？"师建宏说。"我们怎么就丧失理智啦？"肖云飞问。"咱们说好的，等振动台力矩调上去，计划的正式物料来。孙茂业答应量产线给你做，规矩都是人定的，丹麦项目可以特例。不过TCP5，同样可以在量产线正式排产上线，计划那边也同意这么做了。"师建宏在电话里又说。"好啊，过了点做，不挺好吗？"肖云飞说。"时效的数据不满足质量基线，这是事实吧。咱们接下来在量产线做几批正式物料。你是知道的，振动台力矩加大，直通率会下来，光时效提升了，直通率又下来了，孙茂业又不干了。"师建宏说。"你说得也是。"肖云飞说。"其实，按原来咱们商定的，做个几轮，孙茂业的产线也适应新的力矩的时候，直通率自然就会提升到先前的水平。这一点要相信茂业他们。"师建宏又说。

　　"你的意思，到时候，直通率、时效都达标了，流程上就不会有什么问题，质量的费鲁生也就没话说了，是吧？"肖云飞说。"对啊，肖总您总算醒悟过来了，你说这样多好，各方都没话说。你既成全了刘总抓质量，又满足了张总2月底发货，两全其美。"师建宏说。"那万一不能都达到质量基线呢？"肖云飞问。"那就更不能现在就过点了。"师建宏说。肖云飞沉思了一会儿，慢慢地说："倒也是，过了点，大伙就放松了，气可鼓，不可息啊。行，就按原计划，发货前过点。"肖云飞说。"那张总那边怎么说？"师建宏说。"放心，我一会儿就跟他说，不会有问题的，放心。"肖云飞说。"但是，肖云飞，我要跟你说清楚一点的是，质量是底线。如果过了点，生产质量抽检出了问题，该返工的要返工，这一点可是原则，你一定要体谅我们。影响发货时间，只能是你去跟一线沟通了，肖云飞。"师建宏说。"那肯定，那肯定，所以量产开始，我要求研发全扑上去，及时把问题扼杀在摇篮里，确保按时保质保量地发货。"肖云飞最后说。

第六章

保高端，汲教训，死磕麦克

1. 英国项目出事了

　　时间转眼来到2015年1月20日，周二，大寒也不寒的深圳。晚上快十点，肖云飞眼看几步路就要到家了，此时手机响了。"肖云飞吗？""嗯，我肖云飞啊。""哎呀，您可接电话了，我是洪中国啊。""啊，洪中国，怎么啦？"肖云飞警觉地说。"英国项目出事了。"洪中国在电话那头说。"英国？出什么事啦？"肖云飞忙问。"客户说咱们天线有质量问题。"洪中国在电话里说。"天线……有什么质量问题啊？客户凭什么这么说？有什么证据吗？"肖云飞问。"邮件发给您了，刚发的，可能您还没来得及看到。"洪中国说。"没关系，你说，英国客户的依据是什么？"肖云飞在电话这头说。"他们测了我们的天线，PIM不达标。哎，PIM是个什么东西啊？"洪中国问。"PIM不达标？测PIM可是要很专业的，一般测不准，他们怎么测的？随便测测肯定不行的。"肖云飞在电话里说。"测PIM要很专业是吧？客户怎么测的不知道唉。哎，PIM是个什么东西啊，肖云飞？"洪中国在电话那头问。"Passive Intermodulation，就是无源互调的简称。"肖云飞答道。"无源互调，天线的无源互调很重要是吧？"洪中国又问。"也不是，看客户，可能欧洲高端客户比较看重吧。"肖云飞说。"我以前只知道天线驻波很重要……"洪中国正要往下说，肖云飞忙插话说："天线肯定是驻波最重要啊。""不对，照你这么说，这个客户还是故意找碴啊？不对，从客户的邮件看，似乎他们更注重这个PIM，说是PIM会影响宽带的通信系统，比较2G、3G，4G带宽肯定更宽嘛。肖云飞，别忽悠我啊。英国的客户，可不能糊弄啊。也不是你肖总的为人啊，对吧，这样，你赶紧看看邮件，明天，你们那边下午两点之前，要给我个说法，就这样，我还有事。"说完，洪中国就挂了电话。

第二天一早，肖云飞的座位处。曹瑞祥看着肖云飞的电脑，嘴里不停地嘟囔着。"不好说。"曹瑞祥边看边说。"说具体点，什么叫不好说啊？"肖云飞说。"英国的客户是对比着测的。"曹瑞祥回道。"什么意思？"肖云飞问。"没什么意思啊，就是两家的天线都测，而且是用同一个环境测的。"曹瑞祥看了眼肖云飞说。"这意味着什么呢？"肖云飞说。"用同一个测试环境把两家的天线对比着测，说明这个英国客户很专业。"曹瑞祥回道。"很专业？你的意思是他们有专业的测试环境？"肖云飞问。"邮件里看不出来。"曹瑞祥说。"看不出来什么？测试环境不一定专业？"肖云飞又问。"说客户专业，是因为对比地测，能看出两家产品的差异，这个时候测试环境就不那么重要了。但并不等于说客户的测试环境不专业，测试环境专不专业要洪中国找客户确认。"曹瑞祥说。"你不说不重要嘛，还要找洪中国确认？"肖云飞反问。"测试环境，具体如何操作的，还是要客户给个详细的说明。道理很简单，通过测试数据的对比，可以看出相对的差异，这是没错的。但测试数据的绝对值跟测试环境专业不专业有很大的关系。所以，测试环境、具体怎么测的，一定要请洪中国找客户搞清楚，这是非常重要的。你应该明白吧。"曹瑞祥两眼盯着肖云飞说。"明白，明白，我找洪中国，一定要让他搞定这件事。确实很重要，嗯，越想越重要。"肖云飞点着头说。"知道就好，我们做事不仅要知其然，更要知其所以然，情况一定要全面、深入、准确，还要及时，尤其是遇到问题的时候，更何况是高端的德国泰弗利卡。"曹瑞祥说。"是啊，细节决定成败。"肖云飞边说边给洪中国发邮件。

周四上午，曹瑞祥的座位处。"怎么样，泰弗利卡的回复？"肖云飞问。"仔细看了泰弗利卡的回复邮件，嗯，很专业，很专业啊，毕竟是高端客户，他们找了一个专业的第三方测试的。"曹瑞祥说。"这么说，数据是可信的，应该可以这么说吧？"肖云飞说。"可以这么说。"曹瑞祥回道。

"也就是说你的天线就是有问题，应该是这个结论吧，啊？"肖云飞冲着曹瑞祥说。"不知道对比测试的结果，伦比约的……"曹瑞祥耸耸肩说。"什么意思？伦比约是业界老大，肯定不会有问题啊。你要是这样想，指望伦比约比我们差，是不是有点太那个啦……"肖云飞有点嘲讽地说。"我没这样想。但为什么不让洪中国……"曹瑞祥欲言又止。"什么？"肖云飞装糊涂地说。"泰弗利卡把燎原和伦比约的天线找了非常专业的第三方来做评判，至少要有个对比的报告吧。你说我不行，那我也有权利知道行究竟是怎么个行法，对不对？伦比约的数据泰弗利卡应该提供给燎原，否则……"曹瑞祥说。"嗯，有道理，死也要死个明白。好，我找洪中国，必须提供数据，凭什么？"说着，肖云飞回座位了。

周五刚上班没多久，曹瑞祥来到了肖云飞的座位处。"让他搞伦比约的数据，怎么扯什么德国泰弗利卡的测试，啥意思？"曹瑞祥说。"一线要搞就搞呗，没测试怎么卖啊？"肖云飞说。"德国的入网测试没说不搞，关键不是一码事啊。"曹瑞祥说。"那是你认为。"肖云飞说。"我认为？搞数据和入网测试能是一码事吗？"曹瑞祥说。"那……洪中国就是这么回的，只字未提伦比约测试数据的事。"肖云飞说。"什么意思啊，洪中国？搞不明白。"曹瑞祥摇着头说。"一线让做啥就做啥呗，想那么多干啥？"肖云飞说。"哎，你说，泰弗利卡说燎原天线有问题，德国子网测试，肯定是洪中国这帮人的热脸贴人家的冷屁股。"曹瑞祥说。"也未必。"肖云飞回道。"未必？肖云飞，你的心态真的太好了。"说着，曹瑞祥回自己的座位了。

下午，测试实验室，曹瑞祥正和赵长城商量泰弗利卡德国子网入网测试的事。"没整明白，在英国不是有问题吗？德国子网怎么还会有测试呢？靠不靠谱啊，洪中国？"赵长城问。"不知道，别这么看着我，真不知道怎么回事。反正我们都是为一线干活的，叫干啥就干啥呗，别操那么多的心。"曹瑞祥回道。"不是多操心啊，是没人去，非常具体的问题。一线动不动就要派人去现场测试，都说重要，让排序都不肯，哪来那么多人？"赵长城为难地说。"别说，这个德国泰弗利卡，还是很重要。要知道，伦比约就是德国的。"曹瑞祥说。"看看，你说重要是吧，你派人。"赵长城乘机说。"你要真派不出人，我们可以派人。"曹瑞祥回道。"真的？"赵长城说。"真的，德国这个必须干过伦比约，必须！"曹瑞祥握着拳头说。

此时，肖云飞来了。"干啥呢，握着拳头？"肖云飞问曹瑞祥。"我说，伦比约是德国的，所以德国泰弗利卡的测试一定要比伦比约强。"曹瑞祥说。"不是德国的，也要比过伦比约啊。对不对？"肖云飞说。"他说他派人去。"赵长城冲着肖云飞说。"你的事为什么要他派人？"肖云飞问赵长城。"他刚才不都说了嘛，一定要赢伦比约，担心我们的人搞不定呗。"赵长城说。"为什么他的人就能搞得定，你的人就搞不定？不能这样的，该是谁的事，就是谁的事，各有各的事，各尽其职。不能动不动就这样，曹瑞祥，你们有你们的事，这事必须赵长城自己搞定。"肖云飞严肃地说。"没有，只是说说的。"曹瑞祥说。"别啊，即使我们的人去了现场，你们开发也要在家里全力支持。"赵长城说。"那肯定，这你放心。"曹瑞祥说。"其实，伦比约也没那么可怕。"肖云飞又说。"我就觉得英国的事有点怪怪的，说是客户不肯提供伦比约的测试数据是吧，肖云飞？"曹瑞祥说。"你从哪儿得到客户不肯提供数据的消息？"肖云飞反问。"您甭管哪儿听到的，更奇怪的是计划说泰弗利卡居然又下单了。"曹瑞祥说。"不会吧，这边说燎原有问题，那边还继续给燎原下单。"赵长城说。"不会？我也觉得不会啊。可中午，计划就打来电话，说是泰弗利卡又下了几百根的单，一线在合同备注里明确要求研发要进行质量保障。"曹瑞祥说。"真的啊？我找楼晓明。"肖云飞赶紧给计划打电话。"嗯？挂了。"肖云飞说。"他们经常这样的，一会儿会打来的。"曹瑞祥说。

正说着，果真肖云飞的手机响了。"肖总，不好意思，刚跟英国一线通电话呢，泰弗利卡又下单了，刚才一线说，这刚下的500根，是2000根中的一部分，接下来还会陆续再下1500根左右的单。"楼晓明忙着给肖云飞解释。"嗯嗯嗯，没什么不好意思的，有单好事啊。我没啥事。"肖云飞忙回道。"正好，肖总您来电话，中午我跟曹瑞祥说了，一线强调一定要研发进行发货质量保障，确保这批货质量不出问题。"楼晓明说。"放心，曹瑞祥正和我说这事呢，你跟一线说，研发全力保障，放一百个心啊。"肖云飞说。"有肖总这句话，我就踏实了。行，肖总，我还有事，先挂了。"楼晓明说。"嗯，好，就这样，忙你的去吧。"说完，肖云飞挂了电话。

周一中午，食堂。"明儿是腊八，不知道食堂会不会有腊八粥。"尹贤良边吃边说。"应该会有。"麦哲渊跟着说。"哎，最后英国天线的事怎么说啦，曹瑞祥？"赵长城问。"单子都下了，还能怎么说。"曹瑞祥回道。"伦比约的测试数据提供了吗？我们准备德国的，很需要参考啊。"夏润泽插话说。"是啊，肖云飞。"赵长城说。"洪中国给我单独发了邮件，说局方不肯提供。"肖云飞回道。"为什么？"夏润泽说。"哼，估计比我们差。"曹瑞祥说。"你这是推测，局方只是说燎原有几根测试的PIM没达标，也没说燎原不行。又下单就已经表明客户的态度了，应该还是认可燎原的。否则怎么会下单呢？"肖云飞说。"估计伦比约真有可能比我们的差。"赵长城说。"所以局方不肯提供是吧，有这种可能，那又怎么样呢？新的订单一样不能出问题啊，伦比约的好坏似乎跟我们没什么关系，咱们该干啥还得干啥，对吧？就算真的是伦比约的PIM比我们差，想想，一个百年老店也有差的时候，那就是我们的一面镜子啊。难道我们就不会差吗？局方说的那几根不是就差了嘛，也许燎原就比伦比约差的根数少了一点，半斤对八两。不重视，一样会差。"肖云飞严肃地说。"行行，吃饭吃饭，别做报告了。"柴文娜在一旁说。"吃饭，吃饭。"牡丹附和着说。

2. 德国测试

下午刚上班没多久，肖云飞的座机响了。"喂，哪位？"肖云飞抓起电话说。"睡醒啦，我是江嘉陵，没打扰到您午睡吧？"江嘉陵在电话那头说。"江嘉陵啊，两点多了，怎么会影响呢？您这是从哪儿打来的？"肖云飞问。"慕尼黑，我现在德国。"江嘉陵回道。"德国，又去德国啦，什么事需要效劳的，江总？"肖云飞问。"也没啥事。哎，德国近天线安装的入网测试准备得怎么样啦？"江嘉陵在电话那头问。"改近天线安装啦？"肖云飞问。

"你不知道？我知会的赵长城。嗯，没抄送你吗？有可能没抄送，是我手下发的。"江嘉陵说。"为什么要用近天线安装的解决方案？"肖云飞问。"竞争的需要，伦比约没有啊。"江嘉陵说。"是你们GTS提的吧？"肖云飞说。"谁提的不重要，关键是伦比约说，他们之所以没搞近天线安装，是因为RRU①直接装在天线背面会影响PIM。他们为此还专门向局方提供了报告。"江嘉陵在电话里说。

"嗯，有这事？报告发给我了吗？"肖云飞问。"发了，我刚转给你了，你赶紧召集人讨论一下，给个权威的说法，好吧，重要性我就不多说了。总之，结论一定要权威，要知道我们面对的是真正的高手。水平高一些，既要有理论，又要有实践。别像以前似的，就那么简单直白地说可以。多搞点理论的分析啊，像人家似的，好好看看人家的报告，反正我看了就觉得伦比约说得有道理。"江嘉陵说。"别瞎崇洋，伦比约是没有，要是有了，他就不会这么说了。影响PIM，当时做的时候就仔细考虑了。"肖云飞说。"什么什么？当时就考虑啦？那好，别扯那么多没用的，你敢说没影响？"江嘉陵在电话那头说。"有什么不敢的，当时考虑方案，重点就是要保证天线背面装RRU的架子，对天线PIM没影响。这是近天线安装方案最重要的指标之一，过点的时候，一票否决。哎，过点你们是同意的，当时你们是谁参加评审的？你也赶紧去查查，上EPD就能查得到，好吧。我也赶紧组织讨论，尽快给您答复。"肖云飞说。

"嗯，你要这么说，我倒心里有点底了。我问一下我们是谁跟这个产品的。其实，伦比约也挺不靠谱的。"江嘉陵顺嘴说了一句。"你说什么？"肖云飞忙问。"说什么，你知道这次英国两家对比测试是怎么来的吗？"江嘉陵又说。"我不知道啊。"肖云飞回道。"你当然不知道啦，一线就不想让家里知道。"江嘉陵说。"怎么啦？好啊，你们就这么忽悠我们，到底怎么回事？说。"肖云飞不爽地问。"伦比约不想让我们进它的欧洲后院，以为我们的天线PIM肯定不如它。所以，主动找局方，忽悠说宽带系统PIM怎么怎么重要，还说自己做起来都很难，燎原肯定不行。为了局方好，建议

---

① RRU：射频拉远单元。

局方搞个两家的对比测试。"江嘉陵说。"难道伦比约测的比燎原差？"肖云飞激动地问。"两家差不多，测的。"江嘉陵回道。"你知道他们的数据吗？"肖云飞又问。"他们近8%，燎原小于5%，PIM失效。"江嘉陵说。"哼，哼，哼哼哼，好一个洪中国，搞得我们有多大罪似的，简直是……"肖云飞气愤地说。"也没，毕竟你们也是有5%失效的，对我们来说，有一根失效也是很麻烦的事。你知道吗？客户把那几根PIM不达标的天线数据发给我们，目的很简单，就是要燎原免费换，没别的意思。不是照样下单了吗？"江嘉陵说。"呦，要按5%算，500根就有25根，2000根的话，就会有100根哪！"肖云飞大喊着说。"是啊，这都是钱啊。没看合同里专门备注了嘛，要你们研发全力保障发货质量。"江嘉陵又说。"是啊，你们动动嘴就行了，我们就难喽。"肖云飞说。"哪有难住肖总的事，压根就不存在，有您肖总坐镇，我们一线就胸有成竹，能睡踏实觉了。"江嘉陵在电话那头说。"没那么轻松。"肖云飞忙说。"不说那么多了，赶紧给答复啊，挂了。"江嘉陵说完，挂了电话。

周二上午，作战室，大伙在评审给江嘉陵的回复。由于近天线安装方案当初就把对PIM的影响作为重点考虑，所以，曹瑞祥准备的这份报告，无论理论还是实际验证的数据都很充分，评审没什么异议。"工作做得充分，心里就很有底，就这样答复江嘉陵呗，赵长城。"肖云飞说。"好，中午就发给江嘉陵。"赵长城回道。"曹瑞祥，想了一下，你赶紧办德国签证，和局方的交流，你要去。"肖云飞说。"不用吧，中午就发过去了。我办签证，没一个月恐怕不行。"曹瑞祥回道。"哎，签证马上去办，必须。这种事，一次搞不定的。伦比约会善罢甘休吗？不可能的，赶紧去办，现在就去。"肖云飞冲着曹瑞祥说。"曹瑞祥亲自出马，夏润泽就不用去了。"赵长城忙说。"已经开始办签证了是吧？"肖云飞问夏润泽。"嗯，已经去办了。"夏润泽回道。"这不就对了嘛，都办着，有个备份。都办下来了到时候再说，散会。"说完，肖云飞走了。"曹瑞祥，你去了，夏润泽就没必要再去了。而且，德研所可以派人配合你的。"赵长城说。"先都办着嘛，到时候再说，咱俩都说了不算。"说完，曹瑞祥也走了。

周四一上班，肖云飞又来到曹瑞祥的座位处。"5%的PIM失效，还是高啊，量越大，越显得矛盾突出。怎么保障？心里没底啊。"肖云飞说。"伦比约还8%呢，够好的了。"曹瑞祥回道。"我知道，是好，领导也认可啊。认可归认可，供应链不干啊，已经闹到他们供应链自己的老大那儿去了。他们老大直接找老板，老板一听就火了，把金总给骂了一顿，你说这事咋整？比伦比约好没用，听好了噢，老板要求1%。"肖云飞说。"哼，1%，怎么搞？"曹瑞祥反问。"你问我？我要有办法来找你？真是的。"肖云飞说。"做是生产在做，下午去生产。"曹瑞祥说。"下午？现在就去啊。"肖云飞急地说。"让我先想想行不？还是得靠研发拿主意，你又不是不知道。"曹瑞祥说。"不好搞啊。"柳超智在一旁插话道。"没有燎原搞不定的事，你们好好想想。"说着，肖云飞走了。

下午，生产线，一帮人在讨论英国天线发货的质量保障措施。"抽检比例肯定要增加。"生产质量的费鲁生说。"对，对，能不能全检？"柳超智说。"全检？不可能。"师建宏忙说。"为什么？"曹瑞祥问。"全检，我们人力上可能无法支撑。"费鲁生说。"装备资源也不一定够啊，又不是只有这一个产品。"师建宏又说。"说具体点，缺什么？看看研发能不能提供。师建宏、费鲁生，你们按全检搞个计划，包括人、设备，时间是死的，赶紧搞一下，我们综合评估一下，好不好，师建宏？"曹瑞祥说。"就现在一起搞嘛，费鲁生，搞个白板来。"师建宏说。

费鲁生赶紧去搞了个白板过来。"先说人吧。"师建宏冲着费鲁生说。"人是根据数量来的。"费鲁生说。"那肯定不够，这么多产品。"

师建宏说。"别，别别别，现在就说这个英国发货的，全检，你需要多少人？缺多少人？"曹瑞祥问。"这样，这个英国的发货，全检由研发负责，费鲁生的人只要确认数据的准确性就可以，行不行，曹瑞祥？"师建宏冲着曹瑞祥说。

　　"这个嘛……"曹瑞祥吞吞吐吐地正说着。师建宏忙插话说："曹总，要想保险，就是你们研发全权负责，我们只负责做。""装备呢？"曹瑞祥问。"装备，你们研发是有几套的，搞英国的，应该够。"师建宏说。"开发就什么都不干啦？"柳超智说。"就一段时间嘛，克服一下。"师建宏轻描淡写地说。"开玩笑，好多产品在等着过点呢，柳超智，你们一起，生产不可能一台装备都不出的。搞清楚，主角是生产，研发再怎么着也是支撑你们生产，没错吧，师建宏？"曹瑞祥说。"装备商量着来嘛，应该可以匀出一两台。人就是研发出了，好不好？"师建宏说。"行，全检的人研发出，装备由生产、研发协商解决。"曹瑞祥总结说。"还有，全上熟练工啊。"柳超智说。"关键工位嘛。"师建宏回道。"能不能全上？"曹瑞祥说。"没必要，关键工位就可以了。再说，全上也不现实。"师建宏说。"关键工位也行。"曹瑞祥说。"关键工位可以，生产上对于这种情况，也是这么要求的。"费鲁生跟着说。"那好，就达成一致了。"曹瑞祥边说边准备离开。"但要说好，你们的人要听从产线的安排，不能自作主张。"师建宏说。"没问题，商量着来嘛，好吧。"曹瑞祥回道。"商量着来可以啊，最怕一声不吭自己就干上了，又不符合产线的要求。"师建宏又说。

　　周五刚上班没多久，肖云飞的座机响了，看着来电显示，肖云飞拿起固话说："什么事啊，师建宏？""哎呀，肖总，还得有事麻烦您啊。"师建宏在电话里说。"你们昨天下午不是都谈好了吗？"肖云飞问。"是啊，昨天下午是谈得差不多。但后来工段长又提了个非常非常尖锐的问题……"师建宏正说着，肖云飞插话问："什么问题啊？""全检下来的不合格故障品怎么办？"师建宏说。"你们平时怎么办，就怎么办啊，难道有问题吗？"肖云飞装糊涂地说。"有问题啊，肖总。平时是抽检，现在可是全检。肖总，您自己算算吧，故障品有多少？"师建宏回道。"修呗，总不能报废啊。多安排些维修工，不就结啦。"肖云飞故作轻松地说。"结不了啊，肖总。哪有那么多的维修工啊。"师建宏说。"多搞些维修工啊。我跟你们老大反复强调过，天线生产有它的特殊性，不能跟RRU的生产一样地安排。你看，现在出问题了吧。这事你得找你们老大。"肖云飞说。"我给你打电话，就是他让我打的。"师建宏说。"太不像话，我给他打电话。"肖云飞气得正要挂机，师建宏忙说："别别，肖总，您千万别，就算帮帮我，算我求您了。"停顿了一下，师建宏接着又说："我们做事难呐，生产的人是华老板要砍的，说是尽量外包，我们的老大也是没办法。所以，让我来求您肖总。""不行，你让他亲自给我打电话。"肖云飞说。"肖总，看来我是待不下去了。"师建宏说。"有那么严重吗？"肖云飞问。"有，真有这么严重，肖总。没办法，帮帮忙，看在给您卖了那么多年命的份上，帮帮忙，肖总。"师建宏在电话那头说。"什么给我卖命？我给谁卖命啊，这话说的。"肖云飞不爽地说。"这么多年，您肖总指向哪里，我们就打向哪里，没含糊过吧。肖总，您凭良心说，是不是？"师建宏激动地说。"好好好，你说怎么弄？"肖云飞说。"研发修。"师建宏回道。"就知道是这样。"肖云飞说。"我会派人协助的，这您放心，真的没那么多的人。我都想好了，好修的，我们的人能搞定。关键是那些疑难杂症、特难修的，也只能是研发搞了。"师建宏说。"是啊，要不怎么说天线难做呢。所以，说到这又要说你们老大了……"肖云飞气不打一处来，正要往下说，师建宏赶紧地说："过去的事不提了，都不容易。"

摞下电话，肖云飞来到曹瑞祥的座位处。"又怎么啦？"见肖云飞过来，曹瑞祥问。"以后啊，不能动不动就搞全检。还是要从设计上解决PIM失效的问题。"肖云飞说。"PIM是世界性难题，目前从理论上对PIM只能是定性的，没办法定量。一个不能够通过数学公式准确定量描述的领域，就谈不上科学。所以，PIM只能是属于工程技术的范畴。PIM不是科学，是技术。"曹瑞祥看着肖云飞，理直气壮地说。"别给我扯这些没用的，甭管它是科学还是技术，你搞定。1%，老板定的目标。"肖云飞想了想，又说，"不行，得0.5%。""张口1%，闭口就0.5%了，你以为菜市场买菜呢。1%几乎不可能了，还0.5%，要是能光靠嘴就省事了。"曹瑞祥回道。"其实，1%我们已经达到了。"柳超智在一旁插话说。"看看，看看，真就靠嘴了。你们可真行，这边说不可能，那边说已经搞定了。行啊，你们这嘴皮子真是，人才啊。我觉得你们俩可以搭档说相声了。对，赶紧练，没准能赶上这羊年的春晚。"肖云飞调侃地说。"是真的，没瞎说。我统计了一下，如果按天线端口算，PIM的失效率都小于0.5%，真的。"柳超智回道。"是吗？"曹瑞祥赶紧凑到柳超智电脑前看。"不信，可以问生产质量的费鲁生，是他统计分析的。"柳超智说。"是真的哎。"曹瑞祥冲着肖云飞说。"搞清楚好不好，你们？"肖云飞生气地说。"你们净想这些歪招，不想着真正地去降低PIM的失效率。柳超智，我问你，按端口能说明什么呢？客户管你多少端口？一根天线甭管多少端口，只要有一个端口PIM不达标，那这根天线在客户眼里可就是个不合格品，就是要燎原免费给换了。我们工作的核心是什么？就是要客户少退天线，这才是关键点，明白不，柳超智？"肖云飞说。

"是啊，费鲁生这么做是你建议的吧？"曹瑞祥问柳超智。柳超智没吭声。"他来找过我，我没同意，就去找你了。结果，他们拿你说的当回事，在生产质量统计分析上，似乎看上去还不错，这被泰弗利卡一搞，原形毕露了。"曹瑞祥又说。"要不怎么说，出来混，总是要还的。不能这样啊，在燎原，不能这样啊。"肖云飞停了停，又说，"这次，故障品的维修只能研发来搞了。师建宏逼我，我也没办法，腰杆硬不起来啊。你们要清楚噢，到时量大了，故障品堆成山的时候，我相信，这次英国的单，500再加1500，时间是分开的，应该能应付得了。但是，要是量大，时间又紧，恐怕就难喽。曹瑞祥，真不是开玩笑，不下狠心从设计层面解决PIM问题，天线生产的日子会越来越难过的。"

2月的第一天是礼拜天，下午三点，肖云飞来到蛇口体育中心，正准备下场踢球，手机响了。"喂，哪位？""肖云飞，我是洪中国。""啊，洪中国，有事吗？""休息呢？不好意思，又打扰了。"洪中国在电话里说。"没事，你说，啥事？"肖云飞说。"拿着你们的材料和局方沟通得还可以。"洪中国说。"可以就好啊。"肖云飞说。"局方把材料给伦比约看了。"洪中国说。"我们的材料不怕别人挑刺，伦比约看了又能咋的？"肖云飞在电话这头说。"伦比约看了的确也没对报告本身说啥。但他们的人私下给局方打电话，说是他们在开发的时候，碰到了两个非常头疼的问题。"洪中国在电话里说。"哪两个问题？"肖云飞忙问。"首先是天线内置了合路器之后，驻波量产时直通率很难搞，而且会导致天线整机的PIM不稳。"洪中国说。"还有呢？"肖云飞紧接着又问。"还有就是近天线安装，建议局方要在真实场景下进行测试，而且要用橡胶锤使劲敲了不影响PIM才能算OK。"洪中国说。"好阴啊，伦比约的人。"肖云飞听后说。"我虽然不太明白，但感觉挺难对付的，他们说的这两个。"洪中国又说。"是啊……"肖云飞边说边想着。电话那头的洪中国感觉到肖云飞的为难，忙插话说："你们还是派最牛的开发专家吧，一边是世界顶尖运营商，另一边又是天线业界的鼻祖，我怕一般人搞不定。""行哎，我知道了。对了，你把你了解的情况详细地写封邮件，记得抄送给曹瑞祥，好吧。"肖云飞说。"没问题，马上就写。"洪中国回道。"那就这样。"肖云飞说。"好，先就这样吧。"说完，洪中国挂了电话。

　　周一上班没多久，作战室。"昨天洪中国给我打电话了。"肖云飞说。"怎么样，他和局方沟通的？"曹瑞祥问。"这个已经不重要啦，对于材料局方、伦比约也说不出啥。"肖云飞回道。"那不挺好吗？"赵长城说。"别光想着好，可没那么容易。伦比约给局方提了两个问题，个个见血。"肖云飞接着又说，"先是说有内置合路器，天线整机的PIM会不稳定。""还有呢？"曹瑞祥问。"对于近天线安装方案，需要真实场景测试。"肖云飞说。"就是爬到塔上测喽。"赵长城说。"不仅如此，还要用橡胶锤用力猛敲，怎么样？够狠的吧。"肖云飞说。大家听后沉默了，然后，赵长城说："还是曹瑞祥去吧，难度很大呀。""不，都去。两个人还可以商量，现场爬上去测，又要敲，一个人肯定不行哎。"肖云飞说。"德研所有人啊。"赵长城又说。"不，不，不，这个时候，还是要靠我们自己的人，你们俩都去，就这么定了。好钢要用在刀刃上，关键时刻，猛药要下足。"肖云飞坚定地说。突然，肖云飞一把抓住曹瑞祥说："德国测试的货发了吗？""4号发。"夏润泽回道。"4号周几？"肖云飞又问。"周三。"柳超智说。"今天周一嘛，来得及，曹瑞祥。"肖云飞说。"你想干吗？"曹瑞祥不解地问。"伦比约说，内置合路器在生产的时候，驻波比较难搞，还会导致整机PIM不稳。我想想，生产上做的时候，也有驻波难调的时候动合路器的，柳超智，对不对？"肖云飞说，柳超智听了没吭声。

　　"怎么样？不吭声了吧。"肖云飞望着曹瑞祥说。"你想干什么，肖云飞？"曹瑞祥说。"我想干吗？你说我想干吗？"肖云飞反问曹瑞祥。"我哪知道你想干吗。"曹瑞祥回道。"不怕麻烦，为了保险，柳超智，你赶紧去生产，亲自调几个反射损耗26dB的。这样，生产上就不会调合路器了，天线整机的PIM不就稳定了嘛。而且，接下来，柳超智，你要优化合路器设计，目标就是整机生产不许调合路器。也就是说，合路器上了整机后，绝对不许动，要写到操作指导书中，听见没？"肖云飞望着柳超智说。见柳超智一脸茫然，肖云飞又接着说："必须这样，曹瑞祥，要想明白了，没办法，要想出去不出事，不出大事，家里就得下功夫。一分耕耘才会有一分的收获啊，要坚决果断地做，柳超智，听见没？""嗯，知道了。"柳超智回道，然后去产线了。

下午快下班了，曹瑞祥急匆匆地来到肖云飞处。"怎么，驻波难调啊？"肖云飞警觉地问。"驻波是调下来了，但隔离28.5dB，有个小峰，搞不下来。"曹瑞祥摇着头回道。"Date Sheet是30对吧？"肖云飞说。"没错。"曹瑞祥回道。"近天线安装的Date Sheet并没有正式发布。"肖云飞说。"其实28dB是业界认可的标准。"曹瑞祥附和着说。"也就是说，改成28dB，业界认可，客户也没话说。而且，伦比约也不太可能拿这个攻击我们。"肖云飞说。"嗯，是这么个理儿。"曹瑞祥点着头说。"曹瑞祥，你马上改，然后赶紧发给一线。货到，Date Sheet符合，客户没话说。这是符合逻辑的，不可能又要马儿跑，又要马儿不吃草的。就这样，赶紧改了发给一线，一定要抄送给我啊，快去！"肖云飞催着曹瑞祥说。"等等，等等，嗯，典型值不变，还是30dB，加个最小值28dB。"肖云飞拽住曹瑞祥又说。"明白，这样最好。"曹瑞祥会意地说。

随着为德国测试准备的货按时发出，曹瑞祥、夏润泽的签证拿到手，出发的时间就等一线发话了。2月14日，情人节，正好是周六。下午，肖云飞一家三口正逛着花园城呢，他的手机突然响了。"哎，又不知是什么事了。"肖云飞掏出手机接听着。"洪中国，又有什么事啊？"肖云飞问。"还真不大好开口。"洪中国在电话里说。"你还有什么不好开口的。不对，是他俩出发的时间？"肖云飞紧张地说。"本想熬过正月初三的……"洪中国正说着。肖云飞大喊着："您不会要他们大年三十过去吧，太没人性了。""没办法，客户发邮件定了19号、20号两天测试，18号必须到。"洪中国说。"没搞错吧，大年初一测啊。"肖云飞愤怒地说。"德国人又不过年。没办法，要不我去找客户说说，让他们给延延？如果你坚持的话。"洪中国在电话那头说，此时的肖云飞没再吭声了。"就是嘛，我这不也是没办法吗？"洪中国又说。"你来封正式的邮件吧，抄送给他们俩。"说完，肖云飞挂了电话。"这个洪中国也是……"卢梦娇在一旁说。"德国客户，不敢啊，万一搞砸了，就得卷铺盖走人。只能说他们俩命苦，命苦啊。"肖云飞大喊着。

转眼来到大年初一，晚十点，肖云飞正看着电视，手机响了。肖云飞知道，此时来电话的，只会是曹瑞祥他们。"喂，曹瑞祥，测得怎么样？"肖云飞说。"上站测，敲击的时候有个毛刺。但是也不一定，有时不敲也有。"曹瑞祥在电话那头说。"你们不是在家做了充分验证的吗？怎么还会……"肖云飞说。"对了，客户知道吗？"肖云飞接着问。"是他们亲自敲的，猛敲啊。但是，由于不敲的时候有时也有，而且信号的位置一样，所以，客户也怀疑是外界的干扰。"曹瑞祥说。"客户这么认为，说明客户并不是存心找碴，好事啊。那就赶紧确认是不是外界的干扰。"肖云飞兴奋地说。"是啊，这两个工程师还是比较客观的。而且，这一带，他们抓到过干扰。"曹瑞祥说。"还是要相信自己做过的工作，多想想，争取抓到干扰。只有实实在在地抓到干扰，才能铁板钉钉地证明我们的设备没问题。明天抓干扰？"肖云飞问。"是啊，明天抓干扰。好，明天有消息及时知会你，就这样。"曹瑞祥说完，挂了电话。

第二天，肖云飞正吃着晚饭，手机响了。肖云飞急切地拿起手机问："曹瑞祥，怎么样？""干扰抓到了。"曹瑞祥在电话那头忙回道。"客户认可了吗？要客户认可啊。"肖云飞又说。"就是他们两个抓到的，当然认可了。"曹瑞祥回道。"能不能说搞定啦？"肖云飞忙又问。"嗯，这两个客户认可，等他们出正式报告。"曹瑞祥说。"实际操作的人认可，应该就没有问题了。好好好，辛苦了啊，大过年的，办事处有饺子吃吗？"肖云飞又问。"有，回去大家一起包饺子。"曹瑞祥高兴地说。"新年快乐，就这样吧，挂了。"肖云飞最后说。回过头，肖云飞给张立彪打电话："张总，新年快乐啊！""德国测得怎么样？"张立彪问。"干扰抓到了，而且是客户自己抓到的。"肖云飞回道。"那太好了，曹瑞祥他们辛苦了。这回真是立大功了，一线跟我说啦，测试OK，客户立马下单，没准明天就会下正式合同给燎原。"张立彪兴奋地说。"但愿吧！新年快乐啊，张总，挂了。"肖云飞说。

从英国到德国，一路走来，虽有曲折，但随着曹瑞祥他们现场测试OK，德国泰弗利卡给燎原下了盼望已久的第一单。与此同时，伦比约也在公众场合表示燎原的天线质量比自己的好。至此，燎原补齐了移动通信系统的天线短板，成为业界唯一从终端到天线的端到端全系统解决方案供应商，前景一片大好。大家的信心爆棚，此时，危险却悄悄来临了。

3. 中东项目滑铁卢

2015年的3月5日，周四，元宵节，肖云飞正准备下班，早点回家过节，手机响了。"喂，哪位啊？"肖云飞问。"是肖云飞肖总吗？我是中东负责土耳其的罗忠亮。"电话那头说。"罗忠亮，邮件见过，您好，有事吗？"肖云飞说。"我找过曹瑞祥，还是为土耳其定制天线的事。"罗忠亮在电话里说。"怎么？没做吗？"肖云飞问。"做是在做，可是客户要5月底发货，曹瑞祥说要8月才能发。沟通了好几回，我也努力了，最终客户答应最迟6月中旬。可是，曹瑞祥他们还是坚持8月发，肖总，只能找您了。"罗忠亮说。"情况不太清楚哎，您是要6月中发货是吗？"肖云飞装糊涂地问。"最好还是5月底，肖总。"罗忠亮在电话里说。"客户都答应了，就6月中呗。"肖云飞又说。"肖总，不瞒您说，客户是很勉强的。只是……"罗忠亮欲言又止。肖云飞忙说："没人做得了，燎原有点店大欺客了。""但实际上，目前客户提的要求有点高了。如果按客户实际的需求，并不需要这么宽的带宽。"罗忠亮说。"哎，好事啊，这也是你们成功引导的结果。客户的眼光放长远了，这样就可以屏蔽那些实力不行的厂家。你们的功劳大大的。"肖云飞开心地说。"不，还是你们的策略制定得好。只是，开发的周期有点长了。我当然希望用目前的方案啦，多爽，只有燎原能做。"罗忠亮说。"是啊，你这么说就对了嘛。别人都不能做，自然难度大，难度大，开发的周期自然就会长一些，我想客户也是会理解的。"肖云飞自鸣得意地说。"我想，您再做做客户的工作，我呢找他们再商量一下能否提前到7月底，或者8月初，您看怎么样？"肖云飞接着又说。"肖总，我只能再试试了。"罗忠亮回道。"对，再试试，没说让你一定要怎么的，再努力努力好吧，我们一起努力。怎么样？就这样吧。"肖云飞说。"好吧，我再试试。"罗忠亮说完，挂了电话。

第二天一上班，肖云飞把大家召集到作战室。"曹瑞祥，能不能提前到7月底就给土耳其发货？"肖云飞问。"现在方案都没定呢。"曹瑞祥说。"他们搞了几个方案在仿，仿不下来。"柳超智说。"估计什么时候能有个结果？"肖云飞忙问。"太薄了，再高一点就可以。"柳超智说。"那就高一点呗，高多少可以？"肖云飞又问。"SE说，再高10毫米就OK。"柳超智又说。"那就厚个10毫米，又能怎么样吗？"肖云飞冲着曹瑞祥说。"这是一个平台，AAU也要用的。传统天线高个10毫米确实没啥，但AAU不行。"曹瑞祥说。"为什么？噢……市场已经承诺客户了。"肖云飞说。

"你知道就好喽，所以，罗忠亮的，真没法答应他。你看啊，现在是没仿下来。就是仿下来，像这种多频宽带高难度的天线，对于一般的，是三四版搞定，就算三版，一版一个月，3个月，就是5月份了，更何况还没仿出来，而且还有，难度更大，按理像这种难度的，至少五版。"曹瑞祥说。"对啊，五版，7月底应该可以啊。没有乱承诺啊。"肖云飞跟着说。"关键是仿真没搞定，方案就定不了啊。"柳超智说。"那就加10毫米，没什么大不了的，不跟AAU共平台。"肖云飞说。"这事，恐怕我们就定不了了吧？"曹瑞祥说。"真想定，也能定。"肖云飞说。"人呢？这就是两个东西啦。"曹瑞祥说。"可不是嘛，结构也需要加人，两个东西肯定很多都不一样啦，天线罩、端盖、反射板可都不一样啦。"柳超智说。"反射板应该可以一样吧？"肖云飞说。"两拨人做，您觉得会一样吗？"曹瑞祥说。"肯定不可能啊。"柳超智附和着，此时的肖云飞一声不吭。"是吧，其实没什么办法。但凡有丁点办法，我也不会不答应罗忠亮。"曹瑞祥看着肖云飞说。"唉，AAU已经承诺了，就没办法了。罗忠亮那边怎么回啊？"肖云飞问曹瑞祥。"行，这事交给我了，您就别出面了。"曹瑞祥冲着肖云飞说。"也只能这样了。"肖云飞说着离开了。"独此一家，没人做得了。"曹瑞祥看着离开了的肖云飞说。

　　一周后的周五，临下班，肖云飞的手机又响了，还是罗忠亮打来的。"肖总，这次客户不仅没让步，反而强硬地要求我们5月底发货。而且，客户说他们可以先付款。"罗忠亮在电话里说。"5月底发多少？"肖云飞问。"500根。"罗忠亮回道。"就500根吗？"肖云飞又问。"一周后再发500，再过一周500，再500。这是第一批2000根，总共有20000根。"罗忠亮说。"20000？"肖云飞瞪大了眼，大声地问。"是啊，20000根呢，要是丢了，上哪去搞这20000根啊？还是多频的高端天线。你说单频的也就算了。"罗忠亮说。"谁说单频就算啦？20000根，甭管是高端还是低端天线，都是大单，都要全力以赴。"肖云飞说。"还是肖总大领导，看得准。5月底，500根，肖总，拜托了。"罗忠亮说。"行，我去搞定。好，就这样。"肖云飞说完，挂了电话。

转身，肖云飞跑到曹瑞祥的座位处。"罗忠亮又找你啦？"曹瑞祥问。"你不答应，他不找我怎么办？20000根的单呢。"肖云飞说。"你听他吹，今年大概就8000根，那12000根要明年呢。"曹瑞祥说。"那人家说的也是实话呀，20000根是没错的。哎呀，别说那么多了，这20000根一定要拿下，赶紧想办法怎么搞吧，我答应了5月底500根。"肖云飞又说。"你答应了你搞啊，我……真搞不定。"曹瑞祥说。"没搞错啊，就按厚10毫米搞。"肖云飞不耐烦地说。"那好，AAU的就停，没问题，5月底500根。"曹瑞祥爽快地回道。"那怎么行？AAU不能停，而且必须按金总定的时间点完成交付。"肖云飞说。"两个都搞，干不了，真的。"曹瑞祥说。"要么您找金总说说？我也觉得这20000根应该全力以赴地拿下。"曹瑞祥说。"我先找张总吧。"说着，肖云飞离开了。

肖云飞边走边思考，想着想着又掏出了手机，给张立彪打电话。"张总，有个急事想找您。"肖云飞在电话里说。"我在北京，什么事？"张立彪问。"土耳其的。"肖云飞说。"土耳其？主设备不是拿下了吗？"张立彪说。"我是说天线，多频天线。"肖云飞回道。"嗯，多频天线，不是只有我们能做吗？你们那么牛，能有什么问题？"张立彪在电话里说。"是啊是啊，其实也没啥问题。AAU的时间点能不能缓一缓，张总？"肖云飞问。"开玩笑，金总承诺客户了的。"张立彪说。"噢，好，我知道了，就这样，没事，不打扰了。"说完，肖云飞急忙把电话挂了。3月14日，周六，肖云飞还是把曹瑞祥叫到了公司。在肖云飞的座位，两个人讨论着土耳其的事。"能不能努力一把，两个都搞？"肖云飞问。"这帮SE，方案老是定不下来，我看……"曹瑞祥说。"是啊，搞吧，你悄悄带两人搞起来，不要声张。"肖云飞说。"行吧。"曹瑞祥说着立马去搞了。

周一上午，快十一点了，天线结构的负责人刘信强来到肖云飞的座位旁。"肖总，曹瑞祥要我们出人搞土耳其的，这事你知道吗？"刘信强说。"嗯，怎么啦？就出个人呗。"肖云飞回道。"你知道这事是吧？"刘信强又问。"出个人有问题吗，不会吧？"肖云飞说。"你是知道的是吧，但这个项目是没有计划的，我怎么出人？工时没地方填啊。"刘信强说。"工时好办吧？"肖云飞说。"嗯，不好办。要么你说填哪个项目？"刘信强问。"你找柴文娜呀，让她想办法给你落实。"肖云飞说。"好，就算工时能填，我也出不了人。"刘信强说。"为什么？"肖云飞板着脸说。"你没计划啊，我们领导肯定不同意嘛。"刘信强说。"不至于吧，就是一个项目嘛，不用分得那么清楚。"肖云飞说。"对啊，是一个平台，结构都公用，也就不需要单独再搞个结构啦。"刘信强顺势说。"不是这么说的，是一个项目没有错，但还是有不一样的，应该工作量不大吧。"肖云飞说。"肖总，天线罩、端盖、反射板都不一样，完全是不同的天线啊。"刘信强说。"而且，我们领导对我们有要求……"刘信强正要往下说，肖云飞急忙问："你们领导要求你们什么？别瞎指挥啊。""编码数量有限制，你们这么一搞，我肯定达不到啊，考评肯定不行啊，最多是B，搞不好打C，我就只好拜拜了。"刘信强说。"没那么夸张吧？"肖云飞说。"有……肖总，您是体会不到我们平台的难处的。不像你们产品线，平台只能靠指标。"刘信强说。

"你别老拿领导领导的来搪塞我，别忘了，你的考评，我也能说上话的。我说你好，你考评不一定好，但我说你差，你的考评肯定好不了。"肖云飞说。"肖总，所以我们平台的人难做啊。您就体谅体谅我们，还是按一个平台做，不要为难我们了。"刘信强说。两个人正说着，SE的领导韩建坤走了过来。"你，又怎么啦？"肖云飞看着怒气冲冲的韩建坤说。"哎，现在仿的都焦头烂额了，哪来的人再仿土耳其的？再说了也没工作站啦。"韩建坤说。"关键没计划呀。"刘信强附和着。"有没有计划先不谈，金总的事，咱可不敢耽搁，到时不好跟金总交差啊。"韩建坤说。"行行行，我知道了，你们先回吧，先回，好吧。"肖云飞冲着两人挥挥手说。

　　下午，曹瑞祥的座位处，肖云飞正和曹瑞祥讨论着土耳其的事。"天线罩要重新开模，反射板想来应该是可以共用的，但也很难。况且，如果相互一定要绑定的话，只能是一个人做。否则，从以往的经验看，不太可能。编码的确卡得很严，天线占的编码太多了，公司行管对我们是深恶痛绝，给平台施加了很大的压力。"曹瑞祥说。"编码倒不怕，真想搞，行管这帮人我分分钟搞定。燎原，产品线是老大，他们算个啥？"肖云飞牛气地说。"好啊，你要这么说，你摆平他们啊。赶紧让刘信强出人，把天线罩的模给开了。"曹瑞祥说。"你那还没仿的吧？韩建坤找我了。"肖云飞问曹瑞祥。"不出人就不出人，没什么大不了的。"曹瑞祥不在乎地说。"那你有工作站吗？"肖云飞又问。"你以为仿得多有用啊？没仿真软件的时候还不做天线啦？没那么玄乎。"曹瑞祥说。"那你准备怎么搞？"肖云飞问。"振子定了，天线罩定了，就定了。项目这么紧，又不可能重新开发振子喽。剩下就是凭经验调，仿嘛，他们总不可能24小时全占着，抽空，大致仿就可以了。"曹瑞祥轻松地回道。"可以唉，就按你的思路。"肖云飞说。"结构要有人去开天线罩的模具啊。没天线罩，搞啥？"曹瑞祥双手一摊，冲着肖云飞说。"结构是瓶颈啊！"肖云飞自语道。

　　"这就得靠你啦，你看我都想这么多了，20000根的大单，真要万一被别人抢走了，我们搞开发是干什么的？噢，忙半天，单子拿不到，这不是白瞎嘛。"曹瑞祥略显激动地说。肖云飞挠了挠头，显得很为难，曹瑞祥看了又说："怎么？好像很有顾虑的样子，您可不能这样啊。这时候才是体现领导价值的时候，您要是退，我们可没法干了。""这些人你又不是不知道，以往都是打着张总或者金总的旗号，他们不敢不买账。"肖云飞说。"那怎么办？"曹瑞祥着急地说。"你私下里找找他们，请他们去丹桂轩，你去牡丹那儿拿钱，拿多少你自己看着办。"肖云飞说。"我啊，那到时候你也去呗，我一人势单力薄的。"曹瑞祥说。"我？"肖云飞摇着头说。"我要能去，我就请啦。你私下里请他们帮帮忙啊。"肖云飞又说。"私下里？不知道行不行。出图是要他们老大批的，可真没把握。当然，我请他们，把您刚才的意思说说可以，愿不愿意真不好说。"曹瑞祥说。"试探试探，沟通一下嘛，没事还不能融洽一下感情啊？"肖云飞话中带话地说。"行哎，丹桂轩谁不愿意去啊。"曹瑞祥最后说。

　　第二天中午，食堂，大家都在边看新闻边吃饭。"3·15晚会，那个王大妈真够惨的。"赵长城边吃边说。"怎么啦？"王厚林问。"怎么啦？告诉你，老太太平时省吃俭用。嗨，碰到保健品反而舍得花钱。"柴文娜说。"王厚林，你猜猜看，这个老太太花了多少钱买保健品？"赵长城说。"给3次机会。"赵长城补充道。"用得着3次吗？5000。"王厚林说。赵长城摇着头说："还有两次。""那就3000。"王厚林又猜。"3000能叫惨吗？"柴文娜说。"难道是3万？"尹贤良在一旁插话道。赵长城摇着头又说："最后一次，王厚林。""3万都不行，莫非是30万？"王厚林说。"这个呢有点靠谱了，但还是不对。"柴文娜说。"比30万还要多啊？"王厚林瞪大眼睛说。"不太可能吧？老太太疯啦。"尹贤良说。"哼，还不可能呢，40万，而且很多是借的。平时省吃俭用，你能想到老太太会去借钱买这个没用的保健品吗？"赵长城说。"那肯定是老太太觉得，这个保健品对她身体有好处，才会借钱去买，对吧？否则……"尹贤良说。"要是对身体好倒也罢了。"赵长城说。"越吃身体越差，这才把事情给抖搂出来。""现在的骗子真是骗术高啊，从感情上入手，老太太都把骗子当自己亲闺女了。"柴文娜说。此时，肖云飞的手机响了，邵利伟打来的。"肖云飞，土耳其怎么回事啊？"邵利伟在电话里说。"怎么啦？我还不太清楚哎，罗忠亮我倒是经常和他沟通的，这两天他没给我打电话啊。"肖云飞回道。"嗯，那罗忠亮为什么不找你，而要我来找你呢？奇怪。"邵利伟在电话里说。"不知道哎。"肖云飞装糊涂地应着。"情况我又不是很清楚，我还是让他找你吧。但是，他说，有20000根多频天线，单子有点大哦，我想一单20000根多频天线，恐怕也难碰到吧，有没有过都成问题，这么大的单，不怕你们不上心。就这样，我让他来找你，给你打电话，就这样。"说完，邵利伟挂了电话。

下午肖云飞并没有等来罗忠亮的电话，晚上九点多到家，刚进门，手机响了，罗忠亮打来的。"肖总，今天和客户沟通了，客户很急啊。"罗忠亮在电话里说。"有什么结果吗？能不能7月底吗？"肖云飞说。"7月底想都别想了，强调5月底发货，为了抢市场。"罗忠亮说。"主设备呢？"肖云飞问。"主设备没问题啊。而且，人家客户说了，5月底发货，为了抢时间，客户愿意出空运费。"罗忠亮说。"那真是急了。"肖云飞说。"而且，这2000根全空运，费用都是客户出。真的急，肖总。今天把我叫去，什么都不说，就要我承诺5月底发货。为此，客户说可以按目前的频段做，关键要快。"罗忠亮又说。"不要那么宽的带啦？"肖云飞忙问。"是啊，要快。容易做了应该没问题了吧，我马上把客户新的要求发给您。据说，别的厂家有现成的。"罗忠亮说。"现成的，不可能吧？能做了是有可能的。"肖云飞回道。紧接着肖云飞又问："是客户说的有厂家有现成的？""是啊，客户说的。我当时也不相信，可客户直接跟我说，燎原不答应，他们就找其他厂家。"罗忠亮说。"好做、能做了是真的，多频天线有现成的，诈你呢。肯定是啊，怎么可能？"肖云飞说。"肖总，不说了。本来今天客户就要我承诺的，我心里没底，好说歹说，答应明天给客户正式答复。肖总，没问题吧，要求降低，5月底发500根？"罗忠亮在电话里问。"说有厂家有现成的，肯定是在诈我们，就是想逼我们5月底发货。这样，明天一早，我们商量一下给你个答复，好不好？"肖云飞说。"我只要5月底能不能发货？YES或NO，其他都不需要。"罗忠亮说。"知道了，就这样吧。"说完，肖云飞挂了电话。

接着肖云飞又拨通了曹瑞祥的手机。"曹瑞祥，你说会不会有厂家有现货？我觉得不太可能。"肖云飞在电话里说。"这要看土耳其这个项目最早是什么时候开始的。"曹瑞祥说。"什么时候开始的？罗忠亮啥时候开始找你的？"肖云飞反问道。"噢，元旦后就开始老找我了。"曹瑞祥回道。"噢，不对。最早去年圣诞节前就打过一个电话，当然，当时罗忠亮仅仅是问问这个多频天线有没有可能做。"曹瑞祥说。"也就是有三四个月了，对吧？"肖云飞说。"应该是有。不过现在即使降低了要求，两个半月，毕竟是复杂的多频天线，降低要求也不好做。"曹瑞祥说。"是啊，更何况……唉！"肖云飞略显无奈地说。"不过，急急忙忙又做个半吊子窄带的，我是不愿意的。"曹瑞祥说。"薄的、厚的、宽带的、窄带的，太多了，不行不行。哎，你觉得真有厂家做出来啦？"肖云飞问。"不好说啊，最早土耳其的客户并没有提宽带，只是针对目前的频谱，就是圣诞节前罗忠亮第一次给我打电话那时。"曹瑞祥说。"知道，宽带是我提的。想想做宽带一来压制竞争对手，而且更重要的是，肯定是发展的方向。空想着搞个预研项目，大家提不起精神，正好借土耳其的项目，把多频宽带给搞起来。当时市场那帮人积极性可高啦，张总也是非常支持的。"肖云飞说。"决定做宽带是非常非常正确的，所以，再搞窄带，恐怕……还是最好别这样。"曹瑞祥说。"哎，还是回正题。你说……我还是觉得客户是在忽悠罗忠亮，或者，别的厂家说能做，客户就放大说已经有东西了，无非是想逼燎原。我总觉得是这样的，不知道你怎么看？"肖云飞说。"我没跟罗忠亮直接通话，所以，我也说不准。这事关键是看那些厂家是怎么决策的，是一听到消息就赶紧去搞了，还是等着观望后再决定。"曹瑞祥说。"如果一听到消息就立马开搞，是不是现在就有可能有啊？"肖云飞说。

"那肯定啊，窄带的话，5月底发货，怎么都搞定了。想想差不多有近半年的时间呢。"曹瑞祥说。"也怪噢，这个运营商就这么下单了，不先搞个测试啥的。"肖云飞说。"也不一定，什么都没定就立马发力，窄带也是很有难度的。"曹瑞祥说。"我是觉得不会这么快，总要看看吧，又不是信手拈来。"肖云飞说。"也许真像你说的。"曹瑞祥在电话里说。"是吧，你也这么认为了。"肖云飞在电话这头说，沉思了一会儿。"行，先这样，我再想想怎么回罗忠亮。6月底，好不好，你们赶紧搞，挂了。"说完，肖云飞挂了电话。

2015年3月19日，周四晚上十点，肖云飞在家正接听着张立彪的电话。"肖云飞，今年你的考评肯定不行啦，你们到底是怎么搞的？一线已经闹到老板那儿去了，公司EMT会上都谈到了这件事。20000根的单，你们够大方的，轻飘飘地就这么说丢就丢。我问你，你们做天线至今，遇到过一次20000根的单吗？"张立彪在电话里问肖云飞。听肖云飞没吭声，张立彪接着又说："怎么不吭声啦？遇没遇到过？回话。"

"没遇到过。哎呀，张总，该罚罚吧，我无话可说。真的，不是情绪话，张总。你的处罚决定出来以后，我再说话。"肖云飞说。"有话现在就说。"张立彪在电话那头说。"行了，不说了，挂了。"肖云飞说完就真把电话挂了。

第二天周五，刚上班没多久，一帮人围在肖云飞座位旁。"在这干吗？干活去！"肖云飞冲着大伙高声喊着。"以后，我们的策略可能要调整一下。也是，大单不接，难怪老大们也坐不住了。是啊，你这一单这个理由不接，那另一单就会有另一个理由不接，那些著名的公司就是这么垮的。还是要有单必抢啊。"王厚林说。"是啊，大单都不肯卖命地抢，想干啥？"马庆生冲着曹瑞祥说。"我是想拿的。"曹瑞祥辩解地回道。肖云飞一挥手，激动地说："好了，都不要说了。记住这次教训，真的很深刻，刻骨铭心啊。""说到底就是有点飘飘然了，潜意识里觉得客户就得依靠我，谁让我牛呢，连业界老大都低下了高贵的头，牛啊。最后，牛皮破了。"尹贤良在一边说着风凉话。"瞎说什么呀？你知道个啥？你那也门那个熊样。"邓学佳说。"唉，尹贤良说的还就在点上，就是这么回事。"肖云飞说。"散了吧，散了吧。"马庆生吆喝着。

第二天中午，食堂，东方牡丹冲着曹瑞祥责怪道："曹瑞祥，你这也太大手大脚了吧，一下就是5000，项目还黄了。你说你啊，搞得我想搞个活动经费都很困难。""哼，真是赔了夫人又折兵。"尹贤良边吃边插话说。"比喻得好像不是很恰当。"柴文娜说。"语文水平太臭，还老爱显摆。"马庆生说。"哎，肖总，是不是该出去散散心啊。"东方牡丹说。"听大家的，别光问我啊。"肖云飞说。"没钱呐。"东方牡丹边喝着汤边说。"没钱就别玩啦。对，组织爬南山啊，后几个爬上去的，吃饭买单不就行了嘛。"肖云飞调侃地说。"别呀，肖总。主要是帮您散心的，通过丰富多彩的活动，来抚平您的伤口，这回伤口有点大，是吧？所以，要抚平啊。"东方牡丹说。"这回是哪回啊？没觉着有伤口啊。这种事，不至于，所以，也不需要。"肖云飞说。"您可心真大，都通报了，还……"东方牡丹欲言又止。"没什么没什么啊，你们该干啥干啥，咸吃萝卜淡操心。"肖云飞说。"你这是什么话？"柴文娜在一旁说。"哎哟，不好意思啊，牡丹，抱歉抱歉。"说着，肖云飞拱起双手向牡丹示意。"没关系，没关系，我心大着呢。"牡丹回道。"心大的MM，该干啥干啥，说得有道理，现在，对吧，心大的MM，就该踏青啊。对领导的话，理解得不透彻，水平真差。"马庆生凑到牡丹跟前说。"牡丹，您是得多学点，对吧，肖总？"柴文娜打趣地说。"对啊，不是让你们爬南山了嘛。"肖云飞装糊涂地说。"小金库再贡献点呗，肖总。"牡丹说。"牡丹你找错人了，血债要用血来还哪。"肖云飞说。听肖云飞这么一说，曹瑞祥赶紧冲着肖云飞说："哎，丹桂轩可是你让我请的，这事咱得说清楚。""说清楚啥？牡丹，不就5000嘛，下午给你不就得啦，多大的事啊。"肖云飞最后说。

3月23日，周一上午十点，金海明办公室。张立彪、肖云飞正在给金海明汇报5G的工作。"哎呀，4G还是有很大潜力的。比如，现在打电话还是用的2G，运营商的计划要到三年后，就是2018年年底，才能用4G打电话。"金总停顿了一下，又说，"肖云飞，你们这个5G，有几个硬伤。""啊，哪几个？请金总明示。"肖云飞忙回道。"首先，天线的尺寸太大，给人的第一印象就不太好。反正我是这种感觉，不知道你们怎么看啊？"金海明说完，张立彪、肖云飞听后都没吭声。"尺寸大了，重量肯定也轻不了，成本肯定也高啊。通道多，功耗也是个大问题。"金海明又接着说。"记下来。"张立彪赶紧跟肖云飞说，然后回复金总说："行，金总，我们回去把您的意见深入地分析一下。啊，肖云飞，赶紧分析，再给金总汇报。""给我汇报不重要，这些问题不仅仅是我个人意见，运营商向我反映了。你们看啊，天面尺寸大，牵涉的问题就多了。运营商想问题是非常非常具体的，你们要把运营商这个层面的痛点搞准、搞清楚，GTS、市场你们一起搞，啊。给我汇报一点都不重要，我又不是客户，明白吗？肖云飞。"金海明望着肖云飞说。"知道了，金总。"肖云飞认真地回道。"天面尺寸啊，最好能砍一半。"金海明又补充说。"哇，一半，好啊，好啊，我来想办法，我来想办法。"肖云飞边想着边回道。"你想办法？要让专家们开动脑筋，要给他们压力，把金总的要求传递给这帮专家。"张立彪对肖云飞说。"砍一半可不是我提的，是运营商向我提的，他们说，站址不好选，这些都是实际问题啊，明白不？"金海明又说。

4. 进口物料有替代才是硬道理

下午，肖云飞坐在电脑前看着邮件。看着看着，肖云飞抓起了电话给计划的楼晓明打了过去。"哎哎，肖总，您打过来了。看了我转的邮件是吧？"楼晓明在电话里说。"PCB怎么回事啊？"肖云飞问。"这种材质的PCB目前只有美国公司从美国本土供，由于种种原因，现在德国泰弗利卡发货会受影响。"楼晓明说。"应该有国产的替代吧？"肖云飞问。"PCB有的有国产替代的，但这款没有。要是有国产替代我就不会转邮件给您了。"楼晓明说。"那您转我是什么意思呢？赶紧找这个美国供应商催货啊。哎，德国的会延期多久？"肖云飞问。"至少一个月，多的话可能50天。"楼晓明回道。"这么久，国内有没有其他厂家也用这款的？"肖云飞问。"找厂家啦，厂家说这种主要是美国一些军工企业用，美国以外的很少会选这款。"楼晓明说。"英国发货好像都没问题啊，为什么到了德国就出问题了呢？计划没做好。"肖云飞说。"不能这么说，不能这么说。"楼晓明忙回应道。"为什么不能这么说啊？很简单的道理嘛，英国发得好好的，到了德国就……不是明摆着的吗？"肖云飞说。

"肖总，如果BOM清单什么都没变，那你怪计划，我无话可说……"楼晓明正说着，肖云飞打断了问："难道研发动BOM啦？这帮小子，简直是。是不是他们又偷偷改了啥？""是啊，增加了这块特殊的PCB，研发倒是自己下了单……"楼晓明说着。肖云飞忙说："先拿研发的用啊。""肖总，不够啊，德国第一批货都给用得差不多啦。"楼晓明说。"那就是你们计划没有及时补单。"肖云飞说。"这我得解释一下。德国第一批发货，研发是用临时技术更改搞的。"楼晓明回道。"啊，是这样啊。"肖云飞说。"计划是以正式生效的BOM为准的。"楼晓明解释说。"哎呀，不说了。你们的工作也要主动把手伸长一点嘛。"肖云飞责怪地说。"他们改板我们是有人跟踪的，关键是第一批发了后，他们又改了一下。"楼晓明说。"好了好了不说了，你说吧，要我干啥？"肖云飞问。"肖总，能不能不用？用国产替代。"楼晓明直截了当地说。

"这样当然更好啦。不过，我觉得你从计划的角度提出的这个要求，是非常正确的。研发就应该朝这个方向努力，就从这个PCB开始，我马上找他们。不过，你那边还得努力。你知道的，我会努力没问题，但这是技术问题，还得要实事求是，这你理解吧？"肖云飞说。"理解理解。不过我更相信肖总的推动力，肖总亲自出马，一定能搞定。谢肖总，手机响了，挂了啊，肖总。"说完，楼晓明挂了电话。"曹瑞祥，你给我过来。"随手肖云飞给曹瑞祥打电话。不一会儿，曹瑞祥过来了。"啥事啊？"曹瑞祥问。"金总的意见你都看啦？"肖云飞说。"看了，正在讨论这事呢，是啊，我也觉得大。"曹瑞祥说。"有办法砍一半吗？"肖云飞问。"想办法嘛，应该有办法。如果不行，砍三分之一也行啊。"曹瑞祥问。"还是要努力，别刚开始就讨价还价。我会盯着这事的。"肖云飞说。"努力，肯定努力啊，大家也都觉得有点大。"曹瑞祥说。

"何止有点大，是太大，说真的。砍一半呢，就说得过了，砍三分之一，要看。"肖云飞说。"对了，德国泰弗利卡发货，怎么回事啊？"肖云飞又问。"楼晓明找你了。计划太慢，找有什么用啊。"肖云飞说。"德国泰弗利卡要推迟一两个月的发货，你觉得没问题吗？太长了。你们啊，没事瞎改啥嘛。"肖云飞说。"改，一线要的啊。说是德国人测了方向图，嫌副瓣高，一线就要优化啊。"曹瑞祥说。"晚点发，一线怎么个反应？"肖云飞问。"刚发生的事，一线应该还不知道吧。"曹瑞祥回道。"哎，改国产PCB怎么样？我看没问题，省得再出这种事。另外，你跟韩建坤他们说说，就一刀拦死，只用国产PCB，一样的。"肖云飞说。曹瑞祥想了想，缓缓地说："应该可以。哎呀，他们为了保险嘛。""天线没那么金贵，再说国产PCB，我知道的，不差。"肖云飞忙说。

从肖云飞那儿离开，曹瑞祥找来了韩建坤。"你们这些SE，做事太欠考虑。怎么又改啥呀？"曹瑞祥说。"你说的啥呀？没头没脑的。"韩建坤回道。"说啥？德国泰弗利卡发货啊，能说啥。"曹瑞祥说。"就晚几天嘛，影响大吗？"韩建坤说。"有必要这么急着改吗？第一批都发了。"曹瑞祥说。"实话跟你说，是他们自作主张的，他们也是事后才跟我说的。也怪我，测试数据拿给我看，我就提了些建议，哪知道他们真就改了。也是没经验，在归档版本上直接操作。这一改，只能重新归档，没办法。"韩建坤解释道。听了韩建坤的话，曹瑞祥想了想说："用国产PCB替代了，要快，但测试要充分。就是既快又好，赶紧去，美国那个延误的太长了，怕客户闹，知道吧，是德国，好不容易进去的，赶紧啊。国产PCB没问题的。"看到曹瑞祥急切的样子，韩建坤也觉得问题有点严重，赶紧说："行行，我马上就去仿。"说完，掉头就走了。

两天后，听了曹瑞祥的汇报，肖云飞赶紧给楼晓明发了邮件。没想到，楼晓明听说能用国产PCB替代，又发邮件列了张表，请肖云飞推动用国产替代。其中，重点提出合路器里的一个介质，美国独家供应，货期还特别长，强烈要求有替代，最好是国产替代。

中午，食堂，大家边聊边吃着。"今年9月3日放假，要阅兵。"廖默然说。"噢，新中国成立70周年肯定也要搞的。"曹瑞祥应道。"那肯定啦，70周年那可是大庆啊。"马庆生说。"哎，曹瑞祥，我们数字域的调制器，有BPSK[①]，QPSK[②]，就是两相调制、四相调制。天线所谓双极化振子，对应就是BPSK嘛，对吧，没说错吧？"邓学佳说。"嗯，是这么个理儿。

---

① BPSK：二进制相移键控。

② QPSK：正交相移键控。

你看问题的角度还挺特别。"曹瑞祥回道。"依此推理，也应该有四极化振子。"邓学佳又说。"四极化振子，什么意思？"曹瑞祥问。"你看，我听明白了，如果真有四极化振子的话，你那5G天面的尺寸就直接砍一半啦。"肖云飞冲着曹瑞祥说。"我是在瞎想。"邓学佳又说。"哎，现在就缺创意，曹瑞祥，我觉得你们好好考虑考虑。"肖云飞忙说。"TDD应该是可以的。"廖默然插话道。"极化隔离能搞定吗？"柳超智说。"唉，他们就这么一说，你还当真啦。"曹瑞祥应着柳超智说。"哎，曹瑞祥，未必噢。我看你们还是分析一下，不要因为是邓学佳一个搞数字电路的提的，就不当回事。"肖云飞说。"你去跟韩建坤他们说呗。"曹瑞祥不爽地回道。"行，我去说。"肖云飞说完，端起盘子走了。

5. 德国又下单了

一晃一个月过去了，时间来到2015年的4月20日，谷雨，周一上午刚上班，肖云飞的固话响了，一看来电显示，知道是楼晓明。"楼晓明。"肖云飞说着拿起了电话。"楼总，又有什么指示啊？"肖云飞说。"不敢，领导，喜事。"楼晓明在电话里说。"什么喜事？"肖云飞问。"德国又下单了，5000根。"楼晓明说。"好啊。"肖云飞说。"好是好，就是时间有点紧。"楼晓明又说。"什么时候发？"肖云飞问。"5月底，5000根全发完。"楼晓明说。"物料没问题吧？"肖云飞问。"已经让厂家紧急提拉，产线等物料可能会比较紧。"楼晓明回道。"产线有问题吗？"肖云飞又问。"现在量都很大，产能是不太足。不过通过临时调整，产能应该可以满足。"楼晓明说。"物料问题不大，产能也基本能满足。好啊，您就催物料呗，以往物料是瓶颈，物料保证了，产线怎么都能搞定。"肖云飞说。"肖总说得不错，物料我会亲自盯的，下午就去厂家一一落实。"楼晓明说。"嗯，很好。"肖云飞说。

"但是，肖总，有个事要跟您商量。"楼晓明说。"什么事？"肖云飞问。"全检的事。"楼晓明在电话里说。"什么意思？"肖云飞明知故问。"肖总，您去产线具体了解一下，如果这5000根要全检一遍，现实不现实？师建宏没好意思直接跟您说，让我从交付进度的角度来跟您商量，能不能……"楼晓明说。"你们……怎么整天就打全检的主意，你让师建宏调集人力，全力以赴地搞定啊，老是想着取消全检。哎，德国公司好不容易才进去的，搞砸了，你们是没关系，我可就惨啦。玩笑开不得的。"肖云飞激动地说。"肖总，我觉得您还是去现场仔细了解一下，根据发货计划，看看能不能按时完成德国的发货。先了解一下，好不好？当然，您要是能说服一线推迟发货，那就更好了。"楼晓明说。"行吧，我先去了解情况，就这样。"说完，肖云飞挂了电话。"曹瑞祥，在哪儿啊？"来到曹瑞祥的座位处，见曹瑞祥不在，肖云飞就给曹瑞祥打电话。"我在产线，正和师建宏讨论德国发货的事。德国又下了5000根的大单，就是要5月底必须发完，太紧了。哎呀，师建宏找我，嗨，就是想取消全检。"曹瑞祥在电话里说。"先什么都不要答应他啊，我现在就过来。"说完，肖云飞直奔产线。

产线，师建宏、曹瑞祥、费鲁生、肖云飞四个人在讨论德国5000根5月底如何交付。"肖云飞，质量肯定要保证，这是没问题的。而且，燎原的产品都是制造部做的，市场上出了质量事故，制造部脱不了干系的。所以，我们对质量也是非常非常重视的，放心，不会只顾交付的。"师建宏说。"知道知道，你们讨论有结果吗？"肖云飞问。"算了一下，抽20%。同时为保过程质量，建议研发跟线。"费鲁生说。肖云飞听后两眼盯着曹瑞祥，"是的，我们一起讨论的。"曹瑞祥说。"你们达成一致了是吧？"肖云飞说。"全检真的是不现实，肖总。"师建宏说。"量不大可以，现在产品又多，量都这么大，就不能这么做了。否则就真的被搞死了，真的，自己就把自己搞死了。"费鲁生说。"行哎，曹瑞祥也认可嘛，网上出问题，反正是他去处理。对啊，人总不能让尿给憋死吧。"肖云飞最后说。生意好，交付压力也就增大。供应链强也是燎原最大的优势，是燎原核心竞争力。这不，考验又来了。

6. 秘鲁项目死磕麦克斯韦

周二下午，刚刚摆平了德国交付的肖云飞，又面临秘鲁、加拿大的AAU交付。麦克斯韦把在美国成功商用的AAU拿到秘鲁市场，业界AAU的大规模商用只有麦克斯韦在美国做到了。挟美国成功商用的优势，同时为了快速抢占地盘，麦克斯韦向秘鲁客户承诺了非常激进的交付计划，以此来扼制燎原。怎么办？秘鲁一线想采取跟随战术，也就是麦克斯韦承诺什么时间点交付，燎原也承诺什么时间点交付。但燎原AAU仅仅发过几十个实验局，没有大规模的商用经验。交付，从市场来看是存在很大的风险的。同时，加拿大也要AAU，但他们提出天线和RRU分开发货，现场安装。同样的产品，生产和发货又不同，显然给供应链出了道难题。

周三下午两点半，肖云飞再次来到产线，商量秘鲁、加拿大AAU的交付。"还是先谈两个AAU，一个拆、一个不拆，怎么搞吧？"师建宏说。"这应该问题不大吧。"肖云飞说。"嗯，要做很多工作的。"曹瑞祥说。

"还是曹瑞祥理解。肖总，原本是一个整模块，天线、RRU是集成在一起的，它是一个编码包装、销售的。"师建宏说。"唉，拆开来了，各自都有自己的编码，也没啥呀。"肖云飞说。"没那么简单，肖总。你看，你可以说，天线本来就是独立卖的，没问题啊，是的，没错。RRU也是独立卖的，也没问题。但是，把这俩集成在一起的结构件怎么办？啊？"师建宏冲着肖云飞说。"计划定策略，研发配合搞编码呗。是吧，曹瑞祥？"肖云飞说。"是啊，具体怎么搞？马上计划就要开会，在会上定下策略，一线也参与。一线让计划晚上开会。不过，我们下午先开，统一一下思想，晚上楼晓明就去应付一线的人。"师建宏说。"没用，一线一定会拉上制造代表的，说到底是制造的事。"曹瑞祥说。"不对，是供应链的事，制造只是比较重要的一环而已。"师建宏最后说。

回到研发，肖云飞拉着曹瑞祥讨论起来。"同时三大项目，量又大，心里没底啊，曹瑞祥。"肖云飞说。"搞呗，研发肯定要多投入啊。"曹瑞祥说。"AAU秘鲁的，直接跟麦克PK，恐怕要派人去现场。否则，一线的情况我们不清楚，只能任一线的人说了，这样就非常被动。尤其货期这么紧，其实，我们再努力，也会延期。更何况没有量产过。"肖云飞说。"对了，谁具体负责AAU？"肖云飞又问曹瑞祥。"赵凯。"曹瑞祥回道。"赵凯。"肖云飞想了想，又说，"让他去秘鲁。"看着曹瑞祥疑虑的样子，肖云飞又说："你在家保交付，赵凯去一线。供应链很多是需要协调的，光靠他肯定不行，他还要找你来协调，这样还不如家里3个项目你全盘把握，他去秘鲁一线。说白了，肯定不能满足一线的发货承诺，但咱有人在一线，可能会好很多。这里面是有空间的，知道吧。""行吧，赵凯去秘鲁。加拿大呢？"曹瑞祥问。"走一步，看一步。先秘鲁，公司老大都盯着呢，张总和老板现就在秘鲁。"肖云飞说。"跟你说噢，加拿大可是现场组装AAU的，你不担心啊？我……心里没底。"曹瑞祥说。"先秘鲁，加拿大咱们再考虑。都不能出问题，尤其像加拿大这样真正的高端市场。"肖云飞说。"对了，搞个任命，我是组长，你和师建宏是副组长，还有楼晓明，也是副组长，确保这3个项目的交付。今天就发布，快去搞。"肖云飞催着曹瑞祥。

一个月后的5月25日，周一上午十点，肖云飞的座位处。肖云飞和赵凯、曹瑞祥在商量秘鲁的交付。"一线的计划是20号发货，今天凌晨入库，早八点把货拉走了，也就延后5天。你看看，一线的邮件就飞满天了。"肖云飞指着屏幕对赵凯说。"哇，EMT全抄送了。"曹瑞祥看了说。"什么意思吗？"肖云飞气愤地说。"什么意思？这还不明白吗？太清楚不过了。"曹瑞祥说。"哼，要是没搞过麦克，屎盆子肯定猛扣过来，就那么点出息。"肖云飞愤愤不平，转脸对赵凯说，"签证怎么样啦？""签证下来了。"赵凯回道。"好，赶紧去，越快越好。"肖云飞停顿了一下，又说，"你的首要任务，在那儿，就是不要让他们发这种没水平的邮件。谁都没闲着，都已经住在公司了，还要怎么样？听见没？"肖云飞冲着赵凯激动地说，赵凯边听边点着头。"你到那儿，关键要把真实的建站时间点，一定一定要搞得清清楚楚。这样，就可以掌握主动。核心是保证建站，如果影响了客户建站，问题就严重了，明白吗？"曹瑞祥拍着赵凯的肩说。"明白，明白。"赵凯点着头回道。

6月1日上午，产线。"这批300根应该几号发？"肖云飞问师建宏。"应该啊，25号。"师建宏回道。"唉，天天发投诉邮件，真的，不知道老大们怎么想。哼，天知道会是啥结局。师总，也许这个项目干完，我就被砍了。"肖云飞苦笑着说。"肖总，别那么悲观，我们大家不都在努力嘛，相信不至于。时间太紧了，我想一线心里也是有数的。"师建宏安慰肖云飞说。"不是这么说的，要是结果很差，就是因为发货的原因，地盘都被麦克抢走了。你说，就燎原公司，咱们又不是不了解。不说了，尽力了，也就没啥可说的了。到时候只能是顺其自然，听天由命了，离开公司倒不至于。"肖云飞说。

6月5日，刚上班，肖云飞习惯性地查看邮件。看着看着，肖云飞用ESPACE拨通赵凯。"怎么还是发啦？叫你按住的呢？"肖云飞不客气地说。"我按啦，他们不听我的。我也了解了，按目前家里发货情况，应该基本能满足客户的安装。"赵凯回道。"你见到客户了吗？"肖云飞问。"我倒是想见啊，也跟他们提啦。他们不安排，我也没办法。"赵凯说。"那你说什么基本能满足客户的建站，不是扯嘛。"肖云飞说。"不是扯噢，我是看了GTS手上的客户建站计划的。"赵凯说。"真的？"肖云飞问。"没必要骗你吧。"赵凯说。"从客户建站计划看，基本能匹配，GTS的人也这么认为。而且，GTS的人说，他们完全没想到燎原的供应链反应会这么快，有点出乎他们的预料。"赵凯又说。"那是GTS说，而且也不是秘鲁GTS的头说的。发邮件的是市场的人。不说了，还是要想办法别发这种邮件，好吧，就这样。"说完，肖云飞挂了电话。随后，肖云飞又来到产线。"肖总，看了一下，3000根发完，比一线要求的晚10天。"师建宏说。"一线的要求？"肖云飞问。"15日3000根嘛，晚10天，整整10天，25日。"师建宏回道。"你这25日仅仅是根据目前的预测。"肖云飞说。"他能这么说，应该是有把握的。一般情况会提前，对吧，师建宏？"曹瑞祥说。"总之，25日3000根发完，我们老大给我们下的死命令。"师建宏又说。"听赵凯说的，似乎能匹配客户建站的时间点。"肖云飞随口说。"真的啊？那市场还一个劲儿地投诉、投诉的。"曹瑞祥说。"市场想抢麦克的地盘，应该是这样。"肖云飞说。"我们全力以赴啊，尽量能24就别25。"肖云飞说。"放心，25日搞不定，我肯定被砍。"师建宏说。

第二天周六，肖云飞还是先看邮件。看着看着，肖云飞怒气冲冲地用

ESPACE呼叫赵凯。"看到邮件啦？"肖云飞说。"看了。"赵凯回道。"制造的老大承诺25日3000根发完，虽说是晚了10天，但你知道的，已经是尽了最大努力了，真没办法再提前了。而且，你不是说能匹配建站吗，为啥市场这次居然直接捅到老板那儿？为啥？你的信息准不准？能不能干？不能干你就别干了。"肖云飞愤怒地说。"呦，肖总，您别这么说吗。"赵凯委屈地说。"不这么说怎么说？"肖云飞说完，愤怒得挂了电话。

周日，肖云飞一早就来到产线，曹瑞祥走了过来。"赵凯有什么用？一线为什么闹成这样，直接找老板了。让他去就是摸底的，结果把我们给蒙了，不能干让他回来。"肖云飞生气地说。"我一早跟他ESPACE了，赵凯只能写，说是耳朵听不见了，原来是这样。"曹瑞祥说。"你说什么？耳朵聋啦？真的假的？"肖云飞问。"要不你跟他ESPACE试试？"曹瑞祥回道。"行，我用手机。"说着，肖云飞用手机ESPACE赵凯，拨通之后，赵凯写道："耳朵听不见，只能用文字。"见此，肖云飞有点急了。"昨天说得太狠了，哎呀，要是耳朵真听不见了，怎么跟他的家人交代啊？"肖云飞自责地说。"应该是你的话狠了点，导致失眠，没睡好。我劝劝他吧，让他放松心情。这事你怪他，确实也……唉，不说了，我劝劝他吧。"曹瑞祥说。

两天后，9号周二刚上班，肖云飞急忙来到曹瑞祥的座位处。"哎，赵凯的耳朵怎么样啦？"肖云飞问。"你ESPACE他啊。"曹瑞祥回道。"哎哎，还是你问一下，看他耳朵怎么样了。"肖云飞说。"还好，休息了两天，好点了。"曹瑞祥说。"你跟他沟通过了是吧？"肖云飞问。"嗯，应该问题不大。"曹瑞祥又说。"但愿吧。"肖云飞正说着，手机响了。"喂，别急别急，你慢点说。"肖云飞边接电话边看着曹瑞祥。"什么事啊？"曹瑞祥问。"产线打起来了。"肖云飞小声对曹瑞祥说。"谁和谁打起来了？"曹瑞祥忙问。"两个研发的为争环境打起来了，师建宏打来的，要我去处理。都什么事？走，一起去。"说着，肖云飞拖着曹瑞祥赶往产线。

产品多，产量大，交付急，市场催，研发扑在产线，问题多，自然定位环境紧张。年轻人，火气大，再加上压力确实太大，自然说话冲。这不，两个天线开发的骨干擦出了火花。燎原有规定，打架就开除。但是，天线开发人才稀缺，天线开发的骨干，要是就这么开了，工作谁来做呢？天线开发的工作量巨大，一个萝卜一个坑，开掉简单，开了以后呢？日子还得过啊。此时的肖云飞采取了思想教育的方法，没让干部部插手。严厉的批评是肯定的，可让肖云飞万万没想到的是，其中一个想不通，失眠，结果被送进了医院，经过一个星期的治疗才出了院。

16号周二中午，食堂。"牡丹，那个刚出院的，你去多关心关心，要及时掌握思想动态。不能掉以轻心，千万别捅出大娄子。"肖云飞边吃边说。"现在想起我们来啦。"牡丹说。"您别生气，牡丹。当时没找你们，主要是怕事情闹大了。你想想，这种事，从公司层面确实很严重，你肯定不敢不向你们领导汇报。"肖云飞停顿了一下，又说，"你说，一旦你们领导知道了，他会怎么办？你们领导只能按公司的规定办。所以，当时那种情况，我的第一反应就是不能声张。现在嘛，再请你出山，真是为你好。""让我帮你擦屁股。我都去医院看过他啦，一直保持着沟通。"牡丹回道。"那敢情好，谢了，牡丹。真是我们的贴心人啊。"肖云飞说。"光说不行，得请客。"柴文娜在一旁说。"对，你这一下干倒两个。"曹瑞祥说。"还有一个是怎么回事？"牡丹问。"赵凯，被我把耳朵骂聋了。"肖云飞说。"赵凯，他不是在秘鲁吗？"牡丹忙问。"是唉，主要是被骂后没睡好，休息了两天，现在好多了。对了牡丹，也关心关心呗。"曹瑞祥说。"肖云飞，你真是。行吧，我ESPACE他。"牡丹说。"谢牡丹！"肖云飞拱起双手示意。"请客！"柴文娜边说边端起盘子走了。

转眼来到26号，肖云飞一早就看着邮件，嘴里念叨着："这秘鲁的3000根，总算是发出去了。"肖云飞转身来到曹瑞祥的座位处。"加拿大还是要派人，加拿大不能出事。"肖云飞冲着曹瑞祥说。"赵凯现在最好别急着回来吧？"曹瑞祥说。"当然当然，赵凯不急回来，怎么也得货到了，装几个站看看有没有问题再说。"肖云飞忙回道。"那……"曹瑞祥欲言又止。"赵长城派个人。"肖云飞说。"这样也行。"曹瑞祥说。"加拿大也是要现场测。"肖云飞说。"像德国上站测？"曹瑞祥问。"具体没说，好像是切诺基车顶架天线，对着天测。"肖云飞说。"嗯，倒是省事，车内放仪表，车顶放天线，绝！"曹瑞祥赞叹道。

7月1日，周三，肖云飞习惯性上班先看着邮件。"嗯，补单1000根，什么意思？"肖云飞正嘀咕呢，固话响了。一看来电"楼晓明"，拿起电话。"啊，秘鲁怎么回事啊？这1000根是他们忘下了吗？"肖云飞说。"不是不是，不是忘下了。秘鲁供应链的人说，好像是麦克没能按自己的承诺及时供货，客户主动找燎原看看能不能补上这1000根。"楼晓明在电话那头说。"你说什么？麦克供不上货？那一线天天发投诉邮件，说什么什么麦克，供货怎么怎么的。噢，搞了半天，这1000根真的假的？"肖云飞又问。"正式的合同，是从系统里看到的。"楼晓明回道。"他们都没跟您沟通就直接下单了，谁承诺他们啦？"肖云飞说。"没跟我沟通，单下了后那边供应链的给我发了个链接邮件。"楼晓明说。"搞了半天，原来我们的交付比麦克强啊。哎，这会儿一线为啥不发邮件啦？啊，简直是岂有此理！"肖云飞愤怒得挂了电话，不一会儿楼晓明又打了回来。"哎哎哎，肖总，消消气，消消气。还得研发大力支持啊，没肖总您，秘鲁交付也不会这么顺。"楼晓明拍马屁说。"支持，有单肯定会支持啊，这您尽管放心。只是……"肖云飞正说着，楼晓明忙打断说："打电话就是希望肖总再支持，行，有肖总的支持，我就放心了，谢肖总。"楼晓明说完就急忙挂了。回过头，肖云飞气鼓鼓地来到曹瑞祥的座位处。

　　"曹瑞祥，秘鲁交付，写封感谢信给供应链。"肖云飞说。"什么意思啊？天天被投诉，怎么写感谢信？"曹瑞祥一头雾水地问。"又下单了，1000根，秘鲁。"肖云飞说。"我怎么不知道啊？"曹瑞祥说。"这下保密工作做得好啊，供应链的事为啥要你知道？"肖云飞又说。"不是，我问下楼晓明。"说着，曹瑞祥给楼晓明打电话。"哎，怎么秘鲁又下了1000根？肖云飞刚说，真的假的？""正式录入的合同，假不了。"楼晓明在电话里说。"奇怪，怎么回事啊？"曹瑞祥追问道。"麦克供不上，客户找燎原的。"楼晓明在电话里说。"你说什么？那一线……"曹瑞祥正要说。"哎呀，有单就做呗。手机响了，有事。"说着，楼晓明挂了。"麦克供不上，一线为啥不说？"曹瑞祥气愤地说。"不说那么多，借着给供应链的感谢信，好好把咱研发自个儿给夸夸。别用产品线的名义，以AAU项目组的名义，基层发自内心的。想想，两个弟兄，一个耳聋，一个住院，为了尽快完成交付，相互还急了眼，多不容易啊。"肖云飞说。曹瑞祥一边听肖云飞说，一边想了想，跟着说："是啊，这口恶气一定要出，EMT全抄送。"说完坐回电脑前写起来。

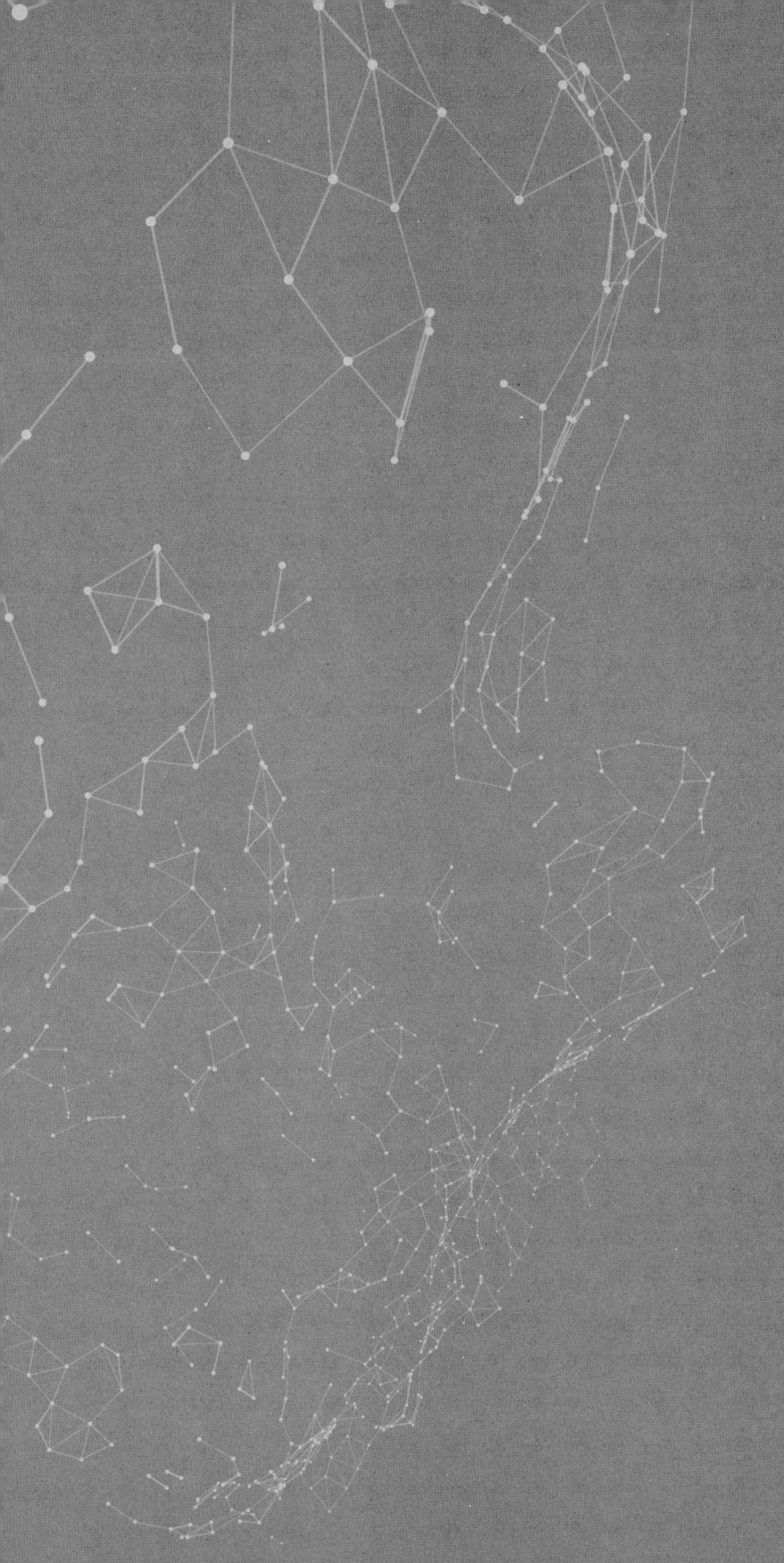

第七章

荣耀沙特

1. 启动沙特4G建设

中国4G的成功商用，带动了移动支付的迅猛发展，也影响了全球通信行业。作为全球最高端的通信市场，沙特阿拉伯自然也要积极部署4G。针对沙特启动4G建设，燎原理所当然地要全力参与。

时间来到2016年的8月6日，周六，立秋的前一天。产品线把市场、业务部、地区部以及研发召集在一起，利用周末时间，讨论如何面对欧洲、中东等高端市场需求，确定具体开发项目。结果会议讨论主要集中在多频天线的开发上。

"现在看，上4G，天面是大问题，也是困扰运营商的难题。"张立彪说。"所以，天面的整合势在必行。没抱杆了，再上4G只能采用多频天线来取代2G、3G的天线。"邵利伟跟着说。"欧洲提出七频天线。"洪中国说。"沙特需要八频。"罗忠亮说。"肖云飞，怎么样，能不能搞定？"邵利伟问。"只要有明确的项目做牵引，应该没问题。"肖云飞回道。"有项目牵引啊，沙特八频。"罗忠亮紧跟着说。"一下就搞八频，步子是不是太大了？建议先满足欧洲七频的需求，然后，在七频的基础上，再搞八频。"洪中国说。"沙特八频可是客户明确提出的，欧洲的七频是多个运营商调研分析归纳出来的，并没有哪个运营商明确要七频天线。"罗忠亮回道。"没有噢，法国有运营商有明确的七频天线需求的。"洪中国说。"别提法国了，像羊拉屎似的，一会让你做这个，要这么几十根，一会儿又要那种，不到100根的，搞都搞死了。"曹瑞祥插话说。"高端嘛，牵引方向，让我们跟上业界主流。"洪中国说。"主流未必是法国人引领吧？给他们搞了那么多，大部分，甚至绝大部分不是主流。"曹瑞祥说。"就没有成为主流的吗？"洪中国问。"还是有两三根的。"肖云飞回道。"那不就得啦。"洪中国停顿了一下，又接着说，"张总，不说那么多了，还是先开发七频，以满足欧洲高端需求。""我不这么认为，其实，真正的高端肯定是沙特。而且，沙特客户有明确需求。张总，应该先开发八频。八频搞定，你那个七频就不是问题了。"罗忠亮边说边示意洪中国。

　　讨论会当场并没有给出明确的结论，周一上午，张立彪的办公室。张立彪、邵利伟、肖云飞在讨论先做七频还是八频。"还是先七频吧，马上就要在巴黎开峰会了。"张立彪看着肖云飞说。"是啊，一直都是这么做的。至于八频，我想，研发要做到有需求3个月就能发货。"邵利伟附和着说。"您这说的，现在沙特就已经有明确的需求啦。"肖云飞回道。"沙特八频是明年四季度的事，应该来得及。"邵利伟拍了拍肖云飞说。"多频天线的开发，成本是关键啊，别搞得成本太高，卖不动。"张立彪冲着肖云飞说。"是啊是啊是啊，张总说得极是，成本现在很重要。"邵利伟对肖云飞说。

　　下午，肖云飞把曹瑞祥、韩建坤叫到自己座位处说："定了，先开发七频。要求八频等七频出来后，3个月就能发货。""对了，张总、邵利伟一再强调成本。韩建坤，你们要从架构上把成本因素考虑进去。"肖云飞又说。"是啊，我们三频、四频天线成本就太高，市场意见很大。"曹瑞祥说。"回去组织专家好好头脑风暴一把，如何将多频天线的成本降下来。"肖云飞对韩建坤说。"性能也要，成本又这么抠，一时还真想不出好方法来。"韩建坤摇着头说。"嗯，正好回去好好想啊，肯定不会太容易的。不能按现有的思路走，这一点是肯定的。恐怕要洗心革面才行。"肖云飞跟着说。"行，我们下来好好讨论讨论，应该会有办法。"曹瑞祥冲着肖云飞说。"天线的成本，不仅仅是料本，还有制造过程的工时，七频，更复杂了。一条线一个班次能做多少根，这些都需要有明确的目标。"肖云飞说。"这……目标怎么定啊？不清楚唉。"韩建坤说。"曹瑞祥，你们拉着生产和计划一起讨论讨论。"肖云飞说。"计划？制造代表就行了吧。"韩建坤又说。

"要计划参加。在一条线一个班次要求产多少根上，研发和制造会形成攻守同盟来对抗计划的。这一点，一般是看不明白的。但我对这一点认识得很清楚很清楚，其实，你们仔细想也会想明白的。"肖云飞说。"没啥想不明白的，说白了就是一个想产能高，一个想偷点懒。就这么简单。"曹瑞祥拍着韩建坤的肩说。"嗯，不懂！"韩建坤说。"这跟偷不偷懒有什么关系？怎么产能和偷懒扯上了？"韩建坤想了想，又问。"想不明白？正好，回去好好想。"肖云飞最后说。

转眼来到10月15日，周六上午，七频天线方案汇报会，市场、业务部、GTS、供应链、制造和采购，以及产品线负责成本的代表，听着韩建坤一页一页地讲着。听着听着，采购代表坐不住了。"插一句，七频天线难，大家都知道，但你用了这么多新技术，我不知道对我们采购来说会是怎样的。你这个机关枪，我看了心就紧。八频，是要支持到八频对不对？"采购代表问。"没错，这个传动是要支持到八频的。"曹瑞祥帮助回道。"你怎么验证啊？"采购代表问。"验证……"韩建坤正想着怎么回呢，采购代表紧跟着补充道："你现在做的是七频，那八频你没法验证啊？"

看着被问傻的韩建坤，肖云飞忙插话道："韩建坤，这个先记下来，回去讨论一下，拿出一个切实可行的验证方案，给采购一个明确的说法。""好好，我记下来。"韩建坤赶紧做着记录。"我买东西肯定要知道这东西是不是合格的嘛。"采购代表又补了一句。"提的很对，提的很对，研发还没想到这事呢。"肖云飞忙解释。

"放心，这个没问题的。要做个验证工具，把八频全验证了。"曹瑞祥说。"要考虑制造也能用，不能仅仅考虑厂家的验证。"师建宏忙说。"韩建坤，讨论时叫上制造。你下来定个人。"肖云飞说。"多重？"江嘉陵问。"结构正在预估，很多新的，有点难度。"韩建坤说。"重量肯定比四频重啦。回头结构预估出来，给你发邮件。"曹瑞祥说。"你们都还好。成本，你现在就只能达到市场给的四成，差得也太多了吧。"成本代表极其不满地说。"你别跟我说这个难搞，那个难做的。成本达不到，商务不能满足公司的要求，我不可能同意的。忙半天，赔本赚吆喝，在公司肯定不行的。"成本代表又添了一句。"肖云飞，成本还是要下点功夫。"邵利伟说。"你的要求也太……"肖云飞正说着，曹瑞祥忙插话说："高端市场应该有钱吧，你们这么抠，不至于吧。""欧洲，高什么端哪，运营商都没钱。"邵利伟说。

2. 孤注一掷，全力出击

周一刚上班，肖云飞又把曹瑞祥、韩建坤叫了过来。"产品越来越不好做了，当然，也跟我们面临的竞争是紧密相关的。都不容易，所以，不要有怨言。"肖云飞说。"从采购角度看，物料编码越少越好。不仅仅是采购的工作量少了这么简单，物料编码少，成本肯定会下来。芯片就是这样的。我们还是要真的重视，要发自内心。"肖云飞又说。"芯片就是不断提高集成度。"曹瑞祥说。"集成度高还要好做哦，不好做，产能提不起来，也不行。"肖云飞说。"集成？"韩建坤重复着说。"是啊，看看有什么可以做在一块的。比如：小块的PCB，那么多，能不能搞成一块？"肖云飞说。"一块，不可能，不可能。"韩建坤摇着头说。"一块不行，几块也可以啊。"肖云飞说。"几块可以看看，应该可以。对了，曹瑞祥，如果移相器能和合路器集成在一起，那是最有价值的。"韩建坤说。"真的？曹瑞祥，把柳超智叫过来。"肖云飞急忙说。不久柳超智来了。"哎，你有什么想法跟他说。"肖云飞示意韩建坤。"以前我们讨论过，移相器是带状线的，如果你的合路器不用腔体，也用带状线实现的话……"韩建坤正说着，肖云飞急忙插道："两个就能集成了。"肖云飞说完后急切地看着大家。

"对啊，集成合路移相器。"曹瑞祥说。"柳超智，搞！"肖云飞激动地说。"业界都没有哎。"柳超智说。"唉……你就是业界，值得一搏的，曹瑞祥！"肖云飞拍着柳超智的肩，冲着曹瑞祥说。"柳超智去搞没问题，但能不能真正替代腔体，心里是没底的。所以，他们有过这样的想法，但并没有具体去做。"曹瑞祥说。"仿过，不理想。"柳超智说。"两条腿走路嘛，真是的。"肖云飞说。"这样可以？"柳超智说。"没问题啦，柳超智，全力开搞。及时通报进展，啊，我要盯紧这件事，太重要了。"肖云飞说。"我再明确一下，分开的和集成的，同步搞，反射板兼容，对吧？"韩建坤说。"没错，传统的一条路正常走着。集成合路移相器组成攻关组，一定能拿下，成熟了就切过去。"肖云飞最后说。

合路器从传统的腔体滤波，要向带状线滤波转变，首先面临的是Q值问题。如何将带状线Q值提升到可以满足产品的要求，需要找到能满足要求的结构形式。只能靠可能的结构形式多仿多试，业界没有先例，可路是人走出来的，世上本没有路的。传统的腔体，由于工艺加工的复杂性，尤其是电镀，弄不好插损就大，成本难以降下来。如果带状线结构能满足，成本将会有较大的降低。多频复杂天线是必然趋势，那么集成合路移相器就一定要搞出来。因为，多频复杂就意味着必须搞集成，否则，难以生产，成本太高难以大规模商用。都是一环扣一环的，燎原就是以攻坚克难擅长，越难越来劲，越是别人说做不了，燎原人就越像打了鸡血似的干劲十足，真可谓世上无难事，只要肯攀登。从来就没有什么救世主，也没有神仙皇帝，一切都靠咱燎原人自己。中午休息时，肖云飞的脑海里荡漾着如此豪情壮志。

艰难是肯定的，一周后。"怎么样？有进展吗？"肖云飞问。"试了几个都差得比较多。"柳超智回道。又过了一周。"还没进展啊？确实比较难是吧？不难也用不着您出马呀。"肖云飞说道。

一个月过去了，没有进展。

两个月过去了，时间来到12月中旬，14号周三下午四点左右，突然柳超智兴奋地跑到肖云飞的座位处。"嗯，不在。"柳超智说着拿起手机给肖云飞发微信。不一会儿，肖云飞跑回了自己的座位，看到柳超智。"有突破啊？曹瑞祥呢，他怎么说？"肖云飞问。"你叫他嘛。"柳超智回道。肖云飞拿起固话说："曹瑞祥，来来来。"看到走来的曹瑞祥，肖云飞问："真的吗？""从仿真来看，CSL这种结构形式应该能满足七频天线的需求。"曹瑞祥说。"CSL，解释一下。"肖云飞望着柳超智说。"Coupling Strip Line。"柳超智回道。"耦合带线。"见肖云飞一头雾水，曹瑞祥补充道。"CSL，耦合带线。好，赶紧去做验证。从一般的规律上讲，肯定还会有曲折的。快速验证是硬道理，让结构全力配合，有问题直接找我。别你们自己博弈啊，找我快，知道不？赶紧去吧。"肖云飞说。"另外，波导的尺寸必须是和移相器一样的。"肖云飞提醒道。"那肯定，仿真模型就是这么建的。"柳超智回道。"那就好，那就好，提醒一下。"肖云飞最后说。

月底30日上班没多久，肖云飞来到实验室。"加工的来了吗？"肖云飞问柳超智。"下午来一部分，明天会来齐。"柳超智回道。"元旦加班吧？"肖云飞望着柳超智说。"嗯，是啊，来加班。"听着柳超智的回答，肖云飞舒心地离开了。

元旦过后一上班，肖云飞急匆匆来到实验室，一进门就问："怎么样？""不怎么样？"柳超智和曹瑞祥回道。"怎么个不怎么样？"肖云飞着急地问。"这么说吧，从方案上讲，CSL应该是可行的……"曹瑞祥正说着。肖云飞忙插话道："CSL方案可行，那就是最好的结果啦。""仿真的结果就可以说明CSL可行了。这版的损耗有点大，不应该啊。"柳超智说。"一步步来嘛，一口吃不成个胖子的。"肖云飞忙说。"关键是原因……"柳超智边思考边说。"这个时候需要的是耐心，耐心足够才能发现细节，抓细节是成败的关键。"肖云飞说。

经过九版的优化，时间来到了2017年的5月底。26号上午一上班，肖云飞来到实验室。"你们都在。"肖云飞进门说，"端午节后能不能开始生产试制？""计划6月1日上线。"柳超智说。"生产没问题，就赶紧切到主版本。"肖云飞说。"按理可以，但要看师建宏他们的意见。"曹瑞祥说。"不好做师建宏是不干的。"曹瑞祥又说。"这话说的，肯定要好做啊。"肖云飞继续说，"你们一定要跟线，与生产一起，把生产中遇到的问题解决喽，韩建坤也就没意见了。"

回到座位，肖云飞给楼晓明打电话。"楼晓明，这样啊，集成合路移相器差不多了，马上就切。你赶紧准备物料。"肖云飞说。"清单呢？"楼晓明问。"啊，他们没给你啊？"肖云飞说。"没有啊。"楼晓明回道，"谁在搞我都不知道。""好，我让柳超智发清单给你，你赶紧准备，就这样。"

说完肖云飞挂了电话，转身又来到柳超智的实验室，正要说话手机响了。"楼晓明，啊？"肖云飞在电话里问。"暂时切不了。"楼晓明说。

"为什么？"肖云飞问。"研发现有版本已经下了300根的物料。"楼晓明说。"能不能取消？"肖云飞问。"没法取消。"楼晓明在电话里说。"没事，兼容的，大不了移相器报废，不怕。"肖云飞轻松地说。"兼容的事要找你们研发的人确认。"楼晓明说。"要确认啥？刚开始就确定了的，不用。"肖云飞说。此时，一旁的曹瑞祥拍了拍肖云飞，肖云飞一捂手机问曹瑞祥："怎么？""韩建坤他们这版是否兼容不好说，还是要确认，真的。"曹瑞祥说。"你把他叫过来。"肖云飞对曹瑞祥说。曹瑞祥叫来了韩建坤。"韩建坤，我问你。七频你们下的这300根，兼容集成合路移相器吗？"肖云飞问。"这300根不用兼容吧？"韩建坤回道。"哎，奇怪了，为什么这300根不用兼容？"肖云飞问。"曹瑞祥，难道要兼容？不至于吧。"韩建坤说。"他想马上切。"曹瑞祥指着肖云飞说。"没必要吧，肖总。等我这300根做完，什么都稳定了，再切比较好。否则都纠缠在一起，不好搞。"韩建坤说。

"说得有道理。"曹瑞祥冲着肖云飞说。"再搞个编码，同步做。这样就解耦了，省得纠缠不清。"肖云飞说。"再搞个编码？有这个必要吗？"韩建坤问。"有，非常有必要。有集成的我肯定不用分开的。"肖云飞很坚决地说。"而且，孤注一掷，就压在集成上，研发、生产力出一孔，也许更快。就这样定了，赶紧申请编码。最好2731给集成，你们那个独立的，用-001。"肖云飞又说。"为什么？"韩建坤问。"不为什么，就这样定了。"肖云飞看韩建坤还想说什么，急忙又说："定了，不商量。马上执行，曹瑞祥给我盯着。另外，柳超智，把清单发给我，现在就发。""现在？"柳超智摇了摇头说，"容我再检查检查。""那好，节前发给我。"肖云飞说。"不用那么急，等上线做了看看还有什么问题再说。"曹瑞祥插话说。"先发给我，我呢先给楼晓明，然后说可能会改，不就行了嘛。再说，你是改具体的图纸，清单中的编码你又不改。"肖云飞说。"一般不会，但也没准。"柳超智说。"也没事，及时知会楼晓明就可以了。改是咱开发的特长，人家都知道。不改才不正常呢，对吧？"肖云飞望着大家，最后说。

其实，集成用2731，现有版本搞成-001，是不现实的，计划就不会同意。所以，曹瑞祥他们并没有改。肖云飞知道后也没说啥。当时，他的核心思想是要集成尽快上产品。但是，两个产品同时搞，资源如何平衡是个没法绕过的问题。即使开发可以，但对于测试来讲，必须有排序。这不，赵长城来找肖云飞了，同时来的还有柴文娜。"呦，儿童节快乐，二位！"肖云飞看着同时走来的两位，挥着手招呼着说。"嘚嘚，还是省给您过吧。"柴文娜说。"肖云飞，七频的两个编码同时搞，不可能啊。"赵长城说。"为啥不可能？"肖云飞反问。"你说可能，那你来。测试怎么能跟开发相提并论呢？"赵长城说。"测试是讲资源的。"柴文娜附和着。"开发的资源可以拿去啊。"肖云飞说。"那好，你定一个优先的，我们测试搞。"赵长城对肖云飞说。"剩下的呢？"肖云飞问。"肯定是开发自己测。"柴文娜替赵长城说。"只能这样，肖云飞。现在你就定哪个优先。"赵长城逼问肖云飞。"别啊，都要搞，测试要对产品负责的，开发没法替测试负责啊。"肖云飞又冲着柴文娜说，"你们质量又不讲原则了吧？人力、资源有冲突，咱们可以协调，怎么就非要什么优先的做，不优先的就不做，这样不好啊！"见赵长城、柴文娜被说得一时想不出说啥，肖云飞又说："柴文娜，你不该跟着瞎起哄。要帮助大家怎么协调，既保质量，又保交付，对吧？"

"怎么能说是瞎起哄呢？是我叫她一起来的。"赵长城打抱不平地说。"这个时候，你就应该拉着大家开个会，把面临的问题列出来，再来跟我商量如何解决。"肖云飞对柴文娜说。"嗯，是有点欠妥。这样，下午我把相关人员召集起来，讨论讨论再说。你看怎么样？"柴文娜想了想，对赵长城说。"讨论？能讨论个啥？人还是那些个人，资源都明摆在那儿。人还可以从开发调，关键是资源。开发还经常占用测试的资源，没伸展的余地。"赵长城不爽地说。"那也得先开个会大家议一议再说，总得让我全面地了解一下情况吧？"柴文娜又说。"还是你们一起先讨论讨论，你怕开会就说明你心里有鬼。"肖云飞对赵长城说。"我有什么鬼？开就开嘛，有啥啦。"赵长城不爽地说。赵长城之所以不爽，是因为只想做优先的目的没达到，但并不等于赵长城的想法不正确。开发无休止地做，瓶颈全在测试。测试有重点是对的，剩下的，开发既然这么有激情，就自己搞定嘛，也符合逻辑啊。

下午，一个电话接一个电话的楼晓明，接到了来自中东沙特罗忠亮的电话。"刚给你发邮件了，沙特八频天线的编码发过来，赶紧啊。"罗忠亮在电话里说。"七频还没过TCP5呢，沙特八频哪来的编码。"楼晓明在电话这头说。"哎，不是这么说的啊。七频过点后3个月，八频就可以发货了。沙特明确了10月发货，编码发过来，我们这边就要开始准备合同了，就等着家里的编码了，快啊！"罗忠亮说完就要挂电话，楼晓明忙说："这事你直接找计划不合适吧，应该找肖云飞他们研发呀。""哎，我是按当时的会议纪要做的，剩下的就是你们家里商量啦。"罗忠亮说。"哎，这事还是应该去找肖云飞，这都没开发，哪来的编码呀。"楼晓明说。"那我不管，当时你又不是不知道，沙特明摆的事，非要去搞七频。我也知道，当时纪要那么写就是为了糊弄我的，明白得很呢。所以，我就不找肖云飞。你去，赶紧啊，编码。我再强调一遍啊，沙特项目，老板亲自抓的，你可听明白了。再说得细点，问你要编码你知道的，应该是这边的供应链来找你。你们在这边的人跟我说，这事有点特殊，求我先给你打招呼，明白不？如果不行，再往下我们老大可就不会找产品线喽，直接找老板，好了，自个儿掂量。"说完，罗忠亮挂了。

2017年的6月2日，一上班，肖云飞就急着把韩建坤、曹瑞祥、柳超智、赵长城和柴文娜叫来。"大家应该都知道了？"肖云飞说。"还是要争取既定的策略，说服一线用七频。"韩建坤冲着肖云飞说。"能采用七频方案当然是最好不过了，但要说服一线。"曹瑞祥说。"说服一线，说服客户。"肖云飞说。"那你们谁去跟一线沟通啊？能沟通下来，就不用折腾了。"柴文娜说。"怎么样，你去和一线沟通，啊？"肖云飞看着韩建坤说。"我看了一线的发货计划，8月底就要发200根。客户要求的，伦比约也是，是给麦克和香农供的。"肖云飞又补充道。"都是八频吗？"韩建坤问。"伦比约的都是八频，这一点我仔细看了，而且还让楼晓明去一线确认了。"肖云飞回道。"你去跟一线沟通呗？"曹瑞祥对韩建坤说。"你去沟通，前期都是你。"肖云飞跟着说。"还是要争取用七频，好，我去跟沙特一线沟通。一定要说服一线。"韩建坤握着拳头说。"期待你的好消息，快，去吧。"肖云飞催着韩建坤说。韩建坤赶紧走了。

看着韩建坤的背影，肖云飞和剩下来的人说："估计还是要八频，让他去跟罗忠亮沟通。但八频必须全力以赴，没有商量的余地，相信我。"停顿了一下，肖云飞接着说："曹瑞祥，八频你全权负责，编码有，就用2731-001。""七频的，还是新申请吧？"曹瑞祥说。"不用，我早想好了。我一会儿就把编码发给楼晓明，你们不许吭声。楼晓明会问你们的，你们就说以我说的为准，听到没？"肖云飞坚定地说。"8月底200根是吧？"曹瑞祥问。"你借着我的邮件向楼晓明确认。"肖云飞说。"时间太紧了。"柳超智说。"你以为呢？要不我会亲自盯？"肖云飞说。"又要扒层皮。"柴文娜说。

下午，曹瑞祥接到楼晓明的电话，对肖云飞给的编码进行确认，曹瑞祥按肖云飞的要求答复，但楼晓明还是不放心地问："搞不搞得定啊，曹总？""8月底是要发200根八频，是吗？"曹瑞祥反问。"是啊，所以，才打电话和你确认，毕竟你们是具体搞的，担心你们搞不定啊。全是新的，又是八频，又是集成合路移相器，关键是七频韩建坤又在跟一线沟通，我这料怎么备，真是犯难。"楼晓明说。"你消息够灵通的，韩建坤要和一线沟通你都知道。"曹瑞祥说。"他给罗忠亮发邮件，抄送给我了。"楼晓明说。

"他还挺明白的，知道你这备料重要。我都没抄送。"曹瑞祥说。"这就是问题，研发肖、韩两个渠道，传递的信息不一样，我信谁？"楼晓明又说。

"你肯定是按一线的需求来啊。"曹瑞祥说。"我从一线得到的信息就是客户要八频。"楼晓明在电话里说。"所以，肖云飞给了您八频天线的编码，27012731-001。肯定是信老大的嘛。"曹瑞祥说。"2731-001还没有呢。"楼晓明又说。"所以是肖云飞亲自抓呀。"曹瑞祥说。

"也是唉，计划赶不上变化，要是都按计划好的做多好。我们领导非要备七频的货，说是怕到时市场投诉他，硬压着备了1000根七频的。这刚备下去，罗忠亮说要八频，影还没有呢，还8月底就要发，真是，难为死我了。"楼晓明在电话里说。"你们领导为啥非要急着备七频的，还一备就是1000根？"曹瑞祥说。"按公司的流程啊，再说邵利伟前阵子给我们领导打电话，问起了七频，说什么欧洲一旦要货，都是两周的货期，吓得我们老大赶紧压我备货。"楼晓明说。"欧洲都是没影的事，八频可是实实在在的。"曹瑞祥说。"肖云飞说八频就找你，以后就找你了啊。"楼晓明在电话里又说。"八频就找我，没错。但七频别找我啊！"曹瑞祥回道。"七频这1000根要卖出去啊，那我还是要找肖总。"楼晓明说。"哎哎哎，七频先放放，集中精力搞八频，八频的料要赶紧备。"曹瑞祥说。"八频听一线的，一线怎么说，我怎么执行。"楼晓明说。"这就是动真格的，一线牢牢把握在自己手里。"曹瑞祥说。

"关键是能搞定不？"楼晓明问。"必须啊，搞不定也得搞定啊。"曹瑞祥回道。"得按一线的时间点。"楼晓明说。"从现在起就听你们指挥啦，你们就踢我们的屁股好了。实话说，很难。所以，你们要不断地踢我们的屁股，知道不？"曹瑞祥说。"天天发邮件嘛，大领导都抄送，学秘鲁的。"楼晓明说。"嗯，秘鲁是够狠的。就这样吧，我要给您干活了。"曹瑞祥说。"曹总，不是给我干活。"楼晓明最后说。

与楼晓明通完话，曹瑞祥转身来到肖云飞处。"八频一线全面掌控。"曹瑞祥说。"不用说了，计划又没踏准点。8月底的200根我倒不担心，怎么也能弄出来。关键是10月下旬3000根，这还仅仅是第一波。集成合路移相器的产能必须解决。"肖云飞说。肖云飞望着曹瑞祥又说："走，去生产找师建宏。生产的事，一定要让他多想想办法。""还是先打电话沟通一下，都想想，再去生产具体谈。"曹瑞祥说。肖云飞听后拿起固话给师建宏打电话。"师建宏，我是肖云飞。"肖云飞说。"啊，肖总，什么事？"师建宏在电话里问。

"沙特八频的事。"肖云飞说。"是啊，我们正在讨论集成合路移相器的事。挑战很大呀，肖总。"师建宏在电话里说。"好啊，你们先讨论，看看明天碰个头。"肖云飞说。"明天是周六。"师建宏说。"哎呀，都什么时候了，就明天上午九点，我们去你们生产，就这样。"说完，肖云飞挂了电话。

晚十点，肖云飞正在家看电视，手机响了，师建宏的电话。"师建宏，这么晚还打电话，有事吗？"肖云飞在电话里问。"肖总，是这样，明天说好了带儿子去欢乐谷的。所以，我把大家召集了，紧急讨论集成合路移相器的事。刚讨论完，就先给您汇报汇报，明天我让周晓健给您详细汇报。"师建宏在电话里说。"那你说说有什么好招。"肖云飞忙问。"讨论了一下，周晓健比较有经验嘛，他这两天琢磨的结果就是要做个工装。他认为，如果这个工装成功，集成合路移相器的产能就不成问题了。"师建宏说。"你们其他人都认可了吗？"肖云飞问。"都认可，都认可。所以，赶紧给您汇报汇报。"师建宏说。"给我汇不汇报不重要，关键是要管用。"肖云飞说。"肖总说得没错，核心是要尽快试。"师建宏说。"行啊，明天也别开会了。你们先试吧，赶紧的，有个结果再说。"肖云飞说。"肖总，给您打电话，就是要请研发帮忙。你是知道的，制造做个工装，一般要3个月。"师建宏说。"3个月？黄花菜都凉了。"肖云飞说。"所以才请研发支持。请研发下图，估计3天搞定。"师建宏说。"没问题，找曹瑞祥，让他帮你落实。"肖云飞说。"给您打之前找过他了，他说要你点头。"师建宏说。"好，我点头了，快啊。就指望这个了。"肖云飞最后说。

周一上班，肖云飞来到曹瑞祥处。"本周一定要出结果，有什么需要尽管说，核心是要快。"肖云飞说。"今天就出图，明天去厂家盯着搞。"曹瑞祥说。"不怕花钱啊，请相关的人撮一顿，你跟结构的弟兄说。"肖云飞说。"好，我跟他们说。"曹瑞祥说。

第二天下午快下班，肖云飞的手机响了，结构从厂家打来的。"肖总，现在情况是这样的，要快明天就可以搞定。"结构工程师说。"搞定的含义是什么？"肖云飞问。"到周晓健的手上。"结构工程师回道。"好啊，非常好。"肖云飞说。"不过做的人提出要我们私下出点费用。"结构工程师说。"多少？"肖云飞问。"2000。"结构工程师回道。"这个工装成本是多少？"肖云飞问。"这个工装很简单。"结构工程师说。"成本多少？"肖云飞问。"最多5块钱。"结构工程师回道。"5块钱？"肖云飞大声地说，对方没吭声。肖云飞冷静了一下，又慢慢地说："明天就能到周晓健的手上？""是的，2000。"结构工程师回道。"行，我马上微信给你。你手机号就是微信号吧？"肖云飞问。"没错，打的这个号码就是我的微信。蔡伦。"结构工程师说。"蔡伦，知道，马上就打，收到回一下。"说完，肖云飞用微信打了2000过去。

经过三版修改，集成合路移相器生产工装基本成形，时间也来到6月底。要正式投入生产，前期都是采用非正规渠道搞的，那么问题就来了，正式量产的工装理应制造自己走正式流程去采购，但是，至少需要3个月。这不，师建宏又来找肖云飞了。"肖总，工装的事还得研发帮忙啊，没办法。"师建宏在电话里说。"知道，你说我们怎么做。"肖云飞直接问。"研发下单，然后算是借给生产。同步，制造也下单采购，您看怎么样？"师建宏在电话里说。"可以唉，找曹瑞祥搞定。你们制造这个工装的效率也太低了，你们应该反映反映啊。"肖云飞说。"肖总，您帮我们反映反映呗。我们说话，没人听的。"师建宏最后说。

随着集成合路移相器生产工装的落实，八频天线的生产瓶颈解决了，8月底的200根也顺利交付了。3000根的备料随着过点定版，也下了单。虽然正式合同没有签，但3000根八频天线的备料有了，万事俱备，只等下单。国庆的几天，沙特3000根八频天线的单下来了，从10月25日开始发货，11月中旬发完。此时的产线，生意火爆，产能紧张，但沙特这个高产田是要保的，公司重大项目，老板亲自抓的利润高地。在一线的全力推动下，研发、供应链众志成城，交付应该没问题。

3. 麦克、香农低头

国庆上班第一天，从沙特传来一个令人意想不到的信息。供应链对外销售的部门给张立彪发了份邮件，说是沙特项目3个供应商中的香农想买燎原的八频天线，用于沙特项目的交付，总数1500根，条件是签合同后两周发货。"肖云飞，我现在欧洲，你处理一下吧。"张立彪在电话里说。"张总，没弄明白是怎么回事啊。"肖云飞问。"一线认为，自己的交付都花了很大的精力才勉强保证，况且还没交呢。突然又多出1500根，且产能本来就紧张，说到底，我们在沙特的一线对这事不积极。否则怎么就找到我呢。"张立彪在电话里说，"这事我跟发邮件的人说了，让他找你。""找我？这……我怎么搞，张总？"肖云飞说。"你看，物料和产能，只能你去想办法。如果这两项能搞定，香农的事不就搞定了吗？"张立彪说。"我去搞，努力地去搞，没问题。但这事你说一线又有人反对，那我怎么办啊？"肖云飞问。"哎呀，这里面比较复杂。你说香农是真心想买还是啥。前面200根都是伦比约供的，为啥这时又来找竞争对手供货？"张立彪在电话里说。"嗯，为啥呀？张总，一线是不是想把香农的地盘给吞了？"肖云飞在电话这头说。

"看看，你都有想法了，你说一线吧……总之呢，这事我是这样想的，香农这时候来找我们，一定出了什么问题，否则不太可能……"张立彪正说着，肖云飞急着打断了问："会出什么问题啊，张总？""不好说啊，让他们去打听了。是伦比约供不上货，还是伦比约不想供？这种高端天线利润肯定不差呀。关键是现在的背景不清楚啊。"张立彪说。"不想供不太可能吧？不过张总，这事您得表个态啊。"肖云飞说。"肖云飞，这事我是这样想的，甭管一线怎么想，这1500根八频天线的需求是客观存在的。一线本事大，吞掉香农的地盘，也是需要这1500根天线的。一线没吞掉香农的地盘，香农还是要这1500根的，更何况香农已经找我们了。"张立彪说。"您的态度……？"肖云飞跟了一句。"1500根单不小啊，又是香农找你买，肖云飞，以前有过这种事吗？这就是烧高香啦，大单不接，这种单不接，你想干吗？只要香农肯下单，坚决拿下，全力以赴搞定！"张立彪在电话里激动地说。"有您这句话就行啦，保证完成任务。"肖云飞最后说。

晚上九点多，肖云飞刚到家没多久，手机响了，是会议电话。"肖总，我是楼晓明啊。现在沙特一线的人也在，就是香农1500根八频天线的事。"楼晓明说。"香农真要啊？"肖云飞问。"是真要。"一线的人说。"哎，原来伦比约供得好好的，为啥又来找我们？知道原因吗？"肖云飞又问。"据说是伦比约供不上货，做不出来。"一线又一个人说。"刚才说话的是谁啊？"肖云飞问。"我，罗忠亮。"罗忠亮说。"啊，罗忠亮啊，消息准确吗？"肖云飞又问。"不能确定。"罗忠亮回道。"是啊，要是伦比约做不出，那麦克怎么没找我们呢？"肖云飞又说。"哎，肖总，这个会呢，着重讨论如果香农明天就下单，他们的条件就是两周后的23号，要开始发第一批500根。"楼晓明停顿了一下，接着说，"条件很明确，我们答不答应？肖总您一句话。"

"我一句话，这事我的话算数？"肖云飞问。"您的话算数，张总把这事全权委托给您了。"楼晓明说。"楼晓明，话不能这么说，你应该把具体面临的困难跟肖总说，这样肖总才能全面地把握。"罗忠亮说。"楼晓明，说说嘛，有什么问题？"肖云飞问。"罗忠亮担心影响自己的发货。"楼晓明说。"会不会吗？"肖云飞问。"影响是肯定的，所以需要大家协商。"楼晓明说。"影响我，肯定不干。"罗忠亮说。"罗总，八频影响有限，八频是有订单的。产线肯定也是优先有订单的，七频没订单，产线要让给香农。"楼晓明说。"那物料呢？"罗忠亮又问。"物料，厂家的产能肯定是向香农倾斜。原材料是可以共用的。"楼晓明说。"怎么这个时候提什么七频啊，扯什么呀，你们？"肖云飞不解地问。

"这你要问罗忠亮。"楼晓明说。"噢，肖总，是这样。韩建坤和我们商量的策略就是以七频为主，八频为辅。后来与客户沟通，客户也认可。所以，七频还是要做，否则客户这边也不好交差。"罗忠亮说。"客户认可？那为什么下的单是八频？我觉得你们思路有问题，很显然，从我这个角度看，客户只要八频天线。"肖云飞停了停，又说，"你看，我说给你们听啊，第一批，三家200根，全是八频。现在给燎原又下了3000根，还是八频。从香农看，问我们要1500根，也是八频。当然，麦克那边还不太清楚。""麦克那边应该也是八频。"楼晓明说。"哎，这是推测嘛，我也觉得是八频。"肖云飞说。"麦克应该也是八频，不是推测。"罗忠亮也说。

"对喽，那为啥还要整七频，罗忠亮、楼晓明？"肖云飞问。"其实，做七频是完完全全按事先制定的计划进行的。要是不做，还需要向我们领导汇报，说明原因，领导同意才可以。"楼晓明说。"你别扯，不许做七频，这是我说的。你跟你们领导去说。"肖云飞生气地说。"楼晓明，我把丑话说这儿噢。如果你们自作主张，背着我偷偷做七频，我一定让你在公司待不下去了，信不信，楼晓明？"肖云飞强硬地说。

"我是不想做的，现在做七频不现实。"楼晓明说。"那就最好，不许做啊！"肖云飞说。"只是我们领导……"楼晓明说。"产品线不让做，你跟我说啊！"肖云飞说。"这样，我写个邮件，肖总您给回一下。"楼晓明说。"没问题！"肖云飞说。"别啊，我这边怎么向客户交代？万一客户要呢？客户手上的燎原解决方案中，白纸黑字写的是以七频为主。"罗忠亮说。"那是你忽悠的水平高，客户就顺着你呗，人家客户心里早有想法了，你还……"肖云飞嘲讽地说。"放心，这事是我定的。别拿我的话当玩笑啊，我告诉你们，如果我发现产线做七频，我会直接到产线叫停，信不？让你们那些小九九全部作废。"肖云飞强势地说。"那好，肖总，您一句话，明天如果香农要签，同意不同意？"楼晓明问。"还用说嘛，答应香农，签单后两周发货。"肖云飞坚定地说。"发不了怎么办？"罗忠亮说。"我答应的，我会想办法的，这你放心。"肖云飞最后说。

　　第二天一上班，楼晓明的电话就打过来了。"肖总，香农1500根签了。22号交第一批的500根。"楼晓明在电话里说。"真签啦！需要我做什么？"肖云飞忙问。"关键是物料，派几个研发弟兄去厂家跟料吧，有问题研发在，也好第一时间处理。"楼晓明说。"行，没问题，我来安排。还有什么要我做的？"肖云飞回道。"你先把这个落实了吧，再有我再找你，就这样。"楼晓明说完挂了。

　　回过头，肖云飞把天线结构的刘信强以及曹瑞祥和柳超智都叫了过来。见他们过来，肖云飞说："香农真签了，1500根，看来伦比约真搞不过你们啊，牛啊。真爽！""好啊好啊好啊，丹桂轩，丹桂轩。"柳超智说。"丹桂轩好说，不过叫你们来是有要事。曹瑞祥你去盯生产，你们俩去厂家跟料，尤其你的集成合路移相器，22号就要发，没物料，只能干瞪眼。有问题一定第一时间给我打电话，知道吗？不好玩，弟兄们。"肖云飞说。

　　燎原的供应链是燎原的核心竞争力，关键时刻制造没得话说，全力以赴。但确实时间太紧，这不，21号周六晚上九点多，楼晓明又给肖云飞打电话了。"肖总，还没睡吧？"楼晓明说。"没，说，啥事？"肖云飞忙问。"我是来跟您商量，我们的和香农的，都保的话，难度有点大唉。"楼晓明在电话里说。"说，你想怎么做？"肖云飞问。"现在是这么个情况，如果保了自己的，香农的就要推迟5天。"楼晓明说。"5天，有点长，第一次哎。"肖云飞说。"500根就得是这么长啊。"楼晓明说。"3天，我看推迟3天应该问题不大。"肖云飞又说。"如果第一批能少一点，3天应该问题不大。"楼晓明又回道。"少多少？"肖云飞问。"300根，延3天，就是25日发，肖总，怎么样？"楼晓明回道。"25日给香农发300根，就这样。"肖云飞果断地说。"好，谢肖总。"楼晓明说完挂了电话。

万事总是开头有点麻烦，大家齐心协力，虽有延时，但延时不多，香农还是基本满意的。毕竟，有总比没有强。随着香农交付接近尾声，香农又补了1500的单，这是可以理解的。但紧接着发生的事，确实有点意外，说意外也不意外，那就是麦克要燎原供八频天线。这说明伦比约确实出问题了。肖云飞得知此事，午休时激动得难以入睡，此时手机响了。这是2017年的11月14日的下午接近两点的时候，罗忠亮从沙特打来的。"肖总，不得不说，燎原还没有一个产品做到独此一家，别人还非得买不可。牛啊，肖总，公司高层都知道啦。"罗忠亮在电话里说。"好牛啊，让麦克、香农也不得不低下高贵的头。一个字，爽！"肖云飞狂妄地说。"不过肖总，给您打电话的意思，麦克这件事，我们一线全权把握，你们配合就行了。麦克要买，我们肯定卖，老板都发话了。只是在策略上，一线还是要把握，最好能占一部分麦克的地盘，尤其是利雅得。"罗忠亮说。"行哎，我配合。香农是没办法，你们能出头最好。配合没问题啊。"肖云飞说。"只要有你肖总承诺，我们心里就有底了。谢肖总支持啊。"罗忠亮说。"支持是应该的。"肖云飞最后说。

2018年元旦过后的小寒，周五上午，产品线例会上，刚从欧洲回来的张立彪在讲话。"2017年真是辉煌的一年啊。绝了，独此一家，不买不行。非要买，为了买到，不惜找到运营商的总裁，强行让燎原卖给他，你说你牛吧，独此一家吧，也就算了。居然动用运营商的总裁，还要强买。"张立彪停了停，又说，"你们不知道，当总裁把罗忠亮他们叫去，还没坐稳呢，总裁就说对燎原有两点要求：第一，不准再提七频的事，只有八频；这第二件事就是要求燎原无条件给麦克供货八频天线。"

"沙特客户就是不要七频对吧？"肖云飞激动地说。"是啊，不要七频。"张立彪说。"这个脸打的。"柴文娜说。"哎呀，点踩不准正常。你去统计统计，我们立项的准确度有多少？"张立彪冲着柴文娜说。"哎哎哎，言归正传，肖云飞，今年的公司最有竞争力大奖非八频天线莫属啦。"张立彪说。"不会吧。"一旁的韩建坤说。"看看，自己看不起自己吧。全球一线投票，清一色沙特八频天线。"张立彪说。"不知道啊，这是什么时候的事？"肖云飞问。"谁知道啊？是市场一线评的，我知道还是金总跟我说的。对了，写材料啊，肖云飞。"张立彪说。"谁写啊？"肖云飞看了看说，"曹瑞祥，你写吧。""我只是支撑一下的，还是架设的写。"曹瑞祥说。"那就韩建坤，你来写。对了，张总，什么时候要啊？"肖云飞说。"你快写吧，有人会来找你的。东西都做出来了，材料还……"张立彪说。"关键也没觉得好在哪，不知怎么写。"韩建坤为难地说。"这就是主席在新年贺词里说的，普通人最伟大。都伟大到没人能做出来了，还说没觉得伟大在哪儿。"张立彪赞叹地说。"哎，韩建坤，我问你，为啥你能做出来，别人做不出？"肖云飞说。"伦比约也做出来了，前200根不都供了嘛。"韩建坤回道。"那为啥麦克、香农找我们要货啊？"柴文娜插话道。"怎么没觉得好在哪儿？集成合路移相器，业界没有吧。"曹瑞祥说。"那是被市场逼的，张总不也是嘛，多频的关键是成本，整天大会小会地说。硬着头皮做，也没把握，所以是两条腿走路。"韩建坤非常实在地说。"有这一个就够了，还要多少啊？"张立彪说。"技术上的突破，业界估计还没琢磨明白吧，咱这耦合带线合路器，没这个突破，也不可能有业界独一无二的集成合路移相器。"肖云飞说。"估计伦比约他们一时半会儿还是难以想明白的。"韩建坤如实说。"哇，这话说得真叫牛，感谢感谢啊。"张立彪最后说。

中午吃饭，肖云飞边吃边说："不知道伦比约出了什么事。""不行呗，先瞧不起燎原，看冲上来了，尿裤子了。"马庆生说。"你们说，为啥市场都投票给我们？"肖云飞问。"听说，八频赚翻了。技术顶了天了，又赚钱，市场就认钱。光技术牛，不赚钱，也不会投票给我们的。"王厚林说。"告诉你们吧，本来加拿大希望比较小，因为有伦比约。这不，客户一声不吭就给燎原下了5000根的单，搞得一线莫名其妙，来问我。"肖云飞又说。"这就是井喷啦。"邓学佳说。"泰国3个厂家，燎原、麦克、香农。燎原自己用自己的嘛，麦克、香农也哭着喊着要运营商采购燎原的，正在闹着呢。关键量太大，供应链在犹豫，生意太好了。"肖云飞说。"大单不拿，神经病！"马庆生说。

一周后的周末，邵利伟约好来研发讨论英国5G需求。上午九点，作战室。"这次我和张总一起见英国客户，他们大概明年年中会商用5G。别的问题不大，但天面资源紧张是瓶颈，希望燎原能帮他们解决天面资源紧张的问题。"邵利伟说。"他们为什么不找伦比约？"韩建坤问。"不知道，现在他们是向燎原提了正式的需求。"邵利伟回道。"难啊，你发的材料我看了，要十二频，甚至十四频。沙特仅仅是八频，就搞得鸡飞狗跳的。"韩建坤对邵利伟说。"符合规律啊，更上一层楼嘛。在燎原不就是这么回事嘛。"邵利伟不以为然，继续说，"伦比约可以轻飘飘地说NO，我们可不敢，满足客户需求是燎原的生存之本。这么多年，我们不也是得益于此嘛。""先仿起来吧。"肖云飞在一旁说。"你们架构部，准备去英国一趟，和客户做深入的沟通。先办签证吧，是你还是谁，赶紧定。有难度是肯定的，所以要早早搞清楚，也未必我们不做就真没人做。"邵利伟最后说。

2月11日上午，作战室，版本例会。"今年任务很繁重。"肖云飞说。"年年都繁重。"尹贤良说。"别说啊，首先，沙特八频的交付还是要全力保障，加拿大的5000根，还得要去人，高端市场不容闪失啊。"停了停，肖云飞又说，"韩建坤，英国的5G怎么说，去谈得怎么样？""正在敲定规格书。"韩建坤回道。"英国的5G天线，不知道最后是十二，还是十四频，年底发货，一场硬仗。"肖云飞说。"另外，国内，4G全面覆盖必须完成，11月中旬必须打电话用4G。否则就成笑话了。"肖云飞接着说。"特别要提醒大家啊，交付，重点是天线生产，要确保，量太大了。泰国，还有国内4G，曹瑞祥，你要多多费心，我也是。"肖云飞又说。"网上也不能出问题啊。"柴文娜说。"是啊，网上出问题，我就完蛋了，曹瑞祥，啊？"肖云飞说。"知道！"曹瑞祥最后说。

年中发奖金了，奖金评完后的一天晚上，张立彪给肖云飞打电话。"肖云飞，专门给你十万，全权由你做主，看给谁？"张立彪在电话里说。"我说了算是吧？是现在评好了再往上加的是吧？得问清楚。"肖云飞问。"没错，在现有的基础上加的。说吧，加给谁？"张立彪问。"柳超智。"肖云飞坚定地回道。"柳超智？原因？"张立彪问。"沙特八频耦合带线合路器就是他搞的。"肖云飞回道。"嗯，知道了。"张立彪最后说。

第八章

精准扶贫，陕北人再唱东方红

1.杆站又出事了

6月下旬，产品线例会。邵利伟正在介绍情况："张总，一带一路和精准扶贫，不好搞，还望产品线研发兄弟多支持啊。""走进非洲，把我们国家的成功经验应用到非洲，也就是扶贫。当年改革开放的时候就提出，要想富，先修路。这路是有两层意思的，肖云飞，对吧？"张立彪说。"墨脱，修路花钱，花时间，还是先搞通信，投资小得多，再加上燎原这样的公司积极配合，很快就把墨脱的通信搞起来了。"肖云飞说。"肯尼亚，不不，是赞比亚，政府建议我们搞个样板点，以点带面，辐射整个非洲偏远乡村。"邵利伟说。"说不好搞，就是要低成本实现，大家应该可以理解，精准扶贫也一样。3月的两会，习总书记在不同场合多次强调，一定要搞啊。"邵利伟又说。

"金总给我打招呼了，肖云飞，你们要重视，别光想着什么海外高端丹麦做得成功，赞比亚偏远乡村和精准扶贫，要做得更好才行。我在公司领导面前表了态的。"张立彪说。"还有呢，深度覆盖，年轻人现在都喜欢用微信、支付宝，覆盖差，出租车用微信支付不了，益田假日广场的负一楼，开始打出微信支付，挺好一件事。可真用起来，覆盖不行，这两天只好停了，投诉到局方。这种情况比较普遍，很影响消费的，这不这次两会，有人直接找总理请求解决。深度覆盖，现在是总理亲自抓，这事也是难搞，没有效益。肖云飞，你们研发多支持支持，反正你们走的是研发经费，不像我们，领导抠得很，不给报销。"江嘉陵说。"我们也不是随便就报销的，也卡。"肖云飞说。"哎哎这样，你肖云飞还是要比江嘉陵好过。所以，研发多支持，江嘉陵，有难处就找肖云飞。"张立彪说。"精准扶贫，肖云飞，肯定你研发主搞。找了个样板点，陕北延安偏远山区一个叫黄湾的地方。"邵利伟说。"赞比亚、黄湾，都会下任务书给你们的，立项做。不过成本啊，别给我整出个高大上来，否则张总可就不好向公司交代了。"邵利伟又说。"燎原是个有社会责任感的公司，该讲政治的，还是要讲政治啊。"张立彪最后说。

此时的陕北黄湾，扶贫干部赵黄河在贫困户王连壮家了解情况。"赵同志啊，我们这个穷山恶水的，政府已经帮了不少忙了，修路，帮着销糜子馒头。唉，太偏僻，成本太高，那北京的刘经理一直贴着钱，最后也只好放弃了。"连壮八十多岁的太爷爷说。"共产党好，帮了我们很多，现在吃喝还是不用愁，就是太偏，穷山恶水的，想致富难呐，光有路，运输的成本受不了。"连壮六十多岁的爷爷说。"现在，中央要求精准扶贫。所以，我先来具体了解有哪些难处，然后找相关专家看看有什么好的法子，能让咱们黄湾真正地脱贫。"赵黄河说。"我们这儿主要产糜子，算是特产吧。糜子馒头，我们家也做了不少年，集市上卖还挺受欢迎，那北京的刘经理也觉得挺有营养，可就是运输的成本太高，光在集上卖。我腿不好，只能在家做，连壮有时没空，只能是连壮他爷和我两个老人去集上卖，自己拉过去不算成本，还能赚点钱。"连壮爹说。

"连壮，你咋想的？"赵黄河问。"我咋想，就想让我弟能考上大学，离开这个鬼地方，不能再像我了，连个媳妇都要不上。"王连壮说。"你娘当年就是嫌咱穷跟人跑了。"连壮爹说。"等咱致了富，媳妇不用愁，包我身上。"赵黄河说。"那敢情好啊，我们王家可不能绝后啊，赵同志，您帮连壮寻思寻思。"连壮的太爷爷说。"老爷爷，放心，连壮长得这么帅，会有姑娘喜欢的。"赵黄河说。"要是经手少一些，想个啥法把运费真正地给降下来，光靠补贴肯定是持续不了的。"王连壮说。"扶贫办在想办法，他们去日本和我国台湾地区考察，发现有些瓜果卖得很贵，还很受欢迎。仔细分析，有些你们这个地区能种，正在考虑引进种植呢。"赵黄河说。"准备种啥？"王连壮兴奋地说。"具体还不太清楚，当然你们的糜子是特色，还是要坚持。运输费贵的事，我再跟上面反映反映，确实需要找个更好的法子，把运输成本切实降下来。"赵黄河说。"到了天气不好的时候，冬天下雪，夏天暴雨，路也是不好走，货基本出不去，这你是知道的。"王连壮说。"是的，是的，我知道。"赵黄河说。

　　7月16日一早，肖云飞的座机响了。"喂，哪位？"肖云飞问。"江嘉陵。""啊，一早就打电话，有什么急事吗？"肖云飞问。"昨晚看球啦？你在公司吗？哎哟，忘了，打的是座机。哎，肖云飞，杆站出事了。"江嘉陵说。"杆站？在哪儿出的事？"肖云飞忙问。"就在深圳，华强北。我们的杆站影响到公安的监控系统。"江嘉陵说。"你怎么知道是杆站的影响？"肖云飞忙问。"局方说公安那帮人直接把我们的杆站下了电，就好了。"江嘉陵在电话里说。"公安那边是大事，得赶紧处理。"肖云飞说。"是啊，产品出问题了，只能找你们研发。这样，我现在就去找你，一起打车去华强北现场看看。"说完江嘉陵挂断了电话。撂下电话，肖云飞来到曹瑞祥的座位处。"杆站在华强北被查，发现干扰人家公安的监控系统，江嘉陵马上过来，你和他一起去，我还有事，就不去了。一定要想办法解决，千万别搞得局方把杆站给拆了，听见没？"肖云飞说。"知道。"曹瑞祥说。

　　下午一上班，肖云飞就和赞比亚代表开电话会议。"肖云飞，咱们继续合作，怎么样？一线车子玉他们考虑为降成本，建议双扇区站。"关景鹏说。"双扇区，成本肯定省，但没天线啊。"肖云飞说。"问题就在这儿。找过韩建坤，一口回绝。"关景鹏说。"他们都愿做通用的，你这只能是你要，他当然不愿意做。"肖云飞说。"哎，子玉，用三扇区的天线不行吗？应该也可以吧，你们网规网优的算过没有？"肖云飞又说。"想想也不合适啊，这是正式的解决方案，覆盖肯定不如九十度的啦。"车子玉说。"关键九十度的天线没有，要重新开发。"肖云飞说。"所以急着找你啊。"关景鹏说。"方案定了没有？正式定了再说吧。"肖云飞说。"行哎，反正跟您打招呼了。我了解了，难做不难做，主要需求可能只有这个项目，不愿做。"关景鹏说。"如果你们真定下来了，不做也得做。放心，我知道了。"肖云飞说。

　　"那就拜托了，要求10月底就能发货。"关景鹏说。"有这么急吗？"肖云飞问。"实验局。"关景鹏说。"对了，肯定是先开实验局，就几根，应该好办。"肖云飞说。"另外，跟国内不同，非洲最大的问题是传输。"关景鹏说。"是啊，不像国内光纤到处都是。"肖云飞说。"微波传输，为降成本，采用的是螺旋天线，也一块儿给做了呗。"关景鹏又说。"这没必要吧，买不到吗？"肖云飞问。"买是能买到，担心贵啊。"关景鹏说。"错，这你就大错特错了。你让我给你做，肯定比你买的贵，这一点是肯定的。不信你自己好好打听一下，看我说的对不对。"肖云飞正说着，手机响了。"接个电话。"肖云飞对着会议电话说。"哎，张总，我在和赞比亚的人开会，什么事？"肖云飞说。"什么事？站都要被人换了，还什么事，华强北干扰的事你在处理吗？"张立彪问。"嗯，曹瑞祥和江嘉陵去华强北现场处理了。这刚处理，怎么就换啊，曹瑞祥没跟我说啊。"肖云飞说。"没跟你说，你影响到平安中国的建设了，公安方面给局方压力，局方只好换，换我们另一款功率小的，他们试了说可以解决问题。曹瑞祥他们要配合好啊。哎，你说功率搞那么大干吗？还有，方向图也有问题。"张立彪说。"哎，张总，杆站原始规格功率没那么大的，是您非说要做到和ODU同样的功率。"肖云飞说。"哎，行行行，赶紧配合处理吧。"说完，张立彪挂了电话。

"曹瑞祥，什么情况？站都要被人换了，你是死人吗？一声不吭。"肖云飞接着给曹瑞祥打电话。"是啊，你不是知道了嘛，为啥要我说，又不是什么好事。"曹瑞祥说。"你至少要让我心里有个数，好嘛，你听张总一顿数落，到后来怪我功率做大了。明明是他自己的问题，被我怼得没话说了。"肖云飞说。"换成功率小的，就是成研所做的那款。"曹瑞祥说。"行吗？"肖云飞问。"这两种本来局方也在试，肯定都希望用功率大的，这不现在出事了，只能换功率小的了，都是在摸索，谈不上什么。我就在配合局方一起搞。"曹瑞祥在电话里说。"不过EMC没考虑好，你还是想想如何改进吧，天线方向图也有问题啊。"肖云飞说。"知道，知道，回来想想如何改进吧。"说完，曹瑞祥正要挂了电话。"调整一下垂直距离，方位什么的，增加隔离肯定就能改善啦，为什么一定要换呢？"肖云飞突然又问。"你说的不错，但他们考虑的是绝对安全。"曹瑞祥说。"还是我们EMC没考虑周到。"肖云飞说完，挂了。

2. 精准扶贫陕北黄湾

两周后7月28日，小周末。作战室正进行着赞比亚、陕北黄湾样板点项目落实会。陆鼎轩在做着解决方案的报告。"赞比亚乡村通信和国内精准扶贫陕北黄湾，有所不同。首先的差异是，非洲缺传输，国内光纤充裕。赞比亚乡村是FDD的3G，黄湾地区是TD 4G，因为黄湾2G打电话可以。赞比亚最后与局方交流共同确认采用两扇区和九十度天线实现，传输采用微波，传输用的螺旋天线采用外购。但九十度天线需要自研。陕北黄湾，我去实地考察了，为了保证覆盖的连续性，需要燎原自研农村高增益天线，这是运营商强烈要求的，因为扶贫办通过工信部给了他们巨大的压力，只得求助燎原，帮助开发农村高增益的TD 4G天线，也是市场空间小，其他厂家不感兴趣，也不说不做，只是积极性不高，只能求燎原帮忙。"陆鼎轩说。"我们现在没精力做这两副天线，建议最好外购。"韩建坤说。"为什么呀？"肖云飞说。"邵总知道，就英国5G需求，沙特仅仅是八频天线，这可是十二频，甚至十四频，年底必须发货，死命令，难度都极大，还有加拿大的，土耳其也要多频的。真没时间，也没精力了。我是在说实话。"韩建坤说。"那，邵利伟，你看？"肖云飞问。"都要，一个都不能少。"邵利伟很坚决地说。"那，时间点能不能错开些？"半天没说话的向永刚插话说。"对了，还有菲律宾的天线呢，邵总，菲律宾的时间点拖一拖，应该可以吧？"向永刚又说。"你有没有搞错啊？菲律宾，利润高地，更不能拖，都是说好的。"邵利伟说。"你什么都不肯让步，那真没法搞了，你们找肖总想办法，我是肯定没辙的。"向永刚说。"哎，我再说说啊，今天的会，不是讨价还价的会啊，各位是落实的会，大家一定要整明白了，别稀里糊涂的。"邵利伟说。

"就拿陕北黄湾这个项目来说吧，你们知道都动用哪些资源吗？"邵利伟继续说，"黄湾这个地方虽有路，但离县城远，尤其是冬天下雪，夏天暴雨，基本是有货运不出。为此，扶贫办跑到部队去了解情况，又找了相应的物流公司，准备用无人机运货，从野战部队借鉴过来。这么算下来，下单后，最快当天，黄湾糜子馒头就能到北京，时间节省不说，由于采用无人机，运输的成本大大节约，可以形成良性循环，可持续发展了。""这样，就需要有连续的网络覆盖，而且当地只有2G打电话，搞电子商务的话，必须要新建TD 4G。我们算了一下，通常用的TD 4G天线增益不够，需要针对农村开发TD 4G的农村高增益天线。"陆鼎轩说。"行了，不说了不说了。大道理我们都明白。这样，韩建坤、向永刚，你们呢也别这样，太消极了不好。曹瑞祥，他们开发赞比亚双扇区FDD九十度，农村TD高增益天线，我们产品线投入来搞。九十度是10月底要三到五个站开，实验局是吗？"肖云飞问。

"没错，肯尼亚10月底先开试验局。不过，黄湾的扶贫办承诺元旦完成无人机运货，作为2019年元旦献礼给中央。"陆鼎轩说。"黄湾10月底先开几个站，同时，也开建整个网络，边开实验局边开站，元旦搞定。"邵利伟说。

"那为啥不早点开呢？"曹瑞祥说。"你能早行啊，可无人机那边没那么快。"邵利伟说。"没问题吧，肖云飞？"陆鼎轩问。"没听曹瑞祥都嫌慢嘛，没问题。"肖云飞硬着头皮说。"好，那今天就算完全落实了。"邵利伟最后说。

3. 生产线重奖保发货

转眼来到双11后的周二，上午十点多钟，邵利伟给肖云飞打电话。"肖云飞，你们有点过分了啊。"邵利伟说。"怎么啦？"肖云飞问。"怎么啦？原计划农村高益是不是昨天就该发150根？"邵利伟问。"对啊，怎么，没发？"肖云飞问。"发没发您这研发主管都不知道？你也太官僚了吧。"邵利伟说。"我是盯着10月底的10根实验局的，后面150根应该没问题啊。"肖云飞说。"那我不知道，反正昨天没发，刚楼晓明跟我说，这150根，由于物料问题，要拖到11月底才能发。"邵利伟说。"11月底行不行吗？"肖云飞问。"想想在国内，两三天就到，11月底发，12月一个月应该差不多。"邵利伟说。"差不多就11月底喽，你最明白啦，现在都在为你冲刺，10月，尤其是11月，量大，冲刺，谁都重要。就11月底呗。"肖云飞说。"关键是楼晓明最后给我来一句，挑战11月30日150根，最迟12月15日全部交完。你说，要不我也不会打这个电话了。"邵利伟说。"是吗？你把他的邮件转给我，放心，11月30日150根，绝对给你保证。我给你回邮件。"肖云飞坚定地说。"那好，说明我这电话打对了，这天线应该不难，对吧？不能按期完成，你是知道后果的，一定是大家没尽力。而且真要是搞砸了，元旦没搞成，恐怕后果会很严重的。"邵利伟说。"天线虽然从技术角度讲难度不大，但时间太紧了，这是事实。"肖云飞说。"别，肖云飞，咱燎原，还有你肖云飞，就是快速反应部队，这可是燎原的特点，也是立足之本，能有今天，你想想不就是你肖云飞拔枪的速度比别人快那么一点点嘛。不信你慢半拍看看，你肖云飞也就狗屁不是了。"邵利伟说。"知道了，给你回邮件，保证11月30日150根发货，挂了，我赶紧去了解情况了。"说完，肖云飞挂了电话。

"楼晓明，你这是什么情况？"肖云飞说。"什么？"楼晓明说。"装什么装？刚邵利伟给我来电话了。"肖云飞说。"噢，你说农村高增益，肖总你听我说……"楼晓明正说着，被肖云飞打断："我不听，我已经答应邵利伟11月30日发货150根，也抄给你了。""肖总，搞不定的，实话说12月15日，我都不敢保证。"楼晓明在电话里说。"你说说，跟欧洲高端比，哪个更重要？"楼晓明紧接着又说。"哎，楼晓明，你别胡来啊，什么哪个更重要？都重要。"肖云飞说。"肖总，不能说都重要吧，总得有个排序。怎么着你农村高增益是7月份才开始搞的，人家可是年初就要的货，你说我给谁？就一盘菜。"楼晓明说。"你这么笼统地说，我不认，要打开来看。你要告诉我，如果要都满足，存在哪些具体的困难，要一一给我列出来，这样我才好有针对地一个一个地去解决啊。"肖云飞说。

"那些都是厂家的具体事，我哪能知道得这么细，我只看厂家给我回的到货信息。至于背后的原因，我是看不到的，厂家也不会跟我说。"楼晓明说。"那我问你，谁知道？我指的是我们公司的人，谁知道这些信息？"肖云飞问。"嗯，采购履行。"楼晓明说。"找查曼丽管不管用？"肖云飞又问。"按理应该，但实际不管用。采购履行是具体下单，催物料，实际操作层面的是直接跟厂家具体打交道的。"楼晓明又说。"这么复杂，那你告诉我具体找谁管用。"肖云飞又问。"段飞飞。"楼晓明说。"是不是找她的领导管用？她的领导是谁？"肖云飞又问。"不是，找段飞飞更管用。如果你找了她的领导，一平衡又没了。要知道，物料如此被动的主因是你们研发老是更改，你想想。还是就找段飞飞这种具体操作层面的，给点奖励，积极性一发挥，直接跑厂家给你协调，比什么都强。"楼晓明说。

"真的啊，奖励多少钱？"肖云飞说。"一般产品线奖励会给五百到一千，你给个两千，应该可以搞定这事。"楼晓明说。"我给一万。"肖云飞说。"一万？"楼晓明问。"没错，我给一万，而且可以立马走流程给。"肖云飞说。"你要真给一万，肯定没问题啦。"楼晓明说。"你肯定段飞飞她们一万能打住？"肖云飞又问。"我敢肯定，你给一万，这事就包我身上了。这就跟打了鸡血一个道理。"楼晓明说。"好，我再单独给你们计划一万五，那一万仅仅是给段飞飞她们，你们不许动。再另外给您一万五，你去奖其他相关的。"肖云飞说。"那就真谢谢肖总了，总共两万五，11月30日发150根，包我身上了。"楼晓明激动地说。"你别激动，我还是不放心，你现在就把段飞飞Call上来，我要亲耳听她说。"肖云飞又说。"行，先挂，马上Call你们俩。"

楼晓明说着，挂了，开始Call会议电话。"哪位Call我啊？""段飞飞，我是楼晓明。""啊，什么事啊？我现正在厂家帮你催料呢。"段飞飞说。"段飞飞，除了我，还有产品线的肖总。"楼晓明说。"肖总，肖云飞啊。"段飞飞说。"是啊，段飞飞，我肖云飞，有事要求您帮忙啊。"肖云飞说。"肖总见外了，我们就是为你们产品线服务的，有什么事您吩咐给楼晓明，我们帮着办就行了，还劳您大驾。"段飞飞说。"肖总是为农村高增益天线的事。"楼晓明说。"啊，这个项目很重要吗？物料难度确实有点大唉，关键是研发又改了，而且以前的不能用，完全不能用，要重新做。"段飞飞说。"你这说的，肖总都亲自出马了，肯定重要啦。"楼晓明又说。

"重要啊是没错，但欧洲项目的能延后吗，肖总？"段飞飞问。"欧洲项目都承诺出去了，肯定不能延后。"楼晓明急忙插话说。"哎，段飞飞，如果都要按时交，您有什么建议，或者需要解决什么具体的问题就可以，具体点。"肖云飞问。"我呀，好像提不出什么有效的建议。"段飞飞说。"我这么说吧，段飞飞，我可以给厂家加班费，产品线可以给现金，怎么样？"肖云飞说。"给加班费，没问题啊，我们采履可以给，不用产品线给现金，到时候核算到产品线成本就可以。"段飞飞又说。"段飞飞，你看这样行不行？肖总刚跟我说，他愿拿一万单独给你段飞飞的采履，仅仅是给你的采履。你应该知道产品线的重视程度了吧。"楼晓明说。"刚才没听清楚，你说是肖总为这事单独给我们采履一万，是一万的奖励对吧？"段飞飞问。"没错，是一万块，产品线单独为这事给你们采履的，只要你们能保证这150根在11月30日发货。"肖云飞说。"哟，看来产品线是真急了。是这样的肖总，我们为产品线服务是应该的，奖金就算了。我们会想尽办法完成您提出的目标的。放心，肖总。"段飞飞说。"您不拿这一万块，我就不放心，您拿了我才放心，而且我马上就给你们兑现。马上就走流程，钱直接打到你个人账户，我马上让秘书办，只要我批就行了。"肖云飞急忙说。"哎呀，肖总真是个实在人啊。放心，肖总，一定一定，保证物料及时到位，按时完成你的11月30日150根天线的发货。楼晓明，你赶紧把计划的单，别分批了，一次下足，我好跟厂家谈。"段飞飞说。"好，这没问题。"楼晓明说。"另外，肖总，我提一个请求可以吗？"段飞飞又说。"什么请求？只要我能办到的。"肖云飞说。"是这样的肖总，时间紧吧，容易出错，为保质量和进度，研发能不能派人到厂家跟线？这样就更有保障了。否则，做出来质量不合格，又要返工，耽误事。"段飞飞说。"就是研发到厂家跟线对吧，没问题，我让他们直接找你，他们的工作你来安排，有问题你直接找我。"肖云飞爽快地说。"那就谢肖总了，另外，价格上，振子电镀，老是容易不粘锡，常退货，搞得厂家没招，想换个电镀水平高的电镀厂，但价格，产品线不同意，就这，就比较难搞。"段飞飞说。"成本总共增加多少？"肖云飞问，"他们合算了一下，一万多。"段飞飞说。"我当多少钱呢，一万多，怎么出？"肖云飞说。"没关系，只要产品线同意就行，都是核算在成本里的，我只要加备注，说明是产品线肖总同意就可以了。"段飞飞说。

4. 没有搞不定的事

11月27日上午九点，天线生产线。"怎么回事，曹瑞祥？别的天线用得好好的，为什么用到你的天线驻波直通率这么差呢？"肖云飞说。"驻波是要不断爬坡不断摸着逐渐提升的，你这哪有磨合的时间啊？"曹瑞祥说。"关键是有没有招啊，这30日就要发货。"肖云飞说。"昨天上午十点，物料到，一个通宵，就卡在驻波上了，够快的了。"曹瑞祥说。"说这些没用的干啥，赶紧想招。今天必须要有方法。否则，一个也不许回去，我就盯在这儿。"肖云飞说。"在想，在想。"曹瑞祥说。

　　晚上九点，天线产线。"一天过去了，还是没有有效的方法，怎么办？"肖云飞问曹瑞祥。"有的加锡管用，有的又不管用。有的移相器里要加个垫片，有的加了垫片，也不管用。"曹瑞祥说。"没有统一的方法，我的生产不好搞，所以，你们研发还是要拿出一个产线上可操作的方法来。"孙茂业说。"其实驻波就是匹配嘛，有没有想过在传输线上割一刀试试？"肖云飞说。"不好操作。"曹瑞祥说。"有没有试过吗？"肖云飞紧逼着问。"不好操作，孙茂业刚才说得很清楚了，要生产线上的可以操作。"曹瑞祥说。"谁说割一刀产线上就不好操作啦？你没试就没试，别往生产赖。听我的赶紧试，试了好使，咱们再商量孙茂业他们如何生产的问题。"肖云飞非常坚定地说。"行吧，能割一刀，应该是有效的。"说着，曹瑞祥开始试验。"知道不早试，拖到现在。"肖云飞跟着说。

　　一个小时过去了。"怎么样？"肖云飞得意地问。"能割一刀，肯定好使啊。这3根，一刀下去就OK。"曹瑞祥说。"孙茂业，你也看到了，怎么着？"肖云飞望着孙茂业说。"茂业，这样，先加锡减锡，不好使，再加垫片。再不行，就在这儿割一刀，OK。"曹瑞祥说。"怎么样？就这么干。"肖云飞拍着孙茂业的肩说。孙茂业想了想，无奈地说："也只好这样了。"紧接着又说："不过，曹瑞祥，你们研发得现场指导，否则，我不干。""如果你这三步法好使，没问题。但是，万一不好使，我就没办法啦，交不出啊，肖总。"孙茂业又说。"曹瑞祥，你们几个全程支持，直到完成150根的入库。孙茂业，你放心，他的三步不好使的天线，让他亲自修，你就不要管了，扔给曹瑞祥他们。"肖云飞说。"这我就没意见了，我用三步法能调好的，产线来调，三步法不好使的，开发搞定。就这么干，没问题。"孙茂业说。"曹瑞祥？"肖云飞望着曹瑞祥说。"行哎，也没别的办法，就这样，茂业搞不定的，我来。"曹瑞祥说。最后，还是12月1日上午十点才发出了这150根的农村高增益天线。

　　中午，食堂。"在燎原，没有搞不定的事，但不到最后一刻，就是搞不定。"肖云飞边吃边说。"其实，还是没搞定。"曹瑞祥说。"谁说啊，凌晨两点入的库。"肖云飞说。"那也是12月1日。"曹瑞祥说。"精准扶贫对于中国确实很重要，中央对此非常关心。当中国最最贫困的地方都脱了贫，就意味着老百姓兜里有了钱，那不就能像城里人一样，想买啥买啥了吗？燎原就是给老乡们提供便利通信上网，在网上买遍全世界。所以，意义是很大的。"肖云飞心想。

　　此时的陕北黄湾。"赵同志，这是个啥？这么多人在这儿。"连壮的太爷爷说。"老爷爷，过两天，有人买你们家的糜子馒头，那个拉货的无人机啊，就会降在这儿。然后，装上你们王家的糜子馒头，去最近的机场转运，要是早上七八点钟的话，当天就可以到北京啦。"赵黄河激动地说。"那飞机不比汽车拉更贵啊？"连壮的爷爷问。"是无人机，不是你说的那个飞机。到时候你看了就知道了，是通过无线网络遥控的，没有人驾驶，便宜，比汽车拉便宜多了。"赵黄河忙解释。"用这么高科技的东西，能便宜？"连壮的太爷爷半信半疑地自语道。"没关系，等有了订单，走这么一回，你们就知道了。而且，咱黄湾不是引进日本的方形西瓜吗？"赵黄河说。"对啊，方形西瓜，小的无人机也许行，大的，无人机拉不了几个。"一旁有村民说。"小的像连壮家的馒头，还有咱这儿的大枣，用无人机可以。我们引进的日本方西瓜，小的方西瓜也行。大的，政府也想了办法，用新能源卡车拉，以前运费贵主要是汽油贵，这样，用电，又省了一大块。再说，方西瓜也贵，属于高档产品。"赵黄河说。"关键用无人机快，像连壮家的糜子馒头，中途不能太久，当天应该到，不然，市场也不会好的。"赵黄河又说。"哎，我说连壮爹，连壮在忙什么呢？网店搞起来了，有没有人买啊？"赵黄河又问。"今天搞下来，没那么快。"连壮爹说。"你把连壮叫过来，我跟他说几句，要主动啊，

快，去叫连壮过来。"赵黄河冲着连壮爹说。"行，我去叫。"说着，连壮爹一瘸一拐地去叫王连壮了。

　　不一会儿，看着走来的王连壮。赵黄河问："你的网店有没有生意啊？哎，连壮，你别死脑筋，叫你来就是想让你跟北京那个刘经理再联系联系，看他还有没有兴趣。""刚跟刘经理用微信视频了一把。"王连壮说。"啊，真的啊，刘经理怎么说？"赵黄河忙问。"对啊，那个北京的刘经理咋说？给咱家那些保鲜，包装的设备，可都是他给置办的。"连壮爹忙说。"怎么会不感兴趣呢，我跟刘经理把现在的情况一说，刘经理非常高兴。他认为这样生意就可以持续做下去了。"王连壮接着说，"今天是12月30日，他答应考虑一下，明天就会下单。而且刘经理还说要在微信群里帮着宣传我们家的糜子馒头呢。毕竟，这糜子馒头营养价值比较高，一般没有卖的，还是比较稀缺的。""连壮这整的一套一套的，还稀缺呢。别吹，看你能卖到北京不？"一旁的二柱子说。"有政府，赵同志给咱们撑腰，凭啥不能卖到北京？"王连壮说。"连壮说得在理，放心，会卖到北京的。"赵黄河说。

　　第二天中午，连壮一家正吃着午饭。"太爷爷，明儿元旦一早七点多钟，赵同志说的拉货的无人机就会来拉刘经理的这些货，晚上就能到北京刘经理的手上。"连壮边吃边说。"咱下午得把货按要求给包装好，就等明天早上了。"连壮爹说。"一定要按要求搞，否则，刘经理该不相信我们了。"连壮爷爷说。快吃晚饭了，刘经理的货都包装好了，一家人吃完了晚饭，看着电视新闻联播。突然，王连壮惊喜地看着手机喊着："爹，又有订单了！""真的，太好了，这回不是刘经理的吧？"老爷爷问。"不是刘经理的，噢，刘经理给我发了条微信，我看看。"王连壮说。"刘经理说啥了？"连壮爷爷问。王连壮面露难色地说："这个订单，是刘经理介绍的，刘经理微信里说，要求和他的货一起，明早让无人机拉走。""这咋整，没货了。"连壮爹急地说。"你这没出息的货，怎么叫没货，咱现在就开始做，一定要赶上明早拉货的无人机。"连壮的爷爷说。"咱不能辜负了刘经理，今夜不睡，也得把货赶上。"太爷爷坚定地说。

元旦忙了一宿的王家祖孙四辈，早早地就把货拉到了无人机要降落的山坡上，还有二柱家的枣和其他东西，赵黄河心情激动地张罗着。不到七点半，无人机缓缓地降落在山坡上。"真的来啊。"连壮的太爷爷激动地拉着赵黄河的手说。"老爷爷，可不是真的嘛，今天，你们王家的糜子馒头就能到北京啦，是真的，老爷爷。"赵黄河也激动地说。"敢情好啊，敢情好啊。"太爷爷激动地说。不到八点，装载着货物的无人机缓缓起飞了。此时，远处天边，一轮红日正冉冉升起。连壮的太爷爷见到此景，哼唱了起来："东方红，太阳升……"

全书完

2019年3月21日